Cody McFadyen

Cody McFadyen est né au Texas en 1968. Son premier roman, *Shadowman* (Robert Laffont, 2008), devenu un best-seller international, est un coup de maître. Deux autres ont suivi depuis dont *La mort en face* (Robert Laffont, 2009). Il vit en Californie du Sud avec ses deux labradors noirs, boit du café (en quantité), joue de la guitare (mal) et lit (voracement).

SHADOWMAN

DU MÊME AUTEUR
CHEZ POCKET

SHADOWMAN
LA MORT EN FACE

CODY MCFADYEN

SHADOWMAN

traduit de l'américain par
Nathalie Gouyé-Guilbert

ROBERT LAFFONT

Titre original :
SHADOWMAN

Le papier de cet ouvrage est composé de fibres naturelles, renouvelables, recyclables et fabriquées à partir de bois provenant de forêts plantées et cultivées durablement pour la fabrication du papier.

ISBN 978-2-266-18176-1

À mes parents, qui m'ont encouragé à sortir des sentiers battus. À ma fille, qui m'a fait le don de la paternité. À ma femme, pour son soutien inébranlable, son inspiration inépuisable, son amour indéfectible.

Première partie

Les rêves et les ombres

1.

Je fais toujours les trois mêmes rêves : deux merveilleux et un autre plein de violence, qui me laisse tremblante et accablée de solitude.

Cette nuit, je rêve de mon mari, un rêve qui se déroule toujours à peu près de la même façon.

Je pourrais dire qu'il m'a embrassée dans le cou tout simplement. Mais je mentirais.

Il serait plus honnête de dire que je mourais d'envie qu'il m'embrasse dans le cou, que j'y aspirais de toutes les fibres de mon être et que, quand il l'a fait, ses lèvres étaient celles d'un ange envoyé du ciel pour exaucer mes prières.

J'avais dix-sept ans. Lui aussi. C'était un temps où nous ne connaissions ni la fadeur ni le mal. Tout n'était que passion, ferveur, et flamme brûlant avec une ardeur à consumer les âmes.

Il s'est penché dans la pénombre du cinéma, il n'a hésité qu'un instant, j'ai vacillé au bord d'un abîme tout en jouant la fille très calme et oh, mon Dieu, oh, mon Dieu, oh, mon Dieu, il m'a embrassée dans le cou. C'était divin. J'ai su dès cette minute que je serais à lui pour toujours.

Il était l'homme de ma vie. Beaucoup ne le

trouvent jamais. On en entend parler, on en rêve, on en ricane. Moi, j'ai trouvé le mien. À dix-sept ans. Et je ne l'ai plus quitté, même quand il a expiré dans mes bras, même quand la mort me l'a arraché, même maintenant.

Désormais, Dieu porte le nom de ma douleur : oh, mon Dieu, oh, mon Dieu, oh, mon Dieu, il me manque tellement !

Je me réveille avec la caresse de ce baiser sur ma peau de dix-sept ans. Je m'aperçois que je n'ai plus dix-sept ans et que lui, il a cessé de vieillir. La mort l'a saisi à trente-cinq ans et il garde cet âge à jamais. Pour moi, il a toujours dix-sept ans, il est toujours penché vers moi pour effleurer mon cou dans la perfection de ce moment.

Je tends la main vers l'endroit du lit où il devrait dormir et je suis transpercée d'une douleur si vive et si soudaine que je prie en tremblant, je prie que la mort vienne me délivrer de la souffrance. Mais, naturellement, je respire toujours et la douleur, peu à peu, s'estompe.

Je regrette tout ce que sa présence mettait dans ma vie. Pas seulement les bonnes choses. Ses défauts me manquent autant que ses qualités. Je regrette ses agacements, ses colères. Je regrette les airs supérieurs qu'il prenait parfois quand je lui faisais des reproches. Je regrette mes fureurs quand il oubliait de mettre de l'essence dans la voiture et que je trouvais le réservoir presque vide au moment de partir.

C'est un truc auquel on ne pense jamais quand on essaye d'imaginer ce que serait la perte d'un être cher. On ne sait pas qu'on regrettera non seulement les fleurs et les baisers, mais tout l'ensemble. Que les échecs et les petites mesquineries nous manqueront autant que les gestes de tendresse au milieu de la nuit. Je voudrais qu'il soit là pour pouvoir l'embrasser. Je voudrais qu'il soit là pour pouvoir le trahir. Peu importe, du moment qu'il est là.

Quand ils en trouvent le courage, les gens me demandent quel effet ça fait de perdre quelqu'un qu'on aime. Je leur dis que c'est dur et je m'en tiens là.

Je pourrais leur dire qu'on a le cœur broyé. Je pourrais leur dire que j'ai crié sans arrêt pendant des jours, que je criais en marchant dans la ville, que je criais la bouche fermée, sans émettre un son. Je pourrais leur dire que je fais ce rêve toutes les nuits et que, tous les matins, je revis l'absence.

Pourquoi les chagriner ? Je leur dis juste que c'est dur. Cela semble les satisfaire.

Ce n'est jamais qu'un de ces rêves et il me fait sortir du lit, encore toute tremblante.

Je regarde la chambre déserte et me tourne vers le miroir. Je me suis mise à détester les miroirs. C'est normal, me direz-vous. Nous sommes tous pareils : nous nous examinons à la loupe en nous focalisant sur les défauts. Les plus jolies filles creusent elles-mêmes les sillons de leurs rides à force de les traquer avec angoisse. L'adolescente aux yeux superbes, au corps de reine, se lamente sur la couleur de ses cheveux ou sur la taille de son nez. Cruel jugement que nous portons sur nous-mêmes au travers du regard des autres ; c'est un fléau de l'humanité. J'en conviens.

Mais les gens ordinaires ne voient pas ce que je vois quand je me regarde dans la glace. J'ai une vilaine cicatrice, d'un demi-centimètre de large, qui démarre au milieu de mon front, à la naissance des cheveux. Elle descend tout droit avant de bifurquer à quarante-cinq degrés sur la gauche. Je n'ai plus de sourcil de ce côté-là ; la cicatrice a pris sa place. Elle me barre la tempe, s'étire en méandres paresseux le long de ma joue, glisse sur mon nez dont elle raye grossièrement l'arête, puis repart en arrière, traverse ma narine, souligne ma mâchoire et poursuit son trajet le long de mon cou pour l'achever à la clavicule.

C'est très spectaculaire. Si je vous offre mon profil droit, vous ne remarquerez rien. Il faut me voir de face pour bien se rendre compte.

On se regarde tous dans la glace au moins une fois par jour. Et on se voit réfléchi dans le regard des autres. On sait à quoi s'attendre. On connaît par cœur l'image qu'on projette et qui nous est renvoyée. Pour moi, ce n'est plus vrai. Je me trouve devant une étrangère qui me considère à travers un masque que je ne peux pas enlever.

Si je me tiens nue devant le miroir, comme en ce moment, j'ai sous les yeux le reste du spectacle. Une série de cicatrices rondes, du diamètre d'un bout de cigare, me dessinent un collier d'une épaule à l'autre. J'en ai d'autres sur les seins, sur le torse et sur le ventre.

Elles ont la forme d'un bout de cigare parce que c'est avec un cigare qu'elles m'ont été faites.

À part ça, je ne suis pas trop mal. Je suis petite, un mètre cinquante. Je ne suis pas maigre, plutôt potelée. Mon mari disait que j'étais « dodue. » Il disait qu'il m'avait épousée pour ma personnalité, mais aussi pour mes « lolos appétissants et mes fesses en forme de cœur ». J'ai de longs cheveux noirs, épais et bouclés, qui tombent jusqu'aux fesses en question.

Il aimait bien mes cheveux aussi.

J'ai du mal à faire abstraction des cicatrices. Je les ai vues des centaines, des milliers de fois. Je ne vois qu'elles.

Je les dois à l'homme qui a tué mon mari et ma fille. Et que j'ai tué ensuite.

Je sens un vide immense se creuser en moi quand j'y pense. Un néant obscur, infini et sans consistance. Un naufrage dans un infâme magma.

Pas grave. J'ai l'habitude.

C'est ce qu'est devenue ma vie.

Je m'assoupis dix minutes à peine et je sais que je ne dormirai plus.

Je me souviens de m'être réveillée comme ça, il y a quelques mois, au creux de la nuit. Ce moment entre trois heures et demie et six heures où on a l'impression d'être seul au monde. J'avais encore fait un rêve et je savais que je ne retrouverais plus le sommeil.

J'ai enfilé un tee-shirt et un survêtement, chaussé mes baskets râpées et je suis sortie. J'ai couru, couru jusqu'à dégouliner de sueur. Mes vêtements étaient trempés, mais j'ai continué. Sans ralentir. Même essoufflée. L'air froid me brûlait les poumons. Je ne m'arrêtais pas. Je courais de plus en plus vite, forçant l'allure, sans répit.

J'ai abouti devant un des bars-épiceries qui pullulent dans le coin. Je suis restée plantée sur le trottoir en hoquetant et en crachant des renvois de bile. Sous le regard fuyant d'autres égarés du petit matin. Je me suis redressée en m'essuyant la bouche et j'ai franchi la porte.

— Je veux un paquet de cigarettes, ai-je dit d'une voix haletante au patron.

C'était un homme d'une cinquantaine d'années, un Indien m'a-t-il semblé.

— Quelle marque ?

La question m'a prise de court. Il y avait des années que je n'avais plus fumé. J'ai regardé ses étagères et j'ai repéré mes bonnes vieilles Marlboro.

— Marlboro. Rouges.

Il a pris un paquet et a fait sonner sa caisse. C'est alors que je me suis rendu compte que j'étais en tenue de sport, sans un sou sur moi. J'étais plus furieuse que penaude.

— J'ai oublié mon porte-monnaie, ai-je lâché d'un air de défi.

Libre à lui de me reprendre les cigarettes ou de m'humilier devant tout le monde.

Il m'a observée pendant un moment. Un silence « lourd de sens » comme on dit dans les livres.

— Vous étiez en train de courir ? m'a-t-il demandé.

— Oui... pour fuir mon mari mort. Ça vaut mieux que se tirer une balle, non ? Ha ! Ha !

Les mots sonnaient bizarrement à mes oreilles. Un peu trop fort, un peu étranglés. Je n'étais pas dans mon état normal. Au lieu de la réaction de surprise ou de gêne que j'attendais, que j'espérais même, il m'a adressé un regard attendri. Pas apitoyé, compréhensif. Il a hoché la tête et m'a tendu le paquet au-dessus du comptoir.

— Ma femme est morte en Inde. Une semaine avant notre départ pour l'Amérique. Prenez, vous me payerez la prochaine fois.

Je suis restée là, à le regarder fixement. Puis j'ai pris les cigarettes et je suis sortie en courant, avant que mes larmes ne coulent. Je suis rentrée chez moi en pleurant, en serrant le paquet dans ma main.

La boutique n'est pas sur mon trajet habituel, mais c'est toujours là que je vais acheter mes cigarettes.

Je m'assieds dans mon lit et je souris en voyant le paquet sur la table de nuit. Je pense à l'Indien en allumant une clope. J'ai de l'affection pour le bonhomme, le genre d'affection qu'on peut éprouver pour un étranger qui s'est montré bienveillant quand on en avait particulièrement besoin. C'est un sentiment profond, logé au fond du cœur, et même si je ne connaîtrai jamais son nom, je me souviendrai de lui jusqu'à mon dernier souffle.

J'inhale une longue bouffée bienfaisante. Le bout incandescent rougeoie dans l'ombre de ma chambre. C'est là la sournoiserie de la chose. Pas l'accoutumance à la nicotine, même si elle est sûrement néfaste. Mais ce don qu'a la cigarette de convenir parfaitement à certaines situations. À la tasse de café fumant de l'aube. Aux nuits solitaires dans une maison hantée de fantômes. Je sais que je devrai y renoncer avant de retomber dans la dépendance. Je sais aussi que je n'en ferai rien. C'est tout ce qu'il me reste : un symbole de gentillesse, une consolation et un réconfort dans un rouleau de papier.

J'exhale une volute que je regarde onduler au gré des flux de l'air, s'étioler et disparaître. Une image de la vie. La vie n'est qu'un filet de fumée ; bien fous sommes-nous de croire qu'il en est autrement. Une bourrasque suffit à la dissoudre et il ne reste de son passage qu'un parfum de souvenirs.

Tout à coup, je me mets à rire en songeant au comique des coïncidences. Mon prénom aussi évoque la fumée. Je m'appelle Smoky. Smoky Barrett. C'est mon vrai nom. Ma mère trouvait que ça sonnait bien. Je rigole toute seule dans ma chambre vide, dans la maison déserte, et je constate une fois de plus à quel point l'hilarité ressemble à la folie quand elle n'est pas partagée.

Cela me donne un sujet de réflexion pour les trois ou quatre prochaines heures. La folie et moi. C'est demain le grand jour, il ne faut pas l'oublier.

C'est demain que je dois décider si je retourne travailler avec le FBI ou si je me fais sauter la cervelle.

2.

— Vous faites toujours les mêmes rêves ?

C'est ça que j'aime chez mon psy. Il n'essaye pas de m'embobiner pour me tirer les vers du nez. Il va droit au but. J'ai beau me plaindre et résister à ses efforts thérapeutiques, je respecte sa méthode.

Il s'appelle Peter Hillstead et il est à l'opposé de l'idée stéréotypée qu'on peut avoir du disciple de Freud. Un mètre quatre-vingts, des cheveux noirs sur un visage de mannequin, un corps qu'on ne peut qu'admirer. Mais ce qu'il a de plus extraordinaire, ce sont ses yeux. Ils sont d'un bleu électrique rarissime chez les bruns.

Malgré son physique de star de ciné, aucun risque de transfert n'est à craindre. On ne pense pas à la bagatelle quand on est avec lui. On ne pense qu'à soi-même. Il fait partie de ces gens exceptionnels qui accordent leur pleine attention à la personne qu'ils ont en face d'eux. On ne peut en douter. On n'a jamais l'impression qu'il n'écoute que d'une oreille. On est convaincu d'être son unique centre d'intérêt, sa seule préoccupation dans l'enceinte de son cabinet. Il est impossible de tomber amoureuse de ce beau thérapeute pour la bonne raison qu'on ne voit pas l'homme en lui, mais quelque chose de bien plus précieux : un miroir de l'âme.

— Toujours les trois mêmes.

— C'était lequel la nuit dernière ?

Mal à l'aise, je m'agite sur mon siège. Naturellement, il s'en aperçoit. Je me demande comment il l'interprète. J'essaye toujours d'extrapoler. Je ne peux pas m'en empêcher.

— Celui où Matt m'embrasse.

— Vous vous êtes rendormie après ?

— Non.

Je le regarde. Je n'en dis pas plus. Il attend. Aujourd'hui, je ne suis pas d'humeur à coopérer.

Le Dr Hillstead m'observe, le menton dans la main, comme il observerait un homme à la croisée de deux chemins, qui sait qu'une fois son choix arrêté il ne pourra plus revenir en arrière. Il s'écoule une grande minute avant qu'il se redresse en soupirant.

— Smoky, savez-vous que je suis très critiqué dans la profession ?

Je sursaute, étonnée de cet aveu.

— Heu, non, je ne savais pas.

Il sourit.

— Eh bien, oui. J'ai certaines idées qui ne font pas l'unanimité. Je pense entre autres que nous n'avons pas vraiment de solution scientifique aux problèmes de l'esprit.

Que suis-je censée répondre à ça ? Voilà mon psy qui m'explique que ses confrères et lui ne savent pas réparer les désordres mentaux ! Pas très rassurant.

— Je comprends que ça ne plaise pas à tout le monde.

C'est tout ce que je trouve à répliquer sur le moment.

— Entendez-moi bien. Je ne veux pas dire que nous sommes totalement désarmés. Non, ce que je veux dire, c'est que la science est la science. Elle est exacte. La gravité veut qu'un objet tombe quand on le lâche. Deux et deux font toujours quatre. Les faits ne varient pas.

J'approuve.

— En revanche, que se passe-t-il dans notre profession ? – Il esquisse un geste vague. – Comment abordons-nous les problèmes de l'esprit ? Pas de manière scientifique. Du moins pas encore. Nous n'en sommes pas encore à deux plus deux. Si c'était le cas, je guérirais tous les patients qui franchissent cette porte. Je saurais qu'en cas de dépression il faut appliquer la méthode A, B, C, et que ça marche toujours. Nous aurions des lois immuables. Alors, on pourrait parler de science. – Il a un petit sourire ironique. Peut-être un peu triste. – Je ne guéris pas tous les patients, pas même la moitié. – Il se tait, secoue la tête et reprend : – Ce métier n'est pas une science. C'est un ensemble de propositions qui se sont parfois révélées efficaces et qui, pour cette raison, méritent d'être tentées. Mais c'est tout. J'ai développé cette opinion en public. Résultat, je ne suis pas très bien vu par mes pairs.

Je réfléchis un instant.

— Je crois savoir pourquoi. L'image compte souvent plus que les résultats dans certaines sphères du Bureau. Il en va sans doute de même chez vos confrères.

Un sourire, de lassitude cette fois.

— Dans le mille, comme toujours, avec votre pragmatisme habituel. Du moins, tant que vous n'êtes pas directement concernée.

Je tique intérieurement. Je reconnais là l'une des

techniques chères au bon docteur, qui, sous couvert de conversation anodine, décoche çà et là une remarque ciblée révélatrice. L'air de rien. Comme le petit missile verbal qu'il vient de m'expédier. Vous êtes pleine de finesse et de bon sens, Smoky, mais vous ne savez pas appliquer cela à vous-même. Aïe. La vérité fait mal.

— Pourtant, malgré ma mauvaise réputation, je suis toujours là. On continue à me confier des cas. Le FBI, en particulier, m'envoie volontiers ses agents. Pourquoi à votre avis ?

Il me regarde à nouveau. Il attend. Il a une idée derrière la tête. Le Dr Hillstead ne parle jamais pour ne rien dire. Je prends mon temps.

— Je dirais que c'est parce que vous êtes bon dans ce que vous faites. Malgré tout, il vaut mieux bien faire que bien paraître.

Toujours ce vague sourire aux lèvres.

— C'est vrai, j'obtiens des résultats. Je ne m'en vante pas, je ne me décerne pas des prix d'excellence tous les soirs avant de me coucher. Mais c'est un fait.

Dit sur le ton du simple constat. En vrai professionnel. J'apprécie. Ce n'est pas de la fausse modestie. Quand, dans une situation critique, on demande à son équipier s'il sait se servir de son arme, on attend une réponse franche. S'il tire comme un pied, mieux vaut prévenir et être prévenu. La mort frappe les menteurs comme les honnêtes gens. Il poursuit sur sa lancée.

— C'est ça qui importe dans toute organisation militaire. Les résultats. Ça vous étonne que je considère le FBI comme une organisation militaire ?

— Non. C'est une guerre que nous menons.

— Vous savez quel est le problème des organisations militaires ? L'éternel problème ?

Je commence à le trouver fatigant.

— Non.

Il me jette un regard désapprobateur.

— Réfléchissez avant de répondre, Smoky. Vous ne vous débarrasserez pas de moi comme ça.

Je n'ai plus qu'à obtempérer.

— Je dirais que le problème est d'ordre... personnel.

Il pointe son doigt vers moi.

— Exact. Et pourquoi ?

La réponse s'impose à moi, comme il arrivait parfois quand j'étais sur une enquête et que je faisais travailler mes méninges.

— À cause de ce que nous voyons.

— Oui, en partie. J'appelle ça « voir, agir, perdre ». Ce que nous voyons, ce que nous faisons, ce que nous perdons. Une trilogie. – Il compte sur ses doigts. – Quand on travaille au maintien de l'ordre, on voit les pires horreurs dont l'humanité est capable. On fait des choses qu'aucun être humain ne devrait avoir à faire ; on manipule des cadavres, on est parfois amené à tuer. Et on y perd une part de soi, parfois intangible comme l'innocence et l'optimisme, parfois plus concrète, comme un collègue ou... sa famille. – Son expression demeure impénétrable. – C'est là que j'entre en jeu. J'interviens à cause de ce problème. C'est aussi à cause de ce problème que je ne peux pas faire mon travail dans les règles.

Cette fois, je suis surprise et intriguée. Du regard, je l'encourage à poursuivre. Il lâche un soupir. Un soupir où semble se loger son propre lot de « voir, agir, perdre » et je songe à tous ceux qui viennent s'asseoir ici, en face de lui. À toutes ces souffrances qu'il écoute et qu'il emporte avec lui, le soir, quand il rentre chez lui.

J'essaye de l'imaginer dans l'intimité de son décor. Je connais l'essentiel, pour m'être vaguement renseignée. Ne s'est jamais marié, vit dans une maison de cinq pièces sur deux étages à Pasadena. Possède une berline Audi de sport. Le bon docteur aime la vitesse, une petite indication sur certains aspects de sa personnalité. Mais ce ne sont là que des faits bruts. Ça ne me dit pas ce qui se passe quand il pousse sa porte et la referme sur lui. Est-il le genre de célibataire qui se décongèle un plat au micro-ondes ? Ou se prépare-t-il un steak à savourer avec un verre de vin sur une nappe blanche en écoutant du Vivaldi ? Peut-être qu'il enfile des talons hauts pour faire son ménage, mollets poilus à l'air, est-ce que je sais ?

Je ris intérieurement à cette idée. On a le sens de l'humour qu'on peut. Je me concentre à nouveau sur ce qu'il me dit.

— Dans un contexte normal, une personne qui subit ce que vous avez subi est définitivement hors circuit. Si vous étiez une personne lambda exerçant un métier lambda, vous resteriez une fois pour toutes à l'écart des tueurs, des morts et des armes. Mon boulot à moi consiste à essayer de vous aider à vous remettre dans la course. C'est ce qu'on me demande. De réparer les psychés amochées pour les renvoyer au front. C'est peut-être mélo, mais c'est la vérité.

Il se penche et je sens que nous approchons du but qu'il veut atteindre, quel qu'il soit.

— Vous savez pourquoi je me donne tant de mal ? Pourquoi j'incite mes patients à retourner vers ce qui les a détruits ? – Il marque un temps. – Parce que c'est ce qu'ils souhaitent dans l'immense majorité des cas.

Il se pince l'arête du nez et secoue la tête.

— Les hommes et les femmes dont je m'occupe sont tous moralement en lambeaux, mais ils veulent tous que je les remette en état pour pouvoir retourner au charbon. Il est vrai que, quelles que soient les motivations qui vous animent, c'est la meilleure manière de vous remettre d'aplomb. Vous savez ce qui arrive à ceux qui ne parviennent pas à reprendre le collier ? Certains s'en tirent. Mais la plupart du temps, ils finissent alcooliques. Quand ça ne se termine pas par un suicide.

Ses yeux se sont arrêtés sur moi. Je cède à la paranoïa. Lirait-il dans mes pensées ? Je ne sais pas très bien ce qu'il mijote et ça me met mal à l'aise. Dans ces cas-là, je réagis à l'irlandaise. Je le suis un peu par ma mère. Je me vexe et je rends l'autre responsable.

Il prend, à gauche de son bureau, un gros dossier que je n'avais pas remarqué. Il le pose devant lui et commence à le feuilleter. À ma grande surprise, je reconnais mon nom sur l'étiquette.

— Ceci est votre dossier personnel, Smoky. Je l'ai depuis un moment. J'ai eu l'occasion de le lire plusieurs fois. – Il tourne les pages et m'en résume le contenu à voix haute. – Smoky Barrett, née en 1968... ce qui vous fait trente-cinq ans. De sexe féminin. Diplômée de criminologie. Entre au Bureau en 1990. Reçue major de sa promotion à Quantico. Affectée à l'affaire de l'Ange noir en Virginie, en 1991, dans des fonctions administratives. – Il lève les yeux vers moi. – Mais vous n'êtes pas restée longtemps en coulisse, je me trompe ?

Je secoue la tête alors que les souvenirs affluent. En effet. J'avais vingt-deux ans, j'étais aussi novice qu'on peut l'être. Très excitée d'appartenir au FBI et encore plus excitée à l'idée d'être impliquée dans une grosse affaire, même en tant que gratte-papier. Au cours d'un briefing, un détail m'avait alertée, un élément qui ne collait pas dans la déposition d'un témoin. Ça me turlupinait encore quand j'étais allée me coucher. J'avais été réveillée en sursaut à quatre heures du matin par une révélation. Le phénomène allait devenir habituel par la suite. Toujours est-il que mon intuition avait permis de démêler l'affaire. C'était une histoire de fenêtre qui s'ouvre dans un sens ou dans un autre. Un paramètre infime qui m'avait tarabustée, comme le petit pois sous le matelas de la princesse du conte, pour, de fil en aiguille, nous fournir le moyen de confondre l'assassin.

À l'époque, j'avais pris ça pour un coup de chance, sans en faire tout un plat. Ma chance en réalité était d'avoir pour supérieur responsable de l'unité l'agent spécial Jones. Un patron d'une espèce peu commune, qui ne s'attribuait pas toute la gloire du succès et savait rendre à chacun ce qui lui était dû. Même à une femme tout juste débarquée. Comme j'étais une petite nouvelle, je n'y avais gagné sur le moment qu'un supplément de boulot paperassier, mais aussi la promesse d'un avancement rapide et une formation pour accéder au CASMIRC, le centre de recherche et d'investigation sur les enlèvements d'enfants et les meurtres en série.

— Affectée au CASMIRC trois ans plus tard. Plutôt fulgurant comme promotion, non ?

— Les agents y sont envoyés en général après dix ans d'expérience au Bureau.

Je ne fanfaronne pas. C'est la simple vérité. Il poursuit sa lecture.

— Vous résolvez un certain nombre d'affaires, vos états de services sont flatteurs. Puis, en 1996, on vous confie la direction de l'antenne du CASMIRC à Los Angeles. Et c'est là que vous commencez à briller de tous vos feux.

Je me remémore cette période. « Briller » est bien le mot. Cette année-là, tout allait pour le mieux dans le meilleur des mondes. J'avais eu ma fille à la fin de l'année 1995. Je venais d'être nommée à Los Angeles, une belle étape dans ma carrière. Matt et moi étions plus soudés que jamais. Je me levais tous les matins pleine d'enthousiasme et d'énergie.

En ce temps-là, il était près de moi, à la place qu'il n'aurait jamais dû quitter.

Ce temps-là était tout ce que le présent n'est plus. J'en veux au Dr Hillstead de me le rappeler. De me faire sentir toute la tristesse et la vacuité de ma vie actuelle par comparaison.

— Ça nous mène où, tout ça ?

Il lève la main.

— Je n'ai pas tout à fait fini. Le service de Los Angeles ne marchait pas très bien. On vous a donné carte blanche pour le restructurer et vous avez fait venir trois agents de différentes agences des États-Unis. Des choix considérés comme incongrus à l'époque. Mais qui se sont révélés excellents à l'usage, n'est-ce pas ?

C'est le moins qu'on puisse dire. J'acquiesce, toujours maussade.

— En fait, votre équipe est une des meilleures qu'ait connues le Bureau, non ?

— La meilleure.

Je n'y peux rien. Je suis fière de mes équipiers et incapable de modestie à leur sujet. En plus, c'est la réalité.

— Bon. – Il passe quelques pages. – Quantité d'affaires résolues. Encore des rapports élogieux. Des allusions au fait que vous étiez la première femme à diriger une unité. Historique.

Tout ça est vrai. Et toute cette énumération contribue à m'exaspérer pour des raisons que je ne m'explique pas. J'en ai assez, je bous intérieurement et, si ça continue, je vais exploser.

— Une note dans votre dossier a retenu mon attention. À propos de vos talents de tireuse d'élite.

Il me considère. Je me sens trahie, allez savoir pourquoi. Quelque chose en moi se trouble. C'est la peur. Je la reconnais. Je m'agrippe aux accoudoirs.

— Il est dit dans votre dossier que vous vous classez parmi les meilleurs du monde au tir au pistolet. C'est juste ?

Je le regarde. Je me sens devenir toute molle. Ma colère m'abandonne.

Les armes et moi. Il a raison. C'est aussi naturel pour moi de me servir d'un pistolet que pour d'autres de boire un verre d'eau ou de monter à bicyclette. C'est instinctif, depuis toujours. Inutile de chercher d'où ça me vient. Je ne suis pas la fille d'un père qui aurait voulu avoir un garçon et m'a appris à tirer dès mon plus jeune âge. Mon père détestait les armes à feu. J'ai ce don, un point c'est tout.

J'avais huit ans. Mon père avait un ami, ancien béret vert au Vietnam. Un dingue des armes à feu en revanche. Il habitait un appartement paumé dans un bled paumé de la vallée de San Fernando. Ça lui allait bien. Lui aussi, il était paumé. Mais je n'ai pas oublié son regard vif et brillant.

Il s'appelait Dave. Il avait réussi à attirer mon père sur un terrain de tir dans un coin paumé du comté de San Bernardino. Mon père m'avait emmenée, peut-être comme prétexte pour ne pas s'attarder. Je l'ai regardé vider ses chargeurs, les oreilles couvertes d'un casque protecteur qui me mangeait la figure. J'étais fascinée.

— Je peux essayer ?

— Je ne crois pas que ce soit une bonne idée, ma chérie, a dit mon père.

— Allez, Rick. Je vais lui passer un petit calibre. Elle va tirer quelques balles.

— S'il te plaît, papa ! ai-je supplié, déjà consciente, malgré mon jeune âge, de mes pouvoirs de persuasion.

Il a accepté, contre son gré.

— Bon, mais seulement quelques balles.

En fait de « quelques balles », j'ai tiré sans discontinuer pendant une heure et demie. J'atteignais ma cible neuf fois sur dix. Quand je me suis arrêtée, je savais que je ferais ça toute ma vie. Et que j'étais douée.

Malgré son aversion pour les armes, mon père m'a aidée à assouvir cette passion. Sans doute avait-il compris que j'avais ça dans le sang et qu'il ne me dissuaderait pas.

Le Dr Hillstead a les yeux fixés sur moi.

— C'est exact.

Il referme le dossier.

— Vous êtes un agent exceptionnel. Vous traquez la quintessence du mal. Il y a six mois, un homme que vous pourchassiez s'est introduit chez vous. Il a assassiné votre mari sous vos yeux, vous a violée et torturée et a tué votre petite fille. Dans un sursaut qu'on ne peut que qualifier de surhumain, vous vous êtes retournée contre lui et l'avez abattu.

Ce rappel me plonge dans une sorte d'engourdissement. Je me réfugie dans l'indifférence.

— En tant que membre d'une profession où deux et deux ne font pas toujours quatre et où les objets ne tombent pas toujours quand on les lâche, mon rôle est de vous aider à reprendre ce métier.

Il dit cela avec une compassion sincère qui me touche.

— J'exerce depuis un certain temps, Smoky, et cela fait un moment que vous venez me voir. J'ai l'impression... l'intuition, comme vous dites dans vos enquêtes, que vous hésitez entre reprendre votre travail et mettre fin à vos jours.

Je redresse la tête. Ce réflexe est un aveu involontaire. Je pousse un cri en me rendant compte qu'il m'a manipulée avec beaucoup d'adresse. Il a parlé, fait des digressions, tâté le terrain et m'a baladée jusqu'à l'estocade finale. Il m'a bien eue.

— Mais je ne peux vous aider que si vous jouez cartes sur table, Smoky.

Maintenant, sa compassion me révulse. Elle était trop belle pour être honnête. Les larmes me montent aux yeux. Des larmes de rage. Il cherche à me briser, comme je l'ai fait avec tant de criminels dans nos salles d'interrogatoire. Merde à lui.

Devinant mon état d'esprit, le Dr Hillstead m'adresse un doux sourire.

— Allons, Smoky, tout va bien. Une dernière chose.

Il ouvre un tiroir de son bureau et en sort un sachet de plastique. Je n'en distingue pas immédiatement le contenu, puis un frisson me parcourt.

C'est mon pistolet. L'arme qui m'accompagne depuis des années, celle avec laquelle j'ai abattu Joseph Sands.

Je ne peux en détacher mes yeux. Je le connais par cœur, ce Glock noir, mortel. J'en connais le poids, la forme, l'odeur. Sa vue m'emplit de terreur.

Le Dr Hillstead ouvre le sachet, saisit l'arme, la dépose sur la table devant moi. Son regard s'est durci. Je ne suis pas au bout de mes peines. Il n'en a pas fini avec moi.

— Combien de fois avez-vous empoigné cette arme, Smoky ?

Je ne réponds pas. Je me passe la langue sur les lèvres. J'ai la bouche sèche. Je regarde le Glock.

— Prenez-la dans vos mains maintenant et je vous déclarerai apte à reprendre du service si c'est ce que vous souhaitez.

Je suis incapable de réagir, incapable de détourner mon regard. Une part de moi-même sait que je suis dans le cabinet du Dr Hillstead, je suis consciente de sa présence, mais mon univers s'est réduit soudain à ce seul objet : le pistolet. Les bruits sont assourdis, curieusement, tout est silencieux et seuls résonnent dans ma tête les battements de mon cœur, rapides et impérieux.

Mes lèvres sont sèches. Je me dis : « Prends-le. C'est un geste naturel chez toi, un réflexe, comme de respirer ou de cligner des yeux. »

Mes bras restent rivés aux accoudoirs.

— Allez, prenez-le, insiste le thérapeute d'une voix ferme.

J'ai réussi à décoller une de mes mains du fauteuil, à l'approcher de l'arme en mobilisant toute ma volonté. Mais elle ne m'obéit pas. Je n'arrive pas à croire à ce qui est en train de m'arriver.

Mon front se couvre de sueur. Je suis saisie de tremblements. Ma vision s'obscurcit. Ma respiration s'accélère. Un sentiment de panique m'envahit. Je suffoque. J'avance ma main vers l'arme. Tout près. Je suis trempée de sueur et je suis prise de spasmes.

Un hurlement m'échappe. Je bondis de ma chaise qui tombe à la renverse.

Je crie en me frappant les tempes et je me mets à sangloter. Il a gagné. Il a réussi à me faire craquer. Je n'y trouve aucun soulagement. Je ne suis que douleur, douleur, douleur.

Je m'écarte, rencontre le mur et me laisse glisser sur le sol en gémissant. La plainte du survivant qui se rend compte qu'il a perdu tous ceux qu'il aime. Si souvent entendue lors des identifications à la morgue ou lorsque je portais la nouvelle d'une mort à des proches.

Je n'en ai pas honte. Il n'y a plus de place en moi pour la honte. La souffrance m'habite tout entière.

Le Dr Hillstead s'est approché. Il ne me touche pas. Il n'en a pas le droit. Mais il est là, vague forme accroupie près de moi. À cet instant, je lui voue une haine absolue.

— Parlez-moi, Smoky. Racontez-moi.

Je parviens à articuler, entre deux sanglots :

— Je ne peux pas vivre sans eux, sans Matt, sans Alexa, sans amour, sans tout ce qui m'a été enlevé, sans...

Mes lèvres forment d'autres mots qui ne seront pas dits. Je m'évanouis.

3.

Il a une voix bizarre pour un diable. Il fait trois mètres de haut, il a des yeux d'agate et la tête percée de multiples bouches hurlantes. Son corps est couvert d'écailles d'un noir fuligineux. Mais sa voix est douce, mielleuse, quand il déclare sur le ton de la conversation :

— Moi, je dévore les âmes. C'est mon plaisir.

Je suis attachée nue sur mon lit, maintenue par de minces chaînes d'argent. La Belle au bois dormant au pays de Lovecraft. Le diable brandit un couteau, qui paraît minuscule dans ses pattes griffues.

— Mais je les aime assaisonnées d'une pincée de torture et d'un zeste d'effroi. J'ai là ce qu'il nous faut.

Il s'écarte et je vois Matt, mon prince charmant, l'homme de ma vie. Ligoté, nu, à une chaise. Il a été battu, roué. Il a un œil enflé, le nez cassé, les lèvres tuméfiées. Il lui manque des dents et sa mâchoire n'a plus de forme. Son corps est lacéré de coups de couteau. Il y a du sang partout, sur lui et autour de lui. Son regard est posé sur moi. Ce que je lis dans ce regard n'est pas la peur, la souffrance ou l'horreur. Mais un dernier message. C'est un regard d'amour et d'adieu.

— Ah, l'amour ! chantonne le diable en agitant la queue. Ce sera la cerise sur le gâteau, la mort de l'amour.

Matt ferme les yeux.

La lame pénètre dans sa chair. Mon prince charmant se meurt, mon prince charmant se meurt.

Je reviens à moi en hurlant.

Je suis allongée sur le divan, dans le cabinet du Dr Hillstead. Il est agenouillé à côté de moi. Il m'effleure de ses mots, mais ses mains ne me touchent pas.

— Chut, Smoky. Tout va bien. Ce n'était qu'un rêve. Vous êtes en sécurité ici.

Je tremble comme une feuille. Je suis trempée de sueur.

— Ça va ? Vous êtes revenue parmi nous ?

Je me redresse en position assise, sans me résoudre à le regarder.

— Qu'est-ce que vous m'avez fait ? dis-je dans un murmure.

J'ai cessé de feindre d'être forte. Il m'a brisée. Je suis à sa merci.

Il prend son temps pour répondre. Il se relève, saisit une chaise et la tire près du divan. Il s'assied. Je sens son regard posé sur moi, un regard insistant, inquisiteur.

— J'ai fait ce que je devais faire. – Un silence et il reprend : – Il y a dix ans maintenant que je travaille avec des agents du FBI et des forces de l'ordre. Vous êtes des gens solides. J'ai vu passer dans ce cabinet les plus belles valeurs humaines. Le dévouement. Le courage. Le sens de l'honneur. Du devoir. J'ai croisé aussi quelques bassesses, quelques cas de corruption. Mais c'était l'exception, pas la règle. J'ai le plus souvent rencontré une grande force. De caractère et d'âme. – Il s'interrompt, hausse les épaules. – Dans mon métier, nous ne sommes pas censés parler de l'âme. Nous ne sommes pas non plus censés y croire. Le bien et le mal ? Ce sont des notions abstraites, indéfinissables. – Il me considère d'un air grave. – Ou est-ce que je me trompe ?

Je garde les yeux fixés sur mes mains.

— Pour vous, votre force est comme un trésor qu'il faut préserver. Vous agissez comme si la source pouvait se tarir. Comme Samson avec ses cheveux. Vous semblez croire que si vous craquez, si vous vous dévoilez un tant soit peu, vous perdrez votre force. Irrémédiablement. Vous êtes une des personnes les plus coriaces que j'ai reçues ici. J'en connais très peu qui auraient pu supporter ce que vous avez enduré.

Je me décide à lever les yeux. Je me demande s'il se moque de moi. Forte, moi ? Je ne me suis jamais sentie aussi faible. Je croise son regard. Imperturbable, comme le regard que je posais sur les scènes de crimes. Sur les corps démembrés. Il a aussi cette capacité de contempler l'horreur sans sourciller.

— Mais vous avez atteint votre point de rupture, Smoky. Cela signifie que j'ai le choix entre deux solutions : soit je vous laisse vous effondrer et mourir, soit je vous oblige à vous mettre à nu et à accepter mon aide. J'ai choisi la seconde.

Moi qui ai entendu mentir des centaines de criminels, j'ai la prétention de renifler le mensonge à des kilomètres. Je sais qu'il est sincère.

— Désormais, la balle est dans votre camp. Vous pouvez partir et renoncer ou décider d'aller de l'avant. – Il m'offre un petit sourire sans gaieté. – Je peux vraiment vous aider. Je ne peux pas effacer ce qui est arrivé. Je ne peux pas vous promettre que vous cesserez de souffrir. Mais je peux vous aider. Si vous le voulez bien.

Je suis partagée. Je suis Samson, il est Dalila et il m'explique que je n'ai rien à perdre à me couper les cheveux. Il me demande une confiance absolue.

— D'accord. Je veux bien essayer.

J'arrête de trembler. Je sais que j'ai pris la bonne décision.

Je me demande si ce qu'il a dit est vrai. Sur ma force.

Ai-je la force de vivre ?

4.

Je suis devant les bureaux du FBI de Los Angeles à Wilshire. Je contemple le bâtiment, attentive à ce que j'éprouve.

Rien.

Je n'appartiens plus à ce lieu. Je me sens plutôt comme une réprouvée sous le regard menaçant d'un juge devant cette façade de béton, de verre et d'acier. Est-ce ainsi que les gens ordinaires la voient ? Comme une muraille imposante et avide ?

La porte d'entrée me renvoie mon reflet. J'ai un mouvement de recul. J'ai failli mettre un tailleur, mais cela m'a paru trop présomptueux. Un simple pull aurait été trop décontracté. Pour preuve de mon indécision, j'ai opté pour un jean et un chemisier sagement boutonné, des souliers plats et un maquillage léger. J'ai maintenant l'impression d'avoir fait le mauvais choix et je suis tentée de fuir, fuir, fuir.

Un tourbillon d'émotions m'assaille. Peur, angoisse, colère, espoir.

Le Dr Hillstead a conclu la consultation par un ordre : allez voir les membres de votre équipe.

— C'était plus qu'un travail pour vous, Smoky,

n'est-ce pas ? C'était votre vie. Une part indissociable de vous-même. De ce que vous êtes. N'ai-je pas raison ?

— Si. C'est vrai.

— Et vos collaborateurs... certains sont des amis, non ?

J'ai haussé les épaules.

— Deux d'entre eux sont mes meilleurs amis. Ils ont essayé de me faire signe, mais...

Il a froncé les sourcils et m'a posé une question en forme d'affirmation.

— Mais vous ne les avez pas revus depuis l'hôpital.

Ils étaient venus me voir alors que j'étais enveloppée de bandelettes comme une momie et que je me demandais pourquoi je n'étais pas morte. J'aurais préféré. Je leur avais dit de partir. Ils n'étaient pas restés. Il y avait eu ensuite de nombreux coups de téléphone sur le répondeur et auxquels je n'avais jamais répondu.

— Je ne voulais voir personne. Et après...

— Après, quoi ?

J'ai désigné mon visage en soupirant.

— Je ne voulais pas qu'ils me voient dans cet état. Je n'aurais pas supporté de lire la pitié dans leur regard. Ç'aurait été trop dur.

Nous avons encore parlé un moment. Puis il m'a dit que si je voulais être un jour capable de reprendre mon arme, je devais commencer par affronter mes amis. Ce que je m'apprête à faire.

Je serre les dents et je pousse la porte.

Elle se referme silencieusement sur moi. Je me retrouve piégée entre le sol de marbre et le haut plafond, exposée comme un lièvre en plein champ.

Je franchis les détecteurs de sécurité et je présente mon insigne. L'agent de garde m'inspecte d'un air méfiant. Il baisse les yeux en voyant mes cicatrices. J'annonce, comme si j'avais besoin de me justifier :

— Je passe dire un petit bonjour aux gens du CASMIRC.

Il m'adresse un sourire poli qui sous-entend qu'il s'en contrefiche. Je ne m'en sens que plus décalée et vulnérable. Je me dirige vers les ascenseurs en jurant entre mes dents.

Je monte avec quelqu'un que je ne connais pas, un homme qui parvient à accentuer encore mon malaise en me jetant des regards en coin mal dissimulés. Je m'efforce de l'ignorer. Quand j'arrive à mon étage, je sors de la cabine un peu plus vite que nécessaire. J'ai le cœur qui bat.

— Ressaisis-toi, Barrett. Tu te prends pour qui, le bossu de Notre-Dame ? Allons, du cran.

Je parle toute seule, mais ce n'est pas nouveau. Du coup, ça va mieux. J'avance dans le couloir et me voici devant la porte de ce qui fut mon bureau. La peur revient balayer la fragile assurance que j'avais réussi à me forger. Je suis frappée par l'analogie. J'ai franchi cette porte sans y penser un nombre incalculable de fois. Comme j'ai empoigné mon arme un nombre incalculable de fois. C'est la même appréhension que j'éprouve, à un degré moindre.

La vie que j'ai quittée est derrière cette porte. Les gens sont là, derrière. Vont-ils m'accepter ? Ou ne verront-ils en moi qu'un déchet sous un masque monstrueux. Se contenteront-ils de m'abreuver de bonnes paroles et de me renvoyer dans mes pénates ? Sentirai-je la brûlure de leurs regards apitoyés dans mon dos ?

Je visualise la scène et je suis saisie de panique. Je jette un coup d'œil inquiet dans le couloir. La porte de l'ascenseur est toujours ouverte. Je peux encore tourner les talons et m'enfuir. Courir à en perdre haleine, m'acheter un paquet de Marlboro et rentrer chez moi pour les fumer en marmonnant toute seule dans le noir. Pleurer sans raison, regarder mes cicatrices et philosopher sur la gentillesse des inconnus. C'est tentant. J'ai envie de fumer. J'ai envie de retrouver la sécurité de ma solitude et de ma douleur. Envie qu'on me laisse tranquille pour continuer à m'enfoncer et...

... j'entends soudain le rire de Matt.

Son rire que j'aimais tant. Et sa voix, taquine sans mépris.

— Oui, ça te ressemble en effet de reculer devant l'obstacle. C'est tout à fait toi !

— J'ai peut-être changé.

En murmurant ces mots, j'imagine son sourire, chaleureux et un peu moqueur.

— OK, dis-je à son fantôme en posant la main sur la poignée.

Et j'ouvre la porte.

5.

Je reste sur le seuil un moment sans entrer. Je suis en proie à une terreur sans nom qui me met le cœur au bord des lèvres. C'est très exactement ce qui rend ma vie détestable depuis le « grand malheur » qui m'est arrivé. L'incertitude permanente. Avant, j'avais ce qui s'appelle l'esprit de décision. Je me préférais ainsi. C'était simple. Je décidais, je faisais. Maintenant, c'est ; et si ceci et si cela, non oui non peut-être, faut-il ne faut-il pas... Et derrière ces tergiversations, la peur.

J'ai peur. Tout le temps. Je me réveille en ayant peur, je marche en ayant peur, je me couche la peur au ventre. J'ai horreur de ça. Mais je ne peux pas y échapper et je regrette la tranquille assurance qui me caractérisait. Je sais aussi que, même si je guéris, je ne la retrouverai jamais. Jamais.

— Allons, du cran, Barrett.

Je marmonne à haute voix, toujours.

— T'es qu'une pauvre folle, Barrett.

J'inspire profondément et je passe la porte.

C'est un petit bureau. Juste nous quatre, des tables, des ordinateurs, une petite salle de conférences, des téléphones. Des panneaux de liège couverts de photos de cadavres. Rien n'a changé depuis six mois que je n'y suis plus retournée. Mais pour moi, c'est comme si je débarquais sur la lune.

Ils sont là. Callie et Alan me tournent le dos. Ils discutent entre eux en tendant la main vers les photos affichées. James examine, avec la froide concentration que je lui connais, un dossier ouvert sur sa table. C'est Alan qui se tourne et me voit le premier. Il m'aperçoit, écarquille les yeux, reste bouche bée. Je me prépare à affronter un air de dégoût.

Il éclate de rire.

— Smoky !

Sa voix vibre d'une joie sincère. Dès lors, je suis sauvée.

6.

— Eh ben, ma chérie, t'auras plus besoin de te dégoter un masque pour Halloween.

Callie tout craché. Ce sont des propos révoltants et cruels, qui en choqueraient plus d'un. Ils me ravissent. Une autre attitude venant d'elle m'aurait plongée dans le désespoir.

Callie est une grande rousse élancée, tout en jambes. Un physique de top-modèle. Elle a ce genre de beauté qui éblouit, comme quand on regarde trop longtemps le soleil. Elle a trente et quelques années, une maîtrise d'expertise médico-légale, mention criminologie, un esprit brillant et un manque total de savoir-vivre. Elle intimide. On la croit de prime abord insensible, voire odieuse. Rien n'est moins vrai. Elle est d'une loyauté exemplaire, d'une intégrité, d'une fidélité à laquelle elle ne dérogerait jamais, même sous la torture. Elle est franche, directe, souvent brutale dans ses remarques et refuse toute compromission, sociale, politique, ou autre. Elle est prête à tout pour ceux qu'elle appelle ses amis, y compris à leur faire un rempart de son corps pour recevoir les balles à leur place.

Sa plus belle qualité est aussi la moins visible : sa

grande simplicité. Elle n'offre au monde qu'un seul visage ; elle n'en a pas d'autre. Elle déteste l'autosatisfaction et ceux qui la pratiquent. C'est sans doute ce qui dérange le plus ceux qui la jugent sévèrement : si certains ne supportent pas qu'elle les mette en boîte, leur grogne ne l'empêche pas de dormir. Les grincheux ne l'intéressent pas. Comme elle aime à le dire : « Je n'ai que faire des gens qui ne savent pas rire d'eux-mêmes ».

C'est Callie qui m'a trouvée après le passage de Joseph Sands. J'étais nue, en sang, en pleurs, couverte de vomi. Elle était superbement habillée, comme toujours, mais elle n'a pas hésité à me prendre dans ses bras pour me réconforter en attendant l'ambulance. Je vois encore les grandes traces de larmes et de sang, sa ravissante robe gâchée. Ma dernière vision avant de perdre connaissance.

— Callie...

La remontrance vient d'Alan, toujours calme et sérieux. Alan est un grand Noir, d'une stature impressionnante. Il est plus qu'imposant, gigantesque. Monumental. Les suspects en garde-à-vue tremblent de peur dès qu'il fronce un sourcil. Or c'est l'homme le plus doux et le plus gentil que je connaisse. J'admire son infinie patience. Il examine et réexamine les indices, les plus petits détails, sans jamais se lasser. Rien ne le rebute quand il traque un tueur. Il a l'œil. Bien des affaires ont été résolues grâce à sa perspicacité. C'est le plus âgé de nous tous. Il a plus de quarante ans. Quand il nous a rejoints au FBI, il nous apportait dix années d'expérience au bureau des homicides de Los Angeles.

Une autre voix.

— Qu'est-ce que tu fais là ?

Si le mécontentement était une mélodie, cette remarque serait une symphonie.

Assénée tout à trac, sans ménagement. La même brutalité que Callie, moins le sens de l'humour. Ça, c'est James. Entre nous, nous l'appelons Damien, du nom de l'enfant démoniaque du film *La Malédiction*. Lui, c'est le benjamin de l'équipe. Il a vingt-huit ans. Plus exécrable et crispant que lui, ça n'existe pas. Il exaspère, il tape sur les nerfs. Un modèle du genre.

Mais brillantissime. Un extraterrestre tellement il est brillant. Bachelier à quinze ans, des résultats mirobolants à tous les examens et concours, le candidat que s'arrachaient les meilleures universités du pays. Il a choisi celle qui assurait la meilleure formation en criminologie et obtenu son diplôme en quatre années tout rond. Puis il est entré au FBI. C'était son objectif.

À douze ans, James a perdu sa sœur aînée, victime d'un tueur en série qui avait un faible pour les chalumeaux et le martyre des jeunes filles. Le jour de l'enterrement, James s'est juré de travailler au Bureau.

Ce garçon est un livre fermé. Il semble ne vivre que pour son travail. Il ne plaisante pas, ne sourit jamais, ne fait rien qui ne soit directement utile au boulot en cours. Il ne parle jamais de sa vie privée, ne dévoile rien de ce qui l'intéresse, rien de ses goûts ni de ses aversions. J'ignore tout des musiques qu'il aime, des films qui lui plaisent. Je ne sais même pas s'il écoute de la musique et va au cinéma.

Il serait trop simple de ne voir en lui qu'un cerveau épris de logique et d'efficacité. Il dégage une hostilité qui éclate en accès aussi brefs que violents. Ses désaccords se manifestent parfois avec virulence. Son indifférence et sa rudesse sont légendaires. Ce n'est pas qu'il prenne plaisir à contrarier les gens. Je dirais plutôt qu'il se fiche complètement de leurs états d'âme. Je crois qu'il est foncièrement en colère contre un monde capable d'engendrer des êtres tels que le meurtrier de sa sœur. Il y a longtemps que j'ai cessé de lui trouver des circonstances atténuantes. Il est tout simplement imbuvable.

Mais il est d'une intelligence tellement lumineuse qu'il aveugle son entourage. Nous avons un point commun, un même don qui nous relie par un invisible cordon et m'en fait un jumeau négatif. Il voit dans les pensées des tueurs, pénètre leur part d'ombre et les recoins de leur esprit, démonte les mécanismes du mal. Comme moi. Il nous arrive souvent de nous pencher ensemble sur certains aspects des affaires, de collaborer intimement. Dans ces moments-là, nous nous accordons comme les deux roues d'un engrenage bien huilé. Le reste du temps, sa présence m'est aussi agréable que si on me grattait l'épiderme à la paille de fer.

— Moi aussi, je suis ravie de te voir.

— Dis donc, toi..., gronde Alan, menaçant.

James croise les bras et braque sur Alan un regard froid. J'avoue qu'il m'en bouche un coin. Avec son mètre soixante-huit et ses soixante-dix kilos tout mouillé, il ne se laisse pas intimider.

— C'était juste une question, réplique-t-il.

— Je suggère que t'arrêtes tes conneries.

Je m'approche d'Alan et lui pose la main sur l'épaule.

— Ça va, t'en fais pas.

Ils se toisent. C'est Alan qui cède le premier en soupirant. James me jette un long regard scrutateur, puis se replonge dans l'examen de son dossier.

Alan secoue la tête d'un air affligé.

— Désolé.

Je lui souris. Comment lui expliquer que la goujaterie de James me ravit ? Qu'elle est le signe que « tout est comme au bon vieux temps ». James est toujours aussi mal embouché. Ça me rassure.

Je change de sujet.

— Alors, quoi de neuf ?

J'entre dans le bureau et je déambule en parcourant des yeux les tables et le panneau d'affichage. C'est Callie qui dirigeait l'équipe pendant mon absence. C'est donc elle qui me répond.

— C'est plutôt calme ces temps-ci, ma chérie.

Callie appelle tout le monde mon chéri ou ma chérie. La rumeur prétend qu'elle est sous le coup d'un blâme pour avoir donné du chéri au directeur. C'est une manie qui l'a prise comme ça, parce que ça l'amusait. Il y a des gens que ça agace prodigieusement ; pour moi, ça fait partie de son personnage.

— Pas de meurtres à répétition, juste deux enlèvements. Nous en avons profité pour rouvrir quelques vieux dossiers. – Elle sourit. – À croire que les grands criminels ont pris des vacances en même temps que toi.

— Comment se sont terminées les deux affaires d'enlèvement ?

Les rapts d'enfants sont notre pain quotidien. Exécrés et redoutés par tous. Des affaires où il s'agit rarement d'argent. Plus souvent de sexe, de torture et de mort.

— On en a retrouvé un en vie, l'autre non.

Je contemple le panneau de liège sans le voir. Je murmure :

— Vous les avez retrouvés, c'est déjà ça.

C'est trop rarement le cas. Ceux qui pensent que

« pas de nouvelles, bonnes nouvelles » n'ont jamais eu d'enfant kidnappé. L'absence de nouvelles dans ces circonstances est un cancer qui ne tue pas, mais ronge l'âme. J'ai vu des parents revenir pendant des années me demander des nouvelles que je n'avais pas. Je les ai vus se dessécher, céder à l'amertume. J'ai vu l'espoir s'éteindre dans leurs yeux, leur tête se couvrir de cheveux blancs. Il aurait mieux valu pour eux retrouver le cadavre de leur enfant. Ils auraient pu au moins le pleurer en toute certitude.

Je me tourne vers Callie.

— Alors, ça fait quel effet d'être la patronne ?

Elle adopte un de ces airs pseudo-hautains qui n'appartiennent qu'à elle.

— Tu me connais, ma chérie. J'étais née pour être reine. Maintenant, j'ai la couronne.

Alan profère une exclamation offusquée et s'étrangle de rire.

— N'écoute pas ce manant, proteste Callie avec dédain.

À mon tour, j'éclate de rire. D'un bon fou rire sans arrière-pensée. Qui se prolonge et s'éternise plus que de raison. Je sens avec épouvante les larmes me piquer les yeux.

— Zut ! – Je m'essuie le visage. – Désolée. – Je leur glisse un sourire timide. – Je suis tellement contente de vous voir. Vous ne pouvez pas vous imaginer.

Alan, le géant, s'approche sans crier gare et referme sur moi ses grands bras. Je tente de résister, puis je me laisse bercer, la tête contre sa poitrine.

— Si, nous imaginons, Smoky. Nous imaginons.

Il me lâche. Callie s'avance et l'écarte d'un geste.

— Assez larmoyé. Je t'emmène déjeuner. Et c'est pas la peine d'essayer de te défiler.

Je sens venir un nouvel assaut de larmes. Je ne peux qu'acquiescer. Elle attrape son sac à main, me saisit par le bras et me pousse vers la porte en lançant :

— Je suis de retour dans une heure.

Elle m'entraîne. Dès que la porte se referme derrière nous, un flot de larmes m'inonde les joues. Callie me jette un regard en coin.

— Je me suis dit que tu ne tenais pas à ce que Damien te voie chialer, ma chérie.

Je confirme d'un sourire noyé en acceptant le mouchoir en papier qu'elle me tend et je m'en remets à sa force dans ce moment de faiblesse.

7.

Nous sommes installées dans une cafétéria Subway. Je regarde avec fascination Callie engloutir un sandwich à la viande de trente centimètres de long. Elle m'épate. Cette fille est un gouffre. Elle se goinfre sans prendre un gramme. Enfin, c'est peut-être grâce à ses joggings quotidiens, huit kilomètres, tous les matins, sept jours sur sept. Elle se lèche les doigts bruyamment, en faisant claquer ses lèvres avec un entrain qui nous attire les regards désapprobateurs de deux vieilles dames outrées. Elle exhale un soupir de satisfaction et s'appuie au dossier de sa chaise pour siroter son Mountain Dew à la paille. J'ai devant moi Callie telle qu'en elle-même. Elle ne se contente pas de regarder passer la vie, elle la dévore. Elle la consomme sans modération et en redemande. Je souris à cette idée. Elle se renfrogne et pointe vers moi un doigt accusateur.

— Toi, je t'ai invitée à déjeuner pour te dire que je t'en veux à mort, ma chérie. Tu ne m'as jamais rappelée, même pas envoyé un mail. C'est inadmissible, Smoky. Même si tu es complètement effondrée, ce n'est pas unc raison.

— Je sais, Callie. Je suis désolée. Vraiment. Je suis sincèrement, profondément désolée.

Elle me tient sous son regard. Un regard intense que je lui ai vu infliger à certains criminels. Je le mérite. Puis elle se détend et un sourire lumineux éclaire son visage.

— Excuses acceptées. Bon, maintenant, le plus important : comment vas-tu ? En vrai de vrai. Et ne me raconte pas d'histoire.

Je me détourne, contemple mon sandwich et finis par lui répondre.

— Jusqu'à aujourd'hui, plutôt mal. Très mal. Je fais des cauchemars. Je suis déprimée et ça ne s'arrange pas, au contraire.

— Tu as pensé au suicide, non ?

J'éprouve la même surprise qu'avec le Dr Hillstead. Mêlée cette fois d'un sentiment de honte. Callie et moi avons toujours été très proches. Sans nous l'être dit, nous savons qu'il y a de l'affection dans l'amitié qui nous lie. Mais c'est un lien construit sur la force, pas sur un apitoiement mutuel. Je crains que notre amitié soit entachée si Callie se met à me plaindre. Je réponds pourtant.

— Oui, j'y ai songé.

Elle hoche la tête, le regard perdu dans un ailleurs auquel je n'ai pas accès. J'ai une impression de déjà-vu. Elle me rappelle le Dr Hillstead hésitant à la croisée des chemins.

— Smoky, ma chérie, n'y vois aucune faiblesse. La vraie faiblesse serait de presser la détente. Ce n'est pas parce que tu pleures, que tu fais des cauchemars, que tu déprimes, que tu as envie de te tuer que tu es quelqu'un de faible. Cela veut dire simplement que tu souffres. Tout le monde a le droit de souffrir, même Superman.

Je reste sans voix. Je ne sais que dire. Ce n'est pas le genre de Callie. Je suis prise au dépourvu. Elle poursuit, avec un petit sourire :

— Laisse tomber, Smoky. Pour toi, mais pour moi aussi. Toi et moi, nous sommes pareilles. On a toujours eu de la veine. Tout a toujours marché comme sur des roulettes. On fait bien notre boulot... on réussit tout ce qu'on entreprend, t'es d'accord ? – Incapable de parler, je confirme d'un hochement de tête. – Je vais te dire un truc, ma chérie. Un truc philosophique. Note-le dans tes tablettes parce que je n'ai pas l'habitude de donner dans les grandes phrases. – Elle pose son verre. – Les gens te peignent toujours le même vieux tableau éculé : au début, on est naïf et plein d'enthousiasme et avec le temps vient la désillusion. Ce n'est plus aussi beau qu'avant et patati et patata. Pour moi, c'est de la daube. Tout le monde ne commence pas sa vie dans l'innocence et les jolis chromos à la Norman Rockwell. Demande aux gosses des quartiers. Le problème n'est pas que nous nous rendons compte peu à peu que la vie est une longue tartine de merde. Mais que nous nous apercevons qu'elle peut faire souffrir. Ça te semble cohérent ?

— Oui.

Je suis captivée.

— La plupart des gens connaissent très tôt la souffrance. Toi et moi, nous avons eu de la chance. Beaucoup, beaucoup de chance. Par notre métier, nous avons côtoyé la souffrance, mais ce n'était pas nous qu'elle frappait. Pas directement. Regarde-toi : tu as trouvé l'amour de ta vie, tu as eu une fille merveilleuse, et tu faisais des étincelles au FBI, une femme en plus, chérie par le succès, toujours au zénith, une star. Quant à moi, je ne me débrouille pas mal non plus. J'ai évité d'attraper la grosse tête, mais c'est un fait que je tape dans l'œil des mecs et qu'en plus on m'a livré le corps avec un cerveau qui marche. Je me défends pas mal au Bureau. Même très bien, je dirais.

— C'est exact.

— Mais voilà, ma chérie. Ni toi ni moi n'avions connu de drame. En cela nous sommes pareilles. Et tout à coup, le malheur a cessé de te contourner. – Elle secoue la tête. – Quand c'est arrivé, j'ai perdu mon insouciance. Je me suis mise à avoir peur, une peur bleue, pour la première fois de ma vie. Et depuis, la peur ne me quitte plus. Parce que tu es la plus costaud de nous deux et que ce qui t'est arrivé à toi peut très bien m'arriver à moi aussi. – Elle se recule sur son siège, pose les mains à plat sur la table. – Fin du discours.

Je connais Callie depuis un bout de temps. Je sais bien qu'elle a des profondeurs insoupçonnées. Cette part de mystère, devinée mais jamais dévoilée, contribue à son charme. Soudain, elle a levé un coin du voile. C'est comme quand quelqu'un se montre nu pour la première fois. C'est le comble de la confiance. J'en suis touchée. Infiniment. Je lui prends la main.

— Je ferai de mon mieux, Callie. C'est tout ce que je peux te promettre. Mais je te promets au moins ça.

Elle me serre la main et retire la sienne. Le voile est retombé.

— Eh bien, grouille-toi. J'aime bien me sentir supérieure et invulnérable. Je t'en veux de m'en empêcher.

Je lui souris. Le Dr Hillstead m'a assuré que j'étais forte. Mais Callie est mon idole dans ce domaine. Mon modèle de parler cru, mon parangon d'insolence. Je me lève.

— Je reviens dans une minute. Je vais faire un tour aux toilettes.

— N'oublie pas d'abaisser le couvercle.

Ce que je vois en sortant des toilettes me fige sur place. Je sais que je ne dois pas aller plus loin.

Callie ne m'a pas encore aperçue. Elle concentre toute son attention sur un objet qu'elle tient dans la main. Je me cache derrière la porte et l'observe.

Elle a l'air triste. Plus encore, désespérée.

Je l'ai déjà vue furieuse, gentille, méprisante, vindicative, ironique et que sais-je encore. Jamais je ne l'ai vue aussi triste. Et quelque chose me dit que ça n'a rien à voir avec moi.

Ce qu'elle tient dans la main lui cause un immense chagrin. J'en reste perplexe.

Je sens que c'est quelque chose de très intime. Que Callie ne souhaiterait pas que je surprenne ce moment d'abandon. Elle n'a peut-être qu'un visage à montrer au monde, mais elle choisit sous quel angle le lui montrer. Et elle n'a pas choisi de me montrer ça, quelle qu'en soit la signification. Je bats en retraite. Une dame âgée est en train de se laver les mains. Je croise son regard dans la glace. Je mordille l'ongle de mon pouce. Ma décision est prise.

— Madame, puis-je vous demander un service ?

— Dites, répond-elle aussitôt sans une once d'hésitation.

— Je suis avec une amie...

— Celle qui mange comme un porc ?

Oups.

— Oui, c'est ça, madame.

— Et alors ?

— Elle... elle est plongée dans des pensées très personnelles. Elle se croit seule, puisque je suis ici. Je...

— Vous ne voulez pas lui voler ce moment.

Elle a tout compris. Je reste bouche bée. Les préjugés, me dis-je. Quoi de plus stupide ? Je la prenais pour une douairière coincée et péremptoire. J'ai devant moi une femme au regard attendri, plein de sagesse, qui sait ce que peut coûter le ridicule.

— Oui, madame. Elle n'est pas très raffinée, mais elle a un cœur gros comme ça.

Elle m'adresse un sourire magnifique.

— On a connu de grands personnages qui étaient des bâfreurs invétérés. Je m'en occupe. Attendez trente secondes avant de sortir.

— Merci.

Je suis sincère. Elle le sait.

Elle s'en va sans rien ajouter. J'attends un peu plus de trente secondes et je la suis. En franchissant la porte, j'écarquille les yeux. Elle s'est arrêtée à notre table. Elle agite un doigt réprobateur sous le nez de Callie. Je les rejoins.

— Il y a autour de vous des gens qui aimeraient déjeuner en paix, l'entends-je sermonner.

Un ton tranchant comme une lame. Propre à susciter la honte plus que la colère. Ma mère était championne à ce jeu-là.

Callie la lorgne d'un œil mauvais. Je sens l'orage qui gronde. Je me précipite. Je ne veux pas que celle qui me rend un service ait à le payer trop cher.

— Callie. – Je lui pose amicalement la main sur l'épaule. – Il faut y aller, je crois.

Elle foudroie du regard la brave dame, qui a l'air aussi intimidée qu'une lionne en maraude dans la savane.

Je répète avec insistance.

— Callie.

Elle se lève et chausse ses lunettes de soleil d'un geste théâtral. Pour un peu, j'applaudirais.

— Je ne resterai pas ici une minute de plus, déclare-t-elle avec une moue dédaigneuse. – Elle attrape son sac à main et incline la tête vers la dame imperturbable. – Bonne journée. – D'une voix qui sous-entend : Crève, vieille baderne.

J'entraîne Callie vers la sortie en jetant un regard par-dessus mon épaule. La dame me salue d'un clin d'œil.

Encore une occasion de m'émerveiller de la gentillesse des inconnus.

Callie pimente le retour de son humeur ronchonne. Elle bougonne contre les « vieilles toupies », les « vieilles biques parcheminées », les « mamies snobinardes ». J'acquiesce aux moments opportuns, l'esprit encore hanté par son regard triste, tellement inattendu.

Nous arrivons au parking, devant ma voiture.

Je décide d'en rester là pour aujourd'hui. Je verrai le directeur adjoint un autre jour.

— Merci, Callie. Dis à Alan que je repasserai bientôt. Même si ce n'est que pour dire un petit bonjour.

Elle me menace du doigt.

— Je lui transmettrai, ma chérie. Mais tu es priée désormais de répondre aux coups de téléphone. Tu n'as pas tout perdu, il reste des gens qui t'aiment. Et tu as des amis en dehors du boulot. Ne l'oublie pas.

Elle tourne les talons avant que j'aie pu répondre, pour être sûre d'avoir le dernier mot. C'est bien dans la manière de Callie. Et je ne suis pas mécontente d'en être la victime.

Je monte dans ma voiture. J'avais raison hier. Aujourd'hui a bien été le grand jour. Je ne vais pas rentrer chez moi pour me faire sauter le caisson.

Comment le pourrais-je ? Je ne suis même pas capable de me saisir de mon pistolet.

8.

La nuit est épouvantable, un *best of* de mes pires cauchemars. Joseph Sands parade dans son habit de diable pendant que Matt m'adresse un sourire ensanglanté. Puis c'est Callie, à la sandwicherie Subway, qui lâche ce qu'elle considérait avec tristesse pour dégainer son arme et tirer sur la vieille dame dont la tête explose. Elle se remet à boire à la paille, mais ses lèvres sont trop rouges et trop pleines et quand elle me jette un clin d'œil, on dirait un cadavre à la paupière baissée.

Je me réveille en frissonnant et j'entends alors la sonnerie du téléphone. Je regarde mon réveil. Il est cinq heures du matin. Qui peut m'appeler à cette heure ? Je n'ai plus reçu d'appels aussi matinaux depuis que j'ai cessé de travailler.

Les images cauchemardesques dansent encore devant mes yeux. Je les chasse de mon esprit et j'attends que les tremblements s'apaisent avant de décrocher.

— Allô ?

Un silence à l'autre bout du fil. Puis la voix de Callie :

— Bonjour, ma chérie. Désolée de te réveiller, mais... nous avons quelque chose qui te concerne.

— Quoi ? Que se passe-t-il ? – Elle ne répond pas. Je commence à m'énerver. Je réprime une dernière salve de frissons. – Merde, Callie ! Explique !

Soupir.

— Tu te souviens d'une certaine Annie King ?

Incrédule.

— Si je m'en souviens ? Naturellement ! C'est une de mes meilleures amies. Elle a déménagé à San Francisco il y a environ cinq ans. Nous nous téléphonons à peu près deux fois par an. Je suis la marraine de sa fille. Alors, tu penses si je m'en souviens ! Pourquoi ?

Une fois de plus, Callie tarde à répondre. Je l'entends murmurer :

— Allons bon ! – Elle a l'air sonnée. – Je ne savais pas que c'était une de tes amies. Je pensais que tu la connaissais juste comme ça.

Une terrible appréhension me gagne. Je devine, je crois savoir. Mais il faut que je l'entende de la bouche de Callie pour y croire.

— Dis-moi.

Un long soupir de reddition.

— Elle est morte, Smoky. Assassinée dans son appartement. Sa fille est en vie, mais elle est en état de choc.

Je suis atterrée. Je manque de laisser tomber le téléphone.

— Où es-tu, Callie ?

Je ne reconnais pas le son de ma voix.

— Au bureau. Nous sommes prêts à nous rendre sur place. Nous partons dans une heure et demie en jet privé.

Je sens un non-dit à l'autre bout du fil, comme une hésitation. Callie me cache quelque chose.

— Qu'est-ce qu'il y a, Callie ?

Elle finit par se décider.

— Le meurtrier a laissé un message pour toi.

Je reste muette. Le temps de digérer ses paroles.

— Je viens.

Et je raccroche sans lui laisser le loisir de protester.

Assise au bord de mon lit, j'enfouis mon visage dans mes mains et j'essaye de pleurer, mais mes yeux restent secs. C'est presque pire.

Il est à peine six heures quand j'arrive. C'est le matin tôt qu'on circule le mieux à Los Angeles. Les avenues sont moins encombrées. Ceux qui roulent à ces heures-là reviennent d'on ne sait où ou vont on ne sait où. Je connais bien la lumière grise embrumée de l'aube pour l'avoir souvent traversée en me rendant sur le théâtre d'une mort violente. Comme maintenant. Pendant tout le trajet, je pense à Annie.

Nous nous sommes connues au lycée, quand nous avions quinze ans. C'était une future ex-majorette de l'association sportive du bahut. J'étais une sorte de garçon manqué qui rêvait plaies et bosses et fumait des joints. Nos chemins n'avaient guère de chance de se croiser dans l'univers hiérarchisé du lycée. Le destin s'en est mêlé.

Mes règles avaient démarré en plein cours de maths. J'avais levé la main, empoigné mon sac et j'étais sortie précipitamment pour me ruer aux toilettes. J'étais rouge de confusion en longeant le mur du couloir. J'espérais bien ne croiser personne.

J'étais réglée depuis moins d'un an et la chose me causait encore un embarras sans nom.

J'ai entrebâillé la porte des toilettes, glissé un œil, et constaté avec soulagement que la voie était libre. Je me suis enfermée dans une cabine pour faire ce que j'avais à faire quand un reniflement a suspendu mon geste. J'ai retenu mon souffle en tendant l'oreille. Un autre reniflement, suivi d'un sanglot. On pleurait tout près de moi.

J'ai toujours eu une âme de bon Samaritain. Enfant, j'avais même envisagé de devenir vétérinaire. Dès que je tombais sur un chien, un chat ou un oiseau blessé, ou n'importe quelle autre bestiole volante ou rampante en mauvais état, je rapportais la pauvre chose à la maison. La plupart du temps, mon patient n'arrivait pas vivant. Mais les rares exceptions étaient autant de victoires qui me confortaient dans mon œuvre bienfaitrice. Mes parents avaient trouvé ça mignon au départ, mais après la énième visite d'urgence chez le véto, ils avaient changé d'avis. Sans essayer pour autant de contrer ma vocation de mère Teresa.

En grandissant, ma sollicitude s'est étendue aux humains. Je n'intervenais pas dans les conflits, mais j'allais toujours voir les protagonistes après la bagarre pour leur demander comment ils allaient. J'avais toujours une trousse de premier secours dans mon sac à dos. Je ne sais combien de pansements j'ai pu distribuer en quatrième et troisième. Cette singularité de mon caractère ne m'a jamais dérangée. C'est étonnant : j'étais mortifiée de devoir m'absenter au beau milieu d'un cours pour m'occuper de mes petits problèmes féminins, mais les moqueries, les surnoms de « sœur Smoky » dont on m'affublait ne m'ont jamais perturbée. Pas le moins du monde.

C'est cette tendance au dévouement qui m'a conduite au FBI. L'envie d'attaquer le mal à la racine, d'empêcher les criminels de nuire. Les années qui ont suivi ont un peu modifié ma façon de voir. J'ai mis plus de prudence dans mes élans altruistes. J'ai troqué ma trousse de soins d'urgence contre le travail en équipe et les pansements contre une paire de menottes et les barreaux d'une prison.

Mon tempérament étant ce qu'il était, quand j'ai entendu pleurer à deux pas de moi, j'ai mis ma serviette hygiénique à la va-vite, remonté mon jean en oubliant ma honte, et je suis sortie. Je me suis plantée devant la porte de la cabine d'où provenaient les sanglots.

— Hé, ça va, là-dedans ?

Les gémissements se sont tus, mais ça reniflait toujours.

— Va-t'en. Laisse-moi tranquille.

Je suis restée un moment à me demander ce que j'allais faire.

— Tu as mal ?

— Non ! Fous-moi la paix.

Il n'y avait donc apparemment pas de blessure physique à soigner. Je m'apprêtais à renoncer quand quelque chose m'en a empêchée. Le destin. Je me suis penchée et j'ai proposé d'une voix hésitante :

— Euh, écoute... je peux faire quelque chose ?

Une voix désespérée m'a répondu :

— Personne ne peut rien pour moi.

Le silence est retombé, bientôt traversé d'un sanglot déchirant. Les filles de quinze ans pleurent comme personne. Personne. Elles y mettent tout leur cœur, sans retenue, comme si c'était la fin du monde.

— Allons, c'est pas si grave que ça.

J'ai entendu des bruits, puis la porte s'est ouverte toute grande. J'ai vu devant moi une très jolie blonde à la figure bouffie de chagrin. Je l'ai tout de suite reconnue. J'ai aussitôt regretté de ne pas l'avoir écoutée et de ne pas être partie. Annie King. Pompom *girl*. La fille tarte par excellence. La miss perfection qui se sert de sa beauté pour imposer sa loi. C'était l'opinion que j'en avais. Je l'avais étiquetée et jugée, moi qui ne supportais pas d'être cataloguée. Elle était hors d'elle.

— Qu'est-ce que tu en sais ?

Un déchaînement de fureur dirigé contre moi. J'en suis restée coite, abasourdie, trop étonnée pour penser à lui en vouloir. Puis tout son visage s'est chiffonné et sa colère s'est évanouie aussi vite qu'elle avait jailli. De grosses larmes ont roulé sur ses joues.

— Il a montré ma culotte à tout le monde.

— Hein ? Quoi ? C'est quoi cette histoire de culotte ?

Il est souvent plus facile de se confier à des inconnus. Alors elle m'a tout raconté, profitant de ce que nous étions seules dans les toilettes. Elle sortait avec le *quarterback* de l'équipe de foot, un certain David Rayborn, depuis près de six mois. Il était beau, intelligent, et semblait sincèrement amoureux d'elle. Depuis un bon moment, il insistait pour « aller jusqu'au bout », mais elle repoussait ses avances. Il était tellement affectueux et convaincant qu'elle avait fini par céder. Il avait été gentil et attentionné et quand ils avaient terminé, il l'avait tenue tendrement dans ses bras et lui avait demandé s'il pouvait garder sa culotte en souvenir. Il avait dit que ce serait leur petit secret. Un truc un peu coquin, mais amusant en même temps. Plutôt romantique. Avec le recul, on peut trouver l'idée saugrenue, mais quand on a quinze ans...

— Tout à l'heure, je sortais du terrain après l'entraînement. Ils étaient tous là. Toute l'équipe de foot. David était avec eux et ils me montraient du doigt en rigolant avec des airs grivois. Et c'est là que... – Son visage se plisse à nouveau. Je tique, devinant ce qui va suivre. – Il a brandi ma culotte. Comme un trophée. Il m'a regardée et m'a fait un clin d'œil en me disant que c'était la plus belle pièce de sa collection.

Et la majorette pleure de plus belle. Elle fond littéralement en larmes. Ses jambes fléchissent. Elle tombe dans mes bras en gémissant. J'hésite à peine, pas longtemps, et je la serre dans mes bras. Je serre contre moi cette fille que je connais à peine et qui pleure sur mon épaule et je la console.

Les sanglots ont fini par se calmer. Elle s'est écartée de moi, s'est essuyé le visage. Elle fuyait mon regard. J'ai compris qu'elle était un peu gênée.

— Eh, j'ai une idée. – Ça m'a prise d'un coup, sans raison. – Allons-nous-en. On sèche la journée.

Elle a levé vers moi des yeux ahuris

— L'école buissonnière, tu veux dire ?

— Ouais. Juste aujourd'hui. Tu l'as bien mérité, tu ne trouves pas ?

Je crois que sa décision a été aussi soudaine et irréfléchie que la mienne. Elle ne connaissait même pas mon nom. Elle a souri.

— D'accord.

C'est ainsi que nous nous sommes rencontrées. Elle a fumé son premier joint (sur mon incitation). Une semaine plus tard, elle abandonnait les majorettes. J'aimerais pouvoir dire que nous nous sommes vengées de David Rayborn, mais nous n'en avons jamais eu l'occasion. Malgré sa réputation d'enfoiré, les filles ont continué à lui tomber dans les bras et il a continué sa collection de petites culottes. Il est resté une star du foot local et a poursuivi sa brillante carrière jusqu'à l'université. C'est sans doute la preuve qu'il n'y a pas de justice en ce bas monde, mais en même temps, c'est à lui qu'Annie et moi devons notre amitié, un lien qui devait se révéler si beau et si précieux que je pourrais presque lui pardonner sa goujaterie.

Nous étions unies à un point fusionnel, comme seuls les compagnons d'arme et les adolescents peuvent l'être. Nous passions tous nos moments de loisir ensemble. Elle m'a poussée à renoncer aux joints. J'ai suivi son conseil quand mes notes ont commencé à baisser. Je l'ai poussée à sortir à nouveau avec des garçons. Elle m'a soutenue quand il a fallu piquer Buster, le chien que j'avais depuis l'âge de cinq ans. Je l'ai soutenue quand elle a perdu sa grand-mère. Nous avons passé notre permis de conduire ensemble et affronté à deux les aléas de l'existence. Ensemble, nous avons grandi et sommes devenues femmes.

C'est le lien le plus fort qui puisse exister : l'amitié entre l'enfance et l'âge adulte. Il laisse un bagage d'expériences et de souvenirs qui nous suivent tout au long de notre vie, jusqu'à la tombe.

Il est arrivé ensuite ce qui arrive toujours. Nous avons passé nos diplômes. J'étais déjà avec Matt à ce moment-là. Elle avait rencontré un garçon. Elle a décidé de voyager avec lui dans tout le pays avant d'aller à l'université. Je n'ai pas voulu attendre. Je suis tout de suite entrée à UCLA. Nous avons fait comme tout le monde : nous nous sommes juré de nous appeler deux fois par semaine et de toujours rester en contact et, comme tout le monde, nous avons été happées par la vie et nous ne nous sommes plus donné de nouvelles pendant un an.

Un jour, en sortant de cours, je l'ai trouvée là, devant moi. Elle était superbe, belle comme le jour. J'ai éprouvé un pincement de joie mêlée de peine en la voyant.

— Comment va la vie, jeune fille ? a-t-elle demandé, l'œil brillant.

Pour toute réponse, je l'ai serrée fort dans mes bras.

Nous sommes allées déjeuner. Elle m'a raconté ses aventures. Ils avaient traversé cinquante États sans un sou en poche, vu et fait des foules de choses, fait l'amour à tout-va. Elle m'a adressé un petit sourire entendu en étalant sa main sur la table.

— Regarde.

J'ai vu la bague de fiançailles, me suis extasiée comme il se devait, nous avons ricané et parlé de l'avenir, de ses projets de mariage. C'était à nouveau comme avant.

J'ai été son témoin, elle a été le mien. Elle est partie s'installer à San Francisco avec Robert. Je suis restée à Los Angeles avec Matt. La vie a suivi son cours, mais nous trouvions toujours le moyen de nous appeler tous les six ou sept mois et c'était chaque fois comme au premier jour, lorsque nous avions séché la classe, quand nous étions libres, jeunes et heureuses.

Robert était un bon à rien. Il a fini par la quitter. Quelques années plus tard, j'ai voulu me renseigner sur lui, dans l'espoir de découvrir qu'il avait tout raté et qu'il était malheureux comme les pierres. C'est ainsi que j'ai appris qu'il s'était tué dans un accident de voiture. Pourquoi Annie ne m'en a-t-elle rien dit, je l'ignore.

À partir du moment où j'ai commencé à travailler pour le Bureau, nos coups de fil se sont espacés. Un par an. Puis tous les dix-huit mois. J'ai accepté d'être la marraine de sa fille, mais je dois avouer à ma grande honte que je ne l'ai vue qu'une fois. Quant à elle, elle n'a jamais rencontré la mienne. Que dire ? La vie a passé comme elle sait le faire.

Il y a trois ans, son père est mort. Je suis partie immédiatement la rejoindre et je suis restée chez elle une semaine à essayer de me rendre utile. Annie avait mûri et elle était accablée de chagrin. Je me souviens d'avoir été frappée par une drôle de contradiction : l'âge et la peine la rendaient plus belle que jamais. Le soir de l'enterrement, après avoir couché sa fille, nous nous sommes retrouvées assises par terre dans sa chambre et elle a pleuré dans mes bras.

À la mort de Matt, je n'ai eu aucun signe de sa part, mais je n'en ai pas été vraiment surprise. Annie détestait se tenir au courant de l'actualité, que ce soit dans la presse ou à la télévision, et je n'ai jamais pris la peine de l'appeler pour lui raconter ce qui était arrivé. Je me demande encore pourquoi.

Je pensais à Annie en roulant vers les bureaux du FBI et je m'interrogeais sur la tiédeur de ma réaction à l'annonce de sa disparition. J'étais triste. Anéantie même. Mais ce n'était pas le bouleversement affectif que ç'aurait dû être.

Je viens de me rendre compte en arrivant qu'il ne reste plus rien de ma jeunesse. Mon amour de jeunesse, l'amie de mes jeunes années. Tous envolés. La perte de Matt et d'Alexa a été un trop grand choc. C'est sans doute pour cette raison que ce que je ressens pour Annie n'est pas à la hauteur de ce qui me semblerait juste.

Je crois que je suis à court de souffrance.

— Qu'est-ce que tu fiches ici, Smoky ?

Je suis étonnée de trouver là l'agent spécial Jones, qui fut mon maître, aujourd'hui directeur adjoint. Il est certes très impliqué et n'hésite pas à aller au front. Mais, en l'occurrence, sa présence n'était pas nécessaire, d'autant plus qu'il a un carnet de bal plutôt chargé. Où est l'urgence ?

— Callie m'a téléphoné, chef. Elle m'a dit pour Annie King et m'a expliqué que le meurtrier avait laissé un message à mon intention. J'y vais.

Il secoue la tête.

— Ça, jamais de la vie. Pas question. Outre le fait qu'elle était ton amie et que ça t'exclut d'office de l'affaire, tu n'as toujours pas eu le feu vert pour reprendre le boulot.

Callie essaye de s'approcher pour suivre notre conversation. Jones s'en aperçoit et me fait signe de le suivre alors qu'il se dirige vers sa voiture en allumant une cigarette. Toute l'équipe est regroupée au pied de l'immeuble, attendant de s'embarquer pour l'aérodrome privé de Van Nuys. Je le regarde tirer sur sa cigarette avec envie. J'ai oublié les miennes.

— Je peux vous en demander une, chef ?

Il hausse un sourcil stupéfait.

— Je croyais que tu avais arrêté.

— J'ai recommencé.

Il hausse les épaules et me tend son paquet. Je me sers. Il allume ma cigarette. J'aspire une longue bouffée. Mmm !

— Écoute, Smoky. Tu sais comment ça se passe.

Tu es au Bureau depuis assez longtemps. Ton psy ne dévoile rien de ce que vous vous dites. Mais il me remet un rapport, tous les mois, dans lequel il évalue ce qu'il estime être ton état d'esprit.

J'acquiesce. Je suis au courant. Pour moi, il ne s'agit aucunement d'une atteinte à la confidentialité. Les droits et le secret professionnel ne sont pas en cause. Ce qui importe, c'est de savoir si je suis en mesure de représenter le FBI. Et capable de porter une arme.

— J'ai reçu son rapport hier. D'après lui, tu as encore du chemin à faire. Tu n'es pas prête à reprendre. Point final. Et tu te pointes à six heures du matin avec la prétention de te rendre sur les lieux du meurtre d'une amie ? – Il secoue à nouveau la tête, avec vigueur. – Je te le redis : il n'en est pas question.

Je tire sur la cigarette et je l'observe en réfléchissant à ce que je vais dire. Je sais maintenant pourquoi il est là. C'est à cause de moi. Parce que le meurtrier m'a écrit. Parce qu'il est inquiet.

— Vous savez, chef, Annie King était mon amie. Sa fille est toujours en vie. Elle n'a plus de famille, son père est mort. Je suis sa marraine. J'y serais allée de toute façon. Tout ce que je demande au Bureau, c'est de me permettre de profiter du voyage.

Il s'en étrangle et bafouille entre deux quintes de toux :

— Je t'en prie ! Belle tentative, mais pour qui me prends-tu, agent Barrett ? Je te connais, Smoky. Tu ne me la feras pas ! Ton amie est morte et j'en suis désolé à propos. Ce que tu veux, c'est aller mettre ton nez dans cette affaire. Voilà la vérité. Je ne peux pas l'accepter. D'abord parce que tu es personnellement concernée, ce qui t'interdit toute participation. C'est le règlement. Ensuite, parce que tu as probablement des tendances suicidaires et que je ne peux pas te laisser aborder une affaire criminelle dans cet état d'esprit.

Les bras m'en tombent. Je vibre de colère et de honte.

— Mon Dieu ! Est-ce que je me promène avec une pancarte autour du cou qui proclame : « J'ai songé à me supprimer ? »

Il se radoucit.

— Non. Mais nous savons tous que nous en aurions été tentés si nous avions subi ne serait-ce que la moitié de ce que tu as subi. – Il jette sa cigarette et poursuit sans me regarder : – J'ai moi-même eu envie d'avaler mon flingue une fois.

J'en reste sans voix. Voyant ma perplexité, il confirme :

— C'est vrai. J'ai perdu un équipier il y a vingt-cinq ans, quand j'étais à la police de Los Angeles. J'ai pris une mauvaise décision. Nous avons pénétré dans un bâtiment sans renforts pour nous couvrir. Nous ne faisions pas le poids. Il l'a payé de sa vie. Il était marié et père de trois enfants. C'était entièrement de ma faute. Pendant plusieurs mois, j'ai envisagé de réparer cette injustice. – Il me jette un regard dénué de pitié. – Le problème n'est pas que tu as une pancarte autour du cou, Smoky. Mais que la plupart d'entre nous se seraient déjà fait sauter la cervelle si nous étions à ta place.

M. le directeur adjoint Jones est ainsi. Il ne mâche pas ses mots, il ne tourne pas autour du pot. Avec lui, au moins, on sait toujours à quoi s'en tenir.

Je n'ose croiser son regard. À mon tour, je lâche

ma cigarette et je l'écrase sous mon talon. Je choisis soigneusement les mots que je vais prononcer.

— Je vous remercie de votre franchise, chef. Vous avez raison sur toute la ligne, à une exception près. – Cette fois, j'affronte son regard. Je sais qu'il voudra voir mes yeux pour juger de ma sincérité. – J'y ai pensé. Souvent. Plus maintenant. Aujourd'hui, pour la première fois, j'ai acquis la certitude que je n'en ferai rien. Et vous savez pourquoi ? – Je tends la main vers mon équipe qui attend sur les marches. – Je suis venue les voir. C'était la première fois depuis le drame. Je les ai trouvés fidèles au poste et ils m'ont acceptée. Bon, James est toujours aussi critique, mais ils ne se sont pas apitoyés, ils ne m'ont pas donné l'impression que j'étais bonne pour la casse. Je peux vous assurer que je n'ai plus aucune tendance suicidaire. Tout simplement parce que j'ai remis les pieds au Bureau. – Il m'écoute. Je ne l'ai pas convaincu, mais il est attentif à mes paroles. – Je ne suis pas prête à reprendre la direction du CASMIRC. Je ne suis certainement pas prête non plus à m'engager dans des opérations tactiques. Tout ce que je vous demande, c'est de me laisser jeter un coup d'œil. Laissez-moi y aller, pour m'occuper de Bonnie, et aussi pour me pencher un peu sur cette affaire. Rien qu'un peu. Callie continuera à diriger. Je n'en souffrirai pas et je vous promets que si je sens que ça me dépasse, j'arrête immédiatement.

Il enfouit les mains dans ses poches et fixe sur moi un regard sévère. Il me jauge, sans indulgence. Il envisage toutes les possibilités, évalue les risques. Quand il se détourne en poussant un soupir, je me dis que j'ai gagné la partie.

— Je sais que je vais le regretter, mais bon,

entendu. Voici mes conditions. Tu y vas, tu t'occupes de la petite, tu regardes. Au besoin, tu mets ton grain de sel. Mais ce n'est pas toi qui commandes. Et dès que tu te mets à avoir du vague à l'âme, tu dégages. Je suis sérieux, Smoky. Comprends-moi bien. J'ai besoin de toi et j'espère bien te récupérer. Mais en pleine forme, ce qui veut dire que ce n'est sans doute pas encore le moment. Tu me suis ?

Je hoche la tête comme un jeune appelé devant son adjudant. Affirmatif, affirmatif, affirmatif. Je pars. C'est une victoire. Il fait signe à Callie d'approcher et lui répète tout ce qu'il m'a dit.

— C'est compris ? demande-t-il, l'air grave.

— Oui, chef. C'est compris.

Il me glisse un dernier regard.

— Allez, les filles. Vous avez un avion à prendre. Filez.

Je m'éloigne vite derrière Callie avant qu'il puisse changer d'avis.

— Je serais curieuse de savoir comment tu t'y es prise pour l'amadouer, ma chérie, me marmonne Callie, la bouche en coin. En tout cas, en ce qui me concerne, c'est toi qui mènes la danse jusqu'à ce que tu en décides autrement.

Je ne réponds pas. Je suis trop occupée à me demander si je ne commets pas une grave erreur en reprenant ma place au sein de l'équipe.

9.

— Depuis quand se paye-t-on des jets privés ?

— Tu te souviens ? Je t'ai dit que nous avions eu deux enlèvements d'enfants et que nous en avons retrouvé un vivant, m'explique Callie.

Je hoche la tête.

— Le père de la fillette en question s'appelle Don Plummer. Il possède une petite compagnie d'aviation. Ils vendent des appareils, donnent des cours de pilotage, des trucs comme ça. Il nous a proposé de nous prêter gratuitement un avion, ce que, naturellement, nous avons dû refuser. Sans qu'on lui ait rien demandé, il a écrit au directeur et s'est arrangé avec lui pour nous permettre, en cas d'urgence, de voyager sur ses avions pour un prix dérisoire. – Elle désigne la carlingue d'un geste. – Alors quand on en a besoin...

L'équipe qui est à bord compte un membre supplémentaire. Un jeune type qui n'a pas l'air à l'aise dans ses pompes FBI. On le verrait plutôt se pavaner avec une boucle d'oreille en mâchant du chewing-gum. En l'observant, je remarque qu'il a le lobe gauche percé. Qu'est-ce que je disais ? Si ça se trouve, il remet sa boucle d'oreille quand il n'est pas de service. On me l'a présenté comme un spécialiste prêté par la section informatique de la Criminelle. Il se tient légèrement à l'écart, tout ébouriffé et mal réveillé. Un outsider.

Je cherche autour de moi.

— Où est Alan ?

— Chuis là, grommelle une voix à l'avant de l'appareil.

Et c'est tout. Je jette un regard interrogateur à Callie, qui esquisse un geste d'impuissance.

— Il y a quelque chose qui le tracasse. Il était tout chose quand il est arrivé. Je n'insisterais pas, si j'étais toi, ma chérie.

Je regarde Alan, seul dans son coin sombre. J'aimerais faire quelque chose. Mais Callie a sans doute raison et moi, il faut que je me mette au courant.

— Bon, dites-moi tout. Qu'est-ce qu'on a ?

Je me tourne vers James et je croise son regard brillant d'hostilité. Toute sa personne clame sa réprobation.

— Tu n'as rien à faire ici, déclare-t-il.

Je croise les bras et je soutiens son regard.

— Je suis là, c'est comme ça.

— C'est contre le règlement. Tu vas être un poids mort dans cette enquête. Je parie que tu n'as pas l'autorisation du psy, je me trompe ?

Callie se tait. Je lui en sais gré. Il est très important que je règle seule le différend.

— J'ai la bénédiction de Jones. Bon sang, James, Annie King était une amie.

Il pointe sur moi un index belliqueux.

— Raison de plus ! Tu es personnellement impliquée. Tu vas bousiller l'enquête.

Je me dis que notre cinquième larron doit être

atterré de ce qu'il entend. N'importe quelle personne extérieure à l'équipe n'en croirait pas ses oreilles. Mais j'ai l'habitude. Je connais mon James. C'est sa façon d'être et d'agir. D'ailleurs, l'affrontement me stimule. Quelque chose se réveille en moi. Je retrouve la froideur dont j'usais pour le tenir, le mettre au pas. Je la laisse m'envahir et apparaître sur mon visage.

— J'y suis. J'y reste. Fais-toi une raison. Dis-moi ce que je dois savoir et arrête de m'emmerder.

Il se tait, me dévisage, se cale sur son siège. Il secoue la tête d'un air mécontent, mais capitule.

— Très bien. Mais je veux que ce soit bien clair : je désapprouve ce que je considère comme une violation des règlements internes du Bureau.

— C'est noté.

Mon ton ironique le laisse indifférent.

— Bon. – Son regard se brouille. Il n'a pas de dossier sous la main, mais sa mémoire lui restitue les faits avec l'efficacité d'un ordinateur. – On a trouvé son corps hier. On estime que la mort remontait à trois jours.

— Trois jours !

— Oui.

— Où l'a-t-on trouvée ? Comment ?

— La police de San Francisco a reçu un mail, avec des photos en pièces jointes. Des photos d'elle. Ils se sont rendus sur place et ont trouvé le corps et l'enfant.

Mon cœur tambourine. Une remontée de bile me brûle l'estomac. Une nausée acide m'assaille.

— Tu veux dire que Bonnie est restée trois jours enfermée avec sa mère morte ?

J'ai posé la question d'une voix trop forte.

Presque un cri. James m'observe placidement. Il se contente de relater les faits.

— Bien pire. Le meurtrier l'a attachée à sa mère. Face à face. Elle a passé les trois jours ligotée de cette manière.

Le sang afflue à mes tempes. Je me sens mal. Un renvoi de bile m'emplit la bouche. Je porte la main à mon front.

— Où est-elle à présent ?

— À l'hôpital, sous bonne garde. En état de choc. Elle n'a pas prononcé un mot depuis qu'on l'a trouvée.

Un silence. Rompu par Callie.

— Ce n'est pas tout, ma chérie. Il y a des choses qu'il faut que tu saches avant qu'on atterrisse. Pour que tu ne tombes pas des nues.

Je redoute la suite. C'est la même appréhension que j'éprouve le soir avant d'aller me coucher. Mais je me ressaisis, je m'arme de courage, en espérant que personne ne remarque l'effort que cela me demande.

— Vas-y. Vide ton sac.

— Trois choses. J'énumère. Premièrement, elle te confie sa fille, à toi, Smoky. Le tueur a déniché son testament et l'a posé près du corps pour qu'on le trouve. Elle te désigne comme tutrice. Deuxièmement, ton amie avait un site porno dont elle était la vedette. Troisièmement, le courriel que le tueur a envoyé à la police contenait un message qui t'est adressé.

Je suis totalement abasourdie. C'est comme si j'avais reçu un coup sur la tête. Comme si, au lieu de me parler, Callie avait pris un club de golf pour m'assommer. J'ai le tournis. Au milieu de ma débâcle, la peur de perdre la face devant mes coéquipiers est cependant la plus forte et je m'y accroche comme à une bouée de sauvetage. Surtout devant James. Sentiment certes un peu narcissique mais salutaire, car il m'aide à rester digne.

Je parviens à refouler l'effroi et le chagrin qui s'emparent de moi. Quand je retrouve l'usage de la parole, je suis surprise par le son de ma voix : ferme et calme.

— Reprenons une chose après l'autre. Pour le premier point, je m'en charge. Voyons le deuxième. Tu me dis en gros qu'elle s'adonnait à la prostitution via Internet.

Une voix s'élève.

— Non, madame, ce n'est pas ce que vous supposez.

La remarque vient du jeune informaticien, M. Piercing.

— Comment t'appelles-tu ? lui demandé-je.

— Leo. Leo Carnes. On m'a détaché auprès de vous à cause du mail, mais aussi à cause du gagne-pain de la victime.

Je l'examine des pieds à la tête. Il subit l'inspection sans sourciller. C'est un assez beau garçon. Il doit avoir vingt-quatre ou vingt-cinq ans. Des cheveux noirs, un regard doux.

— Qui consistait en quoi exactement ? Tu dis que ce n'est pas ce que je suppose. De quoi s'agit-il alors ?

Il se rapproche de quelques sièges, trop heureux de l'occasion qui lui est offerte d'être admis au sein du cercle des intimes.

— C'est assez long à expliquer.

— Vas-y. Nous avons tout le temps.

Une lueur d'excitation allume son regard. Les ordinateurs, c'est son truc. Sa passion.

— Pour bien comprendre, il faut savoir que la pornographie sur Internet représente une sous-culture qui n'a rien à voir avec la pornographie du monde « réel ».

Il se détend, et semble ravi de pouvoir faire son numéro sur le devant de la scène en traitant un sujet qu'il maîtrise visiblement. Je suis contente qu'il en profite. Cela me laisse le temps de canaliser mes pensées et de maîtriser les incartades de mon estomac. Et me permet d'oublier un instant le face à face de la petite Bonnie, trois jours durant, avec le cadavre de sa mère.

— On t'écoute.

— Vers 1978 est apparu un système appelé BBS, le Bulletin Board System, un système de messagerie électronique qui était le premier réseau accessible au public et qui n'était plus seulement réservé au gouvernement. Il permettait, à condition d'avoir un modem et un ordinateur, de poster des messages, de partager des informations, etc. Naturellement, à l'époque, il était surtout utilisé par des scientifiques et des supercracks. Mais si je vous en parle, c'est que c'est aussi devenu un lieu d'échange de photos pornos. On pouvait les proposer, les négocier, tout ce qu'on voulait. Ce n'était pas la grande aventure, juste une activité souterraine. Pas de surveillance, rien. Une aubaine pour les intéressés, car...

— Gratuit et confidentiel, intervient James.

Leo approuve d'un sourire.

— Exactement ! Plus besoin d'aller en catimini se fournir au sex-shop du coin et de rapporter ses photos en rasant les murs. Il suffisait de s'enfermer dans sa chambre et de télécharger sans risque de se faire piquer. C'était tout bonnement génial ! Le BBS était le seul réseau disponible, il s'est très vite répandu et la pornographie qu'il véhiculait avec. Le BBS a perdu du terrain avec le développement d'Internet et l'apparition des sites, des navigateurs, et adresses.com, etc. Il servait exclusivement à expédier des messages qu'on ne pouvait visualiser qu'après les avoir téléchargés. Les sites actuels permettent de les voir dès la connexion. Alors, le porno dans tout ça ? Il y a eu deux modes d'évolution : d'abord, une poignée d'hommes d'affaires avisés, des types qui avaient déjà de l'argent et qui se sont mis à créer des sites spécialisés sur Internet. Certains venaient de l'audiotexte...

— C'est quoi, ce machin ? dis-je.

— Pardon. Le téléphone rose. Ils ramassaient déjà un fric fou grâce au téléphone rose et ils ont tout de suite vu le potentiel que représentait Internet pour le porno. Confidentialité assurée, paiement à la pièce, séances de branlette à la demande pour le premier venu. Ils ont investi dans l'achat de matériel existant. Des photos qu'ils numérisaient par centaines de milliers d'exemplaires et qu'ils balançaient sur les sites. Pour les voir, il fallait sortir sa carte de crédit. Et c'est là que les choses ont changé dans le monde de la pornographie.

Callie fronce les sourcils.

— En quoi ont-elles changé ?

— J'y viens. Jusque-là, c'était l'affaire des gens qui étaient de la partie. Quand vous vendiez des vidéos, par exemple, vous étiez plongé jusqu'au cou dans cette activité. Autrement dit, vous alliez sur les plateaux de tournage, vous assistiez aux scènes de sexe qui se déroulaient devant vous, vous connaissiez les gens, éventuellement vous passiez vous-même devant la caméra. Ça a toujours été un milieu très restreint. Avec l'apparition des sites Internet, on a vu éclore un tout nouveau type d'exploitants. Il y avait une démarcation entre eux et la création des produits. Ils avaient l'argent et ils payaient les fournisseurs d'images. Ensuite, ils les répandaient sur la toile et faisaient payer ceux qui voulaient les voir. Vous saisissez la différence ? Ce n'étaient plus des pornographes au sens classique du terme, mais des hommes d'affaires. Avec une stratégie marketing, des bureaux, du personnel et tout le bataclan. Ce n'était plus les rebuts de la société. Et c'était rentable. Certains des tout premiers à s'être positionnés sur ce marché font des chiffres d'affaires de quatre-vingts à cent millions de dollars par an.

— Ouaouh ! s'exclame Callie.

— Oui, ouaouh, confirme Leo. Ça peut nous paraître anecdotique, mai si on se plonge sérieusement dans l'histoire de la pornographie, ça a été un bouleversement. Ceux qui donnaient dans le porno dans les années 1980 arrivaient tout droit des années 1970. Ça marchait à la drogue, au sexe débridé, tous les clichés. Les nouveaux rois de l'Internet, eux, n'étaient pas branchés échangisme et sexe assaisonné à la coke. La plupart n'avaient jamais mis les pieds dans un studio de tournage. C'étaient des gars en costard-cravate qui se faisaient des fortunes avec les trucs tendance. Avec eux, c'est devenu une activité, disons, respectable. Pour autant que le porno puisse l'être.

— Tu as parlé de deux modes d'évolution. Quel est l'autre ?

— Pendant que ces hommes d'affaires se taillaient un empire, une autre révolution prenait forme. Plus populaire celle-là. À côté des sites Web qui réunissaient des collections de photos de stars du porno, des femmes et des couples créaient leur propre site, centré sur eux-mêmes et sur leurs fantasmes de tous les jours. Leur but n'était pas de gagner leur vie par ce biais. Mais seulement de se donner du bon temps. De prendre leur pied sur le thème de l'exhibitionnisme. C'est ce qu'on a appelé le « porno amateur ».

— Tu ne t'adresses pas à un public de nunuches à peine tombés du nid, mon chéri, l'interrompt Callie. Je pense que nous savons tous ce qu'est le porno amateur. La voisine, les gens branchés, tout le monde et n'importe qui.

— C'est vrai, désolé. Je me crois à l'école. Toujours est-il que la demande pour ce type de porno s'est vite révélée aussi importante que pour le pro. À tel point que les couples et les femmes qui s'étaient lancés là-dedans par jeu n'ont bientôt plus eu les moyens de faire fonctionner leurs sites gratuitement. Les visiteurs étaient tellement nombreux que ça finissait par leur coûter très cher. Ils ont donc commencé à faire payer à leur tour. Certains parmi les tout premiers à s'y être mis ont récolté des millions. Mais il faut bien comprendre que ces gens n'appartenaient pas à l'industrie du X. Ils n'y connaissaient personne. Ils n'apparaissaient pas dans les magazines ou les vidéos vendus dans les sex-shops. Ils n'étaient pas motivés par l'argent, mais par le plaisir. On peut en penser ce qu'on veut, toujours est-il que ça a fait entrer une nouvelle couche de population dans le monde du porno. De bons pères de famille, des mères membres de l'association des parents d'élèves, bien sous tout rapport, qui avaient en même temps une vie secrète et se remplissaient les poches en se montrant à poil à qui voulait les voir. – Il se tourne vers moi. C'est à eux que je pensais quand je vous ai dit que ce n'était pas ce que vous supposiez. J'ai vu le site de votre amie. C'est du soft, sans partenaire. Elle se caressait et utilisait toutes sortes d'accessoires. Elle faisait casquer les intéressés. Je ne vous dis pas que j'approuve, mais elle ne racolait pas. – Il s'embrouille un peu. – Enfin, je ne sais pas si ça peut vous aider de le voir sous ce jour...

Je lui offre un sourire las. Je ferme les yeux.

— C'est un peu dur à avaler. Je ne sais pas trop ce que je dois en penser. Mais oui, Leo. Ça m'aide.

J'ai du mal à mettre de l'ordre dans mes pensées. J'imagine Annie posant nue, par choix, pour arrondir ses fins de mois. Les gens ont parfois des secrets étonnants. Elle était très jolie et plutôt libérée. Je me serais attendue à toutes sortes de pratiques décalées de sa part. Mais ça ! Ça me laisse perplexe. D'autant que je ne peux pas jurer que je n'en aurais jamais fait autant.

Il m'était arrivé une fois, pour rire, d'envoyer sur la toile une photo de moi dans le plus simple appareil, sans la tête évidemment. Quand il s'en était aperçu, Matt m'avait simplement conseillé de ne pas recommencer.

— Si quelqu'un tombe sur ce cliché, tu risques d'être virée. Ce serait trop bête.

Je ne porte aucun jugement sur les lubies anodines auxquelles certains peuvent céder, malgré le puritanisme officiellement affiché au Bureau. Ce n'est pas la fin du monde. Il n'y a pas de quoi s'offusquer parce qu'une femme montre ses nichons. Mais de là à s'exposer sur un site Internet et à toucher des appointements pour montrer son sexe et tout ce qu'on peut en faire ! Je me demande si Annie n'avait en vue que l'argent ou si elle tirait d'autres avantages de ses performances sur le Net. Telle que je la connaissais, elle n'y trouvait pas qu'un intérêt financier. Elle a toujours été un électron libre, une version féminine d'Icare toujours tentée de s'approcher trop près du soleil.

J'émerge soudain de ma rêverie, inquiète du temps qu'elle a duré. Je crains de devenir comme ces zombies traumatisés par les coups du sort qui s'interrompent au milieu d'une phrase, le regard vide. James m'observe avec attention. Il attend que je flanche. Plutôt mourir !

— Tu as l'air d'en connaître un bout sur la question, Leo. Nous allons avoir besoin de tes compétences en informatique. J'espère que tu es un crack en la matière.

— Je suis imbattable, assure-t-il d'un air réjoui.

— Bon, voyons le message.

Callie fouille dans sa serviette et sort un feuillet imprimé d'une chemise cartonnée. Elle me le tend. Je demande à James :

— Tu l'as lu ?

— Oui. – Une hésitation. – C'est... intéressant.

J'accroche son regard et je nous sens en phase. Le mécanisme bien huilé de notre coopération se met en place. Il veut connaître mon avis, indépendamment de ses propres impressions.

Je commence ma lecture, en me concentrant. Il faut que je m'imprègne de l'état d'esprit du tueur. J'ai sous les yeux des mots qu'il a soigneusement choisis et ce document est extrêmement précieux. Il peut nous en apprendre beaucoup sur ce monstre si nous savons bien l'interpréter.

À l'attention de l'agent spécial Smoky J. Barrett.
J'aurais aimé que cet écrit reste entre nous, mais je sais qu'on ne peut pas compter sur la discrétion de vos collègues du FBI quand ils se mettent en chasse. Ils défoncent les portes, fouillent les ténèbres, traquent les ombres.
Je voudrais tout d'abord m'excuser pour le temps que j'ai mis à avertir la police après avoir tué votre amie. J'avais certaines choses à mettre en œuvre auparavant.
Je vous parlerai avec franchise, agent Barrett. S'il est vrai que j'avais besoin de temps, je dois avouer que j'ai trouvé assez grisante l'idée de la petite Bonnie attachée pendant trois jours au corps de sa mère, le regard plongé dans ses yeux sans vie, peu à peu assaillie par les premiers relents de la putréfaction.
Vous croyez qu'elle s'en remettra ? Ou sera-t-elle hantée par ce souvenir jusqu'à la fin de ses jours ? Cette fin arrivera-t-elle prématurément, provoquée par son impatience à mettre un terme à ses cauchemars d'un coup de rasoir ou par un abus de somnifères ? L'avenir le dira, mais les pronostics sont ouverts.
Encore un aveu : je n'ai pas touché l'enfant. Je me délecte de la souffrance des gens. J'assume cette banalité. Je n'ai rien contre le viol des petites filles, mais ça ne présente pour moi que peu d'intérêt. Elle est toujours vierge, du moins physiquement. Le viol de son âme m'a comblé bien davantage.
Comme vous êtes de celles qui savent affronter la réalité de la mort, je vais

vous dire comment votre amie Annie King a fini. Elle est morte lentement. Elle a beaucoup souffert. Elle m'a supplié de l'épargner. Ça m'a beaucoup amusé, excité même. Qu'est-ce que vous allez en déduire sur ma personnalité, agent Barrett ? Je me le demande.

Je vais vous mettre sur la voie.

Je n'ai pas été victime d'abus sexuels dans mon enfance. Je ne mouillais pas mon lit, je ne torturais pas les petites bestioles. Je suis d'une autre trempe. Plus pure. Je suis le dépositaire d'un héritage. J'agis ainsi parce que j'appartiens à une lignée, issue du tout PREMIER. Je suis né pour être ce que je suis. Vous êtes prête, agent Barrett ? Vous n'allez pas me croire, mais je descends en ligne directe de Jack l'Éventreur.

Vous êtes sûrement dubitative en lisant ces lignes. Vous m'aviez déjà classé dans la catégorie des dingues, des pauvres illuminés qui entendent des voix et prétendent tenir leurs ordres de Dieu.

Nous aurons bientôt l'occasion de réfuter cette erreur. Pour l'heure, revenons à l'essentiel : votre copine Annie King était une putain. Une putain des temps modernes arpentant les trottoirs des autoroutes de l'information. Elle méritait de mourir en criant de douleur. Les putains sont le cancer de notre monde ; elle ne faisait pas exception.

Elle a été la première. Elle ne sera pas la dernière.

Je marche sur les traces de mon ancêtre. Comme lui, je ne serai jamais pris et, comme lui, mes actes entreront dans l'histoire.

Acceptez-vous de jouer le rôle de l'inspecteur Abberline ?
Je le souhaite. De tout cœur.
Je vous propose de commencer ainsi : soyez à votre bureau le 20. Vous recevrez un colis qui confirmera mes dires. Je sais que vous n'allez pas me croire, mais je vous donne ma parole que le colis ne contiendra ni bombe ni piège d'aucune sorte.
Allez voir la petite Bonnie. Vous pourrez vous réveiller mutuellement la nuit en hurlant, puisque vous êtes maintenant sa nouvelle maman.
Et rappelez-vous : je n'entends ni voix ni injonctions divines. Je n'ai qu'à écouter les battements de mon cœur pour savoir qui je suis.
Salut de l'enfer.
Jack Junior

Ma lecture terminée, je reste un moment silencieuse.

— Pour une lettre, c'est une lettre !

— Encore un détraqué, commente Callie avec un soupçon de mépris dans la voix.

— C'est plus compliqué que ça. – Je me tourne vers James. – Nous en reparlerons plus tard. J'ai besoin de réfléchir.

— Je suis d'accord avec toi. Je voudrais voir les lieux avant de me forger une opinion.

La même longueur d'onde, toujours. Je fonctionne comme lui. Nous avons besoin d'aller sur place. De nous trouver là où le meurtrier a perpétré son crime. De nous imprégner de sa présence.

— À propos, qui se charge de l'affaire à la police de San Francisco ?

— Ta vieille copine Jennifer Chang. – À ma grande surprise, c'est Alan qui me répond. – Je l'ai eue hier au téléphone. Elle ne sait pas que tu viens avec nous.

— Chang, parfait. C'est une des plus compétentes. – J'ai rencontré l'inspecteur Jennifer Chang il y a six ans. Elle a à peu près mon âge, une efficacité à toute épreuve et un humour caustique qui m'avait bien plu. – Où en sont-ils ? Ils ont commencé à inspecter la scène du crime ?

— Ouais, dit Alan en quittant l'avant de l'avion pour venir s'asseoir à côté de nous. Les experts ont investi les lieux sous la houlette de Chang. À minuit hier soir, quand nous nous sommes parlé, le corps était parti chez le légiste, tout avait été photographié et l'équipe d'experts avait terminé ses prélèvements. Les fibres, les traces, tout. Cette femme est un vrai tyran.

— C'est le souvenir que j'en ai gardé. Et l'ordinateur ?

— Ils ont relevé les empreintes, mais à part ça, ils n'y ont pas touché. – Il désigne Leo d'un geste du pouce. – Le cerveau a dit qu'il s'en occuperait.

— Comment comptes-tu t'y prendre, Leo ?

— C'est très simple. Je vais commencer par un examen général de la machine. Je vais regarder si on y a installé un de ces systèmes planqués qui nettoient les disques durs et ce genre de choses. Rechercher ce qui est immédiatement visible. Ensuite, il faudra que je la rapporte au bureau pour la disséquer sérieusement.

— Bien. J'aurai besoin d'un épluchage en profondeur, Leo. Il me faudra tous les fichiers effacés, les mails, les photos, tout, je dis bien tout ce qui peut nous servir. Il l'a trouvée sur Internet. L'ordinateur est donc sa première arme.

Il se frotte les mains.

— Comptez sur moi.

— Alan, tu fais comme d'habitude. Tu photocopies tout ce que la police de San Francisco a déjà réuni, rapports, explorations et les premières conclusions qui s'ensuivent.

— Pas de problème.

Je m'adresse à Callie.

— Toi, tu te charges des experts. Ils ont une bonne équipe ici, mais tu es encore meilleure. Tâche d'avoir du tact, mais s'il y en a un qu'il faut bousculer un peu...

Callie me sourit.

— Ma spécialité.

— James, toi, tu vas t'occuper du légiste dans un premier temps. Mets-lui la pression. L'autopsie doit avoir lieu aujourd'hui même. Ensuite, nous irons ensemble sur les lieux du meurtre.

Son hostilité à mon égard reste palpable, mais il hoche la tête sans dire un mot.

Je m'arrête, le temps de tout repasser dans ma tête pour m'assurer que je n'ai rien oublié. Il me semble que c'est le cas.

— Tu as fini ? demande Alan.

Le ton irrité de sa voix me surprend. Je ne comprends pas d'où lui vient sa colère.

— Je crois, oui.

Il se lève.

— Bon.

Et il retourne s'asseoir à l'avant de l'avion sous nos regards perplexes.

— Quelle mouche l'a piqué ? s'étonne Callie.

— Ouais, pas aimable, le mec, renchérit Leo.

Callie et moi le foudroyons du regard. Tout le monde lui fait les gros yeux. Leo nous considère l'un après l'autre.

— Ben quoi ?

— Je vais t'expliquer un truc, mon petit bonhomme, lui dit Callie en lui plantant l'index dans la poitrine. C'est mon ami, tu t'abstiens de le critiquer. Y a que moi qu'ai le droit de le charrier. Compris ?

Le visage de Leo se ferme.

— Parfaitement. J'ai compris que je ne fais pas partie de tes amis, hein, c'est ça, la rouquine ?

Callie le toise. Je vois son expression s'adoucir.

— Non, mon chéri... c'est pas ce que j'ai dit. On n'est pas au collège et nous ne formons pas un clan. Alors, quitte tes airs de pauvre victime. – Elle se penche vers lui. – Si tu veux tout savoir, j'ai de l'affection pour c't homme-là. Il m'a sauvé la vie dans le temps. Et t'es pas autorisé à l'asticoter comme moi. Pas encore. Tu piges, le bleusard ?

Leo semble moins hostile, mais pas encore disposé à battre en retraite.

— Bon, OK. Je comprends. Mais ne m'appelle plus « petit bonhomme ».

Callie se tourne vers moi avec un large sourire.

— Il va peut-être faire l'affaire, finalement. – Puis elle avertit Leo : – Si tu tiens à ta peau, ne me traite plus de rouquine, jeune homme.

Je ne parviens pas à adhérer à leur passe d'armes, ni à m'en amuser. Je les laisse à leurs chamailleries et vais vers l'avant de l'appareil voir Alan. La chef d'équipe que je fus note intérieurement que l'attitude de Callie est positive pour Leo, et donc pour nous tous. J'en suis heureuse. Quand les membres d'une équipe travaillent trop longtemps ensemble, il arrive qu'ils se replient sur eux-mêmes.

Jusqu'à en devenir presque xénophobes. Ce n'est pas sain et je me réjouis de constater qu'en ce qui nous concerne, ce n'est pas le cas. Callie en tout cas a échappé à cette tendance. James est tourné vers le hublot. Il reste fermé, froid, indifférent. Fidèle à lui-même, rien de nouveau sous le soleil.

J'arrive devant la rangée où s'est réfugié Alan. Il contemple ses pieds. Il se dégage de lui une tension pesante.

— Je peux m'asseoir ?

Il agite la main et répond, sans me regarder :

— Comme tu veux.

Je m'assieds et je l'observe. Il se détourne. Je décide d'attaquer bille en tête.

— Qu'est-ce qui t'arrive ?

Il me jette un coup d'œil tellement agressif que je me recroqueville presque sur mon siège.

— À quoi tu joues, là ? Tu veux prouver que tu peux tirer les vers du nez au grand taciturne ? C'est quoi, un pari ?

J'en reste sans voix. Incapable de proférer une parole. J'attends qu'il se calme, mais il continue à me dévisager et sa fureur semble s'aggraver.

— Alors ? finit-il par demander.

— Tu sais que ce n'est pas mon intention, Alan. – Je parle d'un ton égal, neutre. – Il est évident que tu es préoccupé. Je voulais juste... savoir.

Ses yeux me fixent avec la même intensité, mais la hargne semble le quitter. Il examine ses mains.

— Elaina est malade.

Les bras m'en tombent. La nouvelle m'anéantit et l'inquiétude me submerge. Elaina est la femme d'Alan. Je les connais tous les deux depuis longtemps. C'est une Sud-Américaine très belle, à la fois de corps et d'âme. Elle est venue me voir à l'hôpital.

Elle a été la seule. Il faut dire qu'elle ne m'a pas laissé le choix. Elle a fait irruption dans ma chambre en poussant les infirmières, a foncé vers moi, s'est assise au bord du lit et m'a prise dans ses bras sans un mot. J'ai pleuré sur son épaule jusqu'à n'avoir plus de larmes. Je n'oublierai jamais ce moment. Un monde brouillé de larmes et elle, solide, chaleureuse et rassurante, qui me caressait les cheveux et tentait de me consoler dans un mélange d'anglais et d'espagnol. C'est une amie, au sens rare et éternel du terme.

— Quoi ? Comment ça ?

Il perçoit peut-être la peur qui tremble dans ma voix. Sa rage a fondu. Ses yeux ne lancent plus d'éclairs. Ils sont seulement noyés de douleur.

— Cancer du côlon, stade II. On a enlevé la tumeur, mais elle s'était étendue. Elle avait déjà commencé à proliférer quand l'intervention chirurgicale a eu lieu.

— Ce qui veut dire ?

— C'est tout le problème. Ça peut n'avoir aucune conséquence. Les cellules cancéreuses qui se sont répandues n'ont peut-être rien d'inquiétant. Ou sont au contraire dangereuses, parce que susceptibles de se propager dans tout l'organisme. Rien n'est sûr. – L'angoisse ternit son regard. – On s'en est aperçu parce qu'elle avait très mal. On a pensé à une appendicite. C'est en l'opérant que les médecins ont découvert la tumeur. Ils l'ont enlevée. Et tu sais ce qu'ils m'ont dit après ? Qu'elle en était au stade IV. Qu'elle allait bientôt mourir.

Ses mains tremblent.

— Je n'ai pas eu le courage de le lui avouer. Elle était en pleine convalescence. Je ne voulais pas qu'elle s'inquiète. Je voulais qu'elle se concentre sur sa guérison. Pendant une semaine, j'ai cru qu'elle allait mourir. Cette idée ne me quittait pas chaque fois que je la regardais. Elle ne se doutait de rien. – Il lâche un petit rire amer. – Nous sommes retournés à l'hôpital pour la visite de contrôle et là, le médecin avait une bonne nouvelle à nous annoncer. Ce n'était pas le stade IV, mais le stade II. Soixante-dix à quatre-vingts pour cent de chances de survie sur cinq ans. Il était tout sourire. Elle a fondu en larmes. Elle apprenait tout à coup que son cancer n'était pas aussi grave qu'on le craignait et elle découvrait en même temps que c'était une bonne nouvelle.

— Oh, Alan...

— Elle va subir une chimio. Peut-être des rayons. Nous nous informons avant de prendre une décision. – Il contemple ses grandes mains posées sur ses genoux. – J'ai cru que j'allais la perdre, Smoky. Encore maintenant, on a beau me dire qu'elle va s'en sortir, je me pose des questions. Je sais ce que j'éprouverais si elle disparaissait. J'ai eu toute une semaine pour y penser. Et je ne peux pas me défaire de cette hantise. – Il se tourne vers moi. La colère brille à nouveau dans son regard. – J'ai failli la perdre. Et moi, qu'est-ce que je fais ? Je m'envole vers notre dernier macchabée en date. Elle est chez nous. Elle dort. – Il soupire. – Peut-être réveillée maintenant. Et je ne suis pas près d'elle.

— Mon Dieu, Alan ! Prends un congé. Reste avec elle. On peut se débrouiller sans toi !

Il y a tant de souffrance dans le regard qu'il m'adresse que j'en ai le souffle coupé.

— Tu ne comprends pas. Ce n'est pas d'être ici qui me met en rage. Ce qui me met en rage, c'est que je n'ai aucune raison de ne pas venir. Que les choses aillent bien ou non. Ce que je fais n'y change rien. – Il lève les mains, les paumes ouvertes devant lui. Deux grosses pattes de catcheur. – Je peux tuer avec ces mains. Je peux appuyer sur une détente. Je peux faire l'amour à ma femme et même enfiler une aiguille. Elles sont fortes. Habiles. Mais elles ne peuvent pas lui ôter son cancer. Je ne peux rien faire pour elle. Je ne le supporte pas.

Il repose ses mains sur ses cuisses, sans les quitter des yeux. Je les regarde à mon tour. Je cherche les mots à offrir à cet homme accablé. Mon ami. Pour apaiser sa peur et la mienne. Je pense à Matt.

— Je comprends ce sentiment d'impuissance, Alan.

Il me regarde et je vois dans ses yeux tous les sentiments contradictoires qui l'agitent.

— Je sais, Smoky. Ne le prends pas mal, mais si j'y réfléchis, ce n'est pas rassurant. – Une grimace. – Oh, zut. Désolé. Je n'aurais pas dû dire ça.

— Ne t'en fais pas. On n'est pas en train de parler de moi, là. Mais de ce qui vous arrive, à Elaina et toi. Tu ne peux pas m'expliquer ce que tu ressens tout en marchant sur des œufs.

— C'est vrai. – Il pousse un long soupir. – Et merde, Smoky. Qu'est-ce que je vais faire ?

— Je...

Je me tais. Oui, qu'est-ce qu'il va faire ? Je croise son regard.

— Tu vas l'aimer. Tu vas faire tout ce que tu peux. Tu vas laisser tes amis t'aider si tu as besoin d'eux. Et surtout, Alan, tu ne vas jamais oublier que ça peut aussi s'arranger. Que le sort n'est pas forcément contre toi.

Il esquisse un minuscule sourire.

— Le coup du verre à moitié plein, c'est ça ?

— Exactement. Elaina est comme ça. Il faut voir les choses sous l'angle du verre à moitié plein et pas autrement.

Il se tourne vers le hublot, puis considère ses mains et, finalement, me regarde.

— Merci, Smoky. Sincèrement.

— Je ne peux même pas te répondre « de rien ». Ce n'est pas drôle.

— Je préfère que ça reste entre nous pour le moment. D'accord ?

— Tope là ! Ça ira ?

Il pince les lèvres et hoche la tête.

— Oui. Ça ira. Et toi ? Ça va ? Je ne t'ai pas beaucoup vue depuis...

Il hausse les épaules.

— Ce n'est pas comme si tu n'avais pas essayé. T'inquiète pas, ça va.

— Bon.

Entre nous, le silence retombe. Seuls nos yeux se parlent. Nous nous comprenons. Puis je me lève. Une dernière pression de la main sur son épaule et je regagne mon siège.

Hier Callie, maintenant Alan. Des problèmes, des chagrins, des mystères. Je me sens coupable. J'étais tellement obsédée par ma propre souffrance depuis six mois, que je n'avais pas envisagé que mes amis pouvaient aussi avoir des problèmes, qu'ils pouvaient, eux aussi, connaître l'angoisse, la douleur, le malheur. J'ai honte.

— Tout baigne ? s'informe Callie à mon retour près d'elle.

— Oui. Tout va bien.

Elle m'examine avec l'espèce d'insistance impudique dont elle a le secret. Elle ne me croit pas vraiment, mais elle n'insiste pas.

— Dis-moi, ma chérie, qu'est-ce que tu feras, toi, pendant que nous vaquerons chacun à nos missions respectives ?

Sa question me ramène à la raison peu réjouissante de notre voyage.

— Je vais commencer par interroger Jenny. L'emmener boire un café, par exemple. Je m'adresse à James. – Elle est fine et elle a été la première sur place. – Il hoche la tête. – Ensuite, je vais aller voir notre témoin le plus direct.

Personne ne demande de précision. Je sais qu'ils sont soulagés de me laisser m'en charger. Parce que c'est de Bonnie dont il s'agit.

10.

À notre entrée dans le bâtiment de la police de San Francisco, nous demandons Jennifer Chang et nous dirigeons vers son bureau. Elle nous voit arriver et vient à notre rencontre : cela me fait plaisir de voir son visage s'éclairer quand elle m'aperçoit. Elle est escortée par un homme que je ne connais pas.

— Smoky ! On ne m'avait pas dit que tu serais là.

— Ça s'est décidé à la dernière minute.

Elle s'arrête devant moi et m'inspecte de la tête aux pieds. Contrairement à la plupart des gens, elle examine ouvertement mes cicatrices. Elle les regarde franchement, sans chercher à cacher son intérêt.

— Ce n'est pas si terrible que ça, remarque-t-elle. Ça cicatrise bien. Et à l'intérieur, ça va comment ?

— Encore un peu douloureux, mais en bonne voie de guérison.

— Bon. Dis-moi tout, vous êtes là pour reprendre l'affaire ou quoi ?

Jenny va droit au but. Je vais devoir me montrer diplomate. En effet, nous reprenons l'affaire, mais je ne veux pas que Jenny et ses collègues en soient vexés.

— Oui. À cause du message qui m'est adressé et seulement pour cette raison. Tu connais le règlement. Ce message constitue une menace à l'encontre d'un agent fédéral. Donc, l'affaire devient fédérale. Personne ne remet en cause les capacités de la police de San Francisco.

Elle prend le temps d'assimiler ce que je viens de dire.

— Ouais, OK. Vous avez toujours joué franc-jeu avec moi.

Nous la suivons dans une petite pièce avec deux bureaux. Je ne dissimule pas ma surprise.

— Un bureau pour toi toute seule, Jenny ? Impressionnant.

— Le nombre le plus élevé d'affaires résolues pendant trois ans. Le capitaine m'a demandé ce que je voulais. Je lui ai dit, il me l'a donné. – Un sourire goguenard. – Il a viré deux vieux de la vieille pour me faire de la place. Pas très bon pour ma popularité. Pour ce que je m'en soucie ! – Elle désigne son partenaire. – Désolée. J'aurais dû vous présenter. Charlie De Biasse, mon coéquipier. Charlie, les fédéraux.

Il s'incline. De Biasse est de toute évidence un nom italien et Charlie a bien l'air italien, mais pas pur-sang toutefois. Il a un visage calme, une expression aimable, qui contrastent avec la vivacité et l'acuité de son regard.

— Enchanté.

— De même.

— Bon, s'informe Jenny, quel est le programme ?

Callie lui explique comment nous nous sommes

réparti les tâches. Jenny approuve d'un hochement de tête.

— Ça me paraît tout à fait bien. Je vais vous communiquer les doubles de tout ce que nous avons en magasin. Charlie, tu veux bien appeler les experts judiciaires pour les mettre au courant ?

— Ouais.

— Qui a la clé de l'appartement ? demandé-je alors.

Jenny prend une enveloppe sur son bureau et la tend à Leo.

— Elles sont là-dedans. N'ayez pas peur, les indices ont été prélevés, donc vous pouvez toucher tout ce que vous voulez. L'adresse est inscrite sur l'enveloppe. Voyez le sergent Bixby à l'accueil. Il pourra vous emmener.

Leo me jette un regard interrogateur. Je lui fais signe qu'il peut y aller. J'accroche le regard de Jenny.

— On peut aller se poser quelque part ? J'aimerais que tu me racontes ce que tu as vu sur les lieux, que tu me fasses part de tes impressions.

— Pas de problème. Allons prendre un café. Charlie va s'occuper des autres ici, n'est-ce pas, Charlie ?

— Ouais.

— C'est sympa.

— Votre légiste vaut quelque chose ? demande James.

Évidemment, venant de James, la question ne peut être posée simplement. Il y faut un brin de défiance. Jenny fronce les sourcils.

— D'après Quantico, elle est compétente. Pourquoi ? Vous avez eu un autre son de cloche ?

Il élude le sujet d'un geste de la main.

— Dites-moi comment je peux me mettre en rapport avec elle. Et épargnez-moi vos sarcasmes.

Jenny écarquille les yeux. J'y vois s'accumuler de sombres nuages. C'est peut-être le regard cinglant que j'adresse à James qui l'apaise.

— Voyez avec Charlie, dit-elle d'un ton cassant.

James n'en est nullement affecté. Il tourne les talons et s'éloigne d'un pas désinvolte.

Je prends Jenny par le coude.

— Allons-nous-en d'ici.

Elle jette un dernier regard noir à James avant de m'emboîter le pas.

— Il est toujours aussi gonflant ? s'inquiète-t-elle en dévalant les marches du perron.

— Hélas, oui. Le mot a été inventé pour lui.

Nous n'avons que quelques mètres à parcourir pour arriver au café. Il y en a apparemment autant à San Francisco qu'à Seattle, ce qui n'est pas peu dire. C'est un endroit très familial, un café qui ne fait pas partie d'une chaîne. L'atmosphère y est conviviale et détendue. Je commande un café noir. Jenny un thé. Nous nous installons à une table près de la fenêtre et nous octroyons le luxe de rester un moment silencieuses, en savourant tranquillement nos boissons. Le café est tellement délicieux que j'arrive à le savourer malgré toutes les morts qui m'environnent.

Je regarde la ville à travers la vitre. San Francisco m'a toujours fascinée. C'est la New York de la côte ouest. Une ville cosmopolite, imprégnée d'influences européennes qui lui donnent un charme et un caractère bien particuliers. On reconnaît les gens de San Francisco à leur façon de s'habiller. C'est un des rares endroits de la côte ouest où on voit des manteaux de laine, des chapeaux, des bérets et des gants de cuir. Très chic. Le temps est agréable. Il peut faire froid à San Francisco, mais aujourd'hui le soleil est de sortie et la température avoisine les vingt degrés.

Jenny pose sa tasse et fait tourner son doigt sur le rebord. Elle est songeuse.

— J'ai été surprise de te voir ici. Et encore plus surprise de constater que ce n'est pas toi qui diriges l'équipe.

— C'était la condition. Annie King était une de mes amies. Je ne dois pas m'impliquer directement. Du moins officiellement. En plus, je ne suis pas prête à reprendre la conduite du CASMIRC, pas encore.

Son expression ne traduit rien de ce qu'elle pense, mais elle ne porte pas de jugement.

— Pas prête parce que tu le dis ou parce que le Bureau l'a décidé ?

— C'est moi qui le dis.

— Bon... ne le prends pas mal, Smoky, mais, dans ce cas, comment se fait-il qu'on t'ait laissée venir ? Je ne crois pas que mon capitaine me l'aurait permis en pareil cas.

Je lui explique le changement que la reprise de contact avec mon équipe a opéré en moi.

— C'est finalement une excellente thérapie. Je pense que le directeur adjoint s'en est rendu compte.

Jenny marque un temps avant de reprendre la parole.

— Smoky, nous sommes amies, toi et moi. Nous ne nous envoyons pas de cartes de vœux à Noël ni de blagues le 1er avril. Ce n'est pas notre genre. Mais nous sommes quand même amies, non ?

— Bien sûr.

— Alors en tant qu'amie, je dois te poser la question : seras-tu capable de t'occuper de cette affaire ? Du début à la fin ? C'est une sale histoire. Vraiment glauque. Tu me connais. Tu sais que j'en ai vu, des horreurs. Mais cette mise en scène avec sa fille... – Elle frissonne involontairement. – Il y a de quoi vous filer des cauchemars. En plus, ce qu'on a fait à ton amie est effroyable. C'est le moins qu'on puisse dire. Et c'était ton amie. Je comprends ton point de vue quand tu me dis que c'est salutaire pour toi de te remettre dans le coup, mais est-ce que tu crois vraiment que cette affaire est la bonne pour redémarrer ?

— Je ne sais vraiment pas. C'est la vérité. Je suis en piteux état, Jenny. Inutile de le nier. Il peut paraître curieux que je veuille prendre part à cette affaire, mais... – Je réfléchis. – Écoute. Tu sais ce que je fais depuis que Matt et Alexa sont morts ? Rien. Pas dans le sens « je ne fais rien, je me la coule douce », mais *rien*, au sens où je reste assise à la même place des journées entières à fixer un mur vide. Je vais me coucher, je fais des cauchemars, je me réveille et je regarde les choses qui m'entourent jusqu'au soir. Parfois, je vais me contempler dans la glace et je suis le tracé de mes cicatrices du bout des doigts, pendant des heures. – Des larmes me piquent les yeux. Je note avec plaisir que ce sont des larmes de colère, pas des larmes de faiblesse. – Tout ce que je peux te dire, c'est que ça, vivre comme ça, c'est encore pire que tout ce à quoi va m'exposer la mort d'Annie. Cela peut te sembler égoïste, mais c'est la réalité.

Je tombe en panne de mots, comme une horloge

qu'il faudrait remonter. Jenny boit son thé. La ville continue de s'agiter au-dehors, indifférente.

— J'y vois une certaine logique. Bon, tu veux mon sentiment sur la scène du crime ?

C'est son seul commentaire. Elle ne m'écarte pas. Elle admet. Elle comprend, alors au travail. Je lui en sais gré.

— S'il te plaît.

— J'ai reçu l'appel hier.

Je l'interromps.

— Tu veux dire toi, personnellement ?

— Oui. Il m'a demandée nommément. Une voix déguisée qui m'a dit de consulter ma messagerie. J'aurais pu m'en foutre s'il n'avait pas cité ton nom.

— Déguisée comment ?

— Assourdie. Comme s'il parlait à travers un linge.

— Des tics de langage ? Un accent quelconque ?

Jenny me jette un regard sidéré.

— Ma parole, tu comptes me cuisiner comme un témoin ?

— Tu es un témoin. Pour moi, en tout cas. Tu es la seule personne à lui avoir parlé et tu as vu les lieux du crime avant toute intervention. Donc, oui.

— Ça se défend. - Je la vois réfléchir à ma question. - La réponse est non, plutôt le contraire. Aucune inflexion particulière. Une voix totalement neutre.

— Tu peux répéter exactement ses paroles ?

Je sais qu'elle en est capable. Jennifer est douée d'une mémoire exceptionnelle. Une faculté aussi impressionnante que peut l'être mon agilité au pistolet. Elle est redoutée des avocats à cause de ça.

— Oui. Il a dit : « Vous êtes l'inspecteur Chang ? » J'ai confirmé. Il a continué : « Vous avez un mail. » Mais il n'a pas ri en disant cela. C'est la première chose que j'ai remarquée. Il n'en rajoutait pas. Il énonçait simplement un fait. Je lui ai demandé qui il était. Il a répondu : « Une personne est morte. Smoky Barrett la connaît. Vous avez un mail. » Et il a raccroché.

— Rien d'autre ?

— C'est tout.

— Mmmmh. Vous avez pu localiser l'origine de l'appel ?

— Une cabine téléphonique à Los Angeles.

Je dresse l'oreille.

— Los Angeles ? C'est peut-être pour ça qu'il lui fallait trois jours. Donc, soit il est itinérant, soit il est basé à Los Angeles.

— Ou il nous mène en bateau. S'il est de Los Angeles, j'en déduis qu'il se sera déplacé spécialement pour Annie.

Son expression tendue trahit son malaise. J'en devine la raison.

— Ce qui voudrait dire que je suis la personne dont il voulait attirer l'attention.

J'ai déjà envisagé cette possibilité, que j'admets même comme une probabilité. Mais je n'ai pas encore affronté ce que cela implique du point de vue affectif. L'idée qu'Annie n'aurait pas été tuée seulement à cause de son choix de vie, mais parce qu'elle était mon amie.

— Oui. Mais ce ne sont que des suppositions. Toujours est-il que j'ai ouvert ma boîte mail...

— D'où le message avait-il été envoyé ?

Elle hésite.

— De l'ordinateur de ton amie. C'était son adresse.

Cette précision éveille en moi une rage soudaine.

En faisant cela, le meurtrier n'a pas seulement cherché à brouiller les pistes, mais à montrer qu'il s'appropriait ce qui était à Annie. Je ravale ma fureur.

— Continue.

— Il affichait le nom et l'adresse d'Annie King, c'est tout, et comportait quatre pièces jointes. Trois photos de ton amie et la lettre qui t'était destinée. C'est là que nous avons commencé à prendre la chose au sérieux. Il est facile de nos jours de trafiquer des photos, mais nous avions là une sorte d'alerte à la bombe : on évacue, au cas où. Mon adjoint et moi avons réquisitionné quelques policiers en uniforme et nous nous sommes rendus à l'adresse indiquée. La porte n'était pas verrouillée. Nous avons frappé et, n'obtenant pas de réponse, nous avons sorti nos armes et sommes entrés. Ton amie et sa fille étaient dans la chambre, sur le lit. Son ordinateur était ouvert près d'elle. – Elle secoue la tête en évoquant ces souvenirs. – C'était moche, Smoky. Tu as rencontré plus souvent que moi ces mises à mort méthodiques, calculées. Mais je pense que tu aurais eu la même réaction. Il lui avait ouvert le ventre, ôté les entrailles et les avait mises dans un sac. Et il lui avait tranché la gorge. Le pire malgré tout, c'était sa fille.

— Bonnie.

— Oui. Elle était attachée à sa mère, face à face. Rien de très sophistiqué. Juste serrées face à face l'une contre l'autre, avec assez de tours de corde pour qu'elle ne puisse plus bouger. Elle est restée comme ça pendant trois jours, Smoky. Ligotée à sa mère morte. Tu sais ce qui arrive au corps pendant ces trois jours. L'air conditionné n'était pas en marche. Et le salaud avait entrouvert la fenêtre. Il y avait des nuées de mouches.

Je sais. Ce qu'elle me décrit est inimaginable.

— La gosse a dix ans. L'odeur était déjà insupportable. Elle était là, environnée de mouches. Elle avait tourné la tête, la joue contre le visage de sa mère.

Jenny ne peut réprimer une grimace. J'ai un tout petit aperçu du sentiment d'horreur qui l'a assaillie quand elle a pénétré dans cette chambre. Je remercie le ciel de n'avoir pas eu à subir ce spectacle. Jenny poursuit :

— Elle était calme et silencieuse. Elle n'a pas dit un mot quand nous sommes arrivés. Ni pendant que nous la détachions. Elle se laissait faire. Elle ne répondait pas aux questions. Elle était sérieusement déshydratée. Nous avons appelé une ambulance. Un policier l'a accompagnée à l'hôpital. Physiquement, elle va bien. J'ai posté un garde à sa porte à tout hasard. Je l'ai fait mettre en chambre individuelle.

— Merci. Je t'en suis reconnaissante. Vraiment.

Jenny se contente d'un geste. Elle porte sa tasse à ses lèvres. Je remarque le tremblement imperceptible de sa main. Elle a beau être coriace, elle est profondément affectée par ce qu'elle a vu.

— Depuis, elle n'a pas proféré un son. Tu crois qu'elle s'en remettra un jour ? Est-ce que c'est seulement possible ?

— Je ne sais pas. On est parfois étonné de ce que les gens sont capables de surmonter. Mais, franchement, je ne sais pas.

Elle me glisse un regard dubitatif.

— Ouais, peut-être. – Elle laisse planer un long silence avant de reprendre : – Dès qu'elle est partie dans l'ambulance, j'ai fait boucler les lieux. J'ai convoqué les experts et je les ai mis au travail. Je leur ai mené la vie dure. Sans doute plus qu'il n'était nécessaire, mais j'étais tellement... écœurée. Le mot n'exprime pas le dixième de ce que je ressentais.

— Je comprends.

— En cours de route, j'ai appelé Alan, je lui ai raconté, et voilà. Je ne peux pas t'en dire plus. Nous sommes au tout début de l'enquête, Smoky. Tout juste au stade de la collecte d'indices. Je n'ai pas encore eu le temps de me poser et de réfléchir à tout ça.

— Reprenons depuis le début. Je vais te faire remonter le cours des événements en t'interrogeant comme un témoin.

— D'accord.

— Nous allons recourir à la technique de l'entretien cognitif.

— Entendu.

Le recueil des témoignages est toujours problématique. Les gens ne voient pas grand-chose ou ne se rappellent pas ce qu'ils ont vu parce qu'ils sont bouleversés, traumatisés. Ils se souviennent de faits qui ne se sont pas réellement passés. La technique de l'entretien cognitif est employée depuis maintenant bon nombre d'années. Elle répond à une méthodologie bien précise dont l'application relève plus du talent que du simple savoir-faire. Je ne m'en sors pas mal. Callie est très douée. Alan est un maître.

Le principe de l'entretien cognitif part de la constatation que ce n'est pas en revenant indéfiniment sur le déroulement chronologique des événements qu'on aiguise la mémoire du témoin. On utilise trois méthodes. La première prend en compte le contexte. Au lieu de partir du début de l'événement, on se replace dans la situation qui le précède. Comment se passait la journée ? Qu'est-ce que le témoin avait en tête à ce moment-là : soucis, joies, banalités ? On l'amène à évoquer ce qu'était le cours normal de son existence avant l'intervention du fait anormal dont on souhaite le récit. Cela permet, selon cette théorie, de resituer le fait concerné dans son « contexte ». La mémoire du témoin, ainsi ancrée dans ses souvenirs d'avant l'événement, est plus à même de reprendre le fil de l'événement en question et de restituer un plus grand nombre de détails. La deuxième méthode consiste à bouleverser l'ordre de la narration. Au lieu de commencer par le commencement, on commence par la fin pour relater l'événement dans l'ordre inverse. Ou on commence au milieu. Le témoin, dérouté, réexamine ses souvenirs. La dernière technique est celle du changement de perspective. On peut dire par exemple : tiens, je me demande ce que voyait la personne qui se tenait près de la porte. Celui qui raconte modifie son point de vue et peut ainsi fournir davantage d'éléments.

Avec quelqu'un comme Jenny, qui a l'habitude des interrogatoires et possède une mémoire phénoménale, l'entretien cognitif peut donner d'excellents résultats.

— C'est la fin de l'après-midi, lui dis-je. Tu es dans ton bureau, en train de... ?

Elle lève les yeux au plafond pour rassembler ses souvenirs.

— En train de discuter avec Charlie. Nous parlons d'une affaire sur laquelle nous travaillons. Une prostituée de seize ans qui a été battue à mort et abandonnée dans une ruelle du Tenderloin.

— Han-han. Et quel est le contenu de votre conversation ?

Une lueur attristée dans le regard.

— En fait, Charlie me vide son cœur. Comme quoi tout le monde se fout de la mort d'une prostituée, même si elle n'a que seize ans. Il est écœuré et amer. Il fulmine. Charlie s'accommode mal des meurtres de mineurs.

— Quel était ton état d'esprit en l'écoutant ?

Elle soupire.

— Le même que le sien. J'étais triste, révoltée. Je ne pestais pas comme lui. Mais je comprenais. Je me souviens que je regardais distraitement mon bureau pendant qu'il déchargeait sa rage. J'ai remarqué qu'une des photos dépassait du dossier. C'était un cliché des lieux du crime, là où on l'a trouvée. Je voyais le bas de sa jambe, à partir du genou. Un membre mort. Je me suis sentie écrasée de lassitude.

— Continue.

— Charlie est arrivé au bout de sa diatribe. Il s'est assis et il m'a adressé un petit sourire en coin en me disant qu'il était désolé. Je lui ai répondu qu'il n'avait pas de quoi battre sa coulpe. – Elle hausse les épaules. – Il a eu, lui aussi, souvent l'occasion de m'entendre rouspéter. Entre coéquipiers, il faut bien que ça sorte de temps en temps.

— Quel était ton sentiment à son égard à ce moment-là ?

— Un sentiment de proximité. – Elle balaye tout malentendu d'un geste de la main. – Rien d'amoureux ou de sexuel. Il n'y a jamais rien eu de tel entre nous. Nous sommes très proches, c'est tout. Je sais qu'il ne me laissera jamais tomber et vice versa. J'étais contente de l'avoir pour adjoint. Je m'apprêtais à le lui dire quand j'ai reçu le coup de téléphone.

— Du meurtrier ?

— Oui. J'ai été un peu... prise au dépourvu quand je l'ai entendu.

— Comment ça ?

— Eh bien, tout était normal. J'étais dans mon bureau avec Charlie, on me dit « vous avez un appel », je remercie et je prends l'appel, des gestes et une situation qui se répètent je ne sais combien de fois par jour. Normal. Et, tout à coup, ça ne l'était plus. Je suis passée de la routine à l'épouvante comme ça. – Elle fait claquer ses doigts. – J'ai été déstabilisée.

Son regard se trouble en disant cela.

C'est une des raisons pour lesquelles j'ai jugé bon d'employer la technique de l'entretien cognitif avec Jenny. Le traumatisme subi par le témoin perturbe sa mémoire. Les émotions fortes altèrent les facultés mnésiques. Les gens ordinaires ne se rendent pas compte que nous autres, membres des forces de police, connaissons aussi ces violents chocs émotionnels. Les enfants étranglés, les mères éventrées, les jeunes garçons violés. Un échange téléphonique direct avec un meurtrier. Ce sont des expériences qui heurtent. Chargées d'affectivité réprimée. Traumatisantes.

— Je comprends. Je crois que le contexte est posé, Jenny. – Je m'exprime d'une voix douce et calme. Elle me laisse amorcer la suite du parcours. Je ne veux pas qu'elle s'en éloigne. – Avançons un peu. Reprenons au moment où tu arrives devant la porte de l'appartement.

Elle plisse les yeux devant une vision que je ne peux pas voir.

— C'est une porte blanche. Je me rappelle m'être fait la réflexion que je n'avais jamais vu de porte aussi blanche. Et j'en ai éprouvé aussitôt une sorte de méfiance. De cynisme.

— Explique.

Son regard semble avoir vieilli tout à coup.

— J'avais l'impression que c'était un mirage. Toute cette pureté. Du bidon. J'en avais l'intuition profonde. Que ce qu'il y avait derrière cette porte n'était ni blanc ni pur, mais rien que noirceur, ténèbres et pourriture.

Quelque chose tressaille en moi. Un frisson de déjà-vu. J'ai déjà ressenti la sensation qu'elle décrit.

— Ensuite.

— Nous avons frappé, nous avons appelé. Rien. Silence. – Son front se ride. – Tu sais ce qui m'a paru étrange ?

— Quoi ?

— Personne n'a entrouvert sa porte pour voir ce qui se passait. Tu as des flics qui tambourinent en criant. Un raffut d'enfer. Et personne ne réagit. Elle ne devait pas connaître ses voisins. Ou de loin. Enfin, reprend-elle après un soupir, Charlie et moi, on se regarde, on regarde les officiers de police et nous sortons tous nos armes. – Elle se mordille la lèvre. – Cette sale impression me tenaillait. J'avais une boule d'anxiété dans la gorge. Je la sentais chez les autres aussi. Une odeur de transpiration et d'adrénaline. Un tremblement intérieur. Une respiration précipitée.

— Tu avais peur ?

Elle ne répond pas tout de suite.

— Oui. J'avais peur. Peur de ce que nous allions découvrir. – Elle me grimace un sourire. – Tu sais quoi ? C'est bizarre, mais j'ai toujours peur avant d'arriver sur les lieux d'un crime. Je bosse aux homicides depuis dix ans, j'ai vu tout ce qu'on peut imaginer, mais, malgré tout, j'ai toujours peur.

— Continue.

— J'ai tourné la poignée. La porte s'est ouverte sans problème. Je les ai tous regardés encore une fois et j'ai poussé le battant. Nous nous tenions prêts, armes brandies.

Je décide de faire appel à sa subjectivité.

— Quelle est la première chose qui vous a frappés, Charlie et toi ?

— L'odeur. Forcément. L'odeur et l'obscurité. Toutes les lumières étaient éteintes, sauf dans la chambre. – Elle frissonne sans s'en rendre compte. – On distinguait la porte de la chambre de là où nous étions. Elle se trouvait au bout du couloir, quasiment en face de l'entrée. Il faisait un noir d'encre dans l'appartement, mais la porte de la chambre était... comment dire... encadrée de lumière. – Elle se passe la main dans les cheveux. – Ça m'a rappelé l'histoire du « monstre du placard » qui me terrifiait quand j'étais petite. Cette chose informe qui gratte à la porte pour sortir. Un truc effrayant.

— Parle-moi de l'odeur.

Elle retrousse le nez.

— Parfum et sang mélangés. Ce n'était pas exactement ça. L'odeur de parfum dominait, mais on sentait le sang en arrière-plan. Une odeur fade et entêtante. Légère, mais incommodante. Troublante. Comme quelque chose qu'on devine sans le voir.

Je la presse.

— Et ensuite ?

— Nous avons fait comme d'habitude. Nous avons continué d'appeler, inspecté le salon et la cuisine. Nous nous éclairions à la torche. Je voulais qu'on ne touche à rien.

— Bien.

— Après, nous avons fait ce qu'il y avait de plus logique. Nous nous sommes dirigés vers la chambre. – Elle s'interrompt avant de préciser : – J'ai demandé à Charlie de mettre des gants avant d'entrer.

Elle est en train de me dire qu'elle savait, qu'elle avait la certitude que le meurtre les attendait derrière cette porte. Qu'elle y trouverait des indices, mais pas de survivants.

— Je me souviens que je regardais la poignée, que je n'avais pas envie d'y toucher. Je ne voulais pas voir ce qu'il y avait dans cette pièce. Ni avoir à m'en occuper.

— Je t'écoute.

— C'est Charlie qui a tourné la poignée. La porte n'était pas fermée à clé. Nous avons eu un peu de mal à l'ouvrir parce qu'il y avait une serviette roulée derrière.

— Une serviette ?

— Imprégnée de parfum. Il avait obstrué le bas de la porte pour que l'odeur de cadavre ne filtre pas. Il ne voulait pas qu'on la trouve avant le moment qu'il avait choisi.

Et là, subitement, quelque chose en moi veut tout arrêter. Je veux partir, sortir de ce café, sauter dans l'avion et rentrer à la maison. Je dois lutter contre ce sentiment pour qu'il ne me submerge pas.

— Alors ? dis-je pour l'encourager.

Elle se tait. Elle a le regard perdu. Trop plein de ce qu'il a vu. Quand elle se remet à parler, c'est d'une voix grave et sans timbre.

— Nous avons tout encaissé d'un coup. Je pense

que c'était ce qu'il voulait. Le lit avait été déplacé pour être dans l'axe de la porte. De telle manière que quand nous avons ouvert, le spectacle nous a sauté aux yeux, et l'odeur aussi, immédiatement. – Elle secoue la tête. – J'ai repensé à la porte blanche, toute blanche. Ça m'a révoltée. C'était trop. Je crois que nous sommes restés une bonne minute sans bouger. À regarder. C'est Charlie qui s'est rendu compte le premier que Bonnie était vivante. – Elle se tait à nouveau, happée par le souvenir de cet instant. – Elle a cligné des yeux. C'est tout ce dont je me souviens. Elle avait la joue appuyée contre le visage de sa mère, elle avait l'air morte. Nous la croyions morte, elle aussi. Et puis elle a cligné des yeux. Charlie a lâché un juron et – elle se mordille la lèvre – il s'est mis à pleurer. Ce détail doit rester entre nous et les policiers qui nous accompagnaient, d'accord ?

— Ne t'inquiète pas.

— C'est le seul moment, enfin j'espère, où nous avons merdé. Charlie s'est précipité pour détacher Bonnie en piétinant tout sur son passage. – Elle semble à la fois accablée et incrédule. – Il n'arrêtait pas de jurer. En italien. C'était presque mélodieux. Étrange, non ?

— Oui.

Je réponds avec douceur. Jenny est tout entière absorbée dans son évocation. Je ne veux pas l'en détourner.

— Bonnie était inerte, sans réaction. Complètement amorphe. Charlie l'a détachée et tout de suite sortie de la pièce. Tellement vite que je n'ai pas eu le temps de dire ni de faire quoi que ce soit. Il était désespéré. Je le comprenais. – Son visage se crispe. – J'ai demandé aux policiers d'aller appeler une ambulance et de convoquer les experts et le légiste, etc. Et je me suis retrouvée seule avec ton amie. Dans cette chambre qui puait la mort, le parfum et le sang. Tellement triste et choquée que j'en avais la nausée. Je regardais Annie. – Un nouveau frisson la parcourt. Elle serre les poings. – Tu connais ça, Smoky, ce qui frappe chez les morts. Cette immobilité, ce silence. Aucun être vivant ne peut imiter cet état de vacuité. L'immobilité, le silence, l'absence. J'ai évacué ces réflexions. Tu sais comment ça marche.

Oui, je sais. On endure le premier choc et, ensuite, on cadenasse ses sentiments pour pouvoir travailler sans pleurer, sans vomir ou perdre la boule. Pour observer l'horreur d'un œil clinique. C'est contre nature.

— C'est curieux la façon dont ça me revient. J'entends ma voix dans ma tête, une voix de robot qui débite son texte machinalement. Race blanche, sexe féminin, environ trente-cinq ans, ligotée nue sur son lit. Présence de coupures du cou aux genoux, sans doute infligées avec un couteau. La plupart sont longues et profondes, indiquant qu'il y a probablement eu torture. Le torse – elle s'étrangle avant de se ressaisir –, le torse est ouvert et semble avoir été vidé de ses organes. Les traits de la victime sont déformés, comme si elle avait crié au moment de mourir. Les os des bras et des jambes sont apparemment fracturés. Il semble que le meurtre soit intentionnel. Que la mort ait été lente. La position du corps évoque la préméditation et le projet délibéré. Pas le crime passionnel.

— Développe. Comment as-tu perçu le meurtrier sur le moment en examinant tous ces détails ?

Elle reste silencieuse, se tourne vers la fenêtre. J'attends. Puis elle murmure :

— Son agonie l'a fait jouir, Smoky. Il a pris son pied comme jamais.

Je sursaute en l'entendant prononcer ces phrases. Elles sont crues, brutales, horribles.

Mais elles confirment ce que je pressentais. Elles sonnent vraies. Même si elles font le vide en moi, grâce à elles, je commence à distinguer le tueur. Il dégage une odeur de parfum et de sang, ressemble à une porte encadrée de lumière dans un couloir obscur. Son odeur est celle du rire mêlé aux cris. Il sent le mensonge travesti en vérité, la pourriture.

Il est précis dans ses actes. Et il en savoure l'accomplissement.

— Merci, Jenny.

Je me sens sale et hantée par des ombres. Mais je sens aussi quelque chose tressaillir au fond de moi. Un dragon. Que je croyais disparu, éradiqué par Joseph Sands. Il n'est pas encore alerte. Mais, pour la première fois depuis des mois, il manifeste sa présence.

Jenny émerge doucement.

— Bravo. Tu as bien manœuvré.

— Ça n'a pas été très difficile. Tu es un témoin idéal.

Ma réponse me semble bien atone. Je suis lessivée.

Le silence retombe. Nous sommes songeuses, perturbées.

Mon café n'est plus aussi bon et Jenny se désintéresse de son thé. L'horreur et la mort ont cet effet. Cette faculté d'éteindre toute joie. C'est une des plaies de ce métier. Cette culpabilité du survivant à laquelle nous sommes en permanence confrontés.

L'impression qu'il est sacrilège de goûter l'instant quand on vient de commenter la fin atroce d'une victime.

Je soupire.

— Tu peux m'emmener voir Bonnie ?

Nous payons la note et nous partons. Pendant tout le trajet, je redoute le regard tourmenté que je vais devoir affronter. Je suis obsédée par une odeur de sang et de parfum, de parfum et de sang. L'odeur du désespoir.

11.

Je déteste les hôpitaux. Je suis ravie qu'ils existent quand on en a besoin, mais je n'ai qu'un seul bon souvenir de l'hôpital : la naissance de ma fille. À part ça, toutes les fois où je suis allée dans un hôpital, c'était parce que j'étais blessée ou parce qu'une personne à laquelle je tenais était blessée, malade, ou morte. Cette fois, c'est encore le cas. Nous sommes là parce qu'une petite fille est restée attachée à sa mère morte pendant trois jours.

Je garde de mon propre séjour des réminiscences surréalistes. Un temps d'intenses souffrances physiques accompagnées de l'envie permanente d'en finir. Un temps d'insomnie qui durait des jours jusqu'à ce que je m'endorme épuisée. Un temps passé à contempler le plafond dans le noir au milieu du bourdonnement des moniteurs et du claquement épisodique des pas des infirmières. À écouter mon âme, pour n'entendre qu'un chuintement vide semblable au bruit que fait un coquillage qu'on porte à son oreille.

Je sens son odeur, celle du meurtrier. Je frémis.

— Nous y voilà, déclare Jenny.

Le policier qui monte la garde se montre méfiant.

Il demande à vérifier mon identité bien que Jenny soit avec moi. J'approuve.

— Il y a eu d'autres visites ? s'informe Jenny.

Il secoue la tête.

— Non. C'est calme.

— Ne laissez entrer personne pendant que nous sommes à l'intérieur, Jim. Qui que ce soit, compris ?

— À vos ordres, inspecteur.

Il se rassied, déplie son journal et nous entrons.

Dès que la porte se ferme et que j'aperçois Bonnie, la tête me tourne. Elle ne dort pas. Elle a les yeux ouverts. Mais ils restent fixes malgré le bruit qui signale notre arrivée. Elle est toute petite, minuscule ; le lit d'hôpital et les circonstances la font paraître plus petite encore. Je suis frappée par sa ressemblance avec Annie. Les mêmes cheveux blonds, le même nez retroussé, les mêmes yeux bleu cobalt. Dans quelques années, elle sera la jumelle de la fille que j'ai consolée dans les toilettes du lycée il y a bien longtemps. Je me rends compte que je retiens mon souffle. Je pousse un soupir et me dirige vers elle.

Elle n'est pratiquement reliée à aucune machine. Jenny m'a expliqué en chemin que l'examen médical avait confirmé l'absence de viol et de blessures physiques. Je m'en réjouis, tout en sachant que ses blessures sont beaucoup plus profondes. Des blessures béantes qui saignent et qu'aucun médecin ne peut recoudre, ces blessures de l'esprit.

— Bonnie ? dis-je d'une voix contenue.

J'ai lu quelque part un article sur la nécessité de parler aux personnes qui sont dans le coma, parce qu'elles entendent et que cela peut les aider à en sortir. Il y a une similitude de situation.

— Je m'appelle Smoky. Ta mère et moi étions amies. Je suis ta marraine.

Pas de réaction. Les yeux toujours fixés au plafond. Sur une autre vision. Peut-être sur le néant. Je m'approche du lit. J'hésite avant de prendre sa main dans la mienne. Je suis saisie de vertige au contact de sa peau. C'est une main d'enfant, encore potelée, symbole de ce que nous devons protéger, aimer et chérir. J'ai souvent tenu ainsi la main de ma fille. Un grand vide se fait en moi alors que la main de Bonnie remplit la mienne. Je me mets à lui parler, sans savoir ce que je vais dire jusqu'à ce que les mots franchissent mes lèvres. Jenny se tient à l'écart, en silence. J'ai presque oublié sa présence. Le son de ma voix est assourdi et grave, comme si je priais.

— Ma chérie, je veux que tu saches que je suis là pour retrouver l'homme qui vous a fait ça, à ta maman et à toi. C'est mon métier. Je veux te dire que je sais ce que tu ressens, combien tu as mal à l'intérieur. Peut-être que tu veux mourir. – Une larme roule sur ma joue. – Il y a six mois, j'ai perdu mon mari et ma petite fille, tués par un monstre. Il m'a fait du mal. Pendant longtemps, j'ai fait comme toi. Je voulais rentrer à l'intérieur de moi-même pour disparaître. – Je m'interromps, le temps de reprendre ma respiration. Je serre sa main. – Je veux juste que tu saches que je comprends. Tu vas rester ici aussi longtemps que nécessaire. Mais quand tu seras prête à sortir, tu ne seras pas seule. Je serai là pour toi. Je m'occuperai de toi. – Je pleure maintenant sans retenue et sans pudeur. – J'aimais ta mère. Oui, je l'aimais. Je regrette qu'on n'ait pas passé plus de temps ensemble. Je regrette de t'avoir si peu vue. – Je lui souris à travers mes larmes. – Je regrette qu'Alexa et toi, vous ne vous soyez pas connues. Je crois que vous vous seriez bien entendues.

Mon vertige s'accroît et mes larmes coulent sans discontinuer. Le chagrin est parfois ainsi. Comme l'eau, il s'infiltre dans toutes les failles, tous les interstices, et finit par se déverser, inexorablement. Des images d'Alexa et d'Annie dansent dans ma tête et tournoient en une ronde infernale. J'ai à peine le temps de me rendre compte de ce qui m'arrive. Je suis en train de m'évanouir.

Et je sombre dans le noir.

C'est encore un de mes rêves. Le plus joli.

Je suis à l'hôpital, dans les affres de l'enfantement. Je songe sérieusement à assassiner Matt pour m'avoir mise dans cette situation. Je suis écartelée, couverte de sueur, je grogne comme une bête entre deux hurlements de douleur.

J'ai un être humain qui s'agite à l'intérieur et cherche à sortir. Cela n'a rien de poétique. J'ai l'impression d'avoir un étron en cours d'évacuation. J'ai tout oublié des splendeurs de la procréation. Je voudrais arriver à expulser de mon corps ce machin que j'aime que je déteste que j'aime, et cela se traduit par une cacophonie de cris et d'insultes.

Le médecin conserve un calme olympien. J'ai envie de boxer sa tête chauve.

— Très bien, Smoky. On commence à voir son crâne. Encore un effort. C'est presque fini. Allez, tenez bon.

— Merde !

Je pousse. Le Dr Chalmers ne bronche pas. Il n'en est pas à son premier accouchement.

— Tout se passe bien, ma chérie, me dit Matt.

Il me tient la main et, tout au fond de moi, j'espère bien que je lui broie les os à force de la serrer.

— Qu'est-ce que tu en sais ?

Ma tête bascule sous la violence de la contraction. Je me mets à jurer comme jamais, à débiter des horreurs à faire rougir un charretier. Il flotte une odeur de sang mêlée aux odeurs corporelles que j'ai émises en poussant. Vraiment aucune poésie là-dedans, me dis-je, plutôt une incitation au meurtre. La douleur atteint alors un sommet que je n'aurais pas cru possible. Je lâche une bordée d'injures à me damner.

— Encore, Smoky, ordonne le Dr Chalmers, toujours aussi placide dans la tourmente.

Un bruit de succion, une apothéose de souffrance et ça y est ! Ma fille vient de naître au monde ; les premiers sons qu'elle a entendus étaient des propos orduriers. Il règne soudain un grand silence, ponctué de quelques cliquetis, et quelque chose se produit qui efface toute la souffrance et la fureur. Qui suspend le temps. Ma fille pousse un grand cri. Elle a l'air aussi enragée que moi un moment auparavant. C'est la plus belle musique que j'aie entendue de ma vie, un miracle inimaginable. Je suis émerveillée, heureuse à en perdre le souffle. Je regarde mon mari et je fonds en larmes.

— C'est une petite fille en parfaite santé, annonce le Dr Chalmers en s'écartant pour laisser les infirmières laver Alexa et l'emmailloter. Il est en sueur, visiblement épuisé et ravi. J'éprouve une bouffée d'affection pour cet homme que je voulais trucider tout à l'heure. Il a contribué à ce prodige et je l'en remercie, même si mes sanglots m'empêchent de le lui dire.

Alexa est née peu après minuit dans le sang, la douleur et l'obscénité. Sa naissance a été un moment rare, un moment de perfection.

Elle est morte peu après minuit, emportée dans un tourbillon de noirceur d'où elle ne renaîtra jamais.

Je reviens à moi en hoquetant, secouée de pleurs et de tremblements. Je suis dans la chambre d'hôpital. Jenny est penchée sur moi. Elle a l'air atterrée.

— Smoky, ça va ?

J'ai la bouche pâteuse. Les joues desséchées par le sel de mes larmes. Je suis mortifiée. Je jette un coup d'œil vers la porte. Jenny me rassure.

— Personne n'est entré. Mais j'aurais fini par appeler quelqu'un si tu avais tardé à reprendre tes esprits.

Je prends de grandes inspirations pour calmer ma respiration hachée.

— Merci. – Je me redresse. Assise à même le sol, j'enfouis mon visage dans mes mains. – Je suis désolée, Jenny. Je ne l'ai pas vu arriver.

Elle m'observe en silence. Sa belle assurance s'est un peu lézardée. Elle a dans le regard une tristesse qui ne s'apitoie pas.

— Ne t'en fais pas pour ça.

Elle n'en dit pas davantage. J'attends, en haletant, que ma respiration se régularise. Je remarque alors quelque chose. Comme dans mon rêve, ce quelque chose balaye le malaise du moment.

Bonnie a tourné la tête, elle me regarde. Une larme a roulé sur sa joue. Je me lève, m'approche de son lit et lui prend la main en murmurant :

— Ça va, ma chérie.

Elle reste muette et je n'ajoute rien. Nous nous contentons de nous regarder en laissant les larmes couler sur nos joues. C'est bien ce que sont les larmes, non ? Un saignement de l'âme.

12.

Les habitants de San Francisco conduisent à peu près comme les New-Yorkais, pas de quartier. La circulation est assez dense quand nous retournons aux bureaux de la police et Jenny est fort occupée à éviter les autres automobiles. Une cacophonie de klaxons et de jurons ébranle l'atmosphère. Je me bouche une oreille d'une main pour entendre Callie que j'ai appelée sur mon téléphone portable.

— Comment ça se passe avec les experts ?

— Bien, ma chérie. Ils ont bien bossé. Je repasse tout au peigne fin, mais je crois qu'ils ont tout bien ratissé côté expertise scientifique.

— Et naturellement, ils n'ont rien trouvé.

— Il a pris des précautions.

— Ouais. – Le découragement me guette. Je résiste. – Des nouvelles des autres ? de Damien en particulier ?

— Pas encore eu le temps de les contacter.

— Nous sommes en train de rentrer. Continue ce que tu fais. Je vais voir où en sont les autres.

— Comment va la petite ? finit-elle par demander après un silence.

Comment va-t-elle ? J'aimerais pouvoir le dire. Je n'en sais rien et je n'ai pas envie d'en parler.

— Elle est mal en point.

Je coupe la communication sans lui laisser le temps de répondre. Je me tourne vers la fenêtre et je regarde défiler la ville. San Francisco est un dédale de collines abruptes et de rues à sens unique assaillies d'automobilistes agressifs et de trams. Il s'en dégage une beauté brumeuse qui m'a toujours émue, une singularité qui la met à part. Culture et décadence s'y allient pour courir au-devant de la mort ou du succès. Là, je ne lui trouve plus aucun charme. Ce n'est qu'une ville où se commettent des meurtres. C'est le propre des meurtres. Ils ont lieu au pôle Nord comme à l'équateur. Ils sont perpétrés par des hommes ou des femmes, des jeunes ou des vieux indifféremment. Les victimes sont aussi bien des saints que des pécheurs. Le meurtre est partout et ses enfants sont légion. La noirceur est en moi à cet instant. Ni blanc, ni gris, un noir d'encre.

Nous arrivons au quartier général de la police. Jenny quitte le flot houleux de la circulation pour pénétrer sur l'aire de stationnement réservée. Le calme enfin ! Les places de parking sont rares à San Francisco. Malheur à celui qui tenterait naïvement d'emprunter clandestinement une de ces places !

Nous pénétrons dans le bâtiment par une porte latérale et longeons un couloir. Alan est avec Charlie dans le bureau de Jenny. Ils sont concentrés sur un dossier ouvert devant eux.

— Salut, lance Alan.

Il m'examine discrètement, histoire d'évaluer mon état d'esprit. Je feins de l'ignorer.

— Tu as eu un retour des uns ou des autres ?

— Personne.

— Tu as quelque chose ?

Il secoue la tête.

— Pas encore. J'aimerais pouvoir dire que les flics d'ici sont des bons à rien, mais ce n'est pas le cas. Mlle Chang mène bien sa barque. – Il sourit à Charlie en claquant des doigts. – Oh, pardon. Son fidèle acolyte aussi, naturellement.

— Moi, je compte pour du beurre, quoi, remarque Charlie sans lever le nez de son dossier.

— Ne vous interrompez pas. J'appelle James et Leo.

Il lève le pouce en signe d'approbation et se replonge dans sa lecture.

Mon portable sonne..

— Barrett.

— Où est passé l'inspecteur Chang ? tempête la voix courroucée de James.

— Qu'est-ce qu'il y a, James ?

— Le toubib refuse de démarrer tant que ta copine n'est pas là. Qu'elle ramène sa fraise et vite !

Il raccroche sans me laisser en placer une. Sale con.

— James te demande à la morgue, Jenny. Ils ne veulent pas commencer sans toi.

Elle esquisse un sourire.

— Et monsieur n'est pas content, j'imagine.

— Pas du tout.

— Bon. J'y vais tout de suite.

Et la voilà partie. Il me reste à appeler Leo, notre petit nouveau. Pendant que je compose le numéro, une question saugrenue me traverse l'esprit : quel genre de bijou porte-t-il à l'oreille quand il n'est pas de service ? Il ne répond qu'à la cinquième ou sixième sonnerie. Je suis aussitôt alertée par la tonalité de sa voix. J'y entends la détresse et l'effroi. Il claque des dents.

— Ca-Ca-Carnes...

— Leo, c'est Smoky.

— Vi-vi-vidéo...

— Du calme, Leo. Reprends ton souffle et explique-moi ce qui t'arrive.

Quand il parvient à parler, sa voix n'est qu'un murmure. Ses paroles font le vide dans ma tête.

— Une vi-vidéo du meu-meurtre. C'est atroce...

Alan me jette un regard inquiet. Il a compris qu'il se passe quelque chose. Je parviens à articuler :

— Reste où tu es, Leo. Attends-nous. Nous arrivons aussi vite que possible.

13.

Je me souviens de l'endroit pour être venue y passer quelques jours avec Annie à la mort de son père. Elle habitait dans une tour façon New York, un de ces appartements avec séjour surchargé et baignoire encastrée. Nous nous garons devant l'immeuble.

— Jolie résidence, joli quartier, remarque Alan en se penchant vers le pare-brise.

— Son père avait de la fortune, dis-je. Il lui a tout légué.

Bien que San Francisco n'ait pas vraiment de banlieue résidentielle, elle a quand même ses « beaux quartiers ». On y vit à l'écart du bruit et, avec un peu de chance, sur une hauteur d'où on domine la baie. À côté des anciens quartiers constitués de demeures de style victorien, des zones d'habitations plus modernes se sont développées. Celle-ci en fait partie.

En regardant autour de moi, je suis une fois de plus frappée par cette constatation qu'aucun lieu ne met à l'abri du meurtre. S'il est moins attendu dans un endroit comme celui-ci que dans un bidonville, on n'en est pas moins mort au bout du compte.

Alan appelle Leo en descendant de voiture.

— Nous sommes là, fiston. Tiens bon. On arrive.

Nous pénétrons dans l'immeuble, traversons l'entrée et nous engouffrons dans les ascenseurs. Le gardien posté à la réception nous suit du regard sans rien dire. Nous montons au quatrième sans un mot.

Alan et moi sommes restés silencieux pendant le trajet. Nous continuons à nous taire. Nous sommes au moment le plus difficile de ce métier. Le moment où l'on affronte la réalité du crime. C'est une chose d'examiner les indices en laboratoire, de scruter les motivations du tueur. C'en est une autre de contempler un cadavre. De sentir l'odeur du sang sur place. Comme Alan l'a résumé un jour : « C'est toute la différence qu'il y a entre sentir la merde et la bouffer. »

Charlie est muet et préoccupé. Il repense peut-être au moment où il a poussé la porte la veille et découvert Bonnie.

Nous arrivons à l'étage, sortons de l'ascenseur et nous engageons dans le couloir. Leo est près de la porte, assis par terre, adossé au mur, la tête dans les mains.

— Je m'en occupe, me glisse Alan à voix basse.

J'acquiesce. Il va vers Leo. Il s'agenouille devant lui et pose sa grosse main sur son épaule. Une main qui sait être délicate malgré sa grande taille.

— Comment ça va, mon garçon ?

Leo lève les yeux. Il est blême. Une sueur malsaine luit sur sa peau. Il n'essaye même pas de sourire.

— Je suis désolé, Alan. J'ai pas tenu le coup. Quand j'ai vu ça, j'ai dégueulé, j'ai pas pu rester...

Ses paroles deviennent pratiquement inaudibles.

— Écoute.

Alan parle d'une voix calme mais qui retient l'attention. Charlie et moi attendons à quelques pas. Malgré notre impatience, nous éprouvons de la compassion pour Leo. L'épreuve qu'il traverse représente une étape déterminante de ce métier. C'est l'épreuve du sang. L'instant où le regard plonge dans l'abîme pour la première fois, où l'on s'aperçoit que le croquemitaine existe vraiment. Le premier face-à-face avec le mal réel. Nous savons que l'avenir de Leo se décide maintenant. Ou bien il s'en remettra, ou bien il changera de domaine d'activité.

— Tu crois que tu n'es pas à la hauteur parce que tu as été terrifié par ce que tu as vu ? Eh bien, tu te trompes. Tu comprends, le problème, c'est que tu as vu trop de films et lu trop de bouquins. Ils véhiculent une idée stupide de ce qu'est le courage. De ce qu'est censé être le comportement du flic confronté à la mort et à la violence. Tu t'imagines que tu dois toujours avoir une réplique rigolote à la bouche, un sandwich à la main et te foutre de tout. Hein, c'est ça ?

— Oui.

— Sinon, t'es qu'une poule mouillée et tu passes pour une mauviette auprès des vieux flics aguerris. Et tu te dis que parce que t'as vomi, t'es pas fait pour ce boulot. – Alan pivote et se retourne vers nous. – Combien de cadavres t'as vus avant d'arrêter de gerber, Charlie ?

— Trois. Non, quatre.

Leo redresse la tête.

— Et toi, Smoky ?

— Plusieurs.

Alan s'adresse à nouveau à Leo.

— Moi, il m'en a fallu quatre. Même Callie a

dégueulé, même si elle ne l'avouera jamais parce qu'elle est la reine et tout le tintouin. Tu sais, personne n'est préparé à voir ces horreurs. Personne. Quel que soit le nombre de photos que tu as pu examiner ou de dossiers que tu as pu étudier. La réalité de la mort n'a rien à voir.

Leo regarde Alan. Son visage exprime un sentiment que je reconnais. Le respect confinant à la vénération que l'on voue à un mentor.

— Merci.

— Pas de quoi.

Ils se relèvent.

— Tu es prêt à me faire ton rapport, agent Carnes ?

J'adopte un ton grave. Il en a besoin.

— Oui, madame.

Il a repris des couleurs et a l'air un peu plus sûr de lui. Il a surtout l'air très jeune. Leo Carnes est un gamin qui vient d'être initié au meurtre et qui est désormais condamné à vieillir avant l'âge. Bienvenue au club.

— Bon, dans ce cas, vas-y.

Sa voix a retrouvé sa fermeté.

— En arrivant, j'ai commencé par effectuer les vérifications de base, j'ai regardé s'il y avait des pièges ou des virus. Ensuite, j'ai fait ce qu'on fait toujours. J'ai cherché le dernier fichier modifié. C'était un fichier-texte intitulé « lisez-moifeds ».

— Ah bon ?

— Oui. Je l'ai ouvert. Il ne contenait qu'une seule phrase : *Regardez dans la poche de la veste bleue*. Je ne voyais pas de veste bleue, alors je suis allé voir dans le placard. Et dans la poche d'une veste de femme de couleur bleue, j'ai trouvé un CD.

— Et tu as décidé de le mettre dans le lecteur. Normal. J'en aurais fait autant.

Encouragé, Leo continue :

— Quand on grave un CD, on peut lui attribuer un titre. Le titre de celui-ci m'a beaucoup troublé. – Il déglutit. – Ça s'appelait « La mort d'Annie ».

— Merde. Jenny va être furieuse qu'on ne l'ait pas trouvé, grommelle Charlie.

— Poursuis, dis-je à Leo.

— J'ai regardé combien de fichiers contenait le CD. Il n'y en avait qu'un. Un fichier vidéo haute résolution de grande qualité. Il occupe la totalité du disque. – Il avale sa salive. Son teint se décolore à nouveau. – J'ai cliqué dessus. Ça a lancé un lecteur et la vidéo a démarré. C'était... – Il secoue la tête, lutte pour ne pas perdre pied. – Désolé. Le tueur a encodé et créé cette vidéo. Ce n'est pas une suite continue. Le film aurait sans doute dépassé la taille du CD. C'est plutôt... un montage.

— Du meurtre d'Annie, dis-je à sa place, sachant qu'il répugne à l'énoncer lui-même.

— Oui. C'est... indescriptible. Je ne pouvais pas m'empêcher de regarder. Et puis, j'ai été pris de nausées. J'ai appelé l'agent Washington. Je suis sorti de l'appartement et j'ai attendu dehors que vous arriviez.

— Vous n'avez pas dégueulé dans la chambre ? s'inquiète Charlie.

— J'ai foncé dans la salle de bains.

Alan lui donne une claque dans le dos. Sa grande main de catcheur s'abat sans douceur. Si Leo avait eu un dentier, on l'aurait vu jaillir de sa bouche.

— Tu vois que tu as l'étoffe. Tu as gardé la tête froide malgré la déroute de ton estomac. C'est bien.

Leo le remercie d'un pâle sourire.

— Allons voir ça, dis-je. Leo, tu n'es pas obligé de rester si tu ne le souhaites pas. Sincèrement.

Il me jette un regard franc. Je crois savoir ce qu'il pense. Il est en train de se dire qu'Annie était mon amie. Que si je peux la regarder mourir en direct, n'importe qui d'autre doit en être capable. C'est comme si j'entendais son cerveau fonctionner. Son regard le confirme ; son visage se durcit et il proteste avec détermination :

— Non, madame. Les ordinateurs, c'est ma partie. Je fais mon boulot.

Je rends hommage à sa force de caractère de la manière la plus habituelle : en n'y faisant pas allusion.

— Parfait. Nous te suivons.

Leo ouvre la porte de l'appartement et nous entrons. L'endroit n'a pas beaucoup changé depuis ma dernière visite. C'est un cinq pièces, comportant trois chambres, deux salles de bains, un grand salon et une cuisine spacieuse. Annie est partout. Elle est là dans le décor, l'atmosphère du lieu. Sa couleur préférée était le bleu et on la retrouve dans les rideaux, dans un vase bleu, dans le vaste ciel bleu d'une photographie. La décoration est raffinée, d'une élégance tranquille, sans dorures ni falbalas. Tout est assorti, mais sans l'obsession maniaque de tout coordonner. Un exemple de beauté discrète. D'harmonie sereine.

Annie avait du goût. Le don de combiner les éléments sans y penser. Tout ce qu'elle portait, des vêtements au bracelet-montre, était chic. Joli sans ostentation. C'était instinctif chez elle et révélateur, pour moi, de sa beauté intérieure. Elle ne choisissait pas les choses en fonction de ce qu'en penseraient les autres, mais parce qu'elles lui plaisaient. Parce qu'elles lui convenaient. L'appartement est le reflet de ce sens inné. L'âme d'Annie y a partout laissé sa marque.

Une autre présence imprègne les lieux.

— Vous sentez ? demande Alan. Qu'est-ce que c'est ?

— Sang et parfum.

— L'ordinateur est par là, annonce Leo. Il nous entraîne dans la chambre.

Là, plus d'harmonie. C'est ici qu'*il* a commis son crime. Déni conscient de la beauté inconsciente d'Annie. Ici, on a semé la discordance. Brisé la sérénité. Détruit la grâce.

Le tapis est taché de sang. Je perçois le relent âcre et dérangeant de la putréfaction mêlé au parfum d'Annie. Ce sont deux contraires : d'un côté, le parfum de la vie, de l'autre, la puanteur de la mort. Il y a une table renversée, une lampe par terre. Les murs ont été griffés. Il règne dans la pièce un désordre malsain. Le tueur l'a profanée par sa présence.

Leo s'installe devant l'ordinateur. Je pense à Annie.

— Vas-y, lui dis-je.

Il pâlit en pointant la flèche de la souris sur un fichier qu'il ouvre d'un double clic. Un visualiseur apparaît et la vidéo démarre. J'ai un coup au cœur en reconnaissant Annie.

Elle est nue de la tête aux pieds, menottée au lit. Je me revois aux prises avec Joseph Sands. Mon estomac se tord. Je réprime une nausée.

Le meurtrier est vêtu de noir. Il a une cagoule sur la tête.

— Il s'est déguisé en Ninja, ou quoi ? grommelle

Alan. – Une moue dégoûtée effleure son visage. – Putain, il s'amuse comme un petit fou.

Mes talents de chasseresse se mettent en marche automatiquement. Le tueur mesure environ un mètre quatre-vingts. D'allure athlétique, musclé mais plutôt maigre. D'après ce que laissent entrevoir les trous des yeux, il est de race blanche.

J'attends d'entendre le son de sa voix. Les techniques de reconnaissance vocale se sont remarquablement développées et pourraient fournir des indications cruciales. Il disparaît du champ de la caméra. On l'entend tripoter quelque chose. Quand il réapparaît, il fixe l'objectif. Les ridules autour de ses yeux suggèrent qu'il sourit derrière son masque. Il lève la main et fait le geste de compter sur ses doigts.

— 1, 2. 1-2-3-4...

Une musique se fait entendre. Elle couvre tous les autres bruits. Je mets un moment à identifier le morceau. Quand j'y parviens, mon malaise s'accroît.

— Mon Dieu, murmure Charlie. C'est pas les Rolling Stones ?

— Si, confirme Alan d'une voix vibrante de rage. *Gimme Shelter.* Il se marre bien, le salaud. Il se paye une musique d'ambiance pour accompagner ses atrocités de malade.

Le volume est au maximum. Quand le tempo s'accélère, le tueur se met à danser. Il a un couteau à la main. Il danse pour Annie et pour la caméra. Une bacchanale frénétique, délirante. Mais la cadence est respectée. La folie en rythme.

Raaaape and murder... Viol et meurtre. Ce qui explique son choix. C'est son message. Il conforte mes premières impressions. Il est toujours un pas au-delà de la limite dans tout ce qu'il fait. Je ferme les yeux en voyant qu'Annie l'a compris, elle aussi. Je le lis dans son regard. La terreur et l'espoir qui s'éteignent.

Le meurtrier s'est arrêté de danser. Il se trémousse encore, mais on dirait que c'est inconscient, comme lorsqu'on marque la cadence du pied au son d'une musique sans s'en rendre compte. Il est près du lit, les yeux fixés sur Annie. L'air fasciné. Annie se débat. Même si la musique étouffe son cri, je sais qu'elle hurle derrière son bâillon. Il se tourne encore vers la caméra. Puis il se penche en avant en tenant son couteau.

Le reste est tel que Leo l'a décrit. Un montage. Des images de torture, de viol, d'horreur subis par Annie. Il joue du couteau, en prenant son temps. Il coupe avec lenteur, de longues entailles. Il pose partout sur elle le fil de sa lame. Je sursaute physiquement à chaque nouvelle image. Des spasmes violents qui me donnent l'impression d'être heurtée par tout un convoi de voitures. Une image, un choc, un sursaut. Annie est torturée. Une image, un choc, un sursaut. Annie est violée. Une image, un choc, un sursaut, il coupe, il tranche, il taille, mon Dieu, il n'arrêtera donc jamais ! Le regard d'Annie se charge de souffrance, il se charge d'horreur, puis il s'éteint sur la contemplation du néant. Elle vit encore, mais elle s'absente. Le tueur exulte, il est euphorique. Il entreprend une danse de la pluie. C'est une pluie de sang. Je regarde mourir mon amie. C'est une mort lente, terrible et sans dignité. Quand il termine son atroce besogne, elle est morte depuis longtemps, éventrée comme un poisson vidé. Regarder mourir cette femme que j'ai consolée à l'adolescence, avec qui j'ai grandi, que j'ai aimée c'est me retrouver sanglée moi aussi sur mon lit au milieu des cris de Matt.

Je m'aperçois que je suis en larmes, que j'ai pleuré pendant toute la durée du film. Ce sont des larmes silencieuses, un flot qui inonde mes joues. Versées pour la seule autre personne, à part Matt, qui savait tout de moi. Je suis seule désormais. Je n'ai plus de racines et c'est insupportable. Je ne les essuie pas. Je n'en ai pas honte. Elles sont justifiées.

La vidéo s'arrête. Personne ne dit mot.

— Repasse-la.

Je demande à la revoir parce qu'il y a en moi un dragon qui vient de s'éveiller et que je veux nourrir sa colère.

14.

— Parlons peu, mais parlons bien, dit Alan. Non seulement il a tourné ce film, mais il s'est installé pour en effectuer un montage ?

— Oui, acquiesce Leo, mais pas sur cet ordinateur. Le disque dur n'a pas une capacité suffisante et il n'y a pas de logiciel adéquat. Il a dû apporter un portable très puissant.

Alan émet un sifflement.

— C'est un animal à sang froid, Smoky. Ça signifie qu'il a pris le temps de monter son film à deux pas de ton amie morte et sous les yeux de la petite Bonnie.

Personne n'a fait de commentaire sur mes larmes. Je me sens vidée, mais je suis sortie de mon état d'engourdissement. J'ai retrouvé ma vivacité de réaction.

— Froid, organisé, compétent, techniquement affûté... et un vrai danger public.

— Que voulez-vous dire ? s'enquiert Leo.

— Il a franchi une limite. Il ne fera plus marche arrière. Il a aimé sa prestation. Elle l'a révélé à lui-même. Quand on prend tellement de plaisir à faire quelque chose, on recommence.

Leo me dévisage, effaré à cette idée.

— Alors qu'est-ce qu'on fait ?

— Vous sortez tous et on fait venir James.

Je m'entends prononcer ces mots d'une voix impassible. Bon, me dis-je. C'est parti. Mes vieux réflexes ne sont pas morts. Voilà qui est réconfortant.

Charlie et Leo ont l'air perplexes. Alan sait de quoi il retourne. Il leur adresse un petit sourire sans joie.

— James et Smoky ont besoin qu'on leur laisse le champ libre, c'est tout. Nous avons de quoi nous occuper en attendant. Tu veux que je remplace James à l'institut médico-légal ? me demande-t-il.

— Han-han, lui réponds-je distraitement.

Je les vois à peine partir. Mon esprit est ouvert sur un vaste possible. Mon regard se perd au loin.

Parce que le train noir est en marche.

Je l'entends approcher, tchou-kou-tchou-kou-tchou-kou-tchou, crachant sa fumée, tout agressivité, ombres et fureur.

J'ai découvert le train noir (comme je l'appelle) dès ma toute première enquête. C'est un phénomène difficile à décrire. Le train de la vie suit les voies du réel et de la normalité. C'est celui dans lequel est embarquée la plus grande part de l'humanité, de la naissance à la mort. Il résonne de rires et de pleurs, d'épreuves et de victoires. Ses passagers ne sont pas parfaits, mais ils donnent le meilleur d'eux-mêmes.

Le train noir est différent.

Il roule sur un terrain glissant qui se dérobe. C'est dans ce train que voyagent Jack Junior et ses semblables. Il marche au meurtre, au sexe et aux cris. C'est un grand serpent noir assoiffé de sang. Si on saute du train de la vie pour s'enfoncer dans de sombres forêts, on peut croiser le train noir. En suivant sa route, on peut apercevoir, quand il passe, les lugubres occupants de ses compartiments. Montez dans ses voitures tombeaux, longez les couloirs jonchés d'ossements et hantés de soupirs, et vous trouverez le conducteur. Le conducteur est le monstre que vous pourchassez. Il prend toutes sortes d'apparences. Il est petit, chauve et quadragénaire. Ou grand, jeune et blond. Parfois, mais c'est rare, c'est une femme. Dans le train noir, on le voit tel qu'il est sous les sourires hypocrites et les costumes trois-pièces. Vos regards plongent alors dans les ténèbres et si vous pouvez en scruter les profondeurs sans détourner les yeux, vous comprendrez.

Les tueurs que je traque ne sont pas des êtres calmes et souriants à l'intérieur. Chaque cellule de leur corps n'est qu'un cri ininterrompu. Ils bégayent, ils ont les yeux écarquillés. Ils incarnent le mal et sont vêtus de sang. Ils jouissent en s'empiffrant de chair humaine, se délectent d'éclats de cervelle et d'excréments. Leurs âmes ne marchent pas droit ; elles rampent, glissent, se vautrent.

C'est dans le train noir que j'ôte mentalement le masque du tueur. Que je le regarde dans les yeux sans frémir. Quand j'y suis, je ne recule pas, je ne cherche pas d'excuses ni de prétextes, j'accepte. Oui, ses orbites grouillent de vers. Oui, il boit les larmes des enfants assassinés. Oui, il n'y a là que le meurtre à l'état pur.

— Intéressant, m'a dit un jour le Dr Hillstead à qui je venais de parler du train noir, au cours d'une séance. La question que je souhaite vous poser, Smoky, parce que je m'en inquiète, est celle-ci : quand vous êtes à bord de ce train, qu'est-ce qui vous empêche d'y rester ? Qu'est-ce qui vous empêche d'en devenir à votre tour le conducteur ?

Je n'ai pu retenir un sourire.

— Quand vous le voyez, dans toute sa vérité, ça ne risque pas d'arriver. Vous savez que vous n'êtes pas comme lui. Loin de là. – Je l'ai regardé bien en face. – Une fois que vous avez démasqué le conducteur, vous vous rendez compte que c'est un extraterrestre, une aberration, qu'il est d'une espèce différente.

Il a acquiescé, m'a rendu mon sourire. J'ai bien vu, à son expression, qu'il n'était pas convaincu. Ce que je ne lui ai pas dit, c'est que le problème n'est pas de savoir si on risque de prendre la place du conducteur. Le problème, c'est d'arrêter de le voir, de chasser la vision de la vérité cachée sous le masque. Cela peut prendre des mois, parfois ponctués de cauchemars et de réveils en sueur au petit matin. Dans le cas de Matt, il ne m'est resté que des silences. Des espaces clos où il ne pouvait me rejoindre.

C'est le prix qu'on paye pour monter à bord du train : un recoin de votre âme est condamné à une solitude éternelle.

Debout dans la chambre où est morte Annie, je le sens qui vient vers moi. À ce moment-là, que je me contente de le regarder passer ou que je fouille ses wagons, je ne veux personne près de moi. Je deviens dure, froide et... antipathique. Sauf s'il s'agit de quelqu'un qui comprend le phénomène du train.

C'est le cas de James. Quels que soient ses défauts par ailleurs, James a aussi ce don. Le don de grimper à bord du train et d'affronter son conducteur.

Au-delà des métaphores, mon train noir est un

état d'observation aiguë, favorisée par une faculté d'empathie avec le mal.

Ce n'est pas agréable.

Je regarde autour de moi pour me laisser imprégner. Je le perçois, je le sens. J'ai besoin de l'entendre, de le toucher. Au lieu de le repousser, il me faut l'attirer. Comme un amoureux.

Ça, c'est un truc que je ne n'ai jamais confié au Dr Hillstead et que je ne lui avouerai sans doute jamais : cette proximité, cette intimité n'est pas seulement dérangeante, c'est comme une drogue. C'est excitant. Le criminel est un chasseur. Moi aussi, même s'il est ma seule proie. J'ai le même goût du sang, aussi féroce, aussi puissant.

Il s'est trouvé dans cette pièce. C'est donc ici que je dois me tenir. Pour le serrer de près, débusquer ses ombres et ses noirceurs.

Ma première sensation est toujours la même. Cette fois-ci ne fait pas exception. Sa satisfaction à l'idée de forcer l'intimité de quelqu'un. Les humains aiment à créer des espaces qui leur sont propres pour s'y retirer. Ils conviennent tacitement de respecter le territoire d'autrui. C'est un besoin fondamental, presque primitif. Être chez soi. Fermer la porte sur son intimité, se défaire enfin de l'image de soi qu'on offre au monde. Les autres n'y pénètrent que s'ils y sont invités. Ils l'acceptent parce que c'est ce qu'ils souhaitent pour eux-mêmes.

La première chose que font les monstres, la première chose qui les excite, c'est de franchir cette frontière. De regarder par les fenêtres. De vous épier, de vous surveiller. De s'introduire peut-être chez vous en votre absence, de toucher à vos affaires. De profaner votre intimité.

La destruction est leur aphrodisiaque.

Je me souviens d'un entretien avec l'un de ces monstres que j'avais arrêtés. Il s'en prenait à des petites filles. Cinq, six ans, pas plus. J'avais vu des photos d'elles avant, nœuds dans les cheveux et sourires radieux. Et des photos d'elles après, violées, torturées, massacrées. De tout petits cadavres figés dans un cri interminable. J'avais remballé mes affaires et j'allais quitter la salle d'interrogatoire quand une question m'est venue à l'esprit. Je me suis retournée vers lui et je lui ai demandé :

— Pourquoi elles ? Pourquoi des petites filles ?

Un grand sourire de carnaval avait plissé son visage. Ses yeux brillaient d'une lueur insondable.

— Parce que c'est la chose la pire qu'on puisse imaginer. Pire c'est, meilleur c'est, a-t-il ajouté en passant la langue sur les lèvres. – Il a fermé les yeux et incliné la tête, comme s'il sombrait dans une douce rêverie. – Ces petites filles... c'est tellement effroyable, c'est un vrai bonheur !

Ils sont mus par la fureur. Pas par une vague contrariété mais par un brasier de fureur. Un feu rugissant qui ne s'éteint jamais. Je le sens dans cette pièce. Malgré toute la froide minutie de son exécution, c'est une frénésie destructrice qui l'animait. Sans maîtrise.

Leur fureur leur vient souvent de l'extrême sadisme qui a traversé leur enfance. Coups, torture, viol, sodomie. Ces monstres sont en général façonnés par des parents Frankenstein. Les pervers font des enfants à leur image. Ils piétinent leur âme et les envoient dans le monde répéter leurs forfaits.

Cela ne fait aucune différence pour moi. En ce qui me concerne, je n'ai pas à en tenir compte. Les monstres sont par nature irrécupérables. Qu'importe la raison qui pousse le chien à mordre. Sa tendance à mordre et ses dents pointues scellent son destin.

Je vis avec cette notion. Compagne indésirable qui ne me quitte pas. Les monstres me suivent comme mon ombre. Je les entends parfois ricaner dans mon dos.

— Quel effet cela a sur vous à long terme ? Cela a-t-il des conséquences durables sur votre affect ? m'a demandé un jour le Dr Hillstead.

— Oui, bien sûr. – Je cherchais mes mots. – Ce n'est pas de la dépression ou du cynisme. Cela n'empêche pas d'être heureux. C'est... un changement de climat de l'âme. – J'avais tiqué en m'entendant prononcer cette phrase. – C'est un peu de la foutaise ma formule.

— Peu importe. Tous les mots sont bons pour exprimer ce que vous ressentez. Développez.

— Eh bien, vous savez, c'est comme un grand morceau de continent dont le climat est déterminé par la proximité de l'océan. La météo peut avoir des sautes d'humeur, mais le temps est globalement toujours le même, à cause de la présence de l'immense masse maritime. – J'ai quêté son approbation du regard. Il a hoché la tête. – C'est pareil. On vit avec cette présence massive et obscure. Elle ne disparaît jamais, elle est toujours là. À chaque minute, à chaque seconde. Le climat de l'âme en est modifié. Définitivement.

— Et ce climat est comment ? m'a-t-il demandé avec un regard triste.

— Il pleut beaucoup. L'environnement reste beau, il y a parfois des rayons de soleil. Mais les nuages et la grisaille dominent. Et la pluie peut tomber à tout moment.

J'observe la chambre d'Annie. J'entends ses cris

dans ma tête. La pluie est là. Annie était le soleil, son meurtrier un banc de nuages. Et moi dans tout ça ? Allez, encore une louche de lyrisme à bon marché. La lune, me dis-je. Moi, je suis la lune. Un disque de lumière dans l'obscurité.

— Salut.

La voix de James m'arrache brutalement à ma méditation. Il se tient à la porte et balaye les lieux du regard. Ses yeux s'arrêtent sur les taches de sang, le lit, la table de chevet renversée. Il renifle en retroussant le nez.

— Qu'est-ce que c'est ?

— Du parfum. Il a imprégné une serviette de parfum et l'a mise derrière la porte pour que l'odeur du cadavre ne se répande pas trop vite.

— Il voulait gagner du temps.

— Oui.

Il brandit un dossier.

— Alan m'a donné ça. Ce sont les photos et les relevés effectués sur les lieux du crime.

— Très bien. Il faut que tu voies la vidéo.

Tout de suite, nous sommes à l'œuvre. Nous nous parlons par phrases brèves, qui fusent comme des tirs d'arme automatique. Nous sommes comme des coureurs qui se passent le relais.

— Montre.

Nous nous asseyons et je regarde le film pour la troisième fois. Le ballet démoniaque de Jack Junior, le supplice d'Annie, sa mort lente. Cette fois, je reste insensible... ou presque. Je regarde avec distance et détachement, l'esprit centré sur le train noir. Il s'y forme une vision d'Annie, allongée sans vie dans un champ d'herbe verte, sous la pluie qui remplit peu à peu sa bouche ouverte et ruisselle sur ses joues livides.

James n'est pas bavard.
— Pourquoi nous a-t-il laissé ce film ?
Je hausse les épaules.
— Je n'en suis pas encore là. Commençons par le commencement.
Il ouvre le dossier.
— On a trouvé le corps vers dix-neuf heures hier soir. L'heure de la mort ne peut être déterminée qu'approximativement, mais d'après l'état de décomposition, la température ambiante, etc., le légiste estime qu'elle a dû mourir trois jours plus tôt, vers vingt et une heures, vingt-deux heures.
Je réfléchis à la question.
— Il lui a sans doute fallu quelques heures pour la torturer et la violer. Ce qui veut dire qu'il est arrivé vers dix-neuf heures. Il n'a pas attendu qu'elles soient endormies. Comment est-il entré ?
James consulte le dossier.
— Aucune trace d'effraction. Soit elle l'a fait entrer spontanément, soit il s'est débrouillé pour qu'elle le fasse entrer. Il fronce les sourcils. C'est un beau salopard. Il choisit la fin d'après-midi, un moment où tout le monde est debout et vaque à ses affaires. Il ne manque pas de culot.
— Mais comment est-il entré ?
Nous nous regardons.
Il pleut, il pleut, bergère...
— Allons voir dans le salon, décide James.
Tir automatique, bang bang.
Nous sortons de la chambre et suivons le couloir jusqu'à l'entrée. James observe. Soudain, il se fige.
— Attends. – Il retourne dans la chambre d'Annie et revient avec le dossier. Il me tend une photo. – Voilà.
Il s'agit en fait d'une planche de clichés pris dans

l'entrée. Je vois immédiatement ce qu'il veut me montrer : trois enveloppes abandonnées sur le tapis. J'approuve d'un signe.

— Il ne s'est pas compliqué la vie. Il a simplement frappé. Elle a ouvert la porte, il l'a rabattue violemment et elle a lâché le courrier qu'elle tenait à la main. Ça a été très rapide. Brutal.

— C'est la fin d'après-midi. Comment s'y prend-il pour l'empêcher de crier et d'alerter les voisins ?

Je lui prends le dossier des mains et j'examine les photos. Je lui en désigne une représentant la table de la salle à manger.

— C'est ça. – On y voit un livre de classe ouvert. Nous regardons la table. – Elle est à moins de trois mètres. Bonnie était là quand Annie est allée ouvrir.

Il hoche la tête en signe d'assentiment.

— Il a maîtrisé l'enfant. Donc, il maîtrisait la mère. – Il siffle entre ses dents. – Ouaouh ! Ça veut dire qu'il a foncé droit sur elle. Sans hésitation.

— Ça s'est passé en un éclair. Il ne lui a pas laissé le temps de réagir. Il a forcé le passage, a claqué la porte, s'est précipité sur Bonnie... lui a probablement mis une arme sur la gorge...

— ... et a menacé sa mère de la tuer si elle criait.

— Oui.

— Très persuasif.

Il pleut, il pleut, bergère...

James plisse les yeux, songeur.

— Maintenant, la question est : à quel moment a-t-il entamé sa sale besogne ?

Là, nous entrons dans le vif du sujet. Là, nous embarquons à bord du train noir.

— Cette question en comporte plusieurs. – J'énumère en comptant sur mes doigts. – À quel moment s'en est-il pris à elle ? Lui a-t-il annoncé ce qu'il avait l'intention de faire ? Qu'a-t-il fait de Bonnie pendant ce temps-là ? Est-ce qu'il l'a ligotée, obligée à regarder ?

Nous fixons la porte d'entrée. Je le vois mentalement. Je sais que James suit le même processus.

Tout est calme derrière la porte. Il est excité. Il attend qu'Annie ouvre la porte, le cœur battant. D'une main, il s'apprête à frapper à nouveau, de l'autre, il tient... quoi ? Un couteau ?

C'est ça.

Il a préparé son baratin, il l'a répété. Une histoire simple... Il est son voisin du dessous et il a quelque chose à lui demander. Une salade de ce genre. Quelque chose d'anodin, de rassurant.

Elle ouvre la porte, franchement, sans méfiance. En cette fin d'après-midi, la vie bat son plein aux alentours. Il pousse violemment le battant, bouscule Annie, referme la porte derrière lui. Il se précipite sur Bonnie. La serre contre lui et pose sa lame sur sa gorge.

— Tu émets un son et ta fille est morte.

Annie ravale le cri qui est monté instinctivement dans sa gorge. Elle est affolée. Tout s'est passé trop vite. Elle ne comprend pas ce qui leur arrive. Elle cherche une explication irrationnelle. Elle est la cible d'une caméra cachée. C'est un ami qui lui fait une blague, c'est... Des idées folles, moins terribles que la vérité.

Bonnie la regarde fixement, les yeux agrandis par la peur.

Annie a dû admettre à ce moment-là que ce n'était pas une farce. Un inconnu appuyait un couteau sur le cou de sa fille. C'était bien réel.

— Qu'est-ce que vous voulez ? lui a-t-elle demandé.

Elle espérait négocier. Elle espérait qu'il avait autre chose en tête que le meurtre. Que c'était peut-être un cambrioleur, ou un violeur. Mon Dieu, se disait-elle, pourvu que ce ne soit pas un pédophile.

Un souvenir me revient.

— Elle avait une petite coupure à la gorge.

— Quoi ?

— Bonnie. Elle avait une petite coupure au creux de la gorge. – Je montre l'emplacement sur moi. – Ici. Je l'ai remarquée quand je l'ai vue à l'hôpital.

James réfléchit. Son visage s'assombrit.

— Il lui a fait ça avec son couteau.

Naturellement, nous ne pouvons pas en être certains. Mais cela paraît logique.

L'intrus pique la gorge de Bonnie avec la pointe du couteau. Rien de grave, juste de quoi faire jaillir une goutte de sang, provoquer un cri étouffé. Pour montrer à Annie qu'il ne plaisante pas, pour que son cœur s'accélère et cogne dans sa poitrine.

— *Fais ce que je te dis si tu ne veux pas que ta fille meure de mort lente.*

Dès lors, tout est dit. Bonnie lui sert de levier, Annie lui appartient.

— *Je ferai tout ce que vous voudrez. S'il vous plaît, ne lui faites pas de mal.*

Il perçoit la peur d'Annie. Ça l'émoustille. Un début d'érection gonfle son pantalon.

— Je crois que Bonnie était présente quand il a violé et torturé Annie. Je crois qu'il l'a fait sous ses yeux.

James dresse la tête.

— Pourquoi ?

— Pour plusieurs raisons. D'abord, il n'a pas tué Bonnie. Pourquoi ? C'était une personne de plus à contrôler. Il aurait été plus facile pour lui de la neutraliser tout de suite. Sa proie, c'est Annie. Ce qui le branche, c'est la torture, la peur. L'angoisse. Il a dû adorer l'idée de laisser Bonnie assister à tout, qu'Annie devienne folle de savoir qu'elle est là et qu'elle voit tout ce qui se passe...

— Oui, je suis d'accord. Et il y a une autre raison.

— Laquelle ?

Il accroche mon regard.

— Toi. Il en a aussi après toi, Smoky. En maltraitant Bonnie, il t'atteint encore plus profondément.

Surprise, je me raidis.

Il a raison.

Tchou-kou-tchou-kou-tchou-kou-tchou, le train noir prend de la vitesse.

— *Fais ce que je te dis si tu tiens à ta mère, dit-il à Bonnie.*

Il se sert de leur amour réciproque pour les faire obéir : il les pousse vers la chambre.

— Il les emmène dans la chambre. – Je m'engage dans le couloir. James me suit. Nous entrons. – Il ferme.

Je tire la porte derrière nous. J'imagine Annie en train de regarder cette porte se fermer sans savoir qu'elle ne la verra plus jamais ouverte.

James considère le lit, pensif. Il visualise la scène.

— Il a toujours deux personnes à maîtriser, remarque-t-il. Il n'a rien à craindre de Bonnie, mais il ne sera pas tranquille tant qu'il n'aura pas attaché Annie.

— Elle a des menottes dans le film.

— Exact. Il l'oblige à mettre les menottes. À un poignet, ça suffit.

— Tiens, prends, lui dit-il en sortant de son sac une paire de menottes qu'il lui jette...

Non, ça ne colle pas. On rembobine.

Bonnie a le couteau sous la gorge. Il regarde Annie. De haut en bas. La tient sous son regard. Lui fait comprendre qu'elle lui appartient.

— Déshabille-toi. Pour moi.

Elle hésite. Il presse la lame contre la gorge de Bonnie.

— Déshabille-toi.

Annie s'exécute en pleurant sous les yeux de sa fille. Elle garde sa culotte et son soutien-gorge dans une dernière velléité de résistance.

— Tout ! gronde-t-il en agitant le couteau.

Annie obéit en pleurant de plus belle.

Non. On rembobine.

Annie s'exécute en retenant ses larmes. Pour ne pas craquer devant sa fille. Elle enlève sa culotte et son soutien-gorge sans quitter Bonnie du regard. Elle la supplie mentalement : regarde-moi dans les yeux. Dans les yeux. Pas ce que je fais. Pas lui.

C'est là qu'il prend les menottes dans le sac qu'il a apporté.

— Accroche-toi au lit avec ça. Tout de suite ! dit-il à Annie.

Elle obéit. Dès qu'il entend le déclic de la fermeture, il récupère dans son sac deux autres paires de menottes. Elles sont pour les poignets et les chevilles de Bonnie. Elle tremble et sanglote. Il la bâillonne. Bonnie lance à sa mère un regard implorant : « Fais quelque chose, empêche-le ! »

Il reste attentif, prudent. Il n'est pas encore au bout de ses peines. Il doit encore s'occuper d'Annie. Il attache son autre main au lit. Puis ses pieds. Enfin il la bâillonne.

Maintenant, il peut se détendre. Sa proie est garrottée. Elle ne peut plus lui échapper.

Elle ne lui a pas échappé.

Maintenant, il peut savourer l'instant.

Il prend son temps pour organiser sa mise en scène. Disposer le lit, installer la caméra vidéo. L'agencement des choses est calculé, la symétrie a son importance. Il faut s'appliquer. Qu'il manque une étape et la beauté de l'acte est compromise, or tout est dans l'acte. C'est son air, sa nourriture.

— Le lit, marmonne James.

— Quoi, le lit ?

Il s'avance vers le montant. C'est un lit de grande dimension dans un cadre de bois sculpté. Massif.

— Comment l'a-t-il déplacé ? – Il se place à la tête et regarde la moquette. – Il y a des traces. Il l'a donc tiré. – Il retourne au pied du lit. – Il a dû le saisir et le tirer en reculant. Il lui a fallu le soulever... – Il s'agenouille. – Le prendre par en dessous et le soulever. – Il se redresse, va sur le côté du lit, se met à plat ventre et passe la tête sous le sommier en rampant. Je vois le faisceau de sa torche aller et venir. Quand il réapparaît, il a un large sourire. – Ils n'ont pas mis de poudre pour les empreintes là-dessous.

Nous nous regardons. C'est tout juste si nous ne croisons pas les doigts.

Les gens croient à tort que les gants de caoutchouc permettent de ne pas laisser d'empreintes. C'est vrai la plupart du temps. Mais pas toujours. Ces gants ont été créés au départ pour les chirurgiens, pour couvrir leurs mains d'une protection stérile pendant les opérations. La contrepartie, c'est qu'ils doivent coller comme une deuxième peau pour que le médecin conserve son agilité et sa sensibilité. Parce qu'ils sont très fins et très serrés, ils épousent les ridules de la main et les circonvolutions des empreintes digitales. Si, éventualité rare mais cependant possible, la personne munie de ces gants pose la main sur une surface susceptible de garder l'empreinte, on peut en trouver une exploitable. Le lit d'Annie est en bois. Il se peut qu'il soit imprégné de résidus de produits nettoyants qui auront conservé des empreintes laissées par le tueur à travers ses gants.

C'est loin d'être sûr. Mais cela reste possible.

— Bien vu, lui dis-je.

— Merci.

Ça roule. Il faut la traque d'un tueur pour que James soit aimable.

Le décor est en place. Il a donc déplacé le lit. La caméra est installée. Une dernière vérification pour s'assurer que tout est parfait. C'est bon. Maintenant, il peut centrer son attention sur Annie. Ses yeux se posent sur elle.

Là, pour la première fois, la vérité lui apparaît. Il était distrait, occupé à composer sa mise en scène. Elle avait encore de l'espoir. Maintenant que ses yeux sont fixés sur elle, elle comprend. Elle croise un regard sans horizon. Sombre, insondable, où frémit un appétit insatiable.

Il sait à quel moment elle comprend. Cela le transporte. L'espoir d'un être humain vient de s'éteindre. C'est son œuvre.

Il a l'impression d'être un dieu.

James et moi nous positionnons à la même place au même moment. Synchrones. Nous nous tenons côte à côte. Nous le voyons. Nous voyons Annie et, du coin de l'œil, nous apercevons Bonnie. Nous sentons l'odeur du désespoir. Le train noir accélère, nous y sommes embarqués ensemble pour le même voyage.

— Je voudrais revoir la vidéo, déclare alors James.

Je double clique sur le fichier et c'est reparti. Il danse, il découpe, il viole.

L'extrême violence de ses gestes répand du sang partout ; il en savoure l'odeur, le goût, l'humidité visqueuse sur ses vêtements. À un moment, il se tourne pour regarder l'enfant. Elle est blême et son corps est secoué de tremblements presque épileptiques. Il en éprouve une jouissance extrême, exquise, presque orgasmique. Il frissonne sous le coup de l'émotion et de l'intense sensation. Il ne fait pas seulement le mal. Il viole le bien. Le flétrit jusqu'à la mort. Musique, sang, viscères, cris, terreur. Un séisme dont il est l'épicentre. Il progresse vers l'apogée, il attend l'apothéose, l'aveuglante fulguration où s'annule toute raison et toute humanité.

C'est un instant bref, le seul qui efface le besoin et l'envie. Un infime moment de plénitude et de satisfaction.

Le couteau glisse et tranche ; il y a du sang, du sang, du sang, et il est soulevé, transporté vers un sommet où il se hausse encore, corps tendu, main tendue, non pas pour toucher la face de Dieu, non pas pour atteindre au meilleur, mais pour atteindre au rien, au néant ; il renverse la tête en arrière et son corps frémit sous l'onde de choc d'un plaisir d'une puissance intolérable.

C'est fini, la fureur qui ne l'a jamais quitté revient en force.

Quelque chose me tarabuste.

— Mets sur pause. – Je prends la souris pour

revenir en arrière. Je laisse tourner la vidéo. Il y a toujours quelque chose qui me chiffonne. Je fronce les sourcils. – Il y a quelque chose qui ne va pas. Je n'arrive pas à savoir ce que c'est.

— On ne peut pas la repasser image par image ? propose James.

En tâtonnant, nous finissons par trouver une commande qui, à défaut d'un défilement image par image, permet un déroulement au ralenti.

— C'est quelque part par là.

Nous nous penchons pour y regarder de plus près. C'est vers la fin. Il se tient près du lit d'Annie. Une coupure et on le retrouve au même endroit, mais quelque chose a changé.

James est le premier à mettre le doigt dessus.

— Où est le tableau ?

Nous revenons en arrière. Il est debout près du lit. Derrière lui, sur le mur, on aperçoit un tableau représentant des tournesols dans un vase. Brève coupure, il est à la même place, près du lit... mais le tableau a disparu.

— Qu'est-ce que ça veut dire ?

J'examine la chambre, l'emplacement vide du tableau sur le mur. Il est par terre, appuyé contre la table de nuit renversée.

— Pourquoi l'a-t-il enlevé ? se demande James.

Nous repassons le film. L'homme debout, le tableau, coupure, debout, plus de tableau. Encore et encore. L'homme debout, la coupure, le tableau, plus de tableau, le tableau, plus de tableau...

La révélation me vient d'un coup ; j'en reste bouche bée et légèrement étourdie.

— Bon sang !

J'ai crié. James sursaute.

— Quoi ?

Je rembobine.

— Regarde bien. Regarde où se situe le haut du cadre et garde ce point en tête quand le tableau n'y est plus.

La vidéo défile, se poursuit après la coupure. James plisse le front.

— Je ne vois pas... – Il s'interrompt. Son regard s'illumine. – Ah, mais si !

Il n'en croit pas ses yeux. Je repasse le film. Aucun doute. Nous nous regardons. Tout a changé.

Nous comprenons maintenant pourquoi le tableau a été enlevé. Il fournissait un point de repère. De hauteur.

L'homme penché sur Annie quand le tableau est au mur a bien cinq centimètres de plus que celui qui se trouve près d'elle quand il n'y a plus de tableau.

Nous avons atteint le poste de pilotage de notre train noir et sommes restés sur le seuil, abasourdis.

Le conducteur n'est pas seul.

Ils sont deux.

15.

— Vous avez raison, constate Leo en posant sur James et moi un regard effaré. – Il vient de visionner la vidéo. – Le montage n'est pas parfait.

Callie, Jenny et Charlie sont agglutinés autour de l'écran. Nous les avons informés de nos différentes trouvailles, en particulier de la dernière, qui n'est pas la moindre.

— Ouaouh ! commente Jenny.

— Vous avez déjà vu ça avant ? me demande Charlie. Deux personnes. Deux personnes qui agissent ensemble ?

— Oui. Une fois. Mais c'était différent. Il s'agissait d'un homme et d'une femme, l'homme étant l'élément dominant. Deux hommes ensemble, c'est inhabituel. Cet acte est pour eux quelque chose de très personnel. Il est rare qu'ils veuillent partager avec un autre.

Tout le monde se tait pour réfléchir à la question. Callie rompt le silence.

— Je vais essayer de relever les empreintes, ma chérie.

— J'aurais dû y penser, remarque Jenny.

— Oui, en effet, rétorque James sèchement.

Chassez le naturel...

Jenny lui jette un regard hostile qu'il ignore superbement. Il regarde ce que fait Callie.

Elle est en train de déballer le crimescope et tout l'attirail qui va avec. L'appareil émet un rayon ultraviolet qui permet de détecter les empreintes digitales. La lumière se réfléchit uniformément sur les surfaces planes. Quand elle rencontre des imperfections, telles que des arches et des boucles d'empreintes digitales, elle les met en évidence. Il suffit alors de les photographier à l'aide d'un appareil à ultraviolet pour les soumettre ensuite au processus de comparaison et d'identification.

Le dispositif comporte un volet servant à protéger les yeux du rayonnement ultraviolet, une source lumineuse et un appareil photo manuel haute résolution. Le recours au crimescope ne donne pas toujours des résultats. Son grand intérêt est de ne pas modifier la surface examinée, contrairement aux poudres, aux colles, qui, une fois appliquées, restent incrustées. Le rayon UV laisse les choses en l'état.

— C'est prêt, annonce Callie. – Elle a l'air tout droit sortie d'un film de science-fiction. – Éteignez la lumière.

Charlie appuie sur l'interrupteur. Callie se couche sur le dos et se faufile sous le lit. Nous voyons le rayon se déplacer pendant qu'elle en balaye le montant de bois, puis s'immobiliser, quelques tâtonnements et nous entendons les déclics de l'appareil photo. Encore quelques clics. Le rayon s'éteint et Callie reparaît. Elle se relève. Charlie rallume.

Callie jubile.

— Trois clichés de la main gauche, deux de la droite. Clairs et nets, ma chérie.

Pour la première fois depuis que Callie m'a appris la mort d'Annie, un sentiment autre que la colère et le chagrin m'envahit : l'exaltation.

— Super !

Je lui rends son sourire.

Jenny nous considère en hochant la tête.

— Vous êtes vraiment des cracks, Smoky.

Nous avons suivi le train noir, Jenny. Il nous a menés à leurs erreurs.

— Une question, intervient Alan. Comment se fait-il que personne ne se soit plaint de la musique ? Ils avaient poussé le volume à fond.

— J'ai ta réponse, lui dit Callie. Taisez-vous et écoutez.

Dans le silence qui se fait, je distingue aussitôt le battement de basses et les aigus assourdis qui nous parviennent de tous les étages.

Callie hausse les épaules.

— L'immeuble est habité par une population jeune qui aime bien écouter de la musique à plein volume.

— OK. J'admets, acquiesce Alan. Deuxième point. – Il désigne la pièce d'un grand geste circulaire. – Ils n'ont pas pris beaucoup de précautions. Ils ont mis un sacré boxon. Ils ne sont certainement pas partis couverts de sang. Ils ont dû se laver avant. La salle de bains est propre comme un sou neuf. Je suppose qu'ils l'ont nettoyée après s'y être débarbouillés. – Il se tourne vers Jenny. – Les experts ont sondé les bondes ?

— Je vais me renseigner. – Son portable sonne à cet instant. Elle répond. – Chang. – Son regard s'arrête sur moi. – Ah, bon ? Très bien. Je lui dis.

— C'est quoi, cette fois ?

— Le type que j'ai posté à l'hôpital. Bonnie a parlé. Elle n'a prononcé qu'une seule phrase, mais il a pensé que ça t'intéresserait.

— Oui ?

— Elle a dit : « Je veux Smoky. »

16.

Jenny m'a emmenée à l'hôpital, le pied au plancher. Elle a brûlé les stops, allumé sa sirène pour passer aux feux rouges. Nous n'avons pas échangé un mot de tout le trajet.

Je me penche sur Bonnie. Elle lève les yeux vers moi et nous échangeons un regard. Je suis frappée une fois de plus par sa ressemblance avec sa mère. C'est déroutant : je viens d'assister à la mort d'Annie et je retrouve Annie devant moi, vivante à travers sa fille.

Je lui souris.

— Il paraît que tu m'as demandée ?

Elle hoche la tête, sans rien dire. Je pense qu'elle ne parlera plus avant longtemps. Ses yeux ont perdu leur expression hagarde, quelque chose d'autre lui voile le regard. Un air lointain et accablé de désespoir.

— Ma chérie, j'ai deux questions à te poser. Je peux ?

Elle me considère avec inquiétude, mais elle acquiesce.

— Il y avait deux hommes, n'est-ce pas ?

La peur. Ses lèvres tremblent. Elle hoche la tête.

Oui.

— Bon. Encore une question et nous n'en parlerons plus. Est-ce que tu as vu leur visage ?

Elle ferme les yeux. Déglutit. Rouvre les yeux. Secoue la tête.

Non.

Je soupire intérieurement. Cela ne m'étonne pas, mais c'est quand même dommage. On verra plus tard. Je prends la main de Bonnie.

— Je suis désolée, ma puce. Tu as demandé à me voir. Tu n'es pas obligée de me dire ce que tu veux si tu ne peux pas parler. Mais tu peux me montrer.

Elle continue à me fixer. Elle semble chercher quelque chose dans mon regard, quelque chose qui la rassure. Je n'arrive pas à savoir si elle trouve ce qu'elle cherche. Pourtant, elle hoche la tête.

À son tour, elle prend ma main. J'attends. Rien ne se passe. Et, tout à coup, je comprends.

— Tu veux venir avec moi ?

Elle hoche la tête.

Une foule de pensées se pressent dans ma tête. L'idée que je suis incapable de m'occuper de moi, et encore moins d'elle. Que je suis sur une affaire ; qui veillera sur elle pendant ce temps ? Je pense à tout cela, mais rien de tout cela ne compte vraiment. Je lui souris et je serre sa main dans la mienne.

— J'ai un certain nombre de choses à faire. Mais quand je serai prête à quitter San Francisco, je viendrai te chercher.

Elle me regarde toujours. On dirait qu'elle a trouvé ce qu'elle cherchait. Elle serre ma main, puis la lâche, se retourne sur l'oreiller et ferme les yeux. Je reste un moment près d'elle.

Quand je sors de la chambre, je sais que quelque chose a changé dans ma vie. Je me demande si c'est bien ou mal et je me dis que c'est sans importance. Bien, mal, ou neutre. La question n'est pas là. Il s'agit de survivre. C'est cela l'urgence, pour Bonnie et moi.

Nous retournons aux bureaux de la police. Un grand silence règne dans la voiture.

— Tu vas la prendre avec toi, alors ? glisse soudain Jenny.

— Elle n'a que moi. Et moi, je n'ai qu'elle, en fait.

Jenny est songeuse. Un petit sourire se dessine sur ses lèvres.

— C'est bien, Smoky. C'est vraiment bien. On ne peut pas laisser une gosse de son âge aux services sociaux. Elle est trop grande. Personne ne l'adoptera.

Je me tourne vers elle. Je pressens un sous-entendu dans ses paroles. Un secret latent. Je l'interroge du regard. Elle est tendue. Puis elle soupire et se détend.

— Je suis orpheline. Mes parents sont morts quand j'avais quatre ans. J'ai grandi à l'assistance. À l'époque, on ne se bousculait pas pour adopter une petite Chinoise.

Je tombe des nues.

— Je ne savais pas.

Elle hausse les épaules.

— Ce n'est pas quelque chose qu'on raconte à tout bout de champ. Bonjour, je suis Jenny Chang, je suis orpheline. Je n'aime pas beaucoup en parler. – Elle me coule un regard qui m'invite à ne pas insister. – Mais je peux te dire une chose : c'est bien, ce que tu fais. Beau et pur.

En y réfléchissant, je me dis qu'elle a raison.

— Cela me paraît normal. Annie me l'a confiée,

c'est du moins ce qu'on m'a dit. Je n'ai pas encore vu son testament. C'est vrai qu'il l'avait posé près de son corps ?

— Oui. C'est dans le dossier.

— Tu l'as lu ?

— Ouais. – Elle marque un temps, toujours sérieuse, concentrée. – Elle t'a tout confié. Sa fille est la vraie légataire, mais elle t'a nommée exécutrice et tutrice. Ce devait être une grande amie.

Ma peine en est ravivée.

— Ma meilleure amie. Depuis le lycée.

Jenny reste un long moment silencieuse. Quand elle reprend la parole, c'est pour lâcher un seul mot, celui qui renferme tout ce qu'elle veut me dire.

— Merde !

Merde, merde au monde, à l'injustice, à ce qui t'est arrivé, à la mort de ta fille, à la mort des enfants en général et merde au malheur jusqu'à la fin des temps. Voilà ce qu'elle dit.

Ma réponse est aussi laconique.

— Merci.

17.

— Tu veux la version intégrale ou la version condensée ?

Alan pose cette question en ouvrant le dossier contenant le rapport d'autopsie.

— La version condensée, s'il te plaît.

— Voici l'essentiel. Le tueur ou les tueurs l'ont violée *ante* et *post mortem*. Il(s), au singulier ou au pluriel, l'ont coupée avec une lame très effilée avant qu'elle meure, lui infligeant des blessures qui n'étaient pas mortelles.

Torture. Je lui fais signe de poursuivre.

— Elle est morte d'hémorragie. Elle a perdu tout son sang après qu'ils lui eurent tranché la gorge. – Il consulte la page du dossier ouverte devant lui. – Une fois morte, quand ils ont eu fini de s'amuser avec elle, ils lui ont ouvert le ventre. Ils ont enlevé les organes internes et les ont placés dans des sacs, qu'ils ont laissés sur place. – Il lève les yeux. – On a retrouvé tous les organes à l'exception du foie.

— Ils l'ont sans doute emporté, remarque James dans le silence qui suit. Ou mangé.

Je réprime un frisson à cette idée. Il n'a peut-être pas tort.

— L'examen des blessures suggère une exécution au scalpel, ce qui est cohérent. En effet, d'après le légiste, l'ablation des organes révèle une certaine compétence. Non seulement dans l'acte chirurgical, mais par la connaissance anatomique de l'emplacement des organes, qui ont été prélevés dans leur intégralité sans être abîmés. Ils ont séparé le gros intestin de l'intestin grêle, puis les différentes parties qui les composent. Trois pour le grêle, quatre pour le gros intestin.

Je réfléchis un moment.

— A-t-il, pardon, ont-ils disséqué d'autres organes ?

Il vérifie dans le dossier et secoue la tête.

— Non. Ils ont fait ça pour l'épate.

— Parfait.

Leo me jette un regard incrédule.

— Comment ça, parfait ?

— C'est parfait parce que c'est grâce à leurs erreurs que nous coinçons ces gars-là, répond Alan à ma place. S'ils font de l'épate, cela signifie que le meurtre ne leur suffit pas. Ils veulent aussi attirer notre attention. Ils ne sont donc pas aussi prudents qu'ils le devraient. Et, par conséquent, ils sont plus susceptibles de commettre des erreurs.

— En d'autres termes, reprend Callie, cela veut dire qu'ils sont un peu plus foufous que la moyenne. Ils ont plus de chances de déraper.

— Je comprends.

Malgré cette affirmation, Leo semble un peu perturbé. Je compatis. Il n'est pas évident de considérer comme positive la dissection d'organes humains par deux psychopathes. Il ne doit pas être certain de vouloir adopter ce point de vue.

— Après avoir ôté les organes, poursuit Alan, ils

lui ont laissé le ventre ouvert et ont attaché Bonnie à sa mère. – Il referme le dossier. – On n'a pas trouvé de sperme, mais des traces attestant la présence de caoutchouc dans le vagin.

Ils ont utilisé des préservatifs pour ne pas laisser d'ADN.

— C'est tout. On n'a trouvé ni poils ni empreintes sur ou dans le corps.

— Conclusion ?

James soupire.

— Voyons le tableau dans son ensemble. Des blessures infligées sans hésitation. Ils ont fait preuve d'une grande assurance quand il s'est agi de la dépecer. L'un d'entre eux doit avoir une formation médicale sérieuse. C'est très probable.

— Ou beaucoup d'expérience, murmure Callie.

— Que savons-nous d'autre ?

Je les interroge du regard, l'un après l'autre. À ces mots, Alan prend un bloc-sténo et un stylo. Cela fait partie de la routine. Il va noter toutes les remarques et réflexions intéressantes.

Callie commence :

— Nous savons qu'ils sont tous les deux blancs et de sexe masculin. L'un des deux mesure près de un mètre quatre-vingts, l'autre environ un mètre soixante-quinze. Ils sont tous les deux plutôt minces.

Alan prend la relève.

— Ils sont prudents. Ils connaissent la loi du transfert et se débrouillent pour l'éviter. Pas de poils, pas de peau, pas de sperme.

— Ils ne sont pourtant pas aussi malins qu'ils le pensent, fais-je remarquer. Nous avons trouvé leurs empreintes sur le lit. Et nous avons compris qu'ils étaient deux.

— Oui, c'est bien là le problème, commente Alan

d'un air soucieux. S'ils étaient tellement au fait des principes de transfert, ils auraient dû savoir qu'il se produit toujours, d'une façon ou d'une autre.

Alan fait allusion au « principe de Locard ». Locard est considéré comme le père de la criminologie moderne. Nous connaissons par cœur son postulat : « Lorsque deux objets entrent en contact, il se produit toujours un transfert de matière entre les deux ; cette matière peut être importante ou infime, difficile à détecter, elle existe néanmoins et il est du devoir des techniciens investigateurs de la recueillir, quelle qu'en soit la quantité, et de démontrer la réalité du transfert. »

Nos meurtriers ont pris des précautions. L'absence de sperme le prouve. Cela dénote une grande maîtrise de leur part. Avec la prolifération de la littérature policière, des séries télévisées et l'apparition du sida, l'usage des préservatifs par les violeurs a beaucoup augmenté. Mais ce n'est pas la règle. Le viol relève de l'abus de pouvoir et de la transgression. Ce que les violeurs recherchent, c'est la sensation intense qu'ils en retirent. Or le préservatif atténue la sensation et le principe de la transgression. Pourtant Jack Junior et son acolyte y ont recours, ce qui rend pertinente la remarque d'Alan.

— Nous savons qu'ils ne sont pas parfaits, développe James. Ils ont une première faiblesse : le désir de nous épater et de nous défier. C'est risqué, ça peut les conduire à se planter à un moment quelconque.

— Exact. Quoi d'autre ?

— L'un des deux au moins a une bonne compétence technique. – C'est Leo qui intervient. – De nos jours, le montage d'une vidéo ne demande pas un superprofessionnalisme. Mais le travail qu'ils ont fait sur la bande suppose un minimum d'apprentissage. C'est plus sophistiqué que ce que le pékin moyen saura bidouiller d'emblée sur son ordinateur.

— Nous les imaginons basés à Los Angeles, n'est-ce pas ? s'informe Callie.

— Nous nous appuyons sur cette hypothèse, nuancé-je. Mais ce n'est pas une certitude. En revanche, nous connaissons le profil de leurs victimes. Ils nous l'ont dit : ils ont l'intention de s'en prendre aux femmes comme Annie. – Je m'adresse à Leo. – Comment il l'appelait dans sa lettre ?

— « Une putain des temps modernes arpentant les trottoirs des autoroutes de l'information. »

— Ça représente quoi, en nombre de personnes ?

Leo fronce les sourcils.

— Des milliers, si on considère l'ensemble du pays. Un bon millier si on s'en tient à la seule Californie. Mais ce n'est pas le seul problème. Il faut envisager la question sous cet angle : n'importe quelle fille qui a un site est une racoleuse en puissance. Si quelques-unes sont parrainées par une entreprise, la plupart sont comme votre amie. Elles conçoivent, actualisent et exploitent elles-mêmes leur site. C'est l'affaire d'une seule personne, avec une seule employée. Et il n'y a pas de chambre de commerce pour ce secteur. Il existe des listes de ce type de sites, mais pas de syndicat, ni d'association de regroupement.

Je médite sur les implications de cette mauvaise nouvelle. Une idée me vient.

— D'accord, mais est-ce qu'on ne pourrait pas s'y prendre autrement : au lieu d'essayer de répertorier toutes les personnes engagées dans cette activité, ne pourrait-on pas chercher par quel biais les tueurs ont trouvé Annie ? Tu dis qu'il existe des listes ?

Il confirme d'un hochement de tête.

— Elle n'est probablement pas sur toutes. Nous allons chercher celles sur lesquelles elle apparaît, puis nous concentrer sur les autres femmes présentes sur ces listes précises. – Il hoche à nouveau la tête, d'un air pensif cette fois. – Ce n'est pas si simple. Ils ont pu la trouver grâce à un moteur de recherche. Dans ce cas, quelle phrase ou quels mots-clés ont-ils employés ? En outre, les détenteurs de sites ont le plus souvent leur propre « vitrine ». Des sites gratuits contenant des échantillons de photos, avec un lien vers le site principal. Genre : « Tâtez la marchandise et, si elle vous plaît, venez au magasin. » Ils sont peut-être arrivés à elle par ce moyen.

— Sans oublier qu'ils l'ont peut-être aussi dénichée par ton intermédiaire, Smoky.

Callie ajoute cette précision avec réticence. Je lui jette un regard d'assentiment avant de soupirer de dépit.

— Donc, la piste Internet ne nous mène nulle part ?

— Pas exactement nulle part, rectifie Leo. Il faut consulter sa liste de clients. Les gens qui payaient pour accéder à son « espace réservé aux abonnés ».

Je dresse l'oreille.

— Oui, oui, renchérit Alan. C'est comme ça qu'on a coincé les membres du réseau pédophile, non ?

— Ouais, lui sourit Leo. Il y a tout un tas de lois et de réglementations qui régissent l'utilisation des cartes de crédit. Ça implique la tenue de registres détaillés. Surtout, la plupart des systèmes comportent une fonction « vérification d'adresse », qui vérifie que l'adresse fournie au moment de l'opération correspond à celle liée au nom du détenteur.

— Sait-on combien elle avait d'abonnés ?

— Pas encore. Ce ne sera pas difficile à savoir. Il me faudra un mandat, mais les entreprises coopèrent en général volontiers. Je pense qu'il n'y aura pas de problème.

— Tu t'y colleras dès que nous serons rentrés. Alan t'aidera à obtenir le mandat. Trouve la liste et commence à l'étudier. Je veux aussi que son ordinateur soit inspecté sous toutes les coutures. Cherche tout, je dis bien tout, ce qui peut servir d'indice. Elle a peut-être remarqué quelque chose, qu'elle aura noté dans un coin...

— Très bien. Je récupérerai aussi son courrier. Le fournisseur d'accès devrait avoir en stock les messages récents qui ne sont pas encore arrivés dans sa boîte. Quoique cela dépende des serveurs.

— Bon.

— Il y a autre chose, dit Jenny. Ils se sont donné beaucoup de mal pour que nous pensions qu'il s'agissait d'un seul individu.

— Ils espéraient peut-être nous déstabiliser plus tard avec ça. Je ne sais pas. Je n'ai pas encore réfléchi à la question. Le plus important, c'est que nous avons un élément à exploiter. Les empreintes. – Je me tourne vers Callie. – Comment on procède ?

— Je vais les enfourner dans le système AFIS et demander aux gus de Los Angeles de faire marcher la bête. Elle est capable de comparer des millions d'empreintes en une ou deux minutes. Ce sera donc l'affaire de quelques heures.

Ça, c'est un truc qui bluffe tout le monde. C'est aussi simple que ça. Le système automatique d'identification des empreintes, l'AFIS, est un outil extraordinaire. Avec un peu de chance, nous aurons repéré notre bonhomme en deux temps trois mouvements.

— On s'y met tout de suite.

— Quelle idée James et toi vous faites-vous de ces personnages ? demande alors Callie.

— Oui, dites-nous, renchérit Alan.

Ils nous dévisagent, impatients d'entendre notre point de vue.

Je m'y attendais. Ils veulent toujours savoir. Je suis montée dans le train du crime, j'ai aperçu les monstres, en tout cas, l'un d'eux. Callie et Alan sont curieux : qu'est-ce que tu as vu ?

— Ce ne sont que des impressions et des conjectures.

Alan balaye mes réserves d'un geste.

— Tu dis toujours ça. C'est de la fausse modestie. On t'écoute.

Je lui souris, je me cale contre le dossier du siège et je lève les yeux au plafond. Je ferme les paupières et tout me revient. J'y suis, je palpe, je hume.

— Ils forment un peu un amalgame. Je ne les distingue pas encore bien l'un de l'autre. Ils sont... futés. Très futés. Ce n'est pas que du tape-à-l'œil. Je pense que l'un d'eux au moins a un niveau d'études supérieures. – Je glisse un regard de connivence à James. – Peut-être des études de médecine. – Il acquiesce. – Ils sont méticuleux. Réfléchis. Précis. Ils ont étudié la criminologie en profondeur pour être sûrs de ne laisser aucun indice. C'est extrêmement important pour eux. Jack l'Éventreur est un des criminels les plus célèbres de tous les temps.

Pourquoi ? Parce qu'il n'a jamais été pris. Ils suivent ses traces, en cela comme pour le reste. Ils l'imitent. Il a défié la police, donc ils nous défient. Ses victimes étaient des prostituées, donc ils pourchassent les femmes qui pratiquent, d'après eux, une forme moderne de prostitution. On trouvera d'autres similitudes.

— Le narcissisme entre pour beaucoup dans leur démarche, note James.

— Oui, approuvé-je.

— Que voulez-vous dire ? s'étonne Charlie.

— Je vous donne un exemple : quand vous conduisez une voiture, est-ce que vous avez besoin de réfléchir à chacun de vos gestes ?

— Non. Je conduis, c'est tout.

— Eh oui. Jack Junior et associé, eux, ne se contentent pas de conduire. Ils admirent la façon dont ils conduisent. Leur virtuosité, leur adresse. Ce genre de narcissisme, qui les incite à admirer leur manière de faire pendant qu'ils agissent... – Je m'interromps avant de reprendre : – Si vous vous regardez conduire, vous faites moins attention à la route.

— D'où les empreintes sous le lit, dit James. Ils étaient trop occupés à se trouver intelligents.

— Pigé, lâche Charlie.

— Quand je dis qu'ils forment un amalgame, ce n'est pas tout à fait exact. – Je porte pensivement la main à mon menton. – Il y a un Jack Junior. Il constitue une identité à part entière. Trop importante pour qu'il accepte de la partager. – Je consulte James du regard. – Tu es d'accord ?

— Oui.

— Dans ce cas, comment se situe l'autre individu là-dedans ? demande Alan.

— Je ne sais pas trop. Un élève peut-être. Je ne vois pas les choses très clairement. Pas encore. Je pense néanmoins que Jack Junior est l'élément dominant.

— Ça colle avec les précédents duos auxquels nous avons eu affaire, reconnaît Callie.

— Oui. Donc, ils sont avisés, minutieux, narcissiques. Mais ce qui les rend dangereux, c'est leur disposition à agir. L'action radicale ne leur fait pas peur. Ce n'est pas très bon pour nous, car cela signifie qu'ils ne se compliquent pas la vie. Pour eux, c'est simple comme bonjour. Ils frappent à la porte, ils font irruption, ils mettent leurs victimes à leur merci, A, B, C, D. Ce n'est pas si fréquent. Il n'est pas impossible que l'un ou l'autre, ou les deux, soient passés par l'armée ou la police. Une activité qui les ait entraînés à maîtriser les personnes sans hésitation ni arrière-pensée.

— Ils ont un vrai goût pour le viol et le meurtre, déclare James.

— N'est-ce pas une évidence ? s'étonne Jenny.

Je secoue la tête.

— Non. Il arrive que les assassins maquillent leur meurtre en crime de tueur en série. Mais ce qu'ils ont fait à Annie et la façon dont ils ont procédé... témoignent d'une véritable perversité. C'est pas du chiqué.

— Le choix de leurs victimes est à double visée, énonce encore James.

Callie plisse le front. Soupir.

— Tu veux dire qu'ils nous visent, nous, autant que les femmes qu'ils prennent pour cible.

— C'est ça. – James hoche la tête. – Le choix de la victime, dans ce cas précis, est raisonné et ne doit rien au hasard. Annie King présentait deux caractéristiques qui les satisfaisaient. Elle exploitait un site Internet pour adultes et elle était l'amie d'un membre de notre équipe. Ils n'ont pas lésiné pour attirer ton attention, Smoky.

— Ils ont réussi. – Je repasse mentalement tout ce qui vient d'être dit. – Bon, je pense qu'on a fait le tour. N'oublions pas un aspect important des portraits que nous avons pu dresser de ces deux énergumènes.

— Qui est ? interroge Leo.

— Qu'ils vont recommencer. Indéfiniment, jusqu'à ce qu'on les arrête.

18.

J'ai demandé à Jenny de me conduire à l'hôpital pour prendre des nouvelles de Bonnie pendant que chacun s'acquitte de la mission qui lui a été assignée. Quand nous nous trouvons devant la porte de la chambre, le policier de garde nous tend une grande enveloppe de papier kraft.

— Ceci est arrivé pour vous, agent Barrett.

Je sens tout de suite que quelque chose ne va pas. Il n'y a aucune raison qu'on me fasse parvenir un courrier à cet endroit. Je lui prends l'enveloppe des mains. Une simple mention, en lettres capitales tracées à l'encre noire : *À l'attention de l'agent Barrett.*

Jenny considère l'enveloppe avec de grands yeux.

— Bon sang, Jim. Faites marcher votre tête !

Elle a saisi. Jim est un peu plus lent à la détente. Quand il comprend, son teint vire au gris.

— Oh... merde.

Je dois lui reconnaître ceci : son réflexe immédiat est de bondir de sa chaise et de se ruer dans la chambre de Bonnie en brandissant son arme. Je rentre sur ses talons et j'éprouve un immense soulagement en la voyant tranquillement endormie. Je fais signe au flic de nous rejoindre dehors.

— Ça vient sans doute du tueur, c'est ça ? dit-il inquiet.

— Oui, Jim. Très probablement.

Je n'ai pas eu la force d'imprimer à ma voix le timbre de la colère. On y entend plus de fatigue que de révolte. Jenny n'a pas ce problème. Elle lui enfonce le doigt dans la poitrine assez violemment pour lui arracher une grimace.

— Vous avez fait une connerie ! Ce qui m'énerve, parce que je sais que vous êtes un bon flic. Et vous savez comment je le sais ? Parce que si je vous ai spécialement affecté à ce poste, c'est que je croyais que vous ne vous contenteriez pas de faire le poireau.

Elle fulmine. De son côté, Jim encaisse sans rancune et sans chercher à se justifier.

— Vous avez raison, inspecteur Chang. Je n'ai pas d'excuse. L'infirmière de la réception me l'a apportée. J'ai vu le nom de l'agent Barrett, mais je n'ai pas fait le lien. Je me suis replongé dans la lecture de mon journal. – Il a l'air tellement penaud que j'ai presque pitié de lui. Presque. – Seigneur ! Je me suis laissé engourdir par la routine. Une faute de débutant ! Merde, merde, merde.

Jenny aussi a maintenant un peu de peine pour lui, en le voyant tellement occupé à s'autoflageller. Elle met un peu d'eau dans son vin.

— Vous êtes un bon flic, Jim. Je vous connais. Vous vous souviendrez de cette erreur jusqu'à la fin de vos jours et vous ne la commettrez pas une deuxième fois. – Elle pousse un soupir. – Et puis, vous avez rempli votre premier devoir en veillant à la sécurité de l'enfant.

— Merci, lieutenant, mais ça ne me console pas.

— Il y a combien de temps que cette enveloppe vous a été remise ?

Il rassemble ses souvenirs.

— Je dirais... une heure et demie environ. Oui. L'infirmière de la réception me l'a apportée en me disant qu'un type l'avait déposée. Elle a pensé que j'aurais l'occasion de vous la remettre.

— Allez lui demander des détails. Comment elle est arrivée, qui l'a déposée, tout.

— Oui, madame.

Comme Jim s'éloigne, je désigne l'enveloppe.

— Regardons ce qu'elle contient.

Je l'ouvre. À l'intérieur, une liasse de feuillets agrafés ensemble. En haut de la première page, je lis : *Bonjour, agent Barrett*. Cela me suffit dans un premier temps.

— Ça vient de lui. D'eux.

— Chierie !

J'ai les mains moites. Il faut que je lise, mais je redoute les prochaines révélations du tueur. Je me décide à extraire la liasse de l'enveloppe en soupirant. La lettre qui m'est adressée se trouve en première page.

Bonjour, agent Barrett !

À l'heure qu'il est, j'imagine que vous et votre équipe êtes en pleine action. Vous avez aimé la vidéo que je vous ai concoctée ? Je trouve la musique que j'ai choisie particulière adaptée.

Comment va la petite Bonnie ? Est-ce qu'elle pleure et crie ou reste-t-elle muette ? Je me pose la question parfois. Dites-lui bonjour de ma part.

Naturellement, c'est vous qui êtes au centre de mes pensées. Êtes-vous en bonne voie de guérison, agent

Barrett ? Vous dormez toujours toute nue ? Avec un paquet de cigarettes à portée de main sur la table de nuit de gauche ? Je vous ai vue et je dois vous avouer que vous parlez très fort dans votre sommeil.

— Dieu du ciel ! murmure Jenny.

Je lui tends la lettre.

— Tiens ça, une seconde.

Elle la prend. Je me précipite vers la poubelle la plus proche et je vomis tout le contenu de mon estomac. Ils sont entrés chez moi ! M'ont regardée dormir ! Un frisson de terreur me traverse, accompagné d'un sentiment nauséeux de profanation. Puis surgit la colère. Mais la terreur reste toujours tapie à l'arrière-plan. Une idée s'impose à mon esprit de façon fulgurante : ça pourrait recommencer ! Je tremble de tous mes membres. J'abats mon poing sur le bord de la poubelle. Je m'essuie la bouche d'un revers de main et je reviens vers Jenny.

— Ça va ?

— Non. Mais finissons-en.

Elle me rend les feuillets. Ils tremblent dans ma main. Nous poursuivons notre lecture.

Matthew et Alexa, quelle horreur ! Et vous, seule désormais à bord du bateau fantôme qu'est devenue votre maison. Que c'est triste.

Je vous trouve plus jolie avec vos cicatrices, même si vous ne me croyez pas. Je vais vous dire une chose qui va vous aider, agent Barrett, pour une fois. Les cicatrices n'ont rien de honteux. Elles sont la marque des survivants.

Vous vous demandez sans doute pourquoi je vous tends une main secourable. C'est par sens de l'équité.

Pour que la partie reste palpitante. Il y a beaucoup de gens qui pourraient me courir après, mais vous... vous faites ça mieux que personne.

Je me suis donné beaucoup de mal pour que vous puissiez vous remettre en selle. Il ne reste plus qu'un point à régler, une blessure à guérir.

Un bon chasseur ne peut chasser sans arme, agent Barrett, or vous n'arrivez pas à reprendre la vôtre. Il faut arranger ça pour que la partie soit équilibrée. Vous trouverez ci-joint quelques informations qui, de mon point de vue, sont à la base des difficultés que vous éprouvez. Elles généreront peut-être de nouvelles cicatrices quand vous en prendrez connaissance, mais n'oubliez pas : une cicatrice vaut toujours mieux qu'une blessure ouverte.

Salut de l'enfer, Jack Junior.

Je tourne la page. Il ne faut pas plus d'une seconde pour comprendre de quoi il retourne. Autour de moi, tout se fige : lenteur et silence. Je vois que Jenny me parle, mais je n'entends pas ses paroles.

J'ai froid, de plus en plus froid. Je claque des dents, je me mets à frissonner. Le monde semble s'éloigner de moi. Mon cœur bat, tambourine, de plus en plus vite. Et, tout à coup, le son me parvient à nouveau, avec la fureur d'un coup de tonnerre. J'ai toujours aussi froid.

— Smoky ! Mon Dieu... un médecin !

Maintenant, je l'entends, mais je ne peux pas parler. Je ne peux m'empêcher de claquer des dents. Je vois un médecin s'approcher. Il tâte mon front, soulève mes paupières.

— Elle est en état de choc. Il faut l'allonger. Les pieds en hauteur. Infirmière !

Jenny se penche sur moi.

— Smoky ! Dis quelque chose.

Je voudrais bien, Jenny, mais je ne peux pas. Je suis gelée, le monde est gelé, le soleil est gelé. Tout le monde, tout dans le monde est mort, à l'agonie, mourant.

Parce qu'il a raison. J'ai lu le papier et, dans un éclair, le souvenir m'est revenu.

C'est un rapport balistique. Le passage qu'il a entouré de rouge à mon attention dit ceci : « Les examens balistiques démontrent de façon concluante que les balles retirées du corps d'Alexa Barrett provenaient de l'arme de l'agent Barrett... »

C'est moi qui ai tué ma fille.

J'entends un bruit qui me sidère, jusqu'à ce que je me rende compte que c'est moi qui en suis la source. C'est un cri, parti de la gorge en son rauque pour devenir de plus en plus aigu, gravissant les octaves jusqu'au registre strident qui brise le cristal. Il se prolonge, comme un vibrato de diva. Il s'éternise.

Et puis tout devient noir. Dieu merci.

19.

Je reviens à moi sur un lit d'hôpital face à Callie, penchée sur moi. Nous sommes seules. En voyant l'expression de Callie, je comprends le pourquoi de ce tête-à-tête.

— Tu savais ?

— Oui, je savais, admet-elle.

Je me détourne. La dernière fois que je me suis sentie aussi vide et anéantie, c'était à mon réveil à l'hôpital après l'épisode Sands.

— Pourquoi ne m'as-tu rien dit ?

Je ne sais pas ce que ma voix recèle de colère. Ça m'est égal.

— Le Dr Hillstead me l'a demandé. Il pensait que tu n'étais pas prête. J'étais de son avis. Je le suis toujours.

— Vraiment ? Tu crois savoir ce qui est bien pour moi ?

Ton acerbe. La colère est bien là, cette fois, sourde et venimeuse.

Callie ne bronche pas.

— Ce que je sais, c'est que tu es toujours en vie. Tu ne t'es pas tiré une balle dans la bouche. Je ne regrette rien, ma chérie. – Elle ajoute dans un murmure : – Ça n'a pas pour autant été facile. J'aimais Alexa, tu le sais.

Je sursaute à ces mots. Je la regarde et ma fureur s'évanouit. D'un coup.

— Je ne t'en veux pas. À lui non plus. Le docteur avait peut-être raison après tout.

— Pourquoi dis-tu ça ?

Je soupire. Je suis fatiguée, si fatiguée.

— Parce que je me souviens de tout maintenant. Et pourtant, je n'ai toujours pas envie de mourir. – Je me replie sous les assauts de la douleur. – Quelle trahison, Callie ! Je me dis que, si je veux continuer à vivre, c'est que je ne les aimais pas assez.

Je la vois ébranlée par mes paroles. Ma Callie, mon boute-en-train, reine de la joie de vivre et de l'optimisme, a l'air d'avoir reçu un coup de poing en pleine figure. Ou une décharge en plein cœur.

— Non, dit-elle après un long silence, c'est faux. Si tu continues à vivre après leur mort, Smoky, ça ne veut pas dire que tu ne les aimes pas. Ça veut seulement dire qu'ils sont morts et pas toi.

J'enregistre cette pensée profonde pour y accorder plus d'attention plus tard. Elle ne manque pas d'intérêt.

— C'est drôle, non ? J'ai toujours mis dans le mille. Tirer a toujours été pour moi comme une seconde nature. Je me souviens d'avoir visé sa tête. Mais il a été trop rapide. Je n'ai jamais vu une vivacité pareille. Il a soulevé Alexa du lit et s'en est fait un bouclier. Elle me regardait droit dans les yeux quand c'est arrivé. – Une grimace crispe mon visage. – Il a eu l'air presque surpris. Après tout ce qu'il avait fait, il a eu cet air étonné, comme si, l'espace d'un instant, il s'était dit qu'il était allé trop loin. Et là, je l'ai abattu.

— Tu te rappelles comment ça s'est passé, Smoky ?

Je fronce les sourcils.

— Qu'est-ce que tu veux dire ?

Callie sourit. Un sourire empreint de tristesse.

— Tu ne t'es pas contentée de l'abattre, ma chérie. Tu t'es acharnée sur lui. Tu as vidé quatre chargeurs et tu en rechargeais un cinquième quand je t'ai arrêtée.

Instantanément, le souvenir resurgit et je revis la scène.

Il m'avait violée, tailladée. Matt était mort. Je flottais dans un océan de souffrances, ballottée entre conscience et inconscience. Le monde autour de moi baignait dans une atmosphère irréelle. Comme si j'étais un peu droguée. Ou dans l'état vaguement nauséeux dans lequel nous laisse une sieste un peu trop longue. Il planait un sentiment d'urgence. Je le percevais. Mais de façon lointaine. Comme au travers d'un voile cotonneux. D'une viscosité poisseuse dont il me faudrait m'extraire.

Sands s'est penché sur moi, son visage tout près du mien. Je sentais son souffle sur ma joue. Il était anormalement chaud. Un jet gluant. J'ai reconnu un crachat glissant sur ma poitrine. J'ai frémi d'un long tremblement qui agitait tout mon corps.

— Je vais te détacher les pieds et les mains, ma douce Smoky. Je veux que tu me caresses le visage avant de mourir, a-t-il murmuré à mon oreille.

Mes yeux se sont fixés sur lui avant de se révulser. J'ai perdu la notion du temps. Quand je suis revenue à moi, il s'affairait à dénouer les liens que j'avais aux poignets. Nouveau plongeon dans le noir, dans le rien. Et retour à la lumière. Il me délie les pieds. Va et vient. Ombre et lumière. Lumière et ombre.

Cette fois, il est allongé tout contre moi. Il est nu. Je sens son érection. De la main gauche, il empoigne mes cheveux et tire ma tête en arrière. La droite est posée sur mon ventre, et je sens le couteau qu'il tient. Son souffle encore, âcre et chaud.

— Il est temps d'en finir, douce Smoky. Je sais que tu es épuisée. Il te reste une dernière chose à faire avant de t'endormir. – Sa respiration s'accélère. Son sexe dur appuie sur ma hanche. – Caresse-moi le visage.

Il a raison. Je suis épuisée. Je n'en peux plus. Je ne souhaite qu'une chose, sombrer dans le néant et en finir, en finir. Je lève la main pour accéder à son dernier désir... et c'est alors que j'ai entendu son cri.

— Maman !

Le cri de terreur d'Alexa.

Je l'ai reçu comme une gifle en plein visage.

— Il nous avait dit qu'Alexa était morte, Callie. – Je lui chuchote mon histoire dans la chambre d'hôpital. – Il nous avait dit qu'il l'avait tuée en premier. Quand je l'ai entendue hurler, j'ai compris qu'il nous avait menti et surtout, surtout, j'ai compris qu'il irait s'occuper d'elle ensuite.

Je serre les poings à ce souvenir. L'effroi revient prendre possession de mon corps en tremblements incontrôlables.

Ce cri, c'était comme si on m'avait fait exploser une bombe à l'intérieur. Cela ne m'a pas seulement ranimée. J'ai éclaté. Mon dragon intérieur s'est réveillé en rugissant.

J'ai frappé Sands. J'ai senti son nez s'écraser sous mon poing. Il a grogné. J'ai sauté du lit, me suis précipitée vers la table de nuit où se trouvait mon arme. Mais il était leste comme un animal. Un félin. Aucune hésitation. Il a roulé à terre et filé vers la porte. J'entendais son pas de coureur résonner sur le parquet du couloir en direction de la chambre d'Alexa.

Alors j'ai crié. Un brasier grondait en moi. Le monde était chauffé à blanc, l'adrénaline m'enflammait d'un feu ravageur. Le temps avait changé de rythme. Il accélérait, vite, plus vite que la pensée. Je tenais mon pistolet et je me téléportais plus que je ne courais vers la chambre d'Alexa, chevauchant des bribes d'espace-temps plus que je n'enchaînais les pas. J'ai dû aller très vite car je l'ai rejoint au moment où il franchissait le seuil. Et je l'ai vue, couchée sur le lit, son bâillon à demi arraché. Je me souviens d'avoir pensé : « C'est bien, elle est débrouillarde. »

— Maman !

Elle a encore crié, yeux agrandis, joues écarlates, rivières de larmes. À moi de me transformer en animal, aucune hésitation, flingue brandi, visant la tête...

Et puis l'horreur, l'horreur, l'horreur, à jamais, l'enfer sur terre.

Et puis moi criant, hurlant, criant, hurlant, à jamais, l'enfer sur terre. Et tirant sur Sands, encore et encore, décidée à tirer tant que j'aurais des munitions. Et puis...

— Oh, Callie. – Un sanglot m'étrangle. – Mon Dieu, mon Dieu, mon Dieu, je suis désolée !

Elle me prend la main, secoue la tête.

— Ne t'en fais pas. – Elle presse ma main dans

la sienne à me faire mal. – Je suis sincère. Tu n'étais pas dans ton état normal.

Parce que je me souviens d'avoir entendu Callie enfoncer ma porte, de l'avoir vue surgir, l'arme au poing. De l'avoir vue s'avancer vers moi prudemment en me disant de lâcher mon pistolet. De l'avoir engueulée alors qu'elle approchait, plus près. Elle voulait me le prendre et je ne voulais pas, je voulais me le planter sur la tempe, presser la détente et mourir. Je méritais de mourir. J'avais tué mon enfant. Alors j'ai fait ce qui me paraissait le plus logique, j'ai braqué mon arme sur elle et j'ai tiré.

La chance a voulu que mon chargeur soit vide. Quand j'y repense, je me souviens qu'elle n'a même pas ralenti, qu'elle a continué à avancer jusqu'à être assez près pour m'enlever mon pistolet, qu'elle a jeté. Après, je ne sais plus très bien.

— J'aurais pu te tuer.

— Nan. – Elle me sourit. Un sourire un peu triste où brille pourtant une lueur de malice. – Tu visais mes jambes.

— Callie. – Je proteste avec douceur. – Callie, je me souviens bien.

Je ne visais pas ses jambes. Je visais son cœur.

Elle approche son visage et me regarde dans les yeux.

— Smoky, j'ai confiance en toi, plus qu'en quiconque en ce bas monde. Ça n'a pas changé. Je ne vois pas ce que je peux te dire de plus. Sauf que c'est la dernière fois que nous abordons le sujet.

Je ferme les yeux.

— Qui d'autre est au courant ?

Silence.

— Moi. L'équipe. Jones. Le Dr Hillstead. C'est

tout. Jones a imposé une discrétion quasi totale sur le sujet.

Je suis bien certaine que ce n'est pas si simple. Eux, ils savent.

— Pendant que tu étais dans les vaps... près de deux heures en fait...

Elle a autre chose à me dire.

— Eh bien ?

— Eh bien... il faut que tu saches. Le Dr Hillstead est la seule personne à avoir été informée de ta réaction de tout à l'heure. À part Jenny et les autres membres de l'équipe.

— Vous n'avez rien dit à Jones ?

— Non.

— Pourquoi ?

Callie lâche ma main. Elle a l'air mal à l'aise, ce qui ne lui ressemble pas. Elle se lève, arpente la pièce.

— J'ai peur... nous avons peur... s'il l'apprend, que ce soit la fin des haricots. Qu'il décide de te mettre définitivement hors jeu. Tu peux, toi, choisir d'arrêter. Mais nous voulions te laisser le champ libre.

— Tout le monde est d'accord là-dessus ?

— Sauf James, hésite-t-elle. Il a dit qu'il voudrait te parler d'abord.

Je ferme les yeux. James est bien la dernière personne que j'aie envie de voir. Je soupire.

— Bon. Envoie-le moi. Je ne sais pas encore ce que je vais décider, Callie. Là, tout de suite, j'ai envie de rentrer chez moi. J'ai envie d'emmener Bonnie et de rentrer, de réfléchir à tout ça. J'ai besoin de me remettre les idées en place, une fois pour toutes. Sinon, je suis finie. Vous pouvez continuer sans moi. Je voudrais rentrer.

Elle baisse les yeux et contemple le plancher avant de relever la tête.

— Je comprends. Bon, je vais voir où ils en sont.

Elle se dirige vers la porte. S'arrête et se retourne.

— Pense à une chose, ma chérie. Tu connais les armes mieux que personne. Quand tu as braqué ton pistolet sur moi, peut-être que tu as pressé la détente parce que tu savais qu'il était vide.

Elle m'adresse un clin d'œil et disparaît.

— Peut-être.

Mais je ne le crois pas.

Je crois que j'ai pressé la détente parce qu'à ce moment-là je voulais tuer le monde entier.

20.

James entre et referme la porte derrière lui. Il s'assied sur une chaise à côté de mon lit. Il est muet. Je n'arrive pas à savoir ce qu'il pense. Ce n'est pas nouveau.

— Callie m'a dit que tu voulais me parler avant de décider si tu vas me balancer à Jones.

Il ne répond pas tout de suite. Il reste là, à me dévisager. C'est exaspérant.

— Alors ?

— Contrairement à ce que tu crois sans doute, je ne vois aucun inconvénient à ce que tu reprennes du service, Smoky. Absolument aucun. Tu es bonne dans notre partie et la compétence me suffit.

— Donc ?

— Ce qui me pose un problème, c'est que tu es à mi-chemin. – Il esquisse un geste vers mon lit d'hôpital. – Regarde-toi. Du coup, tu es dangereuse, parce que tu n'es pas fiable.

— Oh, je t'en prie. Crève.

Il m'ignore.

— C'est vrai. Sois lucide. Quand nous étions tous les deux dans l'appartement d'Annie King, je t'ai retrouvée telle que je te connaissais. Compétente.

Les autres aussi. Callie et Alan ont recommencé à s'en remettre à toi, à se fier à toi. Nous avons trouvé ensemble des indices qui étaient passés inaperçus. Et il a suffi d'une lettre pour que tu t'effondres.

— C'est un peu plus compliqué que ça, James.

— Pas du point de vue qui nous intéresse. Soit tu reprends complètement ta place, soit tu ne la reprends pas. Si tu la reprends à moitié, tu présentes un danger pour nous. Et c'est en fonction de ça que je prendrai ma décision.

— En fonction de quoi ?

— Soit tu nous reviens réparée, soit tu nous lâches. Si tu essayes de reprendre le boulot à moitié déglinguée, je file droit chez Jones et je remonterai la hiérarchie jusqu'à ce qu'on m'entende et qu'on te foute dehors une fois pour toutes.

Ma fureur est à son comble.

— Tu es un con arrogant.

Il reste de glace.

— C'est comme ça, Smoky. J'ai confiance en toi. Si tu me donnes ta parole, je sais que tu la tiendras. C'est ça que je veux. Tu nous reviens réparée ou tu restes à l'écart. Ce n'est pas négociable.

Je l'observe. Ni jugement ni pitié sur son visage.

Je me rends compte qu'il ne demande pas l'impossible. En fait, ses exigences sont raisonnables.

Je le déteste quand-même.

— Je te donne ma parole. Et maintenant, fous-moi le camp.

Il se lève et s'en va sans se retourner.

21.

Nous sommes partis tôt le matin. Le vol de retour s'est déroulé en silence. Bonnie était assise à côté de moi. Elle me tenait la main, le regard perdu au loin. Callie n'a dit que quelques mots, pour m'informer que deux agents resteraient postés à ma porte jusqu'à ce que j'en décide autrement. Je ne pensais pas qu'il reviendrait, maintenant qu'il avait dévoilé son jeu, mais cette protection me rassurait. Elle m'a dit aussi que la tentative d'identification des empreintes par l'AFIS n'avait rien donné. Oh, *happy day*.

Je bous à l'intérieur. Je ne suis que souffrance, confusion, et panique. Ce n'est pas l'émotion qui me submerge, c'est la réalité. La réalité de Bonnie. Je glisse un coup d'œil dans sa direction. Elle accroît encore mon malaise en tournant la tête pour m'adresser un regard franc et perçant. Elle me considère un moment avant de retourner à son inertie, les yeux fixés sur un lointain inaccessible.

Je serre les poings et je ferme les yeux. De petites étincelles de panique jaillissent, brillent, crépitent.

La maternité me terrifie. Car c'est de cela qu'il est question. Elle n'a que moi et nous avons un long chemin à parcourir. Un chemin jalonné de jours de classe, de matins de Noël, de rappels de vaccins, de « mange tes légumes », « apprends à conduire », permission de dix heures, et ainsi de suite. Toutes les banalités, petites et grandes, qui tissent la responsabilité d'une autre existence.

J'avais un mode d'emploi. Seulement, il ne s'agissait pas seulement de maternité, mais de parentalité. Il y avait Matt. Nous nous renvoyions la balle, nous discutions de ce qui convenait à Alexa, nous l'aimions ensemble. Être parents, c'est toujours vivre avec la quasi-certitude qu'on se plante, mais à deux, on se partage la faute.

Bonnie n'a que moi. Moi, la fille amochée qui traîne un fourgon de casseroles pendant qu'elle, elle traîne derrière elle une pleine remorque d'horreur et un avenir... quel avenir ? Reparlera-t-elle jamais ? Aura-t-elle des petits copains ? Sera-t-elle heureuse ?

Alors que la panique m'envahit, je me rends compte que je ne sais rien de cette petite fille. J'ignore si elle avait de bonnes notes à l'école. Je ne sais pas quelles étaient ses émissions de télé préférées ni ce qu'elle prenait au petit déjeuner. Je ne sais rien.

L'angoisse s'amplifie. Je résiste à l'envie de sauter de l'avion en hurlant dans le vide, en pleurant, en gesticulant et...

J'entends alors la voix de Matt dans ma tête. Douce, grave, apaisante.

« Chut. Du calme. Chaque chose en son temps. La première étape est franchie et c'est la plus importante. »

« Quelle étape ? » lui demande ma voix intérieure.

Je jurerais qu'il sourit. « Tu l'as prise avec toi. Elle est à toi. Quoi qu'il arrive, quelles que soient les difficultés, tu l'as acceptée et ça, c'est irrévocable. C'est la règle numéro un de la mère. Le reste viendra tout seul. »

Mon cœur se serre. Je réprime une exclamation.

La règle numéro un de la mère...

Alexa avait ses problèmes. Elle n'était pas parfaite. Elle avait parfois besoin d'être rassurée, de savoir qu'elle était aimée. Dans ces cas-là, je lui disais toujours la même chose. Je la prenais dans mes bras et je lui murmurais dans les cheveux :

— Tu sais quelle est la règle numéro un de la mère ?

Elle la connaissait, mais elle répondait toujours :

— C'est quoi, maman ? C'est quoi, la règle numéro un ?

— Tu es à moi et c'est définitif. Quoi qu'il arrive, quelles que soient les difficultés, même si...

— ... le vent s'arrête de souffler, le soleil de briller, les étoiles de scintiller.

Elle complétait elle-même la phrase rituelle.

Cela suffisait à la rassurer, à la réconforter.

Mon cœur est soulagé.

La règle numéro un de la mère.

Je peux déjà commencer avec ça.

Les étincelles de panique s'éteignent.

Pour le moment.

Nous sommes descendus de l'avion. Je me suis éloignée sans un mot, Bonnie sur les talons.

Les agents chargés de notre protection nous ont accompagnées en nous suivant pendant tout le trajet, jusque chez moi. Il faisait froid, avec une légère nappe de brouillard. La circulation commençait à s'intensifier, mais n'avait pas encore atteint sa pleine densité. On aurait dit une procession de fourmis attendant de se chauffer au soleil.

Dans la voiture, le silence règne. Bonnie ne dit rien et moi, je suis trop occupée à réfléchir, à m'inquiéter.

À penser à Alexa. C'est hier que je me suis aperçue que j'avais bien peu pensé à elle depuis sa mort. Elle était... floue. Une vague silhouette dans le lointain. Je me rends compte maintenant que l'ombre indistincte dans mes cauchemars, c'était elle. La lettre de Jack Junior et l'afflux des souvenirs me l'ont brutalement rendue visible.

Elle est là, dans toute l'évidence de son aveuglante et douloureuse beauté. Les souvenirs jouent une symphonie trop sonore qui heurte mes oreilles mais que je ne peux m'empêcher d'écouter.

C'est la symphonie de la maternité, qui chante l'amour, l'abandon absolu, l'oubli de soi. Une passion d'une ardeur à faire pâlir le soleil. Un espoir sans fond, un bonheur féroce, déchirant.

Dieu que je l'aimais... Plus que moi-même, plus que Matt.

Je sais pourquoi son image était brouillée. Parce que la vie sans elle est insupportable.

Et pourtant, je supporte. Cette constatation brise quelque chose en moi. Une fracture qui ne guérira jamais.

Je suis contente.

Parce que je veux en souffrir, toujours.

Quand nous arrivons chez moi, vingt minutes plus tard, les agents m'adressent un signe, sans un mot. Ils me font savoir qu'ils sont là, aux aguets.

— Attends-moi, ma puce, dis-je à Bonnie.

Je me dirige vers leur voiture. La vitre du chauffeur descend. Je souris en reconnaissant l'agent qui est au volant. Dick Keenan. Il était instructeur à Quantico quand j'y étais en formation. À l'approche de la cinquantaine, il a décidé de finir sa carrière « dans la rue ». C'est un type solide, de la vieille école du FBI, cheveux en brosse et toute la panoplie. Blagueur invétéré et tireur d'élite.

— Qui vous a confié cette mission, Dick ?

— Le directeur adjoint, Jones.

Des yeux qui rient.

Je hoche la tête. Évidemment.

— Qui est avec vous ?

L'autre agent est plus jeune, plus jeune que moi. Frais émoulu et encore ébloui d'appartenir au FBI. Ravi à l'idée de passer des journées dans une voiture à ne rien faire.

Il me tend la main à travers la fenêtre.

— Hannibal Shantz.

— Hannibal ? dis-je en esquissant un sourire.

Il hausse les épaules. Il est de bonne composition. Du genre qui ne se vexe jamais et avec qui il est impossible de ne pas s'entendre.

— Vous savez de quoi il retourne, Dick ?

Il acquiesce d'un air soucieux.

— Vous. La petite fille. Oui, je sais pourquoi elle est avec vous.

— Parfait. Je veux que les choses soient bien claires. Elle est votre priorité, vous comprenez ? Si vous devez choisir entre la protéger elle, ou moi, c'est elle que vous surveillez d'abord.

— Bien reçu.

— Merci. Heureuse de vous connaître, Hannibal.

Je m'éloigne, rassurée. Je vois Bonnie qui

m'attend devant la maison. Dans la voiture, je me suis demandé pourquoi j'y étais restée, dans cette maison. Par entêtement. Peut-être aussi par bêtise. Je me suis aussi rendu compte qu'elle faisait partie de moi. C'est mon havre. Si je devais m'en aller, y renoncer, il me manquerait quelque chose d'essentiel à tout jamais.

Hantée d'ombres et de fantômes peut-être. Mais je ne la quitterai pas.

Nous allons dans la cuisine et je retrouve aussitôt les automatismes maternels.

— Tu as faim, ma puce ?

Elle me regarde et hoche la tête.

Je lui rends son hochement de tête. Règle numéro un de la mère : aimer. Règle numéro deux : nourrir sa progéniture.

— Voyons ce que nous avons.

Elle me suit. J'ouvre le réfrigérateur et je jette un coup d'œil à l'intérieur. « Apprendre à chasser à ses petits », me dis-je en réprimant un fou rire. Le contenu du frigidaire n'a pas bonne mine. Il y a un pot de beurre de cacahouète quasiment vide et une bouteille de lait largement périmé en voie de putréfaction.

— Désolée, ma puce. Nous sommes bonnes pour aller faire les courses.

Je me frotte les yeux et je soupire intérieurement. Seigneur, je suis crevée. Mais cela fait partie des impératifs de la maternité. Ce n'est pas une règle à proprement parler. Plutôt une loi de la nature. Les enfants comptent sur nous. Nous sommes responsables d'eux. Fatigués ou pas. Ils ne savent pas conduire et n'ont pas d'argent.

Donc, pas le choix. J'adresse à Bonnie un sourire résigné.

— Bon, allons remplir nos placards de provisions.

Elle plante sur moi un de ses regards francs et me sourit. Un hochement de tête.

— OK. – Je prends mon sac à main et mes clés. – En selle.

J'avais dit à Keenan et à Shantz de garder les yeux sur ma maison. Je peux veiller sur moi-même et le plus important, pour moi, est de m'assurer que personne ne nous attendra à notre retour.

Nous arpentons les allées du supermarché. Moisson des temps modernes.

— Va devant, dis-je à Bonnie. Je ne sais pas ce que tu aimes. Tu vas me montrer.

Je la suis en poussant le chariot. Elle avance, les yeux sur les rayons, silencieuse et attentive. Chaque fois qu'elle me désigne un produit, je m'en empare et je l'examine pour que mon subconscient enregistre. Une grosse voix énumère dans ma tête : MACARONIS AU FROMAGE. SPAGHETTIS BOLOGNAISE. ÉVITER LES CHAMPIGNONS À TOUT PRIX SOUS PEINE DE REPRÉSAILLES. CHEETOS VERSION ÉPICÉE. Les dix commandements de l'alimentation. Mini-informations sur la personnalité de Bonnie, important.

Je sens un vieux mécanisme rouillé se remettre en branle à grand renfort de grincements. Amour, protection, macaronis au fromage. Réflexe naturel, c'est bien.

« Ça revient comme la bicyclette », me souffle la voix de Matt.

« Peut-être. »

Je suis tellement occupée à me parler à moi-même

que je n'ai pas vu Bonnie s'arrêter. Je manque la renverser avec mon chariot.

— Excuse-moi. On a tout ?

Un sourire, un hochement de tête. C'est bon.

— Dans ce cas, allons-y. On va enfin pouvoir grignoter quelque chose.

Ce n'est pas la bicyclette qui pose problème. C'est la route qui a changé. Amour, protection, macaronis au fromage, certes. Mais avec une enfant qui ne dit plus un mot et une mère lardée de cicatrices, qui parle toute seule et qui est un peu dérangée.

Je suis au téléphone avec la femme d'Alan. Je regarde Bonnie engloutir ses macaronis avec conscience et application. Les enfants ont un rapport à la nourriture parfaitement spontané. Le ciel nous tombe sur la tête, mais eux... rien ne leur coupe l'appétit !

— C'est vraiment très gentil, Elaina. Alan m'a raconté vos inquiétudes. Si je te demande ça, c'est que...

— Arrête, Smoky, me gronde-t-elle avec douceur. Tu as besoin d'un peu de temps pour t'y retrouver et cette enfant doit avoir un endroit où aller quand tu n'es pas là. En attendant que les choses se mettent en place. – Je ne réponds pas. J'ai la gorge nouée. Elle le devine, je la reconnais bien là. – Tu t'en tireras très bien, Smoky. Tu feras ce qu'il faut pour elle. – Elle hésite. – Tu étais une mère merveilleuse pour Alexa. Tu seras très bien pour Bonnie.

Un mélange de tristesse, de gratitude et d'angoisse m'assaille. Je parviens à m'éclaircir la voix et à proférer un timide merci.

— Pas de problème. Appelle-moi quand tu as besoin de moi.

Elle raccroche sans plus attendre. Elaina a toujours été compréhensive et généreuse. Elle a accepté de s'occuper de Bonnie quand j'aurais besoin de la faire garder. Aucune hésitation, aucune condition.

« Tu n'es pas seule », me chuchote Matt.

Je marmonne : « Peut-être, peut-être pas. »

Mon téléphone sonne, interrompant brutalement ma conversation avec l'au-delà.

— Salut, ma chérie. – C'est Callie. – Petit fait nouveau dont je voulais t'informer.

Mon cœur se serre. Quoi encore ?

— Je t'écoute.

— On a trouvé des micros dans le bureau du Dr Hillstead.

— Ah ?

— Ce que dit Jack Junior dans sa lettre. Tu ne t'es pas demandé comment il était au courant ?

Silence. Je suis sidérée. En effet. Je ne me suis pas posé la question.

— Eh non, Callie. Ça ne m'a pas effleurée. Mon Dieu ! – Je n'en reviens pas. – Comment est-ce possible ?

— Tu n'as pas à t'en faire. Avec tout ce qui s'est passé, moi non plus, je n'y ai pas pensé. C'est James qui en a eu l'idée et qu'il faut remercier. – Elle s'interrompt. – Seigneur, j'arrive pas à y croire ! J'ai réussi à placer « remercier » et « James » dans la même phrase.

J'entends son petit rire ironique dans le téléphone.

— Dis-moi tout.

Je prononce ces mots d'un ton sec et impatient.

Je n'ai pas de temps pour les états d'âme et je suis trop fatiguée pour m'en excuser.

— Il avait placé deux micros dans le bureau du Dr Hillstead, efficaces sans être de la haute technologie. – Elle me laisse entendre par là qu'il s'agit de matériel ordinaire, dont il sera sans doute impossible d'identifier la provenance. – Il les activait à distance. Ils étaient reliés par une connexion sans fil à un mini-magnétophone planqué dans un placard. Il lui suffisait de connaître les dates et heures de tes rendez-vous avec Hillstead. Il déclenchait les micros et pouvait récupérer l'enregistrement plus tard.

Je me sens violée, trahie. Il a tout entendu ? Il m'a entendue parler de Matt et d'Alexa ? exposer ma faiblesse ? Je suis furieuse à en être malade.

Et puis le malaise disparaît comme il était venu. Évanouie, la sensation de viol et la fureur. Il ne reste qu'une immense lassitude. La mer s'est retirée, ne laissant qu'une vaste plage de solitude.

— Il faut que je te laisse, Callie.

— Ça va ?

— Merci de m'avoir prévenue. Maintenant, je dois y aller.

Je raccroche, impressionnée par le vide qui m'habite. Et je sens comme une fêlure.

Bonnie a fini son assiette. Elle me regarde. M'observe. Je sursaute, prise au dépourvu.

Mon Dieu. C'est la première chose qu'il va me falloir prendre en compte : je ne suis plus seule. Elle est là et elle me voit.

Finies les journées passées dans le noir à contempler le vide en bafouillant des phrases inintelligibles. Je vais devoir y mettre un terme.

Personne n'a besoin d'une mère folle.

Nous sommes dans ma chambre, assises sur mon lit en face l'une de l'autre.

— Qu'en dis-tu, ma puce. Ça te va ?

Elle regarde autour d'elle, lisse le couvre-lit du plat de la main, et me sourit en hochant la tête. Je lui rends son sourire.

— Bon. J'ai pensé que tu préférerais dormir ici avec moi. Mais si tu ne veux pas, je comprendrai.

Elle me prend la main et secoue la tête comme une poupée désarticulée. Un oui ferme et définitif.

— Bien. Il faut que je te dise deux ou trois choses, Bonnie. Tu veux bien ?

Hochement de tête.

— Première chose : quand je dors... très souvent, je fais des cauchemars. Parfois, ils me font très peur et je me réveille en hurlant. J'espère que ça n'arrivera pas, mais je n'y peux pas grand-chose. Je ne veux pas que tu sois effrayée si ça m'arrive.

Elle me dévisage. Son regard s'arrête sur la photo posée sur ma table de nuit. Une photo encadrée de Matt, Alexa et moi, un trio souriant qui ne se doute pas que la mort le guette. Son regard revient sur moi et elle hausse les sourcils d'un air interrogateur.

Je mets un moment à comprendre.

— Oui. Je fais des cauchemars à cause de ce qui leur est arrivé.

Elle ferme les yeux. Elle met la main sur sa poitrine, puis elle rouvre les yeux.

— Toi aussi ? Bon. Eh bien, nous allons passer un marché. Ni toi ni moi n'aurons peur si l'autre se réveille en criant.

Elle accepte d'un sourire.

— Deuxième chose... c'est un peu plus difficile pour moi. Je dois décider si je continue ou non à exercer mon métier. Mon métier consiste à attraper les gens qui commettent des atrocités comme celles qu'a subies ta maman. Il se peut que ce soit trop dur pour moi. Tu comprends ?

Un hochement de tête plus retenu. Oh ! oui, elle comprend.

— Je n'ai pas encore pris ma décision. Si je ne continue pas, nous verrons ce que nous ferons ensuite. Si je continue... eh bien, je ne pourrai pas te garder avec moi tout le temps. Je devrai te confier à quelqu'un pendant que je travaillerai. Mais je peux te promettre une chose : dans ce cas-là, je veillerai à ce que tu aimes la personne qui s'occupera de toi. Ça te semble raisonnable ?

Hochement de tête prudent. Je saisis la nuance : oui, avec réserve.

— Une dernière chose. C'est la plus importante, je crois. Alors écoute-moi attentivement. – Je prends sa main dans la mienne et je veille à la regarder bien en face. – Si tu veux rester avec moi, je te garde. Je ne t'abandonnerai pas. Jamais. Je t'en fais la promesse.

Une profonde émotion se lit sur son visage, la première depuis que je suis allée la voir sur son lit d'hôpital. Il se chiffonne sous l'assaut du chagrin. Des larmes roulent sur ses joues. Je la prends dans mes bras et je la berce pendant qu'elle pleure silencieusement. Je la serre contre moi en lui murmurant des mots de réconfort et je songe à Annie et à Alexa et à la règle numéro un de la mère.

Elle finit par se calmer. Mais elle reste blottie contre moi, la tête sur mon épaule. Elle cesse de renifler puis s'écarte en s'essuyant le visage. Elle rejette la tête en arrière et plante son regard sur moi. Elle examine mes cicatrices. Elle approche sa main et je sursaute. Elle suit le tracé des balafres du bout des doigts avec une infinie tendresse. Du haut du front et le long de la pommette. Puis elle plaque doucement la main sur ma joue et vient à nouveau se presser contre moi. Cette fois, c'est elle qui me serre dans ses bras.

Curieusement, je n'ai pas envie de pleurer. Un bref sentiment de paix m'effleure. Une sensation de calme. Un peu de chaleur vient réchauffer cette partie de moi qui s'était glacée à la lecture de la lettre.

Je me détache d'elle et lui souris.

— À nous deux, on fait une sacrée paire, hein ?

Elle ébauche à son tour un sourire presque amusé. Je sais que ça ne durera pas. La souffrance reviendra la frapper comme un raz-de-marée. Mais ça fait du bien de la voir sourire.

— Bon, écoute. Je t'ai dit que je ne sais pas encore si je vais continuer à exercer mon métier. J'ai quelque chose à faire, ce soir. Tu veux venir avec moi ?

Elle hoche la tête. Je lui pince le menton.

— Alors, allons-y.

Je nous conduis dans un centre de tir de San Fernando Valley. Je connais le gérant. C'est un ancien marine, au regard chaleureux mais dont l'abord avenant dissimule une grande froideur. En me voyant entrer, il s'écrie :

— Smoky ! Ça fait des siècles !

Je lui désigne mes cicatrices avec un sourire.

— J'ai eu quelques soucis, Jazz.

Il aperçoit Bonnie, lui sourit. Elle ne lui rend pas son sourire.

— Qui est-ce ?

— C'est Bonnie.

Jazz a de l'intuition. Il comprend que Bonnie est perturbée et évite les effusions du style : « Bonjour, petite, comment vas-tu ? » Il lui adresse un signe et se tourne vers moi, les mains à plat sur son comptoir.

— Qu'est-ce qu'il vous faut ?

— Ce Glock, dis-je en lui montrant l'arme. Avec un chargeur, un seul. Et des cache-oreilles pour nous deux.

— Parfait, parfait.

Il ôte le Glock de son étui et dépose un chargeur à côté. Puis il décroche deux casques antibruit. J'ai les mains moites.

— Euh, Jazz. Vous voulez bien me rendre un service ? Est-ce que vous pouvez le porter dans la salle de tir et le charger pour moi ?

Il hausse un sourcil. Je me sens rougir de honte. Je lui explique, d'une voix posée :

— Je vous en prie, Jazz. Je fais une sorte de test. Si, devant la cible, je n'arrive pas à saisir le pistolet, il est probable que je ne pourrai plus jamais tirer. Je ne veux pas le toucher avant.

Ses yeux au regard à la fois chaleureux et glacial me scrutent. La tendance chaleureuse l'emporte.

— Pas de problème, Smoky.

— Merci. – Je prends les casques antibruit et je m'agenouille devant Bonnie. – On doit mettre ces trucs, ma puce. Ça fait un boucan infernal quand on tire dans la salle et tu vas t'abîmer les oreilles si tu ne les protèges pas.

Elle acquiesce en tendant la main. Je lui donne le casque. Elle l'ajuste sur sa tête. Je l'imite.

— Suivez-moi, dit Jazz.

Nous pénétrons dans la salle de tir. Je reconnais l'odeur aussitôt. Une odeur de métal et de fumée.

Unique en son genre. Je constate avec soulagement que la salle est vide.

Je fais signe à Bonnie de se reculer. Jazz charge le pistolet en me lançant des coups d'œil en coin. Il pose l'arme sur la bordure de bois qui ferme le champ de tir. Regard froid cette fois, mais il me sourit et regagne sa boutique. Il sait que je préfère être seule.

Je me tourne vers Bonnie. Elle ne sourit pas. Elle me regarde avec une attention soutenue. Elle pressent qu'il s'agit pour moi d'un moment décisif. Elle y accorde toute la gravité qui convient.

Je saisis la cible à forme humaine et la fixe à son support. Je presse le bouton et je la regarde s'éloigner. Loin, de plus en plus loin. Quand elle s'arrête, elle semble avoir la taille d'une carte à jouer.

Mon cœur cogne dans ma poitrine. Je frissonne, je transpire.

Je regarde le Glock.

Sombre instrument de mort. Pour certains, il ne devrait pas exister. Pour d'autres, c'est un objet de grande beauté. Pour moi, c'était une extension de mon être. Jusqu'au jour où il m'a trahie.

C'est un Glock modèle 34. Il a un canon de 13,5 cm. Son poids est d'à peu près 710 g chargé. Le calibre est de 9 mm et la contenance du chargeur de 17. Résistance d'origine de la détente : 2 041 g. Je connais toutes ses caractéristiques techniques comme je connais ma taille et mon poids. La question est de savoir si nous pourrons nous réconcilier, cet oiseau noir et moi.

Je tends la main. Je transpire abondamment. J'ai la tête qui tourne. Je serre les dents, force ma main à avancer. Je revois les yeux d'Alexa, le « O » que formait sa bouche quand la balle, venue de mon arme, a pénétré dans sa poitrine pour l'endormir à jamais. Cette image tourne en boucle dans mon esprit. Pan elle est morte, pan elle est morte, pan elle est morte.

— BON DIEU, PUTAIN DE BORDEL DE MERDE !

Je ne sais pas qui j'engueule, Dieu, Joseph Sands ou le flingue.

Je le saisis d'un geste souple et je tire pan-pan-pan-pan ! L'arme tressaute dans ma main.

Je perçois alors le déclic du chargeur vide. Je grelotte, je pleure. Mais je tiens le Glock. Et je ne me suis pas évanouie.

Je l'entends presque me dire « Bon retour au club ».

J'appuie d'une main tremblante sur le bouton qui me ramènera la cible. Elle revient. Le spectacle qu'elle m'offre me remplit d'une jubilation teintée de tristesse. Dix balles dans la tête, sept dans le cœur. J'ai chaque fois atteint les points que je visais. Comme avant, comme toujours.

Je considère la cible, puis le Glock, avec la même joie mélancolique. Le tir ne sera plus jamais un bonheur simple. Il évoque trop de morts. Suscite trop de chagrin dont je ne guérirai jamais.

Pas grave. Je sais ce que je voulais savoir. Je peux encore me servir d'un pistolet. Peu importe que ce soit ou non un plaisir.

J'éjecte le chargeur, je retire la cible et me retourne vers Bonnie. Elle fixe sur la cible des yeux écarquillés. Puis elle me sourit. Je lui ébouriffe les cheveux et la ramène à la boutique. Jazz est assis sur un tabouret, les bras croisés, un petit sourire aux lèvres. Son regard n'est que chaleur.

— J'en étais sûr, Smoky ! Vous avez ça dans le sang !

Je l'observe un moment avant d'acquiescer. Il a raison.

Ma main et le pistolet. Nous sommes à nouveau mariés. Une association chaotique, peut-être, mais je me rends compte qu'elle m'a manqué. Elle fait partie de moi. Bien sûr, l'arme n'est plus aussi belle. Elle a vieilli, elle est marquée.

Voilà ce que c'est que de m'avoir choisie pour compagne.

Deuxième partie

Les rêves et leurs conséquences

22.

Bonnie se met à hurler au beau milieu de la nuit.

Ce n'est pas un cri d'enfant apeuré. C'est le hurlement d'une âme captive de l'enfer. J'allume précipitamment sa lampe de chevet. Et je m'aperçois qu'elle a les yeux fermés. Moi, je suis toujours réveillée par mes cris. Bonnie crie en dormant. Elle est claquemurée dans son rêve, capable de donner voix à ses frayeurs, mais incapable d'y échapper.

Je la secoue violemment. Ses cris se calment, elle ouvre les yeux, retombe dans son mutisme. Elle frissonne. Je l'attire contre moi, sans un mot, et je lui caresse la tête. Elle se blottit, s'accroche. Peu à peu, ses tremblements cessent. Très vite, elle se rendort.

Je m'écarte et je l'allonge aussi doucement que possible. Elle a l'air paisible. Je m'endors tournée vers elle. Et pour la première fois depuis six mois, je rêve d'Alexa.

« Salut, maman.

— Qu'est-ce qu'il y a, ma poulette ? »

La première fois que je lui ai donné ce sobriquet, elle a tellement ri qu'elle a attrapé mal à la tête et est passée du rire aux larmes. Par la suite, je n'ai plus cessé de l'appeler ainsi.

Elle me considère d'un air sérieux. Un air qui lui va bien et mal à la fois. Ça ne lui va pas parce qu'elle est trop jeune pour cette gravité. Ça lui va parce que c'est tout elle. Les yeux marron de son père éclairent un visage modelé par une combinaison de nos gènes, mais constellé de taches de son qui n'appartiennent qu'à elle et lui font une frimousse de lutin. Matt remarquait en riant que le facteur avait des taches de rousseur et qu'il le soupçonnait de m'avoir remis un colis de son cru.

« Je m'inquiète pour toi, maman.

— Pourquoi, mon amour. »

Un voile triste assombrit son regard. Trop triste pour son âge, trop triste pour ces taches de rousseur.

« Parce que je te manque trop. »

Je jette un coup d'œil à Bonnie.

« Que penses-tu d'elle, ma chérie ? Ça ne te pose pas de problème ? »

Je me réveille avant sa réponse. J'ai les yeux secs, mais mon cœur se serre dans ma poitrine. J'ai du mal à respirer. Au bout d'un moment, l'oppression disparaît. Je tourne la tête. Bonnie a les yeux clos, une expression tranquille.

Je me rendors face à elle et, cette fois, je ne rêve pas.

C'est le matin. Je m'examine dans la glace sous l'œil attentif de Bonnie. J'ai mis mon tailleur noir, celui que Matt appelait ma tenue de tombeuse. Il est encore bien.

Il y a des mois que je ne me suis pas occupée de mes cheveux. Quand j'y pensais, c'était pour les laisser pendre devant mes cicatrices. Je les portais longs, sans les attacher. Aujourd'hui, je les tire en arrière. Bonnie m'aide à me confectionner une queue-de-cheval. Au lieu de camoufler mes balafres, je les expose à la face du monde.

C'est drôle, me dis-je en me regardant dans les yeux. Ce n'est pas si mal. Oui, je suis défigurée. Oui, c'est impressionnant. Mais... globalement, je n'ai pas l'air de sortir d'un musée des horreurs. Je me demande pourquoi je ne m'en étais pas rendu compte, pourquoi ces stigmates me paraissaient tellement plus laids. Sans doute parce que je nourrissais en moi trop de laideur.

Je me plais. J'ai l'air coriace. J'ai l'air robuste. J'ai l'air redoutable. Cet aspect convient à mon nouvel état d'esprit. Je me détourne.

— Qu'en penses-tu ? C'est bien ?

Un hochement de tête, un sourire.

— Alors, allons-y, ma puce. Nous avons du pain sur la planche.

Elle glisse sa main dans la mienne et nous marchons vers la porte.

Première étape : le cabinet du Dr Hillstead. Je lui ai téléphoné. Il m'attend. Quand nous arrivons sur place, je persuade Bonnie de rester avec Imelda, la secrétaire postée à la réception. C'est une Latino-Américaine très directe dans ses manières. Bonnie semble apprécier ce mélange de gentillesse et de brusquerie. Je la comprends. Nous autres, blessés de la vie, nous ne supportons pas l'apitoiement. Nous souhaitons qu'on nous traite normalement.

J'entre dans le bureau. Le Dr Hillstead s'avance à ma rencontre. Il a l'air effondré.

— Smoky. Je dois vous dire combien je suis

désolé de ce qui est arrivé. Je ne voulais surtout pas que vous retrouviez la mémoire de cette façon.

Je hausse les épaules.

— Ouais, évidemment. Il est entré chez moi. Il m'a regardée dormir. Apparemment, il me surveille de près. Comment imaginer une chose pareille ?

Il est épouvanté.

— Il est entré... chez vous ?

— Oui.

Je ne rectifie pas l'emploi du singulier. L'existence d'un duo de criminels doit rester connue de l'équipe seule. Ce secret est notre atout.

Le Dr Hillstead se passe la main dans les cheveux. Il est visiblement ébranlé.

— C'est affolant. J'ai entendu parler d'histoires de ce genre par des récits de seconde main. C'est la première fois que je suis directement confronté à de tels faits.

— Ce sont des choses qui arrivent.

C'est peut-être mon détachement qui retient son attention. Pour la première fois depuis que j'ai pénétré dans son cabinet, il pose vraiment les yeux sur moi. Il constate le changement et le thérapeute qu'il est se remet au travail.

— Asseyez-vous donc.

Je m'installe dans un fauteuil de cuir, devant sa table.

Il me considère d'un air songeur.

— Vous m'en voulez de ne vous avoir rien dit du rapport balistique ?

Je secoue la tête.

— Non. Enfin, au début, oui. Mais je comprends pourquoi vous avez agi ainsi et je pense que vous avez eu raison.

— Je ne voulais pas l'évoquer tant que je ne vous sentais pas prête à l'affronter.

J'ébauche un pâle sourire.

— Je ne sais pas si j'étais prête. Mais l'occasion a fait le larron.

— Oui. Je remarque un changement en vous. Racontez-moi.

— Il n'y a pas grand-chose à en dire. J'ai accusé le coup. Sur le moment, je n'ai pas voulu y croire. Et puis je me suis souvenue de tout. D'avoir tiré sur Alexa. Puis sur Callie. Toute la souffrance des six derniers mois s'est déchaînée d'un coup. Je suis tombée dans les pommes.

— Callie m'a dit.

— Pourtant, quand je suis revenue à moi, je ne voulais pas mourir. Ça a été dur. Je me suis sentie coupable. N'empêche. Je ne voulais pas mourir.

— Tant mieux, Smoky.

— Et ce n'est pas tout. Vous aviez raison. Mon équipe, c'est comme ma famille. Ils ont des problèmes. La femme d'Alan a un cancer. Callie est perturbée par quelque chose dont elle ne veut parler à personne. Je me suis aperçue que je ne pouvais pas rester les bras ballants. J'ai de l'affection pour eux. Je veux être là pour eux s'ils ont besoin de moi. Vous comprenez ?

— Je comprends. Et je dois avouer que c'était ce que j'espérais. Non pas que vos coéquipiers aient des ennuis. Mais votre vie n'était qu'un grand vide. J'espérais qu'en reprenant contact avec eux, vous retrouveriez une raison de vivre, grâce à la seule motivation qui soit assez puissante pour vous mobiliser.

— Qui est ?

— Le sens du devoir. C'est une force qui vous

anime. Vous avez un devoir envers eux. Et envers les victimes.

Cette affirmation me prend au dépourvu. Elle est pourtant parfaitement juste. Je ne guérirai peut-être jamais complètement. Je me réveillerai peut-être la nuit en hurlant jusqu'à mon dernier souffle. Mais tant que mes amis auront besoin de moi, tant que des monstres sèmeront la mort, j'agirai. Pas le choix.

— Eh bien, ça a marché.

— J'en suis ravi, se réjouit-il avec un grand sourire.

— Bon. – Je lâche un soupir. – En revenant de San Francisco, j'ai réfléchi. J'avais encore une chose à tenter. Si j'échouais, c'en était fini de moi. J'aurais déposé ma démission ce matin à la première heure.

— De quoi s'agit-il ? demande-t-il.

Je pense qu'il le sait. Mais il veut juste me l'entendre dire.

— Je suis allée au centre de tir. J'ai demandé un Glock et j'ai voulu voir si j'étais encore capable de tirer. Si je pouvais déjà prendre l'arme dans ma main sans tourner de l'œil.

— Et ?

— J'ai retrouvé tous mes réflexes, intacts. Comme si je n'avais jamais arrêté.

Il joint les mains, m'observe.

— Il n'y a pas que ça, je me trompe ? Vous êtes différente, même physiquement.

J'accroche son regard, le regard de cet homme qui m'apporte son aide depuis des semaines. Sa compétence est un art étonnant qui allie désordre et précision. Qui sait quand reculer, quand feinter, quand attaquer. Qui sait remettre sur pied un esprit malade. J'aime encore mieux traquer les tueurs.

— Je ne suis plus une victime, docteur. Je ne

peux pas mieux vous dire. C'est tout simple. C'est la réalité. C'est ainsi. – Je me laisse aller contre le dossier du siège. – Vous y êtes pour beaucoup et je vous en remercie. Sans vous, je serais peut-être morte à l'heure qu'il est.

— Non, Smoky. Je ne crois pas. Je suis content que vous ayez l'impression que je vous ai été utile, mais vous êtes une battante. Je ne crois pas que vous vous seriez donné la mort.

Peut-être bien que oui, peut-être bien que non.

— Et maintenant ? Vous allez me dire que vous n'avez plus besoin de me voir ?

C'est une vraie question. Il ne semble pas avoir déjà décidé ce qui serait la bonne réponse.

— Non. – Un petit rire m'échappe. – C'est drôle, si on m'avait interrogée il y a un an sur ce que je pense de mes séances chez le psy, j'aurais eu une réponse ironique et je me serais moquée des amateurs de ce genre de thérapie. Plus maintenant. J'ai encore des choses à démêler. La mort de mon amie... Vous savez que sa fille est avec moi ?

Il hoche la tête d'un air sombre.

— Callie m'a raconté ce qu'il lui est arrivé. C'est bien de l'avoir prise sous votre aile.

— Elle ne parle pas. Elle se contente de hocher ou de secouer la tête. La nuit dernière, elle a crié dans son sommeil.

Il fait une grimace. La souffrance d'un enfant n'est jamais acceptable.

— Je crois qu'il va lui falloir du temps pour se remettre, Smoky. Elle peut rester des années sans parler. Le mieux, pour l'instant, est de faire ce que vous faites... la garder près de vous. N'essayez pas d'aborder le drame qu'elle a vécu. Il est trop tôt. Elle n'en sera pas capable avant des mois.

— Vraiment ?

L'inquiétude perce dans ma voix. Il m'offre un regard compatissant.

— Oui. Dans l'immédiat, ce dont elle a besoin, c'est de savoir qu'elle est en sécurité et qu'elle vous a. La vie va suivre son cours. La confiance dont un enfant a besoin pour les choses élémentaires, la présence des parents, le foyer rassurant... cette confiance a été ébranlée. Dans des circonstances effroyables, qui l'ont directement affectée. Il faut du temps pour restaurer cette confiance. – Il s'interrompt. – Vous êtes bien placée pour le savoir.

J'avale ma salive, j'acquiesce.

— Laissez donc le temps au temps. Occupez-vous d'elle, soyez un soutien pour elle. Quand elle sera prête à parler, vous le saurez. Quand ce moment sera venu... – Il semble hésiter, mais se ravise aussitôt. – Quand ce moment sera venu, faites-le-moi savoir. Je vous indiquerai un thérapeute à qui l'adresser.

— Merci. Et pour l'école ?

— Attendez un peu. La priorité, c'est sa santé mentale. Difficile de prévoir dans ce domaine. Vous savez ce qu'on dit, et ce n'est pas faux : que les enfants ont une grande capacité de résilience. Elle va peut-être rebondir et affronter de nouveau la complexité des relations sociales qu'offre l'école, ou – il se balance de droite et de gauche – devoir prendre des cours particuliers jusqu'à la fin de ses études. Mais je dirais que, pour l'heure, c'est le cadet de vos soucis. Première urgence : l'aider à aller mieux. Si je peux y contribuer, je le ferai.

J'éprouve une sorte de soulagement. J'ai un but et je n'ai même pas eu à le déterminer moi-même.

— Merci. Sincèrement.

— Et vous ? Que ressentez-vous devant cette nouvelle responsabilité ?

— Je me sens coupable. Heureuse. Coupable d'être heureuse. Heureuse de me sentir coupable.

— Pourquoi tant de contradictions ?

Il parle d'un ton posé. Il ne sous-entend pas que j'ai tort. Il m'en demande simplement la raison.

Je lisse mes cheveux.

— J'ai peur. Alexa me manque. J'ai la frousse de ne pas y arriver. À vous de choisir.

Il se penche, concentré. Il tient quelque chose, il ne va pas le laisser échapper.

— Laissez les choses se décanter, Smoky. Les facteurs sont multiples. Les causes d'émotion nombreuses. Tâchez d'analyser tout cela pour en sortir quelque chose.

L'explication s'impose brutalement, sans préavis.

— À la fois elle *est* et *n'est pas* Alexa, voilà pourquoi.

C'est aussi simple que ça. Bonnie est une autre Alexa, une deuxième opportunité qui m'est donnée d'avoir une fille. En même temps, elle n'est pas Alexa. Alexa est morte.

Toutes les vérités ne sont pas agréables. Certaines sont douloureuses. D'autres sont le point de départ d'une difficile ascension, d'un cheminement ardu. Cette vérité me laisse exsangue. Un appel dans le désert.

Si je parviens à assumer cette vérité, les choses changeront. Or la tâche est rude et sera pour moi déchirante.

— Oui. – Je poursuis péniblement, d'une voix hachée. Je me redresse, je chasse la souffrance. – Je vous remercie du conseil, mais, pour l'instant, j'ai d'autres chats à fouetter.

Mes paroles sonnent comme un reproche. Tant pis. J'ai besoin du carburant de ma colère. De m'agripper aux aspérités les plus dures de ma personnalité.

Le Dr Hillstead ne le prend pas mal.

— Je comprends. Mais veillez quand même à prendre le temps à un moment quelconque.

J'acquiesce.

Son visage s'éclaire.

— Donc, j'en reviens à ma première question. Que comptez-vous faire dans l'immédiat ?

— Dans l'immédiat... Je vais retourner bosser. Et trouver celui qui a tué Annie.

Le Dr Hillstead me scrute longuement, d'un regard perçant comme un laser. Il me jauge, se demande s'il doit approuver ma décision. J'ai la réponse lorsqu'il ouvre le tiroir de son bureau pour y prendre mon Glock. Il est toujours enfermé dans le sachet de plastique des pièces à conviction.

— Je m'attendais plus ou moins à vous entendre dire ça et j'ai gardé ceci pour vous. C'est pour ça que vous êtes venue me voir, en fait, non ?

— Non. En partie seulement. – Je saisis le pistolet et le glisse dans mon sac. Je me lève et lui serre la main. – Je voulais aussi vous montrer que je suis en meilleure forme.

Il retient ma main un peu plus longtemps que nécessaire. Je perçois toute la bienveillance de cet homme, qui transparaît dans son regard.

— Je suis là si vous souhaitez revenir me parler. Quand vous voulez.

Là, surprise, des larmes. Je pensais les avoir taries. C'est sans doute mieux ainsi. Je refuse de rester insensible à la gentillesse des gens, qu'ils soient mes amis ou de parfaits inconnus.

23.

— C'est dans cet immeuble que je travaille.

Sa main dans la mienne, Bonnie lève vers moi un regard interrogateur.

— Oui, je reprends le boulot. Avant tout, je dois prévenir mon patron.

Elle me serre la main. Elle semble m'approuver.

Nous commençons par nous rendre dans les bureaux du CASMIRC. Quand nous entrons, seuls Callie et James sont là.

— Salut, lance Callie d'une voix incertaine.

James nous adresse un regard sans rien dire.

— Callie, il faut que je monte voir le directeur adjoint. Tu veux bien surveiller Bonnie ? Je n'en ai pas pour longtemps.

Callie m'examine. Puis elle se penche vers Bonnie en souriant.

— Qu'en dis-tu, ma chérie ? Tu restes avec moi ? Ça te va ?

Bonnie l'observe attentivement. Callie subit son inspection avec patience et bonhomie. Bonnie hoche la tête, lâche ma main et prend celle de Callie.

— Je reviens tout de suite.

Je tourne les talons, laissant James et Callie à leurs supputations sur la décision que j'ai prise. Qu'ils attendent. Ils sauront bien assez tôt.

Le bureau de Jones se trouve au dernier étage. Shirley, sa secrétaire, m'accueille avec une amabilité toute professionnelle.

— Bonjour, Smoky.

— Bonjour, Shirley. Il est là ?

— Je vais voir.

Elle saisit le téléphone et enfonce un bouton. Elle sait qu'il est dans son bureau. Ce qu'elle veut vérifier, c'est s'il est disposé à me recevoir. Shirley ferait poireauter le président des États-Unis.

— Monsieur ? L'agent Barrett est ici. Han-han. Oui. – Elle raccroche. – Allez-y.

Alors que je me dirige vers la porte, elle pince ma manche. Un léger sourire éclaire son visage d'une expression amusée.

— Bon retour parmi nous. Oh, ne prenez pas cet air étonné. Pas besoin d'être un génie pour comprendre. Vous avez bonne mine, Smoky. C'est bien.

— Vous devriez venir travailler avec moi, Shirley, maligne comme vous êtes.

Elle éclate de rire.

— Non, merci. Trop fade pour moi. Mon job, ici, est bien plus risqué.

Je ris à mon tour et j'ouvre la porte. Je la referme derrière moi. Jones est assis à sa table. Il m'examine de la tête aux pieds et paraît satisfait de ce qu'il voit. Son hochement de tête le confirme.

— Prends un siège. – Je m'exécute. Il se cale dans son fauteuil. – J'ai reçu un appel du Dr Hillstead il y a une dizaine de minutes. Il te donne son feu vert pour reprendre du service. C'est pour ça que tu voulais me voir ?

— Oui. Je suis prête à retravailler. Mais j'ai une condition : je veux continuer à m'occuper du meurtre d'Annie.

Il secoue la tête.

— Je ne sais pas, Smoky. Je ne crois pas que ce soit une bonne idée.

Je chasse ses hésitations d'un haussement d'épaules.

— Dans ce cas, je démissionne. Je me mets à mon compte et je pourchasse les tueurs à titre privé.

Le directeur adjoint a du mal à dissimuler sa stupéfaction. Et sa fureur. Une fureur explosive.

— C'est un ultimatum ?

— Oui, monsieur.

Il continue à me dévisager, partagé entre la stupeur et la colère. Et, soudain, il abandonne. Il pointe le menton en avant et un petit sourire en coin frémit sur ses lèvres.

— Tu ne manques pas d'air, agent Barrett. Bon, d'accord. Tu es à nouveau des nôtres et tu te charges de cette affaire. Tiens-moi au courant.

Voilà. Il me donne congé. M'envoie au charbon. Je me lève.

— Smoky.

Je me retourne.

— Coince-moi ces salopards.

Je regagne les bureaux du CASMIRC. Callie et James sont dans l'expectative. Ils devinent que quelque chose se trame. Je me rends compte que ce moment représente une étape décisive pour eux, pour l'équipe entière. Un cap qui peut tout changer. J'aurais pu les mettre au courant en arrivant, mais je n'étais pas sûre à cent pour cent que Jones me permettrait de m'occuper du meurtre d'Annie. Je songeais sérieusement à démissionner s'il s'y était refusé.

— Callie, je vais déposer Bonnie chez Elaina. – Elle hausse les sourcils. James m'interroge du regard. – J'ai tenu parole. Je reprends le collier.

Il approuve d'un signe, sans poser de questions. Le bonheur et le soulagement se peignent sur le visage de Callie. Je m'en réjouis, mais je suis un peu triste aussi. Je crains qu'elle ne s'attende que tout redevienne comme avant. J'espère que non. Il sera bon de recommencer ensemble. Notre collaboration sera toujours gratifiante. Mais le temps a passé sur nous. Il nous a endurcis. Comme une équipe invincible qui connaît sa première défaite, nous avons appris que nous n'étions pas invulnérables, que nous pouvions recevoir des coups. Et mourir.

Moi aussi, j'ai changé. Sauront-ils s'en apercevoir ? Et s'ils s'en aperçoivent, en seront-ils heureux ou déçus ? Ce que j'ai dit au Dr Hillstead est vrai. J'ai cessé de me considérer comme une victime. Ce n'est pas pour autant que je suis la même Smoky Barrett qu'avant.

J'ai eu cette révélation au centre de tir. Elle m'est venue comme si j'avais entendu la voix d'un Dieu auquel je ne crois pas. J'ai compris que je ne serais plus jamais amoureuse. Matt était l'amour de ma vie. Il n'est plus. Personne ne le remplacera jamais. Ce n'est pas une réaction de pessimisme ou de dépression. C'est une certitude et elle m'a apporté une sorte de paix. J'aimerai Bonnie. J'aimerai les membres de mon équipe.

Mais, eux mis à part, un seul amour m'animera désormais et orientera mon existence : la traque.

J'ai tenu le Glock dans mes mains et j'ai compris aussitôt. Je ne suis plus une victime. Je suis cette arme.

Pour le meilleur et pour le pire, jusqu'à ce que la mort nous sépare.

24.

Je me tourne vers Bonnie avant de descendre de voiture.

— Ça va, ma puce ?

Elle pose sur moi son regard d'enfant qui a vieilli trop vite. Hoche la tête.

— Bon. – Je lui effleure les cheveux. – Elaina est une très bonne amie. C'est la femme d'Alan. Tu te souviens d'Alan ? Tu l'as vu dans l'avion.

Elle hoche la tête.

— Je crois que tu l'aimeras beaucoup. Mais si tu ne veux pas aller chez elle, tu n'as qu'à me le dire et nous nous débrouillerons autrement.

Elle me défie d'un mouvement de tête. Elle semble soupeser la sincérité de mes paroles. Enfin elle sourit et hoche la tête. Je lui rends son sourire.

— Parfait.

Je jette un coup d'œil dans le rétroviseur. Keenan et Shantz sont garés à l'entrée, fidèles au poste. Ils savent que je vais laisser Bonnie dans cette maison et qu'ils doivent rester. Cela me déculpabilise presque de l'abandonner. Presque.

— Allons-y, ma chérie.

Nous sortons de la voiture, gravissons les marches,

sonnons à la porte. Alan vient nous ouvrir. Il a l'air moins accablé que dans l'avion, mais encore fatigué.

— Salut, Smoky. Salut, Bonnie.

Bonnie lève les yeux et le dévisage sans vergogne. Il se laisse inspecter avec la simplicité de bon géant qui le caractérise, jusqu'à ce qu'il obtienne le sourire qui signifie pour Bonnie « j'adopte ».

Il sourit à son tour.

— Entrez. Elaina est dans la cuisine.

Nous franchissons la porte. La tête d'Elaina pointe dans un encadrement de porte. Son visage s'illumine. J'en suis tout émue. Elaina est ainsi. Elle irradie la bonté.

Elle s'exclame :

— Smoky !

Et se précipite vers moi. Je me laisse envelopper dans ses bras et l'étreins à mon tour.

Elle s'écarte en me tenant à bout de bras et nous nous examinons l'une l'autre. Elaina est un peu plus grande que moi, mais son mètre cinquante-huit la fait paraître minuscule à côté d'Alan. Elle est extrêmement belle. Ce n'est pas la beauté époustouflante de Callie, mais une grâce qui émane autant de son physique que de sa qualité d'âme. Elle est de ces femmes dont la présence rayonne de bienveillance et de sagesse et donne envie d'être dans son sillage. Alan a résumé sa nature une fois d'une simple phrase : « Elle est la Mère. »

— Bonjour, Elaina. Comment vas-tu ?

Une brève lueur indéfinissable vacille au fond de ses yeux et disparaît aussitôt. Elle m'embrasse sur la joue.

— Beaucoup mieux maintenant. Tu nous as manqué.

— À moi aussi. Je veux dire vous aussi, vous m'avez manqué.

Pendant un long moment, elle me considère d'un œil critique et, finalement, semble satisfaite.

— Nettement mieux. – Alors elle s'agenouille pour se mettre à la hauteur de Bonnie. – Tu es Bonnie, je suppose.

Bonnie la regarde. Moment suspendu dans le temps. Elaina attend, débordante d'un amour qui se dégage de toute sa personne. Certains, comme Elaina, ont cette force, ce pouvoir inconscient d'abattre les barrières que la douleur peut ériger en guise de protection. Bonnie se raidit. Un tremblement la parcourt, quelque chose crispe son visage. Je ne comprends pas tout de suite ce qu'est ce quelque chose, mais quand je l'identifie, une peine immense m'envahit. C'est un chagrin, une souffrance profonde, infinie, un déchirement de l'âme. Elaina offre un amour brut, primaire. Un sentiment total d'une grande puissance qui pénètre Bonnie comme une lame solaire, dénude son cœur et expose toute la souffrance cachée. C'est bref et imparable. Je vois Bonnie lutter et perdre la bataille, son visage se plisser et de grosses larmes silencieuses inonder ses joues.

Elaina tend les bras. Bonnie s'y réfugie. Elaina la serre contre elle et lui caresse les cheveux en murmurant des mots de réconfort dans un mélange d'anglais et d'espagnol.

Je suis stupéfaite. Une boule grossit dans ma gorge, appelle les larmes. Je les refoule. Je regarde Alan. Il est, lui aussi, gagné par l'émotion. Ce n'est pas seulement la souffrance de Bonnie qui nous bouleverse. C'est la gentillesse d'Elaina et la confiance immédiate de Bonnie dans son pouvoir de consolation.

Elle est ainsi. La Mère.

L'instant s'éternise.

Puis Bonnie se dégage en s'essuyant les yeux d'un revers de main.

— Ça va mieux ? lui demande Elaina.

Bonnie lui répond par un sourire exténué. Elle a déversé tout un trop-plein intérieur et elle est épuisée.

Elaina lui passe affectueusement un doigt sur la joue.

— Tu as sommeil ?

Bonnie hoche la tête en clignant des yeux. Je me rends compte qu'elle dort debout. Elaina la soulève dans ses bras sans ajouter un mot. Bonnie appuie la tête au creux de son épaule et s'endort aussitôt. Hop, comme ça. C'est magique. Elaina a évacué sa souffrance. Maintenant, elle peut dormir. Moi aussi, j'avais retrouvé le sommeil après sa visite à l'hôpital. Le sommeil qui me fuyait depuis des jours.

Je suis émerveillée de voir cette enfant tranquillement endormie dans les bras d'Elaina. Égoïstement, je ne peux m'empêcher d'avoir peur. Qu'arrivera-t-il si Bonnie s'attache à elle pour la perdre encore ? Cette éventualité me terrifie.

Elaina m'adresse un clin d'œil enjoué.

— Je ne vais nulle part aujourd'hui, Smoky. – Compréhensive, comme toujours. J'ai un peu honte, mais elle balaye mes scrupules d'un grand sourire. – Nous allons bien nous entendre. Vous pouvez partir, tous les deux.

— Merci, dis-je la gorge toujours nouée.

— Si tu veux me remercier, viens donc dîner ce soir, Smoky. – Elle s'approche et effleure mon visage, du côté des cicatrices. – C'est mieux. Vraiment nettement mieux.

Elle embrasse Alan et s'éloigne, avec cette capacité qu'elle a de tout changer autour d'elle par la seule vertu de son tempérament.

Alan et moi sortons de la maison. Nous nous arrêtons en haut des marches, émus, impressionnés.

C'est avec des gestes et non des mots qu'Alan brise le silence. Avec la brusquerie du désespoir, il enfouit son visage dans ses grandes mains de catcheur. Il pleure et ses larmes sont aussi poignantes que celles de Bonnie tout à l'heure. Le bon géant tremble. Ce sont surtout des larmes d'inquiétude. Je comprends son angoisse. Vivre avec Elaina, c'est vivre à la lumière du soleil. Il a peur de la perdre. Peur de l'obscurité. Je pourrais lui dire que la vie continue et patati et patata.

Je m'en garde.

Je pose la main sur son épaule et je le laisse pleurer. Je ne suis pas Elaina. Je suis bien certaine qu'il ne lui montrera jamais son désarroi et sa crainte. Je fais de mon mieux. Je sais par expérience que c'est peu de chose, mais que c'est beaucoup mieux que rien.

L'orage passe aussi vite qu'il est venu. Ses yeux sont déjà secs. Je n'en suis pas surprise. C'est ainsi que nous sommes, nous autres, les gens tristes. Nous plions mais jamais ne rompons.

25.

Ils ont tous l'air crevés. L'air d'avoir été sortis du lit en sursaut. Coiffés, mais approximativement. Rasés, mais à peu près. Tous sauf Callie. Toujours ravissante et impeccable.

— Comment va Bonnie ? s'informe-t-elle.

— Difficile à dire. Plutôt bien pour le moment. Mais...

Je hausse les épaules. Personne n'ajoute de commentaire. Elle ira peut-être bien, elle ne se remettra peut-être jamais. On peut tout envisager. C'est pile ou face.

Un ding-dong sonore résonne dans la pièce.

— Qu'est-ce que c'est ?

— Le signal qui m'avertit que j'ai un message, ma chérie. J'ai un logiciel qui vérifie l'état de ma boîte toutes les demi-heures et qui me prévient si j'ai quelque chose.

— Ah bon.

Je tombe des nues. Voyant ma mine perplexe, ils me considèrent tous avec indulgence. J'ai l'impression que j'ai manqué un épisode.

Callie se dirige vers l'ordinateur qui trône sur sa

table et enfonce quelques touches du clavier. Elle fronce les sourcils.

— Un courrier de nos dingues.

L'apathie qui régnait dans la pièce fond comme par enchantement. L'air devient électrique. Nous nous regroupons derrière Callie. La liste des messages s'affiche, le plus récent en tête. Objet : « Un message de l'enfer ». Expéditeur : « Qui vous savez ». D'un double clic, Callie ouvre le contenu.

Bonjour, agent Thorne ! Et agent Barrett, car je suppose que vous découvrez ce message ensemble.

Vous voilà de retour au nid. En plein conseil de guerre, j'imagine. J'avoue que je grille d'impatience de voir ce que nous réservent les prochains jours. La chasse est ouverte et je n'aurais pas pu souhaiter de meilleurs adversaires.

J'ai une affaire personnelle à régler avec vous, agent Thorne, mais avant, je vais me permettre une digression. J'espère que vous me pardonnerez.

Vous avez dû vous poser la question : pourquoi est-ce que je tiens à vous défier directement ? Vous avez peut-être déjà engagé un pool de profileurs qui analysent mes motivations, tentent d'éplucher la signification de mes actes.

— Rien que ça ! murmure Callie.

Ce n'est pas une remarque gratuite de sa part. « Ils » nous fournissent ici une indication importante sur ce qui les anime. L'idée que nous consacrons du temps et de l'énergie à essayer de les démasquer flatte leur ego. Cela fait partie du plaisir.

La réalité n'est pas si compliquée. Je ne suis pas quelqu'un de compliqué. Je n'obéis pas à de mystérieuses motivations, ancrées dans la tourbe de mon être profond. Mes raisons ont la netteté d'un coup de scalpel.

Je vous défie parce que vous me méritez. Vous traquez les prédateurs et vous avez dû souvent vous congratuler, je n'en doute pas. Vous taper dans le dos en vous félicitant de votre talent, de votre efficacité à mettre en cage ceux qui tuent.

C'est pourquoi vous me méritez. Parce que si ceux que vous avez traqués jusqu'ici étaient des ombres, moi, je suis les ténèbres à moi tout seul. Ils étaient des chacals quand je suis le lion. Vous êtes fiers de vos talents ? Alors traquez-moi, chers agents. Traquez-moi.

Je veux des adversaires dignes de moi, agent Barrett. Lisez mes missives avec attention. Flairez mon odeur. Humez les effluves de la mort. Vous en aurez besoin le moment venu.

Apprenez à vivre en état de siège. Vous ne savez pas encore ce que j'entends par là. Apprenez, imprégnez-vous. Et servez-vous de ce savoir pour me poursuivre. Parce que, je vous l'assure, tant que vous me laisserez libre de tailler et trancher, vous vivrez en état de siège.

À la lecture de ces lignes, je suis traversée d'un frisson que je ne peux réprimer.

Revenons à vous, agent Thorne. Une affaire entre vous et moi, si vous le voulez bien.

Bien que ce soit à l'agent Barrett personnellement que s'adresse mon défi, je me rends compte que tous les gants que je lui jette sont relevés par vous tous. Donc, puisque nous avons un jour devant nous avant que mon colis ne vous parvienne, faisons-en bon usage.
L'agent Barrett a perdu sa meilleure amie. Tâchons d'employer ce temps à faire en sorte que chacun de vous subisse une perte de la même importance.

Cette dernière phrase déclenche en moi une sonnette d'alarme. Je ne connais pas encore nos proies aussi bien que les meurtriers que nous pourchassons d'ordinaire. Je n'ai pas encore cerné la totalité de leur nature. Mais j'ai acquis une certitude qui rend cette phrase terrifiante : je sais qu'ils ne bluffent pas.

J'ai inclus un lien vers un site Web à votre intention, agent Thorne. Allez-y faire un tour et vous comprendrez si vous regardez bien. Je pense que vous apprécierez l'ironie de la chose.
Salut de l'enfer,
Jack Junior.

Le message contient en effet un lien hypertexte qui dit : « Cliquez ici ».

— Alors ? demande Callie.

Je l'encourage.

— Vas-y.

Elle clique sur le lien. Une fenêtre s'ouvre. Nous attendons que la connexion se fasse et que l'écran se remplisse. Le fond de page est blanc. Un logo rouge apparaît, avec ces deux mots : ROSE ROUGE. Dessous, en lettres plus petites : « Une vraie rousse pour vous servir ».

Les graphismes se mettent en place peu à peu. Je les découvre, les yeux écarquillés.

Alan grommelle :

— Qu'est-ce que... c'est que ce bordel ?

L'image qui se déploie sur l'écran montre une jolie jeune femme rousse d'une vingtaine d'années, vêtue en tout et pour tout d'un string rouge. Elle fixe la caméra, un sourire aguicheur aux lèvres. Nous avons son visage en gros plan. Je me tourne vers Callie. Elle est blanche comme un linge. Exsangue. Une peur indicible se lit dans ses yeux.

— Callie ? Qu'est-ce que ça veut dire ?

Tous nos regards convergent vers elle. Car la jeune femme qui se donne le nom de « Rose rouge » lui ressemble comme une sœur.

— Callie ? s'écrie Alan d'une voix voilée d'inquiétude en allant vers elle alors qu'elle s'écarte précipitamment de la table et heurte le mur de son dos. Elle enfonce son poing dans sa bouche. Elle ouvre de grands yeux et se met à trembler de tout son corps. Alan tend la main vers elle.

Et là, elle se déchaîne. Une tempête qui éclate brusquement un jour de beau temps. La terreur qui écarquillait son regard fait place à une rage d'une telle force que je me recroqueville. Elle l'apostrophe avec tant de fureur qu'il a un mouvement de recul.

— Trouve-moi cette putain d'adresse ! Allez ! Allez ! Allez !

Leo reste interloqué un dixième de seconde, puis se glisse devant l'ordinateur le plus proche. Callie se penche sur le bureau et s'agrippe au bord de la table, mains crispées. L'atmosphère est lourde dans la pièce. On s'attend presque à entendre crépiter la foudre.

James est le premier à oser braver sa fureur.

— Callie, dit-il d'un ton calme. Qui est-ce ?

Elle le regarde. Ses yeux lancent des éclairs.

— C'est ma fille.

Elle pousse un hurlement et balaye son bureau d'un grand geste, envoyant tout ce qui s'y trouve, ordinateur compris, s'écraser sur le sol.

Nous nous figeons sur place, bouche bée, sous le choc. Non pas à cause des dégâts, mais de la révélation.

— Crève, crève, crève ! Je vais le crever ! – Elle tourne sur elle-même et me prend à témoin : – Tu m'entends, Smoky ?

C'est un cri de désespoir.

Je me revois en train de tirer sur elle avec mon arme déchargée. Oui, je l'entends.

— Trouve cette adresse, dis-je à Leo sans quitter Callie des yeux. Fais vite.

26.

Callie conduit à tombeau ouvert sur la route 101 à destination de Ventura County et, assise à la place du passager, je prie pour que nous arrivions entières. Nous frôlons la vitesse du son. Je ne peux qu'espérer que les autres soient derrière nous. Dès que Leo a trouvé l'adresse correspondant au site Internet de Rose rouge, Callie a foncé vers la porte avant que nous ayons eu le temps de réagir. Je n'ai pas eu d'autre choix que de lui courir après.

Je l'observe du coin de l'œil. Elle est un concentré de peur et de férocité à la fois.

— Explique, Callie, lui dis-je en agrippant l'accoudoir.

— Regarde dans mon portefeuille. Dans mon sac.

J'attrape son portefeuille et je l'ouvre. Je comprends tout de suite ce qu'elle veut me montrer. C'est une petite photo. Un de ces clichés en noir et blanc qu'on prend dans les maternités. On y voit un nouveau-né, les yeux fermés, la tête encore oblongue de son passage dans le col utérin.

— J'avais quinze ans, dit Callie en négociant un virage en épingle à cheveu qui fait hurler les pneus.

Elle parle d'une voix contrainte. Quinze ans et j'étais jeune et bête. J'ai couché avec Bill Hamilton parce qu'il a été persuasif et qu'il sentait bon. C'est drôle, tu ne trouves pas, ma chérie ? dit-elle d'un ton amer. Le souvenir que je garde de Billy, c'est qu'il sentait bon. Un mélange de soleil et de pluie.

Je ne dis rien. Son aveu n'appelle pas de réponse.

— Billy m'a sautée et je te raconte pas le scandale dans la famille Thorne ! Sans parler de la famille Hamilton. Le scandale du siècle ! C'est tout juste si mon père ne m'a pas reniée. Ma mère est allée se réfugier à l'église pendant des jours. Pas question d'avorter. Nous étions de bons catholiques, tu comprends. – Les mots cinglent, chargés d'ironie douloureuse. – Nos pères ont tenu un conciliabule et ont tout arrangé. C'est ainsi que les choses se passaient dans les bonnes familles du Connecticut. Billy avait de l'avenir. Je pouvais aussi espérer faire quelque chose de ma vie, même si j'étais désormais souillée. – Elle serre les doigts sur le volant. – Ils ont décidé que je finirais l'année en prenant des cours à la maison, que je donnerais discrètement naissance à mon bébé et qu'on le ferait adopter. Ils ont mis au point une histoire pour expliquer les cours à domicile : j'étais soignée pour de graves problèmes d'allergie et le traitement nécessitait plusieurs mois d'isolement. Ils ont tout organisé et tout s'est passé comme ils l'avaient décidé. Ça tombait bien. Elle est née pendant l'été et j'ai pu retourner au lycée à la rentrée suivante comme si de rien n'était. C'était exactement ça. Comme si rien ne s'était passé. – Nouveau virage en épingle à cheveux, nouveau crissement de pneus. – Je n'avais plus le droit de sortir et Billy a été prié de fermer sa gueule sous peine de mort. – Elle soupire. – Ce n'était pas un mauvais garçon. Il a fermé sa gueule et il a toujours été sympa avec moi après. Et puis les choses ont juste... repris leur cours. – Elle désigne d'un coup d'œil le cliché que je tiens à la main. – Mais même si j'étais jeune et bête, je savais qu'on ne pouvait pas faire simplement comme si tout cela n'avait été qu'un rêve. Une infirmière a pris cette photo pour moi. Je m'obligeais à la regarder au moins une fois par mois. Et j'ai pris quelques résolutions. – Elle est grave, sérieuse. Je l'imagine, toute seule dans sa chambre, prononçant pour elle-même un serment silencieux. – Je ne serais plus jamais naïve et bête. Je laissais tomber la religion catholique. Et c'était la dernière fois qu'on prenait à ma place des décisions capitales pour mon existence.

— Mon Dieu, Callie.

C'est tout ce que je trouve à dire. Elle secoue la tête.

— Je n'ai pas cherché à la retrouver. Je ne m'en sentais pas le droit. Je savais qu'elle avait été adoptée. C'était le moins que je pouvais faire. Je devais la laisser vivre sa vie. – Elle lâche un petit rire douloureux, tranchant comme une lame. – Mais je crois que ce qu'on dit est vrai, ma chérie. Quand on est mère, on le reste, même quand on a abandonné son enfant. Elle a un site porno et elle est probablement morte parce que je suis sa mère. C'est à mourir de rire !

Ses mains tremblent sur le volant. Je considère la photo. C'était ça qu'elle regardait quand j'étais sortie des toilettes de la cafétéria. Callie l'insolente à la langue bien pendue, si pleine d'assurance inébranlable. Combien de fois avait-elle regardé cette photo en ravalant la tristesse que j'avais lue ce jour-là sur son visage ?

Je me tourne vers la vitre. Le paysage défile à vive allure, les voies de sortie se succèdent. Le soleil règne en maître dans un ciel pur et sans nuages. Il fait le temps lumineux qu'évoque pour les gens le mot « Californie ».

Rien à foutre du soleil et du ciel bleu. J'ai envie de crier. J'en ai marre du sort qui abat ses pions les uns après les autres : Matt, Alexa, Annie, Elaina, et maintenant Callie. Je préfère tenter de traduire en mots l'énergie que la rage allume en moi.

— Écoute, Callie, elle est peut-être encore en vie. Peut-être qu'ils veulent seulement te faire marcher.

Elle ne répond pas. Tourne son regard vers moi. Un regard qui dit son désespoir. Et elle accélère.

Grâce à la conduite sportive de Callie, nous arrivons à Moorpark une demi-heure après avoir quitté le bureau. C'est une petite ville en pleine expansion, proche de Simi Valley et de Thousand Oaks, où cohabite un mélange de haute et moyenne bourgeoisie. Nous nous trouvons dans les quartiers périphériques. Nous nous garons devant la maison, un pavillon à un étage, peint en blanc bordé de bleu. Tout est calme. Un voisin tond sa pelouse. C'est d'une banalité irréelle.

Callie bondit de la voiture, la main sur le pistolet. Une machine à tuer sous une tignasse rousse, mue par la peur.

— Merde !

Je descends et m'élance à sa suite. Ça ne va pas du tout.

Je scrute la rue dans l'espoir de voir surgir Alan et James, mais rien ne trouble la tranquillité du quartier. Je suis Callie qui court vers la porte. Le tondeur de pelouse a éteint sa machine et bat en retraite, saisi de stupeur.

Callie frappe à la porte sans attendre en criant :

— FBI ! Ouvrez !

Un silence. Puis nous entendons des pas approcher. Je regarde Callie. Elle a les yeux dilatés, les narines frémissantes. Sa main étreint son arme.

Une voix s'élève derrière la porte. Une voix de femme.

— Qui est-ce ?

— FBI, madame, répète Callie, les doigts repliés sur la détente de son pistolet. Veuillez ouvrir cette porte.

J'imagine l'incertitude derrière la porte, je la devine. Enfin la poignée tourne, la porte s'écarte et...

La fille de Callie est devant nous, vivante, l'air effrayé à la vue de nos armes.

Elle tient un bébé dans ses bras.

27.

Nous sommes dans la maison, Callie dans le salon, la tête entre les mains, moi dans la cuisine, au téléphone avec Alan.

— Rien ici. Il s'est fichu de Callie.

— James et moi avons encore dix minutes de route. Tu veux qu'on vienne ?

Je jette un coup d'œil dans le salon où j'ai laissé Callie et sa fille. L'atmosphère est tendue, alourdie par la peur et par l'immense fatigue qui suit les afflux d'adrénaline.

— Non... Moins on sera nombreux, mieux ça vaudra. Retournez au bureau. Je vous appellerai.

— Entendu.

Il raccroche. Je prends une profonde inspiration et vais affronter la tourmente affective. La fille de Callie, qui s'appelle Marilyn Gale, va et vient d'un pas nerveux, s'arrête et repart, en tapotant le dos de son bébé, sans doute davantage pour se défouler que pour le bien-être de l'enfant.

Elle est le portrait craché de Callie. Mais, apparemment, la ressemblance ne l'a pas frappée. Un rien plus petite, un rien moins fine, des traits plus doux. Et la tignasse rousse caractéristique. La même beauté, la même allure de mannequin. Les yeux sont différents. La marque de Billy Hamilton, probablement. Mais, pour l'instant, c'est surtout la colère de Marilyn qui me rappelle irrésistiblement sa mère. Elle est folle de rage, remontée à bloc, comme on peut l'être après avoir eu une peur bleue.

— Est-ce que vous pourriez me dire ce qui se passe ? Pourquoi deux agents du FBI déboulent chez moi en brandissant des pistolets ?

Callie se tait. Le visage toujours enfoui dans ses mains, elle a l'air épuisée. Je vais devoir prendre en main la conversation.

— Vous ne voulez pas vous asseoir, madame Gale ? Je vais tout vous expliquer, mais je propose qu'on commence par se calmer.

Elle s'immobilise et me dévisage. Je vais finir par croire que la personnalité est le fruit de la génétique. Je retrouve la froide détermination de Callie dans ce regard.

— Je vais m'asseoir, mais ne me demandez pas de me calmer.

Je tente un sourire timide. Elle s'assied. Callie n'a toujours pas relevé la tête.

— Je suis l'agent spécial Smoky Barrett, madame Gale, et...

Elle m'interrompt.

— Pas madame, mademoiselle. – Elle marque une pause. – Barrett ? L'agent qui a été agressé il y a six mois ? Qui a perdu toute sa famille ?

Je frémis intérieurement. Mais j'acquiesce.

— Oui.

Cette découverte efface sa peur. Sa fureur n'est pas retombée, mais elle se teinte de compassion. La tempête s'apaise. La foudre s'éloigne.

— Je suis désolée, déclare-t-elle.

Elle semble remarquer seulement maintenant mes cicatrices. Son regard s'y attarde avec pudeur, sans répulsion. Puis elle me regarde franchement et ce que je lis dans ses yeux me surprend. Ce n'est pas de la pitié. Mais du respect.

— Merci. – J'inspire profondément. – Je suis responsable du service qui s'occupe des crimes de sang à l'antenne du FBI de Los Angeles. Les meurtres en série. Nous recherchons un homme qui a déjà tué au moins une femme. Il a fait parvenir un message à l'agent Thorne pour lui annoncer que vous seriez sa prochaine victime.

Elle pâlit et serre son bébé contre son cœur.

— Moi ? Pourquoi moi ?

Callie se redresse. Je la reconnais à peine. Elle a les traits tirés, les yeux hagards.

— Il s'en prend aux femmes qui exploitent des sites porno sur la toile. Il nous a envoyé un lien permettant d'accéder à votre site.

Sur le visage de Marilyn, la peur fait place à la stupéfaction. Elle n'est pas seulement perplexe. Elle est outrée.

— Quoi ? Mais... je n'ai aucun site sur Internet. Encore moins un site porno ! Dieu du ciel ! Je suis étudiante... enfin, en congé maternité en ce moment. Cette maison appartient à mes parents. Ils me la prêtent.

Silence. Callie l'observe, prend la mesure de son étonnement. Et se dit, comme moi-même, que sa surprise n'est pas feinte. Elle dit la vérité.

Callie ferme les yeux. Le soulagement détend ses traits, un soulagement teinté de tristesse. Elle est rassurée d'apprendre que sa fille ne donne pas dans la pornographie. Mais cela veut dire que l'intérêt que lui porte Jack Junior n'a qu'une seule raison d'être. Soulagement et culpabilité entremêlés, j'adore.

— Vous êtes sûres que c'est bien de moi que cet... homme parlait ?

— Sûres et certaines, confirme Callie d'un ton posé.

— Pourtant, je n'ai pas de site porno.

— Il a d'autres raisons. – Callie accroche son regard. – Vous avez été adoptée, n'est-ce pas ?

Marilyn fronce les sourcils.

— Oui, en effet. Pourquoi vous... ?

Elle s'arrête. Regarde Callie, attentivement. Elle ouvre de grands yeux et reste bouche bée. Elle examine son visage. J'imagine les comparaisons en train de s'établir dans sa tête. La révélation se fait jour.

— Vous... vous êtes...

Callie esquisse un sourire un peu amer.

— Oui.

Marilyn est figée, pétrifiée, comme assommée. Un flot d'émotions contradictoires défile sur son visage. Perplexité, étonnement, chagrin, colère, un tourbillon de sentiments.

— Je... je ne sais... – Brusquement, elle se lève en serrant son bébé contre elle. – Je vais le coucher. Je reviens tout de suite.

Elle file dans l'escalier et monte au premier étage.

Callie se laisse aller contre le dossier de son siège, les yeux clos. Elle a l'air exténuée, prête à dormir un million d'années.

— Ça s'est bien passé, ma chérie.

Son visage exprime l'abattement, l'inquiétude. Une infinie lassitude. Que puis-je lui dire ?

— Elle est en vie, Callie.

Elle semble prendre soudain conscience de cette

simple vérité. L'évidence s'impose. Elle ouvre les yeux et se tourne vers moi.

— Quel bel optimisme de ta part ! remarque-t-elle en souriant.

L'angoisse tremble dans sa voix, mais cet éclair de gaieté m'encourage.

Nous entendons des pas dans l'escalier. Marilyn reparaît dans le salon. Elle a manifestement pris le temps de se ressaisir. Elle semble plus circonspecte et songeuse. Intriguée aussi.

J'admire sa capacité de récupération. Elle n'est pas la fille de sa mère pour rien.

— Je peux vous offrir quelque chose ? de l'eau ? du café ?

— Je prendrais volontiers un café, lui dis-je.

— Pour moi, un verre d'eau, dit Callie. J'ai eu ma dose d'excitant.

Cette boutade arrache une ébauche de sourire à Marilyn.

— Je reviens.

Elle disparaît dans la cuisine et resurgit avec un plateau. Me tend une tasse en me désignant le sucre et le pot à lait. Donne son verre d'eau à Callie et prend un café. Elle se rassied, les jambes repliées sous elle, en tenant sa tasse à deux mains, tournée vers Callie.

Maintenant qu'elle est remise de sa surprise, elle respire l'intelligence. Cela se voit à son regard. Et la force aussi. Pas tout à fait la même que chez Callie, une force moins brutale. Un peu un mélange de Callie et d'Elaina. Bonté et acier trempé.

— Ainsi, vous êtes ma mère, reprend-elle sans ambages.

Droit au but. Comme sa mère.

— Non.

Marilyn sursaute.

— Mais vous avez dit...

Callie lève la main.

— Ta mère est la personne qui t'a élevée. Moi, je suis celle qui t'a donné la vie.

Je réprime une grimace en entendant le ton peiné de sa voix. Le remords. Marilyn se détend.

— D'accord. Vous êtes ma mère biologique.

— Je plaide coupable.

— Quel âge avez-vous ?

— Trente-huit ans.

Marilyn se concentre, le temps d'un rapide calcul mental.

— Donc, vous aviez quinze ans quand je suis née. – Une gorgée de café. – C'est jeune.

Callie ne relève pas. Marilyn l'observe. Aucune amertume dans son regard, seulement de la curiosité. J'aimerais que Callie s'en rende compte.

— Racontez-moi.

Callie détourne les yeux. Boit un peu d'eau. Affronte à nouveau le regard de Marilyn. Je me fais aussi discrète et petite que possible. Marrant, me dis-je. Nous débarquons l'arme au poing pour la mettre en garde contre un tueur en série. Mais tout ce qui l'intéresse, c'est d'en savoir un peu plus sur sa mère. Cela me donne à réfléchir. Je me demande si cela révèle quelque chose de positif ou de ridicule sur notre humanité.

Callie commence son récit, d'une voix hésitante au début. Puis son débit s'accélère au fur et à mesure qu'elle raconte les frasques de Billy Hamilton et les représailles de la famille Thorne. Marilyn écoute sans l'interrompre, en sirotant son café. Quand Callie se tait, Marilyn reste silencieuse pendant un long moment.

Elle laisse échapper un long sifflement.

— Ouaouh ! C'est glauque !

Je souris dans mon coin. Décidément la fille de sa mère. Reine de l'euphémisme.

Callie ne dit rien. L'incarnation même de l'accusé qui attend la sentence. Marilyn tente de la disculper d'un geste.

— C'était pas votre faute. C'est vrai, c'est assez glauque. Mais vous aviez quinze ans. Je ne vous en veux pas.

Cela sonne comme un simple constat. Callie garde les yeux baissés sur la table. Marilyn surprend son regard.

— Non, sincèrement. Je ne vous en veux pas. Vous savez, j'ai été adoptée par des gens formidables. Ils m'aiment et je les aime. J'ai eu une vie merveilleuse. Le moment devrait peut-être avoir quelque chose de plus solennel, en fait, il l'est pour moi, mais je n'ai pas passé vingt-trois années à me sentir trahie et à vous haïr. – Un geste d'indifférence. – Je ne sais pas. La vie n'est pas un long fleuve tranquille. Vu de ma fenêtre, ça a été plus dur pour vous que pour moi. – Elle se tait un moment. Quand elle reprend la parole, c'est d'un ton un peu hésitant. – Oui, il m'est arrivé de me poser des questions à votre sujet. Et je dois dire que la vérité est moins déplaisante que ce que j'avais imaginé. En fait, je suis presque soulagée.

— Pourquoi ça ? s'étonne Callie.

— Vous auriez pu être une pute de troisième zone. Vous auriez pu m'abandonner parce que vous me détestiez. Vous auriez pu être morte. Croyez-moi, votre explication est bien plus facile à accepter.

Ces paroles ont un effet magique sur Callie. Je

vois ses joues reprendre couleur, la vie revenir dans ses yeux. Elle se tient plus droite.

— Merci. – Elle baisse la tête à nouveau. – Je suis désolée.

Elle a toujours l'air anéantie quand même. Je suis tentée de la réconforter.

Marilyn bat des paupières.

— Arrêtez de vous culpabiliser, la gronde-t-elle. Mais je comprends mieux maintenant.

— Comment ça ? demande Callie, un peu déroutée.

— Eh bien, vous avez bien vu ? Le bébé ? Le « mademoiselle, pas madame » ?

— Tu veux dire... ?

Marilyn confirme.

— Oui. J'ai eu aussi mon Billy Hamilton. Mais ça se passe bien. Il est parti. J'ai gardé Steven. C'est équitable. Mes parents m'aident et feront ce qu'il faut pour que je termine mes études. – Elle sourit. – J'aime ma vie. J'ai de la chance. – Elle se penche et sollicite le regard de Callie. – Il faut que vous sachiez que je n'ai pas été malheureuse à cause de ce que vous avez fait, d'accord ?

Callie soupire. Agite ses doigts. Regarde autour d'elle, boit une gorgée. Réfléchit.

— Bon, eh bien. – Grand sourire. – Je ne m'attendais pas à être disculpée aussi facilement. – Elle hésite et fouille dans son sac. – Tu veux que je te montre quelque chose ?

Elle sort la photo de son portefeuille et la tend à Marilyn.

Marilyn l'examine.

— C'est moi ?

— Le jour de ta naissance.

— Bouh, ben j'étais pas belle ! Vous l'avez avec vous depuis tout ce temps ?

— Toujours.

Marilyn lui rend la photo. Elle regarde Callie d'un air attendri. La réflexion qu'elle lâche m'amuse. Je croirais entendre Callie.

— Ben dis donc, c'est du vrai mélo pour fans de feuilletons télé !

Un bref silence et nous éclatons de rire.

Ça va aller.

28.

Nous sommes montées à l'étage pour ouvrir le site de Rose rouge sur l'ordinateur de Marilyn.

— J'aimerais bien être comme elle, dit-elle. Mais je vous assure que c'est pas moi. – Elle s'adresse à Callie en souriant. – J'ai pas les nichons aussi gros et mes fesses sont pleines de vergetures.

— Simple copier-coller, commente Callie. Ta tête sur le corps d'une autre. – Elle se passe la main dans les cheveux. – Il a fait ça pour m'emmerder.

Marilyn se détourne de l'écran.

— Est-ce que je suis en danger ? Est-ce que Steven et moi, nous sommes en danger ?

Callie prend son temps pour répondre. Elle choisit ses mots.

— C'est possible. On ne peut pas savoir. Tu ne corresponds pas au profil de ses victimes, mais...

— Les tueurs en série sont imprévisibles.

— Oui.

Marilyn réfléchit. Je suis surprise qu'elle ne soit pas plus affolée.

— C'est une bonne raison pour reconsidérer ma matière principale.

— C'est quoi, ta dominante ?

— La criminologie.

Callie est sidérée. Moi aussi.

— Tu es sérieuse ?

— Tout à fait. Bizarre, hein ? – Petit sourire en coin. – Une coïncidence ? Je ne crois pas.

Une expression amusée passe sur le visage de Callie.

— Drôle d'époque.

— Pas banale, maman, réplique Marilyn, rebondissant sur une allusion à la chanson de John Lennon[1].

Et elles éclatent de rire.

— En tout cas, je ne veux pas prendre de risque, dit Callie redevenue sérieuse. Je vais demander de vous placer sous protection policière jusqu'à ce que cette affaire soit résolue.

Marilyn approuve. Elle est mère de famille. Elle n'a pas l'intention de refuser.

— Vous pensez que vous finirez par la résoudre ?

Le sourire désenchanté de Callie présage toutes sortes de désagréments pour Jack Junior.

— Nous sommes efficaces, Marilyn. – Elle me montre du doigt. – Elle, c'est la meilleure. Y a pas photo.

Marilyn me regarde. Examine mes cicatrices.

— C'est vrai, agent Barrett ?

— Nous l'attraperons. – Je décide de m'en tenir à cette assurance. J'ai confiance, si j'oublie mes doutes personnels. – Nous finissons généralement

1. *Strange days indeed – most peculiar Mama*... paroles de la chanson « Nobody told me » dans l'album *Milk and Honey*, de John Lennon (*N.d.T.*).

par les coincer. Ils font presque toujours des erreurs. Celui-ci fera une bourde qui nous conduira à lui.

Marilyn nous observe l'une après l'autre. Semble accepter mon point de vue.

— Et maintenant ? demande-t-elle.

— Maintenant, Callie va alerter la police locale et organiser une surveillance de votre maison vingt-quatre heures sur vingt-quatre. Moi, j'appelle l'équipe pour les mettre au parfum. Ils doivent être fous d'inquiétude.

Nous passons nos appels. Alan se dit infiniment soulagé. Callie obtient sans mal l'adhésion des policiers.

— Ils sont en route, déclare-t-elle.

Je ne veux pas assombrir la joie générale, mais je dois m'y résoudre.

— Nous devrons en faire autant dès qu'ils seront là, Callie. Il faut qu'on retourne au bureau.

Elle a un instant d'hésitation, mais me donne raison.

— Je sais. – Elle se tourne vers Marilyn en se mordillant la lèvre. – Marilyn... est-ce que... ? – Elle laisse échapper un petit rire gêné. – Ça fait drôle, ma chérie. Mais... est-ce qu'on pourra se revoir ?

La réponse de Marilyn est immédiate et spontanée.

— Bien sûr. À une condition.

— Laquelle ? demande Callie.

— Que vous me disiez votre prénom. Je ne vais pas vous appeler « agent Thorne » toute ma vie.

Nous nous retrouvons dans la voiture. Callie n'a pas encore démarré. Elle contemple la maison de sa fille. Je suis incapable d'interpréter ses sentiments, ni de deviner ce qu'elle pense.

Je lui pose donc la seule question qui me vient à l'esprit :

— Ça va ?

Elle continue à regarder au loin, puis se tourne enfin. Elle a l'air fatiguée et songeuse.

— Je vais... bien, ma chérie. Je ne dis pas ça seulement pour te rassurer. Ça s'est mieux passé que je l'aurais cru. Ou que je l'espérais. Mais je m'interroge.

— À quel sujet ?

— Je me demande ce qu'ils imaginaient me faire perdre. Ils ont dit qu'ils veilleraient à ce que chacun de nous perde quelque chose. Mais je m'en sors gagnante. Tu crois qu'ils pensaient que les choses se passeraient ainsi ?

Je réfléchis à la question.

— Non. Je ne crois pas. À mon avis, ils étaient persuadés qu'elle te recevrait mal. Et convaincus que ça te mettrait hors jeu définitivement.

Elle fait la moue.

— Pour ça, je ne sais pas. Pour le reste, je suis d'accord. Mais je ne pense pas qu'ils s'attendaient à ce que la déception me laisse complètement anéantie. Je pense qu'ils souhaitaient justement le contraire. J'ai ma petite idée là-dessus, ma chérie. Ils ne veulent pas être pris. Mais ils veulent qu'on leur coure après. Et ils nous veulent au top. – Une lueur farouche s'allume dans son regard. – Et tu sais quoi ? Ça a marché. Je ne renoncerai pas tant que nous ne les aurons pas attrapés. C'était ça le but recherché. Me faire savoir qu'elle ne serait pas en sécurité tant qu'ils seront en liberté.

Son analyse me semble juste. Callie a de l'intuition, un sixième sens qui s'apparente au mien. C'est un des aspects de son talent. La conclusion me paraît logique.

— Dans ce cas, il faut les choper.

29.

Le retour prend une éternité. Nous sommes parties en début d'après-midi, mais les embouteillages commencent tôt en Californie. Quand nous arrivons enfin au bureau, ils se lèvent tous en nous jetant des regards interrogateurs.

— Mes chéris, ne me posez pas de questions, prévient Callie en levant la main. Je n'ai rien à vous dire pour le moment.

Là-dessus, son portable sonne et elle se détourne pour répondre.

La coquille Callie vient de se refermer. J'en suis soulagée et je vois que je ne suis pas la seule. Cela signifie qu'elle a repris le dessus. Ils sont tous prêts à l'entourer, mais il y a quelque chose de déroutant à la sentir vulnérable. Je me demande si ce n'est pas pour cette raison qu'elle a tout de suite tiré le rideau. Pas tant pour se protéger elle-même que pour nous protéger, nous.

Alan brise le silence.

— Je me suis penché à nouveau sur le dossier d'Annie. Il y a un truc qui me chiffonne. Je n'ai pas encore mis le doigt dessus.

J'opine du chef, mais je suis distraite. Ou peut-être fatiguée. Je regarde ma montre et je suis consternée quand je m'aperçois que la journée est finie.

Nos horaires sont largement extensibles. Le problème n'est pas là. Je me suis toujours dit que notre métier devait ressembler à la guerre. Quand les balles sifflent, on riposte, quelle que soit l'heure. Et si on a la possibilité de faire reculer l'ennemi, on la saisit, qu'il soit quatre heures de l'après-midi ou quatre heures du matin. La comparaison vaut aussi pour les moments de répit, les occasions de repos, dont il faut profiter, car on ne sait jamais quand elles se représenteront.

Cela semble être le cas. Je prends donc la décision que prendrait tout bon général.

— Je vous demande à tous de rentrer chez vous. Nous risquons d'avoir du boulot demain. Plus que jamais, je dirais. Allez vous reposer.

James s'approche et me dit :

— Je ne serai pas là avant l'heure du déjeuner. Demain est un jour particulier pour moi.

Je mets un moment à comprendre ce qu'il veut dire.

— Oui ! Désolée, James. J'avais oublié. Mes amitiés à ta mère.

Il tourne les talons et s'en va sans répondre.

— Moi aussi, j'avais oublié, murmure Callie. Sans doute parce qu'on n'est pas habitué à lui voir un côté humain.

— Oublié quoi ? demande Leo.

— Demain, c'est l'anniversaire de la mort de sa sœur. Elle a été assassinée. James et les siens vont sur sa tombe pour se souvenir.

— Oh. – Une grimace amère déforme son visage. – Saloperie !

Il lâche cette exclamation avec une véhémence qui me surprend. Il se reprend, avec un geste d'excuse.

— Désolé. C'est juste... que ça me fout en rogne.

— Bienvenue au club, mon chéri, lance Callie d'un ton compréhensif.

— Ouais, je m'en doute. – Il inspire, pousse un long soupir, et se passe la main dans les cheveux. – Bon, à demain.

Il s'en va après une brève hésitation. Callie le regarde s'éloigner d'un air songeur.

— La première affaire est toujours une rude épreuve. Et celle-ci est spécialement gratinée.

— C'est vrai. Mais je crois qu'il tiendra.

— Moi aussi. Je n'étais pas très sûre de lui au début, mais notre petit Leo s'adapte. – Elle se tourne vers moi. – Et toi, que vas-tu faire ce soir ?

— Elle vient dîner à la maison, répond Alan. Elaina insiste, ajoute-t-il à mon intention.

— Je ne sais pas...

— Vas-y, Smoky. Ça te fera du bien, me dit Callie. – Elle m'adresse un regard appuyé. – Et ça fera du bien à Bonnie. – Elle va prendre son sac sur son bureau. – D'ailleurs, je vais en faire autant.

— Tu dînes chez Alan ?

— Mais non, bécasse. C'est ma fille qui m'appelait tout à l'heure. – Elle s'interrompt. – Ça fait un drôle d'effet. Toujours est-il que je vais dîner chez elle avec mon... petit-fils.

— C'est super, Callie ! Ou devrais-je dire mère-grand ?

— Si tu veux qu'on reste copines, tu évites. – Elle se dirige vers la porte, s'arrête sur le seuil et se retourne vers moi. – Va dîner dehors. Passer une soirée normale avec d'autres personnes.

— Alors ? demande Alan. Tu viens ou tu me laisses essuyer l'engueulade d'Elaina ?

— Bon, allez, d'accord.

Air ravi.

— Parfait. Eh bien, à tout à l'heure.

Lui parti, je me retrouve seule dans le bureau. J'ai bien l'intention de suivre le conseil de Callie. C'est son argument au sujet de Bonnie qui m'a décidée. Ce sera bien pour elle. Certainement mieux que de revenir avec moi dans le... comment a-t-il dit déjà ? « Le bateau fantôme qu'est devenue ma maison. »

D'abord, j'ai besoin de m'attarder un moment. Les choses sont allées tellement vite, sur le plan physique, mental, psychologique. Je suis à la fois dopée et épuisée. Je me remémore les événements des derniers jours. Je suis passée de l'état suicidaire à l'envie de vivre. J'ai perdu ma meilleure amie. J'ai renoué avec un autre vieil ami, mon pistolet. J'ai recueilli une enfant muette qui ne reparlera peut-être jamais. Je me suis souvenue que j'avais tué ma propre fille. J'ai découvert que Callie avait une fille et un petit-fils en prime. J'ai appris qu'une femme pour qui j'ai de l'affection, Elaina, avait un cancer dont elle guérira ou ne guérira pas. J'ai acquis, sur le monde de la pornographie, un savoir dont je me serais bien passée.

Pas de doute, les balles ont sifflé.

Pour l'instant, le fracas des armes s'est tu. Le silence règne. C'est le moment d'en profiter, en bon petit soldat. Je me lève, m'en vais à mon tour, en fermant à clé derrière moi, et je prends l'ascenseur.

Dans la cabine qui descend, je me rends compte

que mon répit n'est pas celui de tout le monde. C'est un temps de repos, oui. Mais chargé d'attente et de tension. Parce qu'on ne sait jamais quand la fusillade va reprendre.

Jack Junior et son pote sont-ils aussi en train de profiter de l'accalmie ? de souffler en attendant le prochain meurtre ?

Dès qu'Alan m'ouvre, je suis sur le qui-vive. Il a l'air bouleversé, furieux, soucieux de refouler à la fois ses larmes et une folle envie de tuer.

— Le salopard !

— Quoi ? – J'entre dans la maison, rongée d'inquiétude. – Elaina ? Bonnie ?

— Elles vont bien. Mais le fumier...

Il se tient raide, en serrant les poings. S'il n'était pas mon ami, je serais terrifiée. Il se précipite vers une table basse, y prend une grande enveloppe en papier kraft et me la tend.

Elle est adressée à « Elaina Washington (qu'elle repose en paix) ». Je frémis.

— Regarde à l'intérieur, me dit Alan.

J'ouvre. Je trouve une note dactylographiée, agrafée à une liasse de papiers. Au premier coup d'œil, je comprends.

— Mon Dieu, Alan...

— Son dossier médical. – Il se met à faire les cent pas. – Tout sur sa tumeur, avec les commentaires du médecin. – Il m'arrache quasiment les feuillets des mains, tourne quelques pages. – Regarde le passage qu'il a souligné !

Je lui reprends le dossier et je lis les lignes qu'il me désigne.

Mme Washington est atteinte d'un cancer de niveau II, limite niveau III. Pronostic satisfaisant, mais la patiente doit savoir qu'elle n'est pas à l'abri d'un stade III, même si c'est peu probable.

— Lis son mot !

Je reconnais l'entrée en matière habituelle.

Bonjour, madame Washington !

Je ne suis pas exactement un ami de votre mari. Disons plutôt... une relation d'affaires. J'ai pensé que vous aimeriez connaître la vérité sur votre état de santé.

Savez-vous quel est le taux de mortalité du stade III ? Je cite : « Stade III : métastases ganglions lymphatiques dans la région du côlon : trente-cinq à soixante pour cent de chances de survie sur cinq ans ».

Mince ! Si j'étais joueur, je parierais contre vous !

Salut de l'enfer.

Jack Junior.

— C'est vrai, Alan ?

— Pas exactement. J'ai appelé le médecin. Il m'a dit que s'il avait été réellement inquiet, il nous l'aurait dit. Il ne nous a rien caché. Putain, il avait écrit cette note en prévision de la prochaine consultation !

— Et Elaina l'a vue à l'état brut, sans les explications.

Je lis la réponse dans la détresse de son regard.

Je me détourne et porte la main à mon front. Une rage folle s'est emparée de moi. À part Bonnie, Elaina est la personne à laquelle il est le plus injuste de s'attaquer. J'ai encore à l'esprit l'effet bénéfique de sa bienveillance envers Bonnie, ce matin. Je me souviens de ses visites à l'hôpital. Je voudrais broyer Jack Junior.

Je m'adresse à nouveau à Alan.

— Comment va-t-elle ?

Il se laisse tomber dans un fauteuil. L'air perdu.

— Elle a d'abord eu très peur. Et puis elle s'est mise à pleurer.

— Où est-elle ?

— Là-haut dans la chambre, avec Bonnie. – Un geste de lassitude. – Bonnie ne veut pas la quitter. – Il cache son visage dans ses mains. – Merde, Smoky, pourquoi elle ?

Je soupire, m'approche de lui et lui pose la main sur l'épaule.

— Parce qu'ils savaient que tu souffrirais comme tu souffres, Alan.

Il relève brusquement la tête, des éclairs dans les yeux.

— Je veux coincer ce salopard !

— Je sais. – Oh ! oui, je sais. – Écoute, Alan, ça ne va sans doute pas t'aider, mais je ne pense pas qu'Elaina soit physiquement menacée par Jack et consort, du moins pas dans l'immédiat. Je crois que l'intention est autre.

— Qu'est-ce qui te fait dire ça ?

Je songe à ce que Callie m'a dit tout à l'heure.

— Cela fait partie de leur jeu. Ils veulent nous inciter à les pourchasser. Et ils nous veulent hypermotivés. Alors, ils nous fournissent un enjeu personnel.

Une ombre obscurcit ses traits.

— C'est efficace.

Je hoche la tête.

— C'est le moins qu'on puisse dire.

Il se cale contre le dossier, émet un long soupir, un soupir qui vient des tripes, lourd de tristesse. Il lève vers moi un regard suppliant.

— Tu veux bien aller la voir ?

J'effleure son épaule.

— Bien sûr.

Je redoute la confrontation, mais il est évident que je vais y aller.

Je frappe à la porte de la chambre, l'ouvre et passe la tête à l'intérieur. Elaina est couchée sur le côté. Elle me tourne le dos. Bonnie est assise près d'elle et lui caresse les cheveux. Elle se tourne vers moi à mon entrée. Je m'arrête, pétrifiée. Son regard brille d'une colère intense. Nous nous dévisageons et je hoche la tête en signe de compréhension. On a fait du mal à Elaina. Ça la met en rage.

Je contourne le lit pour m'asseoir au bord. J'ai en tête le souvenir de ses visites à l'hôpital. Elle a les yeux ouverts, perdus dans le vide. Le visage gonflé d'avoir trop pleuré.

— Bonjour, lui dis-je.

Elle m'adresse un bref regard. Retourne à la contemplation du néant. Bonnie continue à lui caresser les cheveux.

— Tu sais ce qui m'attriste le plus, Smoky, dit-elle, sortant soudain de son silence.

— Non.

— C'est de n'avoir jamais eu d'enfants. Nous avons essayé, Alan et moi, mais nous n'avons jamais réussi à en avoir. Maintenant, je suis trop vieille et j'ai un cancer. – Elle ferme les yeux, les rouvre. – Et voilà que cet homme piétine nos vies. Se moque de nous. De moi. Et me fiche la trouille.

— C'est bien ce qu'il voulait obtenir.

— Oui. Et il a réussi. – Un silence. – J'aurais été une bonne mère, tu ne crois pas, Smoky ?

Je réprime un sanglot. Je suis anéantie par le chagrin d'Elaina. C'est Bonnie qui lui répond. Elle lui tape sur l'épaule. Elaina tourne la tête. Bonnie accroche son regard et hoche la tête avec conviction. Elle lui dit : Oui. Vous auriez été une mère fantastique.

Le regard d'Elaina s'adoucit. Elle tend la main pour effleurer la joue de Bonnie.

— Merci, ma chérie. – Puis, revenant à moi : – Pourquoi fait-il ça, Smoky ?

Pourquoi a-t-il fait ci, pourquoi fait-il ça, pourquoi cela m'arrive-t-il à moi ? Pourquoi ma fille, mon fils, mon mari, ma femme ? L'éternelle question des victimes.

— La première explication, Elaina, c'est que ça l'amuse de te torturer. C'est la raison de base. Ensuite, il sait qu'Alan en sera perturbé, effrayé. Il se sent tout puissant, et ça, il adore.

Je sais, naturellement, qu'il n'existe pas de bonne réponse à cette éternelle question. Pourquoi moi ? Je suis une bonne mère, une bonne fille, un bon père, frère, fils. Je serre les dents, je fais de mon mieux. Certes, il m'arrive de tricher un peu, mais je dis plus souvent la vérité que je ne mens, j'aime mes proches du mieux que je peux. J'essaye de faire plus souvent le bien que le mal et je préfère voir les autres heureux que malheureux. Je ne suis pas un héros ; je ne laisserai pas mon nom dans les livres d'histoire. Mais j'apporte ma pierre et je ne compte pas pour des prunes. Alors pourquoi moi ?

Je ne peux pas leur dire ce que j'en pense vraiment. Pourquoi ? Parce que vous marchez, respirez et que le mal existe. Parce que la roue cosmique a tourné et vous a désigné. Soit Dieu vous avait oublié ce jour-là, soit cela fait partie de son plan, à vous de choisir. La vérité, c'est qu'il se produit des horreurs tous les jours quelque part et qu'aujourd'hui c'est tombé sur vous.

On peut y voir une perception pessimiste ou cynique des choses. Pour moi, c'est la seule qui garantisse ma santé mentale. Sinon, on finit par croire que ce sont les malfaisants qui ont les cartes en main. Je préfère me dire : Non. Ils ne mènent pas la danse. C'est seulement que le mal traque le bien et qu'aujourd'hui le bien n'a pas eu de bol. Cela permet d'admettre l'autre aspect de la théorie : demain ce sera au tour du mal de se prendre la raclée. Ça s'appelle l'espoir.

Malheureusement, cette interprétation n'est d'aucun secours pour les affligés qui demandent pourquoi. Alors je me contente de leur servir une vérité moins sévère, comme je viens de le faire pour Elaina. Cela les soulage parfois, parfois non. Le plus souvent, ils n'y puisent aucune consolation, car quand on en est à poser la question, c'est qu'on se moque de la réponse.

Elle pèse mes paroles. Quand elle repose son regard sur moi, j'y vois un sentiment que je ne lui connaissais pas. Une froide colère.

— Attrape-le, Smoky. Tu m'entends ?

J'avale ma salive.

— Oui.

— Je sais que tu le feras. – Elle se redresse. – Et maintenant, je voudrais te demander un service.

— Tout ce que tu voudras.

Je suis sincère. Elle me demanderait de décrocher la lune, que je m'y efforcerais.

— Dis à Alan de venir quand tu descendras. Je le connais. Il doit être recroquevillé dans un coin à s'accabler de reproches. Dis-lui d'arrêter. J'ai besoin de lui.

Ébranlée, mais forte malgré tout. J'ai la confirmation d'un sentiment que je sais éprouver depuis longtemps : j'aime cette femme.

— Entendu. – Je me penche vers Bonnie. – Viens, ma chérie.

Elle secoue la tête. Non. Pose la main sur l'épaule d'Elaina et l'agrippe dans un geste possessif. Je fronce les sourcils.

— Ma puce, je crois qu'Alan et Elaina ont besoin d'être seuls ce soir. Il faut les laisser.

Elle secoue à nouveau la tête, cette fois avec vigueur. Pas question.

— Je serai ravie qu'elle reste, si tu es d'accord. Bonnie est adorable.

Je suis un peu perplexe.

— Tu es sûre ?

Elle ébouriffe les cheveux de Bonnie.

— Absolument sûre.

— Bon, eh bien, dans ce cas, Bonnie, je m'en vais. Je repasserai te voir demain matin.

Elle acquiesce. Je marche vers la porte. Je m'arrête en entendant un pas léger derrière moi. Bonnie m'a suivie. Ses yeux sont fixés sur moi. Elle me saisit les bras et me force à me baisser pour me trouver à sa hauteur. Elle a un petit air soucieux.

— Quoi, ma puce ?

Elle se tapote la poitrine, puis me tapote l'épaule. Elle recommence, tenace. Le visage grave. Je finis par comprendre. Je me sens rougir. Des larmes me piquent les yeux. Elle est en train de me dire : Je suis avec toi. Je reste pour aider Elaina. Mais je suis avec toi. Elle tient à ce que je le sache. Elaina est la Mère, débordante d'amour. Mais je suis avec toi.

Je suis incapable de prononcer un mot. Pour

toute réponse, je hoche la tête et je la serre dans mes bras avant de quitter la pièce.

En bas, je trouve Alan debout devant la fenêtre en train de regarder le soir tomber.

— Ça va aller, Alan. Elle m'a chargée de te dire d'arrêter de te culpabiliser, qu'elle a besoin de toi. Au fait, vous gardez Bonnie cette nuit. Elle ne veut pas abandonner Elaina.

Cette nouvelle semble le ragaillardir.

— Ah bon ?

— Eh oui. Elle est très protectrice. – Je pointe un doigt sur sa poitrine. – Tu sais combien je compatis, Alan. Mais il faut que tu te bouges le cul et que tu ailles dorloter ta femme. – Je lui souris. – Bonnie ne te lâchera pas.

— Ouais, finit-il par admettre. Tu as raison. Merci.

— Pas de problème. Dis-moi, Alan, si tu veux un jour de congé demain, prends-le.

Il me répond, le visage sombre.

— Ça, c'est hors de question, Smoky. Ils ont obtenu ce qu'ils voulaient. Je traquerai ces ordures jusqu'à ce qu'on les prenne, morts ou vifs. – Cette fois, son sourire a quelque chose d'inquiétant. – Ils vont en avoir pour leur argent, fais-moi confiance.

— Tout à fait d'accord.

30.

Je me sentais bien seule sur le chemin du retour. Keenan et Shantz étaient là où ils devaient être, c'est-à-dire à proximité de Bonnie. J'étais donc vraiment livrée à moi-même. Il faisait sombre. La nuit, les routes procurent un sentiment d'isolement très particulier. Il m'est arrivé, à certaines époques de ma vie, de savourer cette impression. Ce soir, elle s'accompagne de pensées hargneuses, de tristesse, et je serre le volant en imaginant que c'est le cou de Jack Junior. La lune brille de tout son éclat. C'est une belle lumière. Mais elle me rappelle les flaques de sang découvertes au clair de lune. Noires, luisantes, définitives.

Je roule dans ce halo de clarté associé au sang. Au moment où je me gare dans l'allée, mon téléphone sonne.

— C'est James.

Je me raidis. Il y a dans sa voix une tonalité que je n'ai jamais entendue.

— James ? Que se passe-t-il ?

Sa voix tremble.

— Les... les fumiers !

Jack Junior.

— Dis-moi ce qui est arrivé, James.

J'entends sa respiration dans l'écouteur.

— Je suis arrivé chez maman il y a une vingtaine de minutes. J'allais frapper quand j'ai remarqué un papier scotché sur la porte. Avec mon nom dessus. Je l'ai déplié. – Il prend une profonde inspiration. – Il y avait un mot et... et...

— Quoi ?

— Une bague. La bague de Rosa.

Rosa est la sœur de James, celle qui est morte. Celle dont il devait aller fleurir la tombe le lendemain avec sa mère. Un sinistre pressentiment commence à poindre dans mon esprit.

— Que disait le billet, James ?

— Il ne contenait qu'une phrase : « Rosa ne repose plus en paix ».

Une sensation de vide à l'estomac.

— Cette bague, Smoky. Nous l'avions enterrée avec elle. Tu comprends ? continue James d'un ton désespéré.

Le vide se creuse. Mon ventre gargouille. Comme un frôlement d'ailes de chauves-souris.

— J'ai appelé le cimetière. Alerté la sécurité. Ils sont allés voir.

— Voir quoi, James ?

Je crois savoir, mais je demande quand même parce que j'espère me tromper. Mes chauves-souris se déchaînent. Il respire profondément. Quand il reprend la parole, sa voix se brise.

— Elle n'est plus là, Smoky. Rosa. Ces ordures, ils ont profané sa tombe.

Je pose mon front sur le volant. Je ne suis plus que silence.

— Oh, James...

— Tu sais quel âge elle avait quand elle a été

tuée, Smoky ? Vingt ans. Vingt ans, elle était jolie, intelligente, adorable. Son tortionnaire a mis trois jours à la faire mourir. C'est ce qu'on m'a dit. Trois jours. Et tu sais combien de temps il a fallu à ma mère pour arrêter de pleurer ? – Le mot jaillit comme un cri. – Jamais !

Je sursaute. J'ai fermé les yeux. Je sais maintenant ce qu'il y a dans la voix de James que je ne lui connaissais pas. De la douleur. Et de la vulnérabilité.

— Je ne sais pas quoi dire. Tu es... tu veux que je vienne ? Qu'est-ce que tu veux que je fasse ?

Mes paroles traduisent mon impuissance.

Un soupir haché vient rompre le long silence qui suit.

— Non. Ma mère est dans sa chambre, recroquevillée. Elle sanglote en s'arrachant les cheveux. Je vais m'occuper d'elle, je vais... Ils font ce qu'ils ont dit.

Je suis anéantie.

— Oui.

Je lui raconte l'histoire d'Elaina.

— Le salaud ! s'écrie-t-il. Je l'imagine luttant pour maîtriser sa fureur. L'ordure ! – Un silence encore. – Je vais me débrouiller. Ne viens pas. J'ai l'impression que tu vas encore recevoir un autre coup de téléphone ce soir.

Mon cœur se serre. Il a dit qu'il veillerait à nous faire perdre à tous quelque chose. Il reste Leo.

— Je veux coincer ce salopard, Smoky. J'y tiens !

J'ai déjà entendu ces mots deux fois aujourd'hui, sous des formes différentes. Cette troisième fois m'emplit de colère et de désespoir. Je m'efforce de répondre d'un ton neutre.

— Moi aussi, James. Prends bien soin de ta mère. Et appelle-moi si tu as besoin de moi.

— Je n'aurai pas besoin de toi.

Douleur et vulnérabilité, mon œil !

Il raccroche et je reste assise au volant de ma voiture à contempler la lune. Pendant une minute, une toute petite minute, je cède à un élan égoïste comme peut en inspirer la position de chef dans des situations de vie ou de mort. Ils sont sous ma responsabilité. Je n'ai pas su les protéger. Mais pendant un bref moment d'égoïsme, j'oublie le souci de leur bien-être pour regretter le fait d'avoir cette responsabilité.

J'empoigne le volant et le tourne violemment.

— Tu es responsable.

L'égoïsme s'évanouit pour laisser place à une haine farouche.

Je fais alors quelque chose qu'il m'est déjà souvent arrivé de faire : je hurle dans l'habitacle de ma voiture en martelant le volant à coups de poing sous cette putain de lune.

Thérapie à la Smoky.

31.

À peine entrée dans ma maison, je compose le numéro de Leo. La sonnerie retentit indéfiniment.

— Merde, Leo, réponds !

Il décroche enfin. Il a une voix plate, atone. Mon cœur chavire.

— Allô ?

— Leo ! Où es-tu ?

— Chez le vétérinaire, avec mon chien.

Une activité normale. Je reprends espoir. Pas pour longtemps.

— On lui a coupé les pattes. Je dois l'euthanasier.

J'étouffe une exclamation. Abasourdie. Alors sa voix se brise. C'est aussi net et poignant qu'un bruit de porcelaine qui se fend en heurtant la pierre.

— Qui a pu faire une chose pareille, Smoky ? Quand je suis rentré, je l'ai trouvé dans le salon en train d'essayer... d'essayer... – Le chagrin l'étouffe, lui vole ses mots. – Il essayait de ramper vers moi. Il y avait du sang partout. Il poussait des gémissements comme... comme un bébé. Il me regardait avec des yeux... comme s'il se demandait ce qu'il avait fait de mal. Il avait l'air de me supplier : qu'est-ce que j'ai fait de mal ? Dis-moi. Je ne le ferai plus. Je suis un bon chien.

Une larme roule sur ma joue.

— Qui a bien pu faire une chose pareille ?

S'il était en mesure d'y réfléchir, il saurait. Ce qu'il veut dire, c'est qu'une personne capable de faire ça ne devrait pas exister.

— Jack Junior et son acolyte, Leo. Ce sont eux.

Je l'entends suffoquer.

— Quoi ?

— Ils s'en sont chargés eux-mêmes ou ils ont envoyé quelqu'un. Mais ce sont eux.

Il rassemble mentalement les pièces du puzzle.

— Ce qu'ils disaient dans leur message...

Oui, Leo, me dis-je intérieurement. Ils existent bel et bien et ce qu'ils ont fait à ton chien n'était pour eux qu'une peccadille.

Un long silence pesant. J'imagine les pensées qui tournent dans son esprit. Mon chien a été torturé parce que je suis ce que je suis. Le sentiment de culpabilité qui prend racine, avec son lot de tristesse et de désarroi.

Il se racle la gorge. J'y entends l'écho de son malheur.

— Qui d'autre, Smoky ?

J'inspire profondément et je lui raconte. Elaina et James. Sans lui donner trop de précisions sur la maladie d'Elaina. Quand j'ai fini, il se tait. J'attends sa réaction.

— Ça ira.

Une déclaration laconique et mensongère. Sa façon à lui de me dire qu'il comprend. Je lui répète la phrase que je finis par détester :

— Appelle-moi si tu as besoin de moi.

— Ouais.

Je raccroche et je reste immobile dans ma cuisine, la main sur le front. Je n'arrive pas à chasser l'image du chien mutilé et de ses yeux suppliants. Qu'est-ce que j'ai fait de mal ? La réponse est d'autant plus révoltante que l'animal mourra sans connaître la vérité.

Rien. Tu n'as rien fait de mal.

— Ils sont passés à la vitesse supérieure, remarque Callie.

— Oui. Je voulais te mettre au courant. Sois prudente.

— Et vice versa, ma chérie.

— T'inquiète.

La communication terminée, je vais m'asseoir à la table de la cuisine et je me prends la tête à deux mains. Cette journée a été la pire que j'aie connue depuis longtemps. Je me sens abattue, triste, vidée. Et seule.

Callie a sa fille, Alan a Elaina. Je n'ai plus personne.

Alors je pleure. Je me sens bête et nulle, mais je ne peux pas m'en empêcher. Je pleure assez longtemps pour en être agacée. Je m'essuie le visage en maudissant ma faiblesse.

— Arrête de t'apitoyer sur toi-même. D'abord, c'est de ta faute. Tu n'as pas voulu d'eux quand tu souffrais. Tu ne peux t'en prendre qu'à toi-même.

Je sens monter la colère. Je la laisse gonfler. Elle sèche mes larmes. Jack Junior et son copain s'attaquent à ma famille. Ils piétinent leur vie, les frappent dans ce qu'ils ont de plus intime.

— Ils vont morfler ! dis-je à la maison vide.

Cela me fait sourire. Toujours un peu foldingue,

à discourir dans le vide. Je pense aux agents qui surveillent la maison, planqués dans leur voiture de l'autre côté de la rue. Est-ce qu'ils m'ont vue ? Est-ce qu'ils m'ont vue gueuler dans ma voiture en tambourinant sur mon volant ?

C'est ainsi. Ainsi que je suis devenue. Ainsi que je resterai. Le dragon gigote toujours en moi, je sais encore suivre le train noir et me servir de mon arme. Mais je ne suis plus tout en lignes droites et certitudes. Je tremble et, je vacille et, parfois, je perds pied. J'ai acquis un nouveau trait de caractère : la fragilité. Elle m'est étrangère et je ne l'apprécie guère, mais le fait est là.

Je monte dans ma chambre. J'ai l'impression en gravissant l'escalier que mes pieds sont en plomb. Je suis à bout de forces. Trop d'émotions.

En passant devant le petit bureau que Matt nous avait installé, je ne sais pas pourquoi, je m'arrête et je jette un coup d'œil à l'intérieur. J'aperçois mon ordinateur, tout poussiéreux de n'avoir pas été utilisé depuis des mois. Une question me traverse l'esprit.

Je m'assieds et je l'allume. Ai-je toujours une connexion Internet ? Je ne me rappelle plus les modalités d'abonnement. J'active un navigateur et je constate que j'en ai effectivement toujours une. Je reste un moment calée contre le dossier de mon siège à contempler l'icône donnant accès à ma messagerie. J'hésite.

Un double clic et ma boîte mail s'ouvre. J'hésite avant d'activer la case « messages reçus ». Le logiciel télécharge tout un courrier hétéroclite. Des foules de messages et de spams ignorés depuis des mois. Ainsi que le mot que je m'attendais plus ou moins à trouver. Le tout dernier message, envoyé il y a moins d'une heure. Intitulé « Combien le chien dans la vitrine ? »

Je suis stimulée par la haine que je lui voue.

J'ouvre et je lis.

Très chère Smoky,

À l'heure qu'il est, vous savez sans aucun doute que je suis un homme de parole. Callie Thorne a dû s'expliquer avec sa fille, la femme d'Alan Washington se demande si elle va mourir. Le pauvre Leo a dû faire face à la mise à mort de son animal favori. Quant à James, j'écris ces lignes en regardant Rosa. Elle est un peu défraîchie, mais vous n'imaginez pas à quel point les produits des embaumeurs sont efficaces ! Elle n'a plus d'yeux, mais ses cheveux sont encore très beaux. Dites-le à James de ma part, si vous le voulez bien.

Je pense que la vengeance est une excellente manière de fourbir ses armes. Pensez-y deux minutes. Si vous n'en étiez pas convaincue, je suis sûr que vous l'êtes désormais. Vous devez tous souhaiter ma mort avec ferveur. Certains d'entre vous en rêveront peut-être. Ils rêveront de me voir demander grâce et n'obtenir aucune pitié. De vous voir me loger une balle dans le crâne au lieu de m'envoyer en prison.

Mais la médaille a son revers. Je tiens à vous montrer l'autre face. À vous rendre les choses explicites si elles ne le sont déjà : rien de ce qui vous est cher n'est à l'abri.

Traquez-moi avec assiduité, parce que

tant que je serai dans la nature, libre d'aller et venir dans la jungle aux confins de la civilisation, je ne cesserai de vous spolier sans relâche. Et ce que je vous ai pris ou infligé aujourd'hui vous semblera bien peu de chose.

Tant que vous ne m'aurez pas arrêté, chaque semaine je dépouillerai chacun de vous. Je prendrai à Callie Thorne sa fille et son petit-fils. Je prendrai sa femme à Alan. Je tuerai la mère de James. Indéfiniment, jusqu'à ce que leur vie ressemble à la vôtre, Smoky. Jusqu'à ce qu'ils aient perdu tout ce qu'ils aiment, jusqu'à ce que leurs maisons soient désertes et qu'il ne leur reste qu'une seule terrible conviction : celle de savoir que tout cela leur arrive à cause de ce qu'ils sont et de ce qu'ils font.

J'espère que vous savez maintenant que je fais ce que je dis. J'espère aussi que ce couteau sous la gorge attisera en vous l'énergie nécessaire pour entretenir votre dynamisme et votre concentration. Je vous veux tous parfaitement affûtés. Je veux que vous ayez tous des yeux de tueurs. Alors allez-y et donnez le meilleur de vous-mêmes. Vous avez une semaine. Pendant ce temps, vos univers seront préservés. Passé ce délai, je commencerai à les grignoter et à consumer vos âmes.

N'est-ce pas excitant ? Moi, je trouve.

Bonne chance.

Salut de l'enfer,

Jack Junior

P.S. : Agent Thorne, peut-être vous demandez-vous si je n'ai pas raté mon coup. Peut-être pensez-vous que je vous ai plutôt rendu service par erreur. C'est possible, ma foi. Mais si vous y réfléchissez, je n'ai peut-être fait que mettre le doigt sur ce que vous avez perdu, irrémédiablement. Est-ce que vous réalisez ? Tout ce que vous avez manqué ?

Je reste un long moment les yeux fixés sur le message, seule dans ma maison silencieuse. Je n'éprouve ni chagrin ni colère. Je suis habitée du sentiment qu'ils veulent susciter depuis le début.

La certitude.

Je mourrai avant que l'un des membres de ma petite famille se retrouve dans la situation où je suis : à parler toute seule en pleurant dans le vide.

32.

C'est le matin. Je viens de rapporter à mon équipe une version édulcorée du mail de Jack Junior. Je les observe. Je fais l'inspection de mes troupes.

Ils ont tous des mines à faire peur. Ils sont tous verts de rage. Ils n'ont pas envie de parler des incidents de la veille. Ils sont impatients de se mettre en chasse. Et ils attendent de moi que je leur donne des directives.

Je me dis, c'est drôle, la responsabilité est un habit facile à endosser, mais dont on ne se débarrasse pas comme ça. Il y a une semaine, je songeais à me faire sauter le caisson, aujourd'hui, ils comptent sur moi pour leur dire ce qu'ils ont à faire.

— Bien, il y a au moins une chose dont nous sommes sûrs.

— Ah, oui ? s'étonne Alan.

— Jack Junior et son comparse sont des enfoirés.

Un bref silence et ils éclatent de rire. Tous, sauf James. L'atmosphère se détend.

Un peu seulement.

— Écoutez. Ils ont gagné la première manche,

haut la main. C'est incontestable. Mais ils ont commis une grave erreur. Ils voulaient nous inciter à les poursuivre avec acharnement, ils ont réussi. Ils ne savent pas à quoi ils s'exposent. – Je m'interromps pour jauger leur réaction. – Ils pensent qu'ils ont une bonne avance sur nous. C'est pas nouveau. Les criminels le croient toujours. Mais nous avons les empreintes de l'un d'eux et nous savons qu'ils sont deux. Nous avons réduit l'écart. OK ? – Signes d'assentiment. – Bon. Alors mettons-nous au travail. Callie, redis-moi comment le Dr Child voit le profil de nos tueurs. Ça m'a échappé.

— Il m'a chargée de te dire qu'il a lu la lettre et en a tiré quelques conclusions, mais qu'il préfère attendre de savoir ce que contient le colis. Celui qui est censé arriver le 20. Il a été assez ferme là-dessus.

Je n'insiste pas. Le Dr Child ne m'a jamais déçue. Je me fie à son instinct. Je me tourne vers Alan et Leo.

— Où en sont les recherches concernant la liste d'abonnés d'Annie ?

— Nous devrions l'avoir dans une heure, répond Leo.

— Parfait. Continuez à vous en occuper. – Je fais claquer mes doigts. – Est-ce qu'on a quelqu'un de l'unité de déminage de la police de Los Angeles ?

Alan hoche la tête.

— Ouais. Ils apportent un renifleur de bombe.

Le « renifleur de bombe » est un appareil permettant l'identification des ions par spectrométrie. En gros, il détecte les molécules ionisées caractéristiques des matières explosives.

La réception du colis annoncé pour le 20 avait donné lieu à de nombreuses discussions. Jones voulait convoquer une unité de police pour le cas où Jack Junior ou son copain déciderait de livrer eux-mêmes le colis. J'avais refusé.

— Ce n'est pas dans leurs manières d'agir, avais-je objecté. Et il n'y a pas de raison qu'ils en changent. Je m'attends à quelque chose de tout bête. Une livraison ordinaire par un facteur.

Après quelques protestations, il avait fini par me donner raison. Surtout après que je lui ai fait remarquer qu'en rameutant la police, il rameuterait les journalistes par la même occasion. Nous étions cependant convenus d'un commun accord de faire appel à des spécialistes du déminage. Une précaution qu'il aurait été déraisonnable de négliger.

— Il y a toujours un truc qui me chiffonne dans le dossier d'Annie, glisse Alan en regardant James. Sois gentil de le réexaminer sous tous les angles.

— Fais ce qu'il te demande, James.

James acquiesce. Il n'a pas prononcé un mot depuis le début de la matinée.

— Il y a une autre question dont j'aimerais connaître la réponse, ma chérie, murmure Callie. D'où tiennent-ils toutes leurs informations ? On a trouvé les micros dans le bureau d'Hillstead, mais les dossiers médicaux, ma fille ?

— Ce n'est pas compliqué, intervient Leo. – Nos regards se tournent vers lui. – Une partie de ces informations sont informatisées, et donc susceptibles d'être piratées. Ils ont pu en voler certaines, en acheter d'autres. – Il hausse les épaules. – J'ai déjà vu ça en travaillant sur les délits informatiques. Les bons *hackers* et les usurpateurs d'identité ont accès à toutes sortes de renseignements personnels. Donnez-moi une semaine et je vous dis tout sur vous, de votre numéro de carte de crédit aux médicaments que vous prenez. Vous n'imaginez pas comme c'est facile.

— Merci Leo. Pour le moment, est-ce que vous savez tous en quoi consiste votre boulot ? – Je leur jette un regard circulaire. – Très bien.

La porte du bureau s'ouvre à cet instant. Quand je reconnais l'intruse, l'inquiétude m'envahit.

Marilyn Gale se tient dans l'embrasure. Elle a l'air ennuyée. Un policier en uniforme l'accompagne, un paquet dans les mains.

33.

— C'est arrivé il y a une heure. Adressé à vous, agent Barrett, à mes bons soins. J'ai pensé...

Elle ne finit pas sa phrase, mais nous avons tous compris. Qui peut bien envoyer un colis qui m'est destiné chez Marilyn, sinon... ?

Ils sont tous autour de la table, les yeux fixés sur le paquet, tout en glissant des regards curieux à Marilyn. Callie s'en aperçoit. Son agacement lui fait oublier un instant l'inquiétude suscitée par l'arrivée du paquet.

— Bon, allez, oui, s'énerve-t-elle, c'est ma fille. Marilyn Gale. Marilyn, je te présente James, Alan et Leo, nos subalternes.

La remarque fait sourire Marilyn.

— Bonjour, dit-elle.

Je demande au policier, un certain sergent Oldfield :

— Vous l'avez intercepté ?

— Non, madame. – C'est un gaillard solidement bâti. Très à l'aise dans sa fonction de représentant des forces de l'ordre et nullement intimidé par moi, ni par le FBI en général. – Nous avions pour mission de surveiller la maison. Et Mlle Gale quand elle sortait de chez elle. – Il pointe le pouce en direction de Marilyn. – Elle est venue nous voir avec le colis, nous a expliqué le problème et nous a demandé de l'amener ici.

Je me tourne vers Marilyn.

— Vous ne l'avez pas ouvert ?

Elle a retrouvé son air sérieux.

— Non. Je ne m'y suis pas sentie autorisée. Je n'ai quand-même qu'une année de criminologie derrière moi. – Je vois Alan et Leo s'échanger des regards. – Mais même, il suffit d'avoir un peu regardé la télé pour savoir qu'on ne doit surtout pas toucher aux indices matériels.

— C'est très bien, Marilyn. – Je choisis mes mots pour la suite. Je ne veux pas l'effrayer inutilement, pourtant les choses doivent être dites. – Mais ce n'est pas tout. On ne sait jamais quelle idée diabolique pourrait lui traverser l'esprit. Celle d'envoyer un courrier piégé, par exemple.

Elle écarquille les yeux et pâlit légèrement.

— Seigneur ! Ça ne m'avait pas effleurée !

Sa pâleur s'accentue. En pensant à son enfant, sans doute.

Callie lui met la main sur l'épaule. La colère et l'inquiétude se lisent sur son visage.

— Tu n'as plus rien à craindre, ma chérie. Il est passé aux rayons X avant de monter ?

— Oui.

— C'est fait pour éviter ce genre de choses.

Marilyn reprend des couleurs. Elle se remet vite.

Nous voici donc en présence d'un élément nouveau et intéressant, me dis-je. Mais peut-être pas très joli à regarder.

— Callie, si tu emmenais Marilyn déjeuner quelque part ?

Elle comprend le message. Je vais ouvrir le colis. Elle peut contenir des choses que Marilyn n'a pas besoin de voir.

— Bonne idée. Viens, ma chérie. – Elle saisit sa fille par le bras et l'entraîne vers la sortie. – Où est le jeune Steven, au fait ?

— Ma mère s'en occupe. Vous êtes sûre que vous pouvez partir maintenant ?

Je la rassure d'un sourire, bien que l'humeur n'y soit pas :

— Pas de problème. Merci de nous avoir apporté ça. Si ça se reproduit, appelez-nous. Ne touchez pas le paquet.

Elle écarquille à nouveau les yeux et acquiesce. Callie la pousse dehors.

— Vous me permettez de rester ? demande le sergent Oldfield. J'aimerais voir ce qu'il y a là-dedans. Me faire une idée du genre de criminel.

— Pas d'objection. À condition d'ajouter l'interception des courriers suspects à la liste de vos fonctions à l'avenir. – Je lui adresse un regard. – Ce n'est pas un reproche, juste une requête.

— C'est déjà prévu, madame.

J'ouvre un tiroir dont je sors une paire de gants de caoutchouc, que j'enfile. Je concentre mon attention sur le paquet. En fait, c'est une grosse enveloppe kraft, portant une inscription à l'encre noire désormais familière : *À l'attention de l'agent Barrett*. De grosses lettres d'un centimètre et demi de haut.

Je retourne l'enveloppe, examine le rabat. Il n'est pas collé. Une simple agrafe le maintient fermé. Les autres attendent en silence. Il est temps d'ouvrir.

La lettre est au-dessus. J'inspecte rapidement le reste du contenu. Mes yeux s'attardent sur des pages de photos imprimées. Elles montrent toutes des femmes torse nu, en petite culotte, attachées les unes à des chaises, d'autres à des lits. Elles ont toutes une cagoule sur la tête. J'aperçois une dernière chose au fond de l'enveloppe. Mon cœur se serre. Un CD.

Je commence par la lettre. Que nous réserve celle-ci ? Je redoute le pire.

Bonjour, agent Barrett !

J'admets que c'était un peu tarabiscoté d'acheminer ce courrier par l'intermédiaire de Mlle Gale. Le but était de démontrer mon propos. Prouver qu'aucun de ceux que vous aimez n'est en sécurité si je décide de les atteindre.

Mais c'est bien à vous que s'adresse cet envoi, agent Barrett. Suivez bien ma pensée. Elle s'appuie sur un arrière-plan philosophique, une histoire qu'il vous faut comprendre pour saisir toutes les nuances de mon exposé.

Savez-vous quel est le mot le plus recherché sur Internet ? Sexe. Cela étant établi, savez-vous quel est ensuite l'un des autres mots le plus souvent demandé ? Viol.

Des millions de gens naviguent quotidiennement sur la toile, les sujets accessibles sont infinis, et les deux thèmes les plus convoités sont le sexe et le viol.

Qu'est-ce que cela signifie ? Si on considère la foule immense que représente la population des internautes, cela signifie qu'il y a des millions d'hommes qui sont en ce moment même assis chez eux à s'intéresser au viol. Mains moites et pantalon tendu à l'entrejambe. Impressionnant, non ?

Mais il existe un terrain annexe dont j'aimerais vous entretenir. Des sites d'un genre nouveau prolifèrent depuis peu sur Internet. Des sites consacrés aux hommes désireux de partager leur haine des femmes. Prenons par exemple le site judicieusement intitulé « mortauxputes.com ». Des hommes plaqués par leur bonne femme publient sur ce site des photos compromettantes de leur ex-compagne. Des photos où elles sont nues. Des photos à caractère sexuel. Avec une seule idée en tête : l'humiliation. Les visiteurs sont invités à inscrire leurs commentaires sous les photos. Je vous en ai sélectionné un échantillon. C'est la première pièce jointe. Jetez-y un coup d'œil.

Je trouve le document auquel il fait allusion. En haut de la page s'étale la photo d'une jeune femme brune souriante. Elle a vingt ou vingt-cinq ans. Elle est nue, jambes écartées face à l'objectif. La légende indique : « Ma connasse de copine. Une vraie salope. » Suit une succession de réactions. Je les parcours.

CALIFORTICHE : LA SALE PUTE ! TANT MIEUX SI C'EST UN AUTRE QUI LA NIQUE !

JAKE 28 : T'AURAIS DÛ LA SAIGNER LA GARCE ET NOUS LA REFILER À MOI ET MES POTES ON LUI AURAIT FAIT SA FÊTE À CETTE PUTE !

RIZZO : TOUTES DES POUFFIASSES !

DANNYBOY : JE TE L'AURAIS MISE AU PAS MOI.

TCHICO : JOLI CUL. DOMMAGE QUE CE SOIT UNE PÉTASSE.

DURDUR : FAIS COMME MOI. TU LA LUI FAIS BOUFFER POUR LUI FERMER SON FOUTU CLAPET !

J'arrête là. J'ai eu ma dose. Ces débordements fielleux sont écœurants.

— Ouah ! s'exclame Leo. C'est vraiment ignoble !

Je poursuis ma lecture.

Révélateur, n'est-ce pas ? Qu'avons-nous donc en magasin ? Petit inventaire : sexe et viol, misogynie rampante. Mélangez le tout et qu'est-ce que ça nous donne ?

Un environnement propice à la rencontre des esprits. D'esprits comme le mien, agent Barrett.

Il en existe beaucoup d'infantiles et peu dignes d'intérêt. Mais si on se donne la peine de chercher, comme moi, de fouiller, fouiner, inciter, persuader... on en trouve quelques-uns qui sont prêts à tenter le grand saut. Tout ce qui leur manque, d'habitude, c'est un peu d'encouragement. Un mentor, si vous préférez.

Mon estomac se révulse. Je crois deviner où il veut en venir.

Je crois que j'en ai assez dit pour que vous sachiez de quoi il retourne. Passons aux illustrations, si vous voulez bien. Vous avez sans doute déjà aperçu les photos. Regardez-les bien maintenant.

Je m'exécute. Je distingue cinq femmes différentes au total. J'examine les clichés de plus près et je demande à Alan :

— Qu'en penses-tu ? Le lit et la chaise te semblent être les mêmes sur toutes les photos ?

Il me prend les planches, scrute les images.

— Oui. – Il plisse les yeux et dépose les feuillets l'un à côté de l'autre sur le bureau. – Regarde ça.

Je vois une tache sur le corps de la femme.

— Et là, dit-il en désignant un autre cliché.

La même tache.

— Merde, commente Leo. Plusieurs femmes différentes, toujours le même type.

— Mais ce n'est pas Jack, remarque James, sortant de son silence. Ce n'est pas lui. Mais peut-être son acolyte.

Silence. Je reprends la lettre.

Vous êtes futée, agent Barrett. Maintenant que vous avez bien inspecté les photos, vous avez sûrement constaté que toutes ces demoiselles apparaissent dans le même décor. La raison en est simple : elles ont toutes été tuées par le même homme.

Je lâche un juron. Je m'en doutais, mais il me le confirme. Ces jeunes femmes sont déjà mortes.

Peut-être êtes-vous déjà arrivés à la conclusion, vos collègues et vous, que je ne suis pas le tueur de ces dames. Si c'est le cas, je veux être le premier à vous complimenter.

J'ai déniché le jeune homme talentueux qui a pris ces photos dans les immensités sauvages de ce qu'il est convenu d'appeler la « toile » ou le « réseau ». J'ai été sensible à ses aspirations et à ses phobies. Il ne lui a pas fallu longtemps pour accepter de se lancer dans la grande aventure. Renoncer à ses dernières velléités de lumière pour embrasser les ténèbres.

Vous vous dites que je bluffe ? Passez donc le CD que j'ai glissé dans l'enveloppe et, quand vous l'aurez visionné, vous pourrez appeler l'agent Jenkins de la section new-yorkaise de votre FBI. Demandez-lui de vous parler de Ronnie Barnes.

Au fait, au cas où vous nourririez l'espoir que ce M. Barnes vous fournira la piste que vous attendiez, j'ai le regret de vous dire que ce monsieur n'est plus de ce monde. Regardez le CD. Vous comprendrez.

Revenons-en à l'essentiel avant de mettre un terme provisoire à cette missive. L'essentiel est toujours le même : traquez-moi. Traquez-moi sans relâche et rappelez-vous ceci : Ronnie Barnes n'est qu'un représentant de la multitude de ceux qu'animent ces tendances extrêmes. Quant à moi, je m'emploie toujours à susciter ces rencontres d'esprits frères.

Salut de l'enfer,

Jack Junior

— Seigneur ! soupire Alan.

— Intéressant, murmure James. C'est une sorte de virus informatique vivant. C'est ce qu'il explique. Qu'il est capable de créer des répliques.

— Oui, concède Leo. Et il nous met la pression en nous laissant entendre que rien ne l'empêchera d'accélérer la cadence tant qu'on ne l'aura pas arrêté.

Je suis trop fatiguée et révoltée pour répondre. Je tends le CD à Leo.

— Mets-le.

Nous nous rassemblons derrière lui pendant qu'il installe le disque dans le lecteur et le lance. Nous regardons s'afficher une icône de fichier vidéo, avec une impression de déjà-vu. Leo lève les yeux vers moi.

— Vas-y.

Un double clic et le film démarre. Nous voyons une femme, attachée à une chaise. Elle est complètement nue cette fois et son visage n'est pas couvert. Elle est brune. Une jolie fille d'une vingtaine d'années. Elle est terrorisée, folle de peur.

Un homme s'approche d'elle. Il est tout sourire, nu lui aussi. Je remarque avec un haut-le-cœur qu'il est en érection. Chauffé par la terreur qu'il inspire. Je suppose qu'il s'agit de Ronnie Barnes.

— Il a l'air complètement taré, note Oldfield.

Pas très charitable, mais juste. Barnes a un visage poupin d'adolescent attardé, un corps malingre et de grosses lunettes à verres épais. Le genre à s'attirer les sarcasmes des tapineuses. Il doit se branler en pensant à elles tout en les détestant à cause de leurs railleries. Ils les méprisent d'autant plus qu'elles sont désirables et se méprise de les désirer. Je vois tout cela, non pas à son air de gosse mal poussé, mais au couteau qu'il brandit et à la jouissance qu'il en retire.

Son regard se porte vers un point situé hors champ et il demande :

— J'y vais maintenant ? – On n'entend pas la réponse, mais il se frotte les mains avec satisfaction. – Super.

— À qui parle-t-il ? demande Alan.

— Deux possibilités, lui dis-je.

Barnes se penche en avant, comme pour prendre son élan. Le geste qui suit est tellement brusque et violent que nous sursautons tous.

— Sale pute ! s'écrie-t-il.

Lève le couteau et l'abat avec toute la force dont il est capable. La lame s'enfonce jusqu'au manche. Il l'arrache plus qu'il ne le retire, avec une rage bestiale. Le lève à nouveau et recommence.

Il y met toute son énergie, bande tous ses muscles, le cou tendu dans l'effort.

Encore.

Il n'a pas la froideur méthodique d'un Jack Junior. C'est un défoulement de dément.

Encore.

— Salope !

Il ne s'arrête plus de crier.

— Le fumier ! bredouille Leo en se précipitant vers une poubelle pour vomir.

Aucun de nous ne songe à lui en vouloir.

L'explosion de violence s'achève presque aussi vite qu'elle a commencé. La femme est allongée sur le dos. Elle n'a plus grand-chose d'humain. Barnes est agenouillé, incliné en arrière, bras écartés, paupières closes, couvert de sueur et de sang. Haletant de volupté. Le sexe maintenant au repos.

Il rouvre les yeux et considère son compagnon invisible avec une sorte de vénération.

— Je le dis maintenant ? – Il se tourne vers la caméra, regarde l'objectif bien en face. Affiche un sourire bizarre, anormal. – Rien que pour toi, Smoky.

— Oh ! non... gémit Leo.

Je ne dis rien. Je me barricade dans l'impassibilité. Et je continue à regarder.

Barnes parle toujours à son interlocuteur caché.

— Je m'en suis bien tiré ? C'était ce que vous vouliez ? – Soudain, son expression change. Elle bascule de l'étonnement à la peur. – Qu'est-ce que vous faites ?

Quand le coup de feu éclate et lui explose la tête, je bondis involontairement en renversant ma chaise.

— Merde ! s'écrie Alan, sidéré.

Je me penche et j'agrippe les bords du bureau. Mes bras tremblent. Je sais ce qui va suivre. C'est couru. Il ne peut pas rater une si belle occasion. Mon attente n'est pas déçue. La tête cagoulée surgit devant l'objectif, il lève le pouce à notre intention.

La vidéo est finie.

Nous restons tous silencieux, sous le choc. Leo s'essuie la bouche. Le sergent Oldfield a posé la main sur son arme dans un geste réflexe.

J'ai l'esprit vide, dévasté. Un désert balayé par des vents mauvais.

Je me ressaisis au sens presque littéral du terme. La voix qui sort de ma gorge est chauffée à blanc. Elle gronde et fulmine.

— Au travail.

Ils me regardent comme si je venais de proférer une insanité.

— Allez ! Rassemblez vos esprits, les cocos. Ce n'est qu'une diversion de plus. Il joue avec nos nerfs. Reprenez-vous et retournez bosser. Moi, j'appelle l'agent Jenkins.

Je parle d'un ton ferme, mais je suis encore ébranlée.

Il leur faut une grande minute pour enregistrer mes paroles. Ils se mettent en mouvement. Je saisis le téléphone, contacte le standard et demande qu'on me mette en relation avec le quartier général du FBI à New York, en automatique. J'ai la tête qui tourne. Quand le bureau répond, je demande à parler à l'agent Jenkins. Surprise, surprise, il appartient aussi au CASMIRC, la section des meurtres en série.

Le téléphone sonne, puis décroche.

— Agent spécial Bob Jenkins.

— Bonjour Bob. Je suis Smoky Barrett, du CASMIRC de Los Angeles.

Le ton bon enfant de ma voix m'étonne moi-même. Salut, comment va, je viens d'assister à une éviscération, et vous, quoi de neuf ?

— Bonjour, agent Barrett, je sais qui vous êtes. – Il dissimule mal sa curiosité. Je serais aussi intriguée si j'étais à sa place. – Qu'est-ce qui vous amène ?

Je m'assieds. Respire. Mon rythme cardiaque commence à s'apaiser.

— Que pouvez-vous me dire au sujet de Ronnie Barnes ?

— Barnes ? – Il a l'air surpris. – Oh, là, là, ça date ! Ça remonte à six mois au moins. Il a tué et mutilé cinq femmes. Et quand je dis mutilé, c'est mutilé. Pour être honnête, ça a été vite bouclé en ce qui nous concerne. Un voisin a remarqué l'odeur et nous a alertés. Les flics ont débarqué dans son appartement, y ont trouvé une de ses victimes et lui, avec une balle qu'il s'était lui-même tirée dans la tête. Affaire classée.

— J'ai du nouveau pour vous, Bob. Ce n'est pas lui qui s'est tiré une balle dans la tête.

— Dites-moi tout.

Je lui résume l'histoire de Jack Junior et du colis que nous avons reçu. La vidéo. Quand je termine, il reste un moment silencieux.

— Je crois que je fais ce boulot depuis aussi longtemps que vous, Smoky. Vous avez déjà rencontré une affaire analogue ?

— Non.

— Moi non plus. – Il soupire. Un soupir dont je crois reconnaître la nature. La constatation que les monstres sont en constante mutation et évoluent toujours vers le pire. – Qu'est-ce que je peux faire ?

— Pouvez-vous m'envoyer une copie du dossier Barnes ? Je n'y trouverai sans doute rien. Mon bonhomme est extrêmement prudent. Mais on ne sait jamais...

— Pas de problème. Autre chose ?

— Juste une question. Simple curiosité. Quand Barnes est-il mort ?

— Attendez. – Je l'entends taper sur un clavier. – Voyons... le corps a été découvert le 21 novembre. En tenant compte de l'état de décomposition et d'autres facteurs, le légiste a estimé que la mort remontait au 19.

J'en ai le souffle coupé. Je manque de lâcher le téléphone.

— Agent Barrett ? Vous êtes là ?

— Oui. Merci de votre aide, Bob. J'attends le dossier.

Ma voix me semble lointaine et mécanique. Il ne remarque rien apparemment.

— Je vous l'expédie demain.

Nous raccrochons. Je regarde fixement le téléphone.

Le 19 novembre.

Je n'arrive pas à y croire.

Pendant que Ronnie Barnes massacrait cette pauvre fille, Joseph Sands massacrait ma vie. Au même moment. Pas le même jour à un an ou dix ans d'intervalle. Le même jour exactement.

Était-ce une coïncidence ? Ou y avait-il là un sens caché qui m'échappait ?

34.

Le reste de la journée s'était déroulé comme dans un rêve. Callie était revenue. Marilyn allait bien. Le sergent Oldfield m'avait assurée avant de partir qu'il ne laisserait jamais Jack Junior faire à Marilyn ce que Barnes avait fait à sa victime sur la vidéo. Tout était prêt pour l'arrivée du colis de Jack Junior le lendemain. Nous continuions à vaquer à nos occupations.

Néanmoins, le soir, en roulant vers la maison d'Alan et Elaina, je ne cesse de penser à la coïncidence des dates et je me sens vulnérable. J'ai la sensation de subir une distorsion du temps. Depuis que je sais qu'au moment où Ronnie Barnes souriait à la caméra, moi, je hurlais et Matt agonisait. Qu'au moment où il plantait son couteau dans le corps de cette pauvre femme, Joseph Sands me tailladait le visage avec le sien.

En fait, Jack Junior était peut-être déjà à l'œuvre depuis longtemps.

Et il savait tout de moi.

C'est sans doute ce qui me perturbe le plus. Depuis combien de temps s'intéresse-t-il à moi ? Sera-t-il l'émule de Joseph Sands ?

J'ai peur. Je l'admets. Je suis terrorisée.

— Va te faire foutre !

Je crie en tapant sur mon volant avec une telle force que je ne sens plus ma main. Je tremble comme une feuille.

— Ça va mieux, dis-je à voix haute en réprimant un dernier frisson. Accroche-toi à ça.

À la fureur dont j'entretiens le bouillonnement, à cette rage féroce que je voue à Jack Junior pour avoir fait naître cette peur.

La colère ne suffit pas à dissiper mes craintes. Mais elle m'aide à tenir.

35.

Quand Alan et Elaina m'ont proposé de rester dîner, je les ai pris au mot. J'avais besoin de passer une soirée normale et Elaina a comblé mon attente. Elle allait mieux. Elle était redevenue elle-même. Elle m'a fait rire plusieurs fois et, surtout, elle a arraché plus d'un sourire à Bonnie. De toute évidence, Bonnie était séduite. Je comprenais ce qu'elle ressentait.

Elaina prépare Bonnie pour que je la ramène avec moi. Alan et moi attendons dans le salon, dans un silence amical.

— Elle a l'air de se remettre.

Il confirme.

— Elle va mieux. En grande partie grâce à Bonnie.

— Je suis contente.

Bonnie entre dans le salon, mettant un terme à notre échange. Elaina la suit.

— Tu es prête ? lui demandé-je.

Elle me sourit et hoche la tête. Je me lève, serre Alan dans mes bras, embrasse Elaina sur la joue.

— Alan t'a dit qu'on commence tôt demain matin ?

— Oui.

— Ça va si je te dépose Bonnie à sept heures ?

Elle se penche pour ébouriffer les cheveux de Bonnie. Bonnie pose sur elle un regard d'adoration.

— Bien sûr. – Elle s'agenouille. – Viens m'embrasser, mon trésor.

Elles s'étreignent, s'échangent des sourires. Nous partons.

— Va te coucher, ma chérie, dis-je à Bonnie en arrivant. Je te rejoins dans une minute.

Elle m'adresse son hochement de tête et s'engage dans l'escalier. Mon téléphone sonne.

— C'est Leo.

— Qu'y a-t-il ?

— Alan et moi avons obtenu le mandat pour la liste des abonnés d'Annie King. Pas eu le temps de vous le dire tout à l'heure. J'ai contacté la boîte. Ils se sont montrés coopérants.

— Tu l'as ?

— J'ai passé les dernières heures à l'examiner. J'ai trouvé quelque chose.

— Je t'écoute, lui dis-je, pleine d'espoir.

— Votre amie avait un nombre d'abonnés impressionnant. Pas loin d'un millier. J'ai pensé qu'il pourrait être intéressant de régler les paramètres de recherche de façon à isoler les noms ayant un rapport quelconque avec l'histoire de Jack l'Éventreur. En entrant des mots comme Londres, enfer, ce genre de choses.

— Et ?

— Je suis tout de suite tombé sur Frederic Abberline. C'est le nom de l'inspecteur qui a tenté de démasquer notre vieux copain Jack à l'époque. Le plus connu en tout cas.

— Pourquoi tu ne m'as pas appelée tout de suite ?

— Parce que je n'ai pas encore fini. Je ne sais pas ce que vous en pensez. Mais c'est trop simple. Ils ne nous lâcheraient pas leur adresse aussi facilement que ça. J'ai quand même vérifié. C'est une boîte postale.

— Zut.

— C'est tout de même une piste. Je la suis aussi par un autre biais. Quand on s'inscrit en payant avec une carte de crédit, le numéro IP est enregistré.

— C'est quoi ça ?

— Tout ce qui existe sur le Web, que ce soit une adresse « point com » ou votre connexion perso, possède un numéro. C'est le numéro IP, pour « Internet Protocol ». Quand vous surfez sur la toile, vous avez une identité, correspondant à votre numéro IP.

— Donc, quand on paye avec une carte, ce numéro est enregistré.

— Voilà.

— Et où est-ce que c'est censé nous mener ?

— C'est là que ça devient compliqué. Les numéros IP peuvent être reliés à votre connexion Internet de deux manières. L'une nous arrange, l'autre beaucoup moins. Les numéros IP appartiennent au fournisseur d'accès. Dans la plupart des cas, on vous attribue un numéro IP différent à chaque connexion. Pas de suivi.

— Ça, c'est la solution qui ne nous arrange pas.

— Exactement. L'autre solution, c'est l'attribution continue. Le fournisseur d'accès vous attribue un IP qui reste toujours le même. C'est beaucoup mieux pour nous si c'est le cas de notre homme. Parce que ce numéro permet de remonter jusqu'à une personne.

— Ouais, dis-je d'un ton pensif. Je me trompe peut-être, mais je pense qu'il est trop malin pour ça.

— Probablement, reconnaît Leo. Mais peut-être pas. De toute façon, c'est un indice utile. Le fournisseur d'accès doit avoir des registres qui indiquent quand les IP ont été en fonction. À partir de là, on peut situer globalement l'origine. Peut-être même identifier un lieu précis.

— C'est bien, Leo. Bon boulot. Je veux que tu continues à exploiter à fond ce filon.

— Certainement.

Je le crois. J'entends vibrer l'excitation dans sa voix. À mon avis, il ne dormira pas cette nuit. Il a senti l'odeur du sang, la drogue irrésistible des chasseurs.

Je vais retrouver mon lit, Bonnie et le sommeil.

Je fais un rêve. Un rêve étrange, sans rapport avec les autres. Cette fois, il s'agit d'un souvenir authentique.

« Tu as l'âme comme un diamant... »

Une phrase que Matt m'a dite un jour, dans un accès de colère. J'étais embarquée dans une affaire qui me prenait tout mon temps depuis trois ou quatre mois. Je ne voyais presque pas Matt et Alexa. Il l'avait supporté pendant trois mois et m'avait même soutenue en ne se plaignant jamais. Un soir, en rentrant, je l'ai trouvé assis dans le noir.

— Ça ne peut pas continuer, a-t-il déclaré d'un ton venimeux.

J'étais ahurie. Je pensais que tout allait bien. Mais Matt était ainsi. Il encaissait les contrariétés avec stoïcisme, jusqu'au moment où la marmite débordait et où il explosait soudainement. C'était toujours dramatique, parce que cela arrivait toujours comme ce jour-là, sans signe avant-coureur de l'orage imminent.

— De quoi parles-tu ?

Il s'exprimait d'une voix sèche, vibrante de rage.

— De quoi je parle ? Enfin, Smoky ! Je parle de ton absence. Un mois, ça va. Deux mois, c'est beaucoup, mais, bon. Trois mois... c'est trop ! J'en ai marre. Tu n'es jamais là et, quand tu es là, tu ne communiques pas avec nous. Tu es de mauvaise humeur, irritable. Voilà de quoi je parle.

J'ai toujours mal réagi aux attaques frontales. Dans mes moments de mauvaise foi, j'attribue ce trait à mes ascendances irlandaises, alors qu'en réalité ma mère était un modèle de patience. Non, cette caractéristique n'appartient qu'à moi. Si on me pousse dans mes retranchements, je n'ai plus aucune notion du bien et du mal. Tout ce qui m'importe, c'est de trouver la sortie et tous les moyens sont bons, même les coups bas. Matt avait ses torts : c'en était un de laisser mijoter sa colère. Un défaut qui s'accommodait mal du mien, de ma tendance à riposter sans souci des conséquences quand je me trouvais acculée. Cette antinomie n'a jamais pu se régler. C'était une des imperfections qui entachaient notre relation. Elle me manque.

Matt me mettait dos au mur, sans échappatoire. J'ai donc répliqué comme toujours dans ces cas-là : en frappant là où ça fait mal.

— Je dois donc dire aux parents de ces petites filles que je n'ai pas le temps de rechercher leur tortionnaire, c'est ça ? D'accord, Matt, je vais respecter les horaires, neuf heures/midi, deux heures/six heures. Mais la prochaine fois qu'une petite fille se fait massacrer, tu regarderas les photos et tu iras parler aux parents pour leur expliquer qu'il faut ménager ta vie familiale.

C'était un discours froid, cruel, et parfaitement injuste. C'est le métier que j'exerce qui est cruel, m'étais-je dit dans l'aveuglement de ma fureur et, à cet instant, je lui en voulais de ne pas le comprendre. Si je rentre chez moi pour dorloter ma famille, je laisse un assassin courir les rues. Si je me consacre à la poursuite du meurtrier, je délaisse ma famille qui m'en veut. C'est un équilibre difficile à tenir, toujours stressant. Matt est devenu écarlate et a grommelé :

— Tu fais chier, Smoky. Tu as l'âme comme un diamant.

— Qu'est-ce que c'est censé vouloir dire ? ai-je demandé avec exaspération.

Il m'a répondu d'un ton brusque :

— Ça veut dire que tu as une belle âme, Smoky. Belle comme un diamant. Mais parfois aussi dure.

Ces mots m'ont tellement heurtée que ma colère s'est évanouie aussitôt. Ce n'était pas le genre de Matt d'asséner des vacheries. C'était plutôt ma spécialité. J'ai trouvé que le coup était rude. Et senti poindre une inquiétude : et s'il avait raison ? Je me souviens d'être restée bouche bée. Il m'a regardée avec une expression où se devinait déjà un soupçon de regret.

— Fait chier, a-t-il conclu en se lançant dans l'escalier, me laissant seule et désolée dans l'obscurité de notre salon.

Naturellement, nous nous sommes réconciliés. Nous avons surmonté ce conflit. C'est le propre de l'amour. J'ai fini par le comprendre, le ressentir tout au fond de moi. L'amour n'est pas affaire de romantisme ou de passion. L'amour est un état de grâce. On l'atteint quand on accepte l'autre dans toute la vérité de sa personne, avec sa face noire et sa face divine, quand l'autre accepte aussi ces deux aspects chez nous et qu'on souhaite malgré tout partager la vie l'un de l'autre. Connaître la part d'ombre de l'autre et quand même vouloir être avec lui. Et savoir que c'est réciproque.

On y trouve une sensation de pouvoir et de sécurité. Quand on en est là, l'exubérance du sentiment ou de la passion est plus qu'un éblouissement. Elle est inaltérable et éternelle.

Éternelle tant qu'on est en vie.

Je ne me réveille pas en hurlant. Je me réveille tout simplement. Mes joues sont humides de larmes. Je les laisse sécher, me concentre sur ma respiration jusqu'à ce que je me rendorme.

36.

Ils ont tous l'air dans le même état que moi. Leo, pire encore.

— Tu n'es pas rentré chez toi ? – Il marmonne en me jetant un regard fatigué. – Tant pis pour toi. Écoutez. – Je m'adresse à l'équipe entière. – Callie et Alan, vous venez avec moi sur le parking. Leo et James, vous continuez ce que vous avez commencé.

Ils hochent la tête en guise de réponse.

— Allons-y.

Le démineur nous présente son insigne.

— Reggie Gantz.

Il approche la trentaine. Il a l'air blasé et le regard franc.

— Agent spécial Barrett. Montrez-moi votre matos.

Il m'entraîne vers la camionnette du service de déminage et ouvre le hayon arrière. Il s'empare d'un ordinateur portable et d'un appareil qui ressemble à une grosse caméra de cinéma.

— D'abord, ceci. C'est une machine à rayons X portable. Elle affiche le contenu du colis sur l'écran de l'ordinateur. Puisque vous nous dites qu'il sera livré par une tierce personne, nous n'avons pas à craindre d'explosion déclenchée par le mouvement. L'expéditeur ne veut sûrement pas que son engin éclate avant d'être arrivé.

— Ça paraît logique.

— Donc ça supportera les rayons X. Ensuite, j'utilise le renifleur. Je frotte le paquet avec des linges de coton. Je les mets dans le renifleur qui détecte d'éventuelles particules latentes par spectrométrie. Avec ces deux systèmes, nous devrions savoir avec certitude s'il s'agit ou non d'une bombe.

J'approuve d'un signe.

— Nous ne savons pas quand il arrivera. Vous allez donc devoir attendre.

Il esquisse un salut et va s'asseoir à l'avant du van sans ajouter un mot. Genre laconique.

Je repasse le scénario dans ma tête. Quand le véhicule de livraison arrivera, nous retiendrons le chauffeur pour relever ses empreintes. Le colis sera examiné par Reggie et dès qu'il donnera son feu vert, nous l'enverrons au labo. Là, on cherchera d'éventuelles empreintes et on prélèvera à l'aspirateur les moindres éléments présents. On prendra une série de photos. Alors seulement, le colis nous sera remis.

L'exhaustivité de la démarche constitue pour nous à la fois un avantage et un inconvénient. Ce qui ne prend que quelques minutes ou quelques heures au criminel peut nous demander des jours de manipulation. Nous sommes toujours plus lents. Pour la peine, nous trouvons tout ce que le criminel laisse derrière lui, jusqu'aux fragments microscopiques. Notre capacité actuelle à exploiter l'indice le plus infime est proprement sidérante. Il faudrait que les criminels revêtent des scaphandres de cosmonautes pour être sûrs de ne rien laisser échapper. Même ainsi, nous pourrions déduire qu'ils portaient des combinaisons spatiales.

Car même l'absence d'éléments est significative. Elle nous apprend que le meurtrier a au moins une connaissance globale des procédés de la police en général et de la police scientifique en particulier. Elle nous fournit des indications sur la méthode et la psychologie du tueur. Elle nous dit s'il est intelligent, posé, patient ou nerveux, passionné, dément. Les indices sont aussi parlants que le défaut d'indices.

— Hé, dit Alan en tendant la main. Je crois que le voilà.

Une camionnette de livraison s'approche. Elle ralentit devant le bâtiment et s'arrête. J'aperçois le conducteur, un jeune homme blond avec une barbiche un peu rouquine qui nous regarde d'un air vaguement inquiet. Je ne peux pas lui en vouloir. Il n'a sans doute pas l'habitude de tomber sur des comités d'accueil de gens à la mine grave, voire menaçante. Je vais vers lui et lui fais signe de baisser sa vitre.

— FBI, lui dis-je en lui montrant mon insigne. Vous avez un colis à livrer à cette adresse ?

— Euh, oui. Il est à l'arrière. Quel est le problème ?

— Ce colis est une pièce à conviction, monsieur. Monsieur... ?

— Ah ? Euh, Jedediah. Jedediah Patterson.

— Je vais vous demander de descendre du véhicule, monsieur Patterson. Ce colis nous est envoyé par un criminel que nous recherchons.

Il en reste bouche bée de surprise.

— Ah bon ?

— Oui. Nous allons prendre vos empreintes digitales. Voulez-vous bien descendre, s'il vous plaît ?

— Mes empreintes digitales ? Pourquoi ?

Je m'efforce de garder mon calme.

— Nous allons rechercher les empreintes présentes sur le paquet. Nous avons besoin de savoir quelles sont celles qui vous appartiennent à vous et non au criminel.

Tout s'éclaire.

— Ah... oui. Je comprends.

— Voulez-vous bien descendre de la camionnette ?

Ma patience est à bout. Peut-être s'en est-il rendu compte car il ouvre enfin la portière et sort.

— Merci, monsieur Patterson. Allez voir l'agent Washington. Il va relever vos empreintes. – Je lui désigne Alan. Jed Patterson lui adresse un regard méfiant. – N'ayez pas peur. Il est imposant, mais inoffensif pour les gens qui n'ont rien à se reprocher.

Il s'humecte les lèvres sans quitter des yeux notre malabar.

— Si vous le dites.

Il se dirige vers Alan qui l'emmène à l'intérieur.

Je peux enfin m'occuper du colis. Reggie Gantz est déjà là avec son matériel. Il a toujours son air blasé.

— On peut commencer ? demande-t-il.

— Allez-y.

Il ouvre les portes arrière de la camionnette. La chance est avec nous. Il n'y a que trois colis dans le coffre. Il repère immédiatement celui qui nous intéresse. Il m'est adressé personnellement.

Je le regarde allumer son ordinateur et activer la machine à rayons X. Un instant plus tard, nous contemplons le contenu du paquet sur l'écran du portable.

— On dirait un flacon... une lettre aussi... et un truc rond et plat. Peut-être un CD. Et c'est tout. Je vais lancer le renifleur. Pour vérifier que le liquide n'est pas dangereux.

— C'est possible ?

— Non. Tous les explosifs liquides sont instables. Le colis aurait sans doute déjà explosé pendant le trajet. Il hausse les épaules. Mais dans le déminage, on ne laisse jamais rien au hasard.

Je me réjouis de la présence de Reggie, mais je me dis qu'il faut être fou pour faire un métier pareil.

— Faites, dans ce cas.

Il prend un morceau de chiffon et le passe sur le colis. Puis il l'introduit dans l'appareil. Le spectromètre fait son office. Au bout d'un moment, il lève les yeux vers moi.

— Ça m'a l'air bon. À mon avis, vous pouvez ouvrir sans crainte.

— Merci, Reggie.

— Je vous en prie.

Il bâille et regagne sa voiture avec son barda. Je le suis du regard en secouant la tête. Il faut de tout pour faire un monde.

Je me retrouve devant le colis. Je peux le considérer tout à loisir. Il n'est pas très gros. Son volume correspond à son contenu : un récipient de la taille d'un pot de confiture, une lettre, un CD. Probablement un CD. Je meurs d'envie de regarder à l'intérieur.

Alan revient avec Jed Patterson qui a maintenant le bout des doigts noirs d'encre. Je fais signe à Alan.

— Rien à signaler. On va porter le colis au labo.

— Et on traîne pas ! renchérit Callie.

Ils trépignent d'impatience, tous autant qu'ils sont.

Le laboratoire est dirigé par Gene Sykes. Quand il nous voit franchir le seuil de sa porte, il adopte aussitôt un air résigné.

— Salut, Smoky. J'ai combien de temps cette fois ?

Je le gratifie d'un grand sourire.

— Allons, Gene. Tu ne vas pas me dire que tu es déjà en retard !

— Ouais, ouais. C'était pour hier, c'est bien ça ?

— Voilà.

Il soupire.

— De quoi s'agit-il ?

— D'un colis apporté par un service de livraison. Envoyé par notre bonhomme. Un technicien du service de déminage l'a examiné, ce qui veut dire qu'il a essuyé l'extérieur. Nous avons également relevé les empreintes du chauffeur pour les différencier.

— Vous savez ce qu'il y a dedans ?

— Le technicien l'a passé aux rayons X. Il contient apparemment un genre de flacon, une lettre et sans doute un CD. Mais nous ne sommes sûrs de rien tant que nous n'avons pas ouvert.

— Comment savez-vous que ça vient de votre zigue ?

— Il nous a prévenus.

— Trop aimable. – Il rumine un moment l'ensemble de ces informations. – Vous avez déjà eu l'occasion de traiter les lieux où un crime a été perpétré par cet individu ?

— Oui.

— Qu'est-ce que ça a donné ?

Je lui parle des empreintes découvertes sur les montants du lit d'Annie.

Il se gratte la tête tout en réfléchissant. Un peu submergé par la complexité du problème.

— Il faut que ce paquet soit passé au crible, Gene. Mais il faut faire vite, aussi vite que tu peux.

— Je comprends bien. Je vais le dépiauter couche par couche. La boîte d'un côté, le contenu de l'autre et je m'occuperai de chacun des éléments séparément. D'après vous, il est prudent. Je ne m'attends donc pas à trouver des empreintes visibles, ni moulées. Mais, parfois, ils nous étonnent.

Il existe trois types d'empreintes détectables sur les lieux d'un crime : les empreintes moulées, les empreintes visibles et les empreintes latentes.

Les deux premières sont nos préférées. Les empreintes moulées sont celles que le criminel laisse sur une substance malléable comme le mastic, la cire ou le savon. Les empreintes visibles sont celles qu'il laisse après avoir touché du sang par exemple. L'empreinte est alors visible à l'œil nu. Les plus fréquentes sont les empreintes latentes, cachées. Il faut véritablement les chercher et la technique permettant de les détecter tient souvent du grand art.

Gene est un artiste en la matière. S'il y a des traces latentes, il les décèlera.

— Il va sans dire que si c'est bien un CD qui se trouve dans ce colis, j'aurai besoin d'en connaître le contenu avant que tu fasses quoi que ce soit qui puisse l'endommager.

La détection des empreintes latentes nécessite souvent le recours à la chaleur ou à des produits chimiques qui peuvent abîmer un disque et le rendre illisible. Il me jette un regard froissé.

— Voyons, Smoky. Pour qui me prends-tu ?

— Désolée, lui dis-je avec un sourire contrit. – Je lui tends deux autres sachets de plastique contenant les derniers envois de Jack Junior. – Examine ces pièces après. Elles viennent du même client.

Il se renfrogne, et prend un ton sarcastique.

— Autre chose ?

— Tu pourras compter sur mon aide et sur mon expérience, mon chéri, glisse Callie.

Gene la fusille du regard.

— On est à la bourre, Gene. Il nous a avertis qu'il allait tuer encore.

Il se radoucit.

— Je m'y mets.

De retour dans le bureau, je trouve Alan au téléphone. Il parle avec animation. Il semble tout excité. Il tient le dossier d'Annie à la main.

— Il me faut confirmation, Jenny. Je veux être sûr à cent pour cent. D'accord. – Il attend en tapant du pied pour tromper son impatience. – Vraiment ? Bon. Parfait. – Il raccroche, bondit de sa chaise et vient vers moi. – Tu te souviens que je t'ai dit que quelque chose me tarabustait ?

— Oui.

— C'était l'inventaire des objets prélevés dans son appartement. – Il ouvre le dossier, le feuillette et me désigne un papier. – L'avis de passage d'une entreprise de lutte antiparasites qui a effectué une inspection de son appartement cinq jours avant sa mort.

— Et alors ?

— Alors... d'habitude, dans ce genre d'immeuble, la gérance prévoit un service de dératisation-désinsectisation pour l'ensemble de la copropriété.

— Ça ne prouve pas grand-chose. Mais continue.

— En effet, j'aurais pu ne pas y faire attention. Mais j'ai vu l'avis quand nous étions sur place et, depuis, il y avait quelque chose qui me turlupinait.

— Abrège, Alan.

— Pardon. C'était une note écrite sur l'avis. – Il prend un calepin sur sa table et lit : « Vapeurs célestes ». Ça veut rien dire. Et c'est signé « Moïse-Justin Ruerter ».

— Curieux, comme nom.

— Ce sont des anagrammes, c'est ça ? interroge James.

Surpris, Alan le dévisage.

— C'est ça. Comment le sais-tu... ? peu importe. – Il se retourne vers moi et me montre son calepin. – Tu vois « Vapeurs célestes ». Tu changes les lettres de place et ça te donne : « Crève sale pute. »

Mon estomac se noue.

— Et « Moïse-Justin Ruerter », tu mélanges les lettres et tu obtiens : « Je suis ton meurtrier. »

Il me colle son carnet sous le nez.

— L'ultime affront, murmure James. Il lui jette à la figure qu'elle va mourir et que c'est lui qui va s'en charger. Et elle ne s'est doutée de rien.

J'aurais dû bouillir de colère à cette idée. Je constate qu'il n'en est rien. Je deviens imperméable à leur perfidie.

— C'est du bon boulot, dis-je à Alan.

Il hausse les épaules.

— J'ai toujours eu un don pour les anagrammes. Et pour traquer les petits détails crispants.

— Ouais, ouais, ouais, tu es extraordinaire, marmonne James. Mais la question est : quel enseignement et quel usage en tirer ?

— Eh bien, à toi de me le dire, connard.

L'injure laisse James de marbre. Il hoche la tête, plongé dans sa réflexion.

— Je ne crois pas qu'il soit allé chez elle pour la narguer. Je pense plutôt qu'il y est allé pour repérer les lieux. Se faire une idée précise de la topographie.

— Ou pour vérifier certaines choses. Il était peut-être déjà venu et voulait s'assurer que rien n'avait changé, dis-je.

— Une mission de reconnaissance, résume Alan. Ce serait logique, vu les bonshommes. Ils sont malins, avisés. Organisateurs.

— Peut-être que cela fait partie de leur mode opératoire. – Je sens l'excitation me gagner. – Si nous avions un début d'indice sur l'identité de sa prochaine victime, un truc, n'importe quoi, nous pourrions choper celui qui fera office d'éclaireur. – J'apostrophe Leo. – Tu en es où de tes recherches ?

Il répond par une grimace.

— Les nouvelles ne sont pas bonnes, hélas. L'adresse IP n'était pas constante. Nous avons pu localiser l'origine des connexions, mais ça ne nous a pas avancés.

— Pourquoi ça ?

— Il s'est connecté depuis un cybercafé. Imaginez un café dans lequel vous avez la possibilité de naviguer sur Internet. En tout anonymat.

— Merde. Autre chose ? Rien ?

— Non, rien.

— Bon, mettez-moi le turbo et faites marcher à fond vos méninges.

Le téléphone sonne. Alan répond, dit quelques mots, raccroche.

— Ils ont fini au labo. Ils t'attendent.

Je descends quatre étages par l'ascenseur. Quand j'arrive au labo, Callie est en train d'écouter, bouche bée, un Gene très disert.

— Fais gaffe, dis-je à Callie. Il va t'user les oreilles.

Gene se tourne vers moi.

— J'expliquais à l'agent Thorne les derniers progrès réalisés dans le domaine de l'identification de l'ADN mitochondrial.

— C'est grisant, commente Callie de sa voix la plus sèche.

— Oh, je t'en prie, proteste Gene. Arrête de faire ta nulle. Tu étais une de mes meilleures élèves.

Elle rigole et m'adresse un clin d'œil. Je lève ma tasse de café à leur santé.

— J'ai toujours chanté tes louanges, Gene. Qu'as-tu pour moi ?

Il glisse à Callie un dernier regard sévère. Elle lui tire la langue. Il se tourne vers moi avec un gros soupir.

— Pas d'éléments matériels à proprement parler. J'entends par là que je n'ai trouvé ni empreintes digitales, ni fibres, ni poils, ni fragments épidermiques, rien de tel. En revanche, je suis tombé sur quelque chose de très intéressant. Quelque chose qui nous en dit long sur notre client et que lui-même ignore.

Me voilà intriguée.

— Comment ça ?

— Chaque chose en son temps, Smoky. Pour comprendre, il faut que tu commences par lire la lettre. – Il me la passe. – Vas-y.

Je n'aime pas les gens qui font des mystères. Mais Gene est un des meilleurs spécialistes de police scientifique du pays. Et Callie m'encourage du regard.

— Ça vaut le détour, ma chérie.

Je me penche donc sur la lettre.

Bonjour, agent Barrett !

Je brûle de savoir si vous avez apprécié l'histoire de Ronnie Barnes. Pas très malin comme garçon, mais parfait pour ma démonstration. Je sais que vous vous interrogez. Combien d'autres Ronnie ai-je sous la main ? Je trouve beaucoup plus amusant de vous laisser vous poser la question.

Au fait, je vous ai vue entrer au centre de tir à votre retour de San Francisco. J'étais ravi ! C'est gratifiant de voir un plan se concrétiser avec une telle perfection. Mon adversaire est maintenant armé et pleinement opérationnel. De quoi faire chanter mon sang dans mes veines. Éprouvez-vous la même chose ? Cet emballement du cœur ? Cette exaltation des sens ?

— Il te suit, ma chérie.

— Oui. Il va falloir en tenir compte.

Vous avez changé, agent Barrett. Vous êtes plus dangereuse. Vous ne cachez plus les cicatrices qui vous faisaient honte.

Tant mieux pour vous. Et pour moi. Maintenant, finies les escarmouches. La partie va devenir vraiment intéressante.

J'ai joint à cette lettre deux choses pour vous. L'une des deux, le contenu du bocal, mérite quelques explications.

Parlons d'Annie Chapman. Aussi appelée Annie la sombre. Ce nom vous dit quelque chose, agent Barrett ? Il devrait. Elle a été la deuxième victime de mon aïeul.

Pauvre, pauvre Annie Chapman. Elle n'avait pas toujours été une putain immonde. Vous le saviez ? Elle a attendu que son mari meure pour se coucher et se vendre au premier venu. C'est d'autant plus ignoble. En la tuant, mon ancêtre crevait l'un des abcès purulents de la société.

C'est la deuxième qu'il a tuée, mais la première dont il a emporté un souvenir. Il a prélevé l'utérus, la partie supérieure du vagin et deux tiers de la face postérieure de la vessie.

Naturellement, on a échafaudé toutes sortes de théories à ce sujet. Et, naturellement, elles étaient toutes fausses. Personne n'était en mesure de comprendre le dessein de mon aïeul. Je vais vous le dévoiler.

Jack savait qu'il appartenait à une lignée d'exception. Issue des antiques prédateurs. Les premiers chasseurs. Bien au-dessus du bétail humain. Il avait conscience qu'il était de son devoir de transmettre son savoir et son pouvoir aux générations à venir, de leur faire connaître notre mission sacrée.

Il a donc gardé un certain nombre de souvenirs. Il a enlevé les organes des prostituées et les a conservés. Il a décidé de les léguer aux générations suivantes en mémoire de ce qu'il avait entrepris.

Je vous ai dit que je vous fournirais des preuves de mes affirmations. Je suis un homme de parole. Je vous remets l'un de ces dépôts sacrés. L'utérus d'Annie Chapman.

Stupéfiant, non ? Faites vos tests. Vous aurez alors plus de mal à dormir la nuit. Car vous saurez qu'un descendant du Fils des ténèbres[1] *est à l'œuvre.*

1. « Fils des ténèbres » est la traduction de *Shadowman* (*N.d.E.*).

— Gene, c'est vrai ce qu'il dit ? C'est un utérus humain qui est enfermé dans ce flacon ?

Il sourit. D'un air énigmatique.

— Je t'expliquerai. Lis jusqu'au bout.

Le Fils des ténèbres. Il n'en existe qu'un qui soit authentique, même si vous avez rencontré nombre de postulants, n'est-il pas vrai, agent Barrett ? Des gens qui vivent dans les ténèbres, tuent dans les ténèbres. Mon ancêtre était né des ténèbres. Il en était l'héritier.

Il vénérait les ténèbres et les ténèbres... elles, le lui rendaient bien. Il était leur fils le plus accompli.

Mais je m'égare.

Je vous envoie un autre CD. Je poursuis la mission initiée par mon aïeul. J'ai débarrassé la terre d'une autre putain, crevé un nouvel abcès.

— Bon sang !

— *Profitez-en bien. Je suis très fier de ma performance.*

Ce sera tout pour le moment. Soyez tranquille, nous restons en contact. Peut-être plus intimement à l'avenir. Une semaine. Tic tac tic tac tic tac.

Salut de l'enfer.

Jack Junior.

Je pose la lettre et me tourne vers Gene.

— Crache le morceau.

— Après avoir lu la lettre, dit-il en se frottant les mains, je me suis d'abord intéressé au flacon, évidemment. J'ai effectué quelques tests rudimentaires et c'est là que j'ai découvert le pot aux roses.

— À savoir ?

Il marque un temps pour ménager son effet.

— Il n'y a aucun tissu humain dans ce récipient, Smoky. À mon avis, l'organe est d'origine bovine.

La surprise me laisse un moment sans voix.

— Ah ben ça alors !

— Eh oui. Notre lascar croit détenir une relique héritée de Jack l'Éventreur. Pas du tout. Il ne possède qu'un bout de viande de vache. Il vit sur un système de croyances bâties sur un mensonge, et il l'ignore.

Mon esprit travaille à plein régime.

— Tout ça, c'est des salades. Des salades qu'on lui a fait avaler. Il ne descend pas de Jack l'Éventreur. C'est...

— Un meurtrier parmi d'autres, complète Callie. – Elle hausse les sourcils. – Pas mal, hein ? Nous ne disposons pas d'éléments matériels qui puissent nous permettre de les identifier. Mais ça, c'est un indice très révélateur.

— Bien, superboulot. Tu peux me consigner tout ça par écrit et me pondre un rapport ?

— Certainement. Je l'aurai terminé ce soir.

— Génial. Allons mettre les autres au courant, dis-je à Callie.

Nous nous dirigeons vers la porte.

— Ah... agent Barrett.

Je me retourne. Gene me tend l'objet au bout de sa main gantée.

Et merde.

Dans l'euphorie du moment, je l'avais oublié. Le CD. Mon optimisme en prend un coup. Il va falloir assister à un autre meurtre.

37.

Nous sommes de retour dans le bureau.

— J'ai une bonne et une mauvaise nouvelle.

— Quelle est la bonne nouvelle ? demande Alan.

Je leur résume la teneur de la lettre et leur explique ce que Gene a trouvé dans le bocal. Leo et Alan ouvrent de grands yeux. James a le regard vague. J'entends presque les idées se bousculer dans sa tête.

— Ainsi, il aurait été endoctriné, récapitule-t-il. De deux choses l'une : soit ses maîtres croyaient à leur histoire, soit ils voulaient que lui, il y croit.

— Il a peut-être forgé ce mythe lui-même, remarque Leo. Pourquoi envisager forcément l'intervention d'une autre personne ?

— Parce que, pour imaginer un truc aussi fou, il lui aurait fallu arriver à un degré d'égarement qui n'est pas compatible avec son sens de l'organisation et son niveau de compétence. Si vous y réfléchissez.

Callie approuve.

— Je suis d'accord, mon chéri. Élaborer une construction pareille pour oublier ensuite qu'il en est l'inventeur... Je ne pense pas qu'il pourrait se montrer aussi efficace. Il vivrait trop dans le délire.

Je médite cette opinion.

— C'est une sacrée avancée. Un nouveau chaînon. Ce n'est plus lui seul que nous cherchons désormais, mais aussi la personne qui lui a insufflé cette croyance. Callie, parles-en au Dr Child. Appelle-le chez lui s'il n'est pas dans nos murs. Dis-lui que je veux le voir demain matin. Voilà un cas où le profilage peut nous être fort utile.

— OK.

— Il commence à dérailler. Il y a ça et les petites phrases laissant entendre qu'il me file.

Alan dresse l'oreille, épouvanté.

— Quoi ?

— C'est dans la lettre. Je suis allée dans un centre de tir à notre retour de San Francisco. Il dit qu'il m'a vue m'y rendre. Ce qui n'est pas très malin de sa part.

— Tu vas devoir être très, très prudente, ma chérie.

— Ne te bile pas, Callie. Je vais faire appel à un vieil ami. Un ancien des services secrets. Je vais lui demander de me suivre.

Elle acquiesce.

— S'il ne te lâche pas d'une semelle, il finira par repérer la personne qui te surveille.

— Absolument. Mon copain est un as. Il saura dénicher d'éventuels mouchards dans ma voiture. Je lui demanderai aussi de ratisser la maison. S'il trouve des micros, on les laissera en place. Nous saurons où ils sont planqués, mais lui, il ne saura pas que nous savons.

— Tu as remarqué que tu parles toujours de lui au singulier ? s'étonne Alan.

C'est vrai, je n'avais pas fait attention.

— C'est sans doute que je suis de plus en plus

persuadée qu'il y a une personnalité dominante. Un Jack Junior. L'autre est accessoire. J'en ai la conviction. Regarde Ronnie Barnes. Jack s'est servi de lui et l'a jeté. Il le dit dans sa lettre : il cherche d'autres tueurs pour faire des émules.

— Cela nous amène à nous poser la question au sujet du deuxième meurtrier d'Annie, intervient James. Est-il encore en vie ? Ou a-t-il fini comme Barnes ?

— Aucune certitude... mais je pense qu'il est toujours vivant.

— Je le crois aussi, renchérit Alan. Jack a amorcé quelque chose avec Annie, un projet qu'il concocte depuis un moment. Il n'a sûrement pas envie de changer son fusil d'épaule à mi-chemin ni de former un nouveau comparse.

Je jette un regard circulaire à mes coéquipiers.

— On progresse.

Alan me regarde fixement.

— Assez d'autosatisfaction. Quelle est la mauvaise nouvelle ?

Je brandis le CD.

— Il a aussi envoyé ça. Il a encore tué.

Le silence se fait dans le bureau. Leo se lève et tend la main pour prendre le disque.

— Alors finissons-en avec ce truc.

Je le lui donne.

— Vas-y.

Son ordinateur est allumé. Il glisse le CD dans le réceptacle. La vidéo démarre presque aussitôt.

Cela commence par un écran de petite taille, sur lequel se détachent des lettres sur un fond noir : « Mise à mort sous le parrainage de http://www.bruneimpudique.com ».

— Note l'adresse, dis-je à Leo.

Apparaît une femme qui se débat dans ses liens. Elle est attachée nue sur un lit, tout comme Annie. J'estime son âge à moins de vingt-cinq ans. Elle a un physique sans artifices. Je veux dire par là qu'elle ne s'est apparemment pas fait refaire la poitrine. Son corps a la fraîcheur de la jeunesse qui n'a pas encore subi les flétrissures de la maternité. Elle a de longs cheveux noirs épais. Encore une brune ; décidément notre homme les préfère. Ses yeux expriment ce qu'elle ressent. Panique, terreur, désespoir, portés au paroxysme.

Jack Junior entre dans le champ de la caméra, revêtu de la même tenue que celle qu'il portait pour le meurtre d'Annie. Il adresse un signe à la caméra et, là encore, j'ai l'impression qu'il sourit. Un sourire qui nous est destiné : il est enchanté de commettre un crime sur vidéo, devant nous, sans laisser entrevoir le moindre indice de son identité. Il disparaît. Un instant plus tard, une musique s'élève. À plein volume, presque assourdissante : *I wish they all could be California girls...*

Il se dirige vers la jeune femme et la considère en dodelinant de la tête. Puis il brandit son arme. Pas un couteau cette fois. Une batte de base-ball. Il se met à danser et à se dandiner en agitant la batte, sa perversité se réglant sur le rythme de la musique. Il fait mine de la balancer vers elle, pour l'effrayer encore plus. Elle a les yeux exorbités, le visage écarlate à cause des cris qu'elle pousse derrière son bâillon.

Soudain, comme dans la vidéo d'Annie, on entre dans le vif du sujet. Tout se déroule avec une violence délibérée. Rien de soigné ni de minutieux dans les gestes. Pour prendre son élan, il incline la batte loin derrière sa tête et, quand il l'abat, tout son corps accompagne le mouvement. Il ne s'agit pas seulement de briser des os mais de les réduire en miettes. Quand elle perd connaissance, il s'arrête pour la gifler jusqu'à ce qu'elle revienne à elle. Il la veut présente, consciente de ce qui lui arrive, réceptive à chaque instant.

Il dépose la batte et s'assied à califourchon sur elle. Il la viole. C'est brutal, mouvementé. Il veut achever de pulvériser ses os et lui infliger dans ce coït la pire souffrance qu'elle ait jamais connue. Là encore, chaque fois qu'elle s'évanouit, il la ranime. Lui impose le retour à l'interminable cauchemar.

Le viol est consommé. Le scalpel entre en jeu. Il le lui montre. La prend par le menton et l'oblige à le regarder, à saisir ce qu'il implique. Elle suit la lame des yeux, la fixe quand elle s'approche de son ventre. Et je vois la folie s'emparer d'elle quand il entreprend sa dissection, à vif. Je glisse un regard vers Leo. Il est vert, le visage figé dans une expression d'horreur. Mais il tient bon. Il s'est aguerri, blindé contre les réactions humiliantes.

Une fois la femme morte et son éviscération terminée, Jack Junior se redresse. Il la contemple longuement. Elle ressemble à quelqu'un à qui on aurait fait avaler une bombe, qu'on aurait fait exploser de l'intérieur. Il se tourne vers la caméra, lève le pouce à notre intention. Le film prend fin sur cette image.

— Ah ! tu te crois drôle. – Je bredouille de rage. – Rira bien qui rira le dernier, fumier !

Vaine promesse à la hauteur de mon impuissance.

Je sais bien qu'il ne sourit pas vraiment. Il ignore la vraie nature du sourire.

Tous les membres de l'équipe sont silencieux, occupés à digérer les images que nous venons de voir. À les trier mentalement. À en surmonter l'effet.

— Vérifie l'adresse de ce site, Leo. Tâchons de savoir qui était cette femme.

— J'y suis, répond-il tranquillement. – Un silence – Comment... comment peut-on faire ça ?

C'est une vraie question. Son regard plonge dans le mien, quémandant une réponse. Je réfléchis avant de tenter une explication en pesant mes mots.

— Ils aiment ça. C'est leur fantasme sexuel à eux. Ils ne peuvent s'en passer parce que c'est plus intense, plus impérieux que le besoin de drogue. Il y a toutes sortes de raisons pour qu'ils en soient arrivés là. Mais le principe de base, c'est qu'ils adorent ça. Passionnément. – J'interroge James : – Quelle est l'appellation que tu leur avais trouvée ?

— Carnivores sexuels.

— C'est ça.

Il frissonne.

— Ce n'est pas comme ça que je voyais les choses. Tout ça...

— Je sais. On entretient l'idée que c'est palpitant de courir après les tueurs en série, les violeurs d'enfants et autres monstres. Ce n'est pas palpitant, c'est ravageur. On ne se lève pas le matin en se disant : « Je suis impatient d'attraper ce criminel. » On se lève, on se regarde dans la glace et on est rongé de culpabilité parce qu'on ne l'a pas encore coincé. – Je m'interromps en secouant la tête. – La question n'est pas de savoir si le boulot est passionnant ou non. Le fond du problème, c'est qu'on se sent responsable quand quelqu'un meurt.

Pendant un long moment, il garde les yeux fixés sur moi. Puis il adopte l'attitude qu'il a appris à opposer à l'horreur : il se remet au travail. Une minute plus tard, il trouve ce que je lui ai demandé.

— J'ai une adresse correspondant à la détentrice du site « bruneimpudique.com ». C'est un appartement à Woodland Hills.

— Tu as le nom ?

— Non, désolé. Le site renvoie à une entreprise. Comprenant une seule personne probablement.

— Alan, appelle les services de police responsables de cette zone. Demande-leur d'aller voir. Si elle s'y trouve, je veux qu'ils bouclent les lieux. Que personne n'entre ni ne sorte.

— Entendu.

Je reviens à Leo.

— Je voudrais jeter un coup d'œil à son site.

Callie prend un air effaré.

— J'aurais jamais cru qu'on me demanderait d'aller visiter des sites porno. C'est la deuxième fois, Smoky.

— Tu le fais seulement de chez toi d'habitude ?

— Très drôle.

C'est une tentative hasardeuse pour faire un peu d'humour noir, mais elle tombe à plat. L'atrocité des images nous hante encore.

— Voilà, annonce Leo.

Nous rapprochons nos chaises pour voir le site qu'il a fait apparaître sur son ordinateur. Un fond d'écran marron glacé. Sur lequel se détache une photo de la femme dépecée par Jack Junior, vêtue en tout et pour tout d'un slip. Elle nous présente ses fesses, dans une attitude aguicheuse vieille comme le monde. Elle regarde par-dessus son épaule, avec un sourire faussement timide, un doigt replié comme pour dire : « Viens ici. » Une fille qui s'adonne au porno, certes, mais une jolie fille, bien vivante qui ne méritait certainement pas ce à quoi nous venons d'assister.

JE SUIS UNE BRUNE IMPUDIQUE clame un logo en haut de l'écran. D'autres photos plus petites sont alignées à droite de la première. Même si la nature des situations n'est que suggérée, le message est clair. Il ne s'agit pas de simples clichés érotiques un peu olé olé. Mais de scènes de sexe oral, anal, entre femmes, en groupes, habilement censurées. Les légendes précisent : « J'aime les pipes et la baise, j'adore les tournantes et la sodomie, je raffole du cunni. »

— Très éclectique ! remarque Callie.

Je ne peux que confirmer.

— Certes.

D'autres illustrations nous apprennent qu'elle organise des séances vidéo et des partouzes pour ses fans. Réservées aux membres, évidemment.

Leo passe deux pages de cet acabit pour nous conduire à la destination finale, le formulaire d'abonnement.

— Et maintenant ? Je n'ai pas l'intention de payer avec ma carte de crédit.

— Je pense que ce ne sera pas nécessaire, me rassure Leo. J'ai ma petite idée.

Il clique sur le lien « réservé aux membres ». Une boîte de dialogue apparaît, nous demandant un nom d'utilisateur et un mot de passe.

— J'imagine qu'il a utilisé le même pseudo et le même mot de passe pour ce site que pour celui de votre amie. « Jackis » et « delenfer ». – Il inscrit les noms dans les cases tout en parlant et clique sur OK. Une page s'affiche, avec ce message : « Bienvenue dans les pages réservées à mes abonnés ». – Et voilà.

— Bien vu.

Il fait défiler la page qui contient essentiellement un menu des réjouissances proposées. Des rubriques comme « photos perso », « mes vidéoclips », « ma web cam », « mes amis amateurs ». L'une d'elles attire mon attention, celle qui s'intitule « photos des soirées sexe entre membres ».

— Je me demande...

— Quoi, ma chérie ?

— Les soirées entre membres. Je me dis qu'il n'a peut-être pas résisté à la tentation. Coucher avec elle en sachant qu'elle serait bientôt sa victime... ce serait assez son genre.

— Une manière de corser l'attente. Et de décupler sa sensation de toute-puissance.

C'est un trait commun à la plupart des tueurs en série. La partie traque, filature, préparation, est souvent pour eux aussi réjouissante que le passage à l'acte.

— À mon avis, il y a de bonnes chances pour que ce soit le cas, dit James. Nous pourrions télécharger toutes les photos. En extraire les visages de tous les hommes et les envoyer à une base de données de reconnaissance faciale. – Il hausse les épaules. – Ça ne marche pas à tous les coups, mais on peut toujours essayer.

Ceux qui s'imaginent qu'on s'amuse beaucoup à mener des enquêtes criminelles ignorent cet aspect du métier. Nous ne demandons pas mieux que d'aller droit au but, mais nous sommes obligés d'avancer pas à pas, avec minutie. Nous jetons nos lignes et nos filets comme des pêcheurs. Dans toutes les directions et indéfiniment. Recherche des empreintes, premier filet. Mandat pour obtenir une liste d'abonnés, deuxième filet. Reconnaissance faciale, encore un autre. Ainsi de suite et sans discontinuer, on lance nos filets et on les remonte, vides la plupart du temps. Peu importe ce qu'on récolte. Requin ou menu fretin, tout, du moment que cela nous rapproche du meurtrier. C'est une course de tortues qui se mesure en centimètres et non en mètres.

— Tu t'en charges avec Leo.

Je vais vers Alan.

— Tu as eu la police de Los Angeles ?

— Oui, je dois les retrouver sur place.

— Et le Dr Child ? Tu l'as contacté ?

— Oui. Il était plutôt grognon au début. Mais je lui ai rapidement exposé les faits et ça l'a tout de suite intéressé. Il veut qu'on lui expédie un exemplaire du rapport ce soir et il dit qu'il est disposé à te voir demain matin.

— Bien, Callie. Va demander son rapport à Gene et veille à ce que le Dr Child le reçoive.

Je retourne à mon bureau et je fouille jusqu'à ce que je mette la main sur mon carnet d'adresses. Je le feuillette pour y trouver le numéro de téléphone que je cherche.

Tommy Aguilera. Ancien agent des services secrets, actuellement conseil en sécurité indépendant. Nous nous étions rencontrés à l'occasion d'une affaire dans laquelle était impliqué le fils d'un sénateur qui s'était découvert une vocation de violeur et d'assassin. Tommy avait finalement dû l'abattre et dans la tourmente politico-médiatique qui avait suivi, seul mon témoignage lui avait évité de perdre son job. Tommy m'avait dit que je pouvais lui demander n'importe quoi n'importe quand, en insistant sur « n'importe quoi » et sur « n'importe quand ».

Je compose le numéro en me remémorant le bonhomme. Un type extrêmement sérieux. Un visage de joueur de poker en toute circonstance. Parle en murmurant, mais ce n'est pas le murmure de la timidité. Plutôt le susurrement du serpent certain de piquer sa proie.

Il répond à la quatrième sonnerie.

— Tommy à l'appareil.

La voix est celle dont je me souvenais.

— Salut, Tommy. C'est Smoky Barrett.

Un bref silence.

— Salut, Smoky. Comment vas-tu ?

Il ne manque pas de politesse. Ce n'est pas qu'il soit indifférent à ce qui m'est arrivé. C'est juste qu'il n'a jamais été un bavard.

— J'ai besoin de ton aide, Tommy.

— Je t'écoute.

Je lui explique la situation, lui parle de Jack Junior, lui dis qu'il est entré chez moi et qu'il semble suivre mes faits et gestes.

— Il est fort probable qu'il te surveille aussi par des moyens électroniques.

— C'est à envisager en effet. Si c'est le cas, je veux être au courant. Mais je préfère qu'il ne se doute pas que je sais.

Un silence qui se prolonge.

— Je comprends, dit-il enfin. Tu veux que je t'escorte ?

— Oui.

— Quand ?

— J'aimerais que tu inspectes d'abord ma voiture et ma maison pour voir si tu trouves des micros ou des émetteurs. Ensuite, ce serait bien que tu me suives comme mon ombre. Ce peut être l'occasion de lui mettre la main dessus. Peut-être la bêtise qu'il n'aurait pas dû faire. – J'hésite. – Oh, et puis zut. Il vaut mieux que tu saches. Ils sont deux.

— Ils agissent ensemble ?

— Oui.

– Quand souhaites-tu que je commence ?

C'est direct.

— Je devrais être chez moi ce soir vers onze heures. Ça t'ennuie de m'y retrouver ?

— Non. J'y serai. Ne t'inquiète pas si tu es un peu en retard. Je t'attendrai.

— Merci, Tommy. Je te suis vraiment reconnaissante.

— J'ai une dette envers toi, Smoky. À ce soir.

Je raccroche, songeuse. Tommy est décidément un type sans détour. De son côté, Callie met fin au coup de fil qu'elle était en train de passer.

— Alors ?

— J'ai eu Gene. Il va faire porter un double de son rapport au Dr Child.

— Combien de temps te faut-il pour réunir un kit pour examiner une scène de crime ?

Elle hausse les sourcils pour marquer sa surprise.

— Tout dépend de ce que Gene a sous la main. Une demi-heure ?

— Va le voir pour rassembler ce qu'il faut. S'il s'avère qu'il y a eu crime, je veux que Gene et toi vous chargiez personnellement des premiers prélèvements et des premières constatations sur les lieux, avant l'arrivée des criminologues de la police de Los Angeles. Ce sera la première fois que nous pourrons avoir la primeur des observations sans intervention préalable.

— C'est parti, dit-elle en franchissant la porte.

C'est alors que ça me tombe dessus. Une de ces révélations qui sont ma spécialité. Rien d'étonnant.

Je suis sur ma lancée, tous mes sens et mon énergie mobilisés.

— James, Leo, écoutez. Qu'est-ce que vous dites de ça ? – Je me dresse sur mon siège. Ils m'accordent toute leur attention. – Chaque fois qu'ils ont tué, ils se sont abonnés pour accéder à l'espace membres des sites concernés, n'est-ce pas ?

— Ouais.

— Et chaque fois, ils ont utilisé le même pseudo et le même mot de passe. Donc...

Je vois le visage de Leo s'éclairer.

— Absolument ! Donc il se peut qu'ils aient déjà choisi leur prochaine victime et se soient inscrits sur son site... avec toujours le même nom d'utilisateur et le même mot de passe. Ou du moins en restant dans la même thématique. Celle de Jack l'Éventreur.

J'approuve d'un sourire.

— Exactement. Il ne doit pas y avoir tellement de sociétés qui encaissent les cotisations des adhérents aux sites adultes.

— Non, en effet. Une petite dizaine tout au plus.

— Il faut toutes les contacter, James. Leo et toi. Et leur demander de chercher dans leurs listings cette association de pseudo et de mot de passe, ou des variantes. Puis de voir à quel site internet elle correspond. Et je veux dire tout de suite, quitte à sortir les gens du lit.

James ne peut cacher son admiration.

— Chapeau pour la compétence.

— C'est pour ça que c'est moi qui suis chef et qui suis la mieux payée.

L'absence de réplique de sa part équivaut à un compliment.

Alan m'a appelée sur mon téléphone portable.

— Nous avons une nouvelle victime, Smoky.

— Qui est l'inspecteur de police présent ?

— Barry Franklin. Il veut te parler.

— Passe-le-moi.

Après un silence, la voix de Barry me parvient. Il n'est pas content.

— Smoky. En quel honneur nous interdit-on l'accès aux lieux du crime ?

— Il ne s'agit pas de vous interdire quoi que ce soit, Barry. Pas du tout. Mais c'est la première fois que nous avons l'occasion d'effectuer les premières constatations sur les lieux d'un meurtre commis par ce criminel. Vous savez ce que c'est.

Il marque un temps avant de lâcher un soupir.

— Oui, bon. Est-ce que je peux au moins entrer ? Vous savez que je ne dérangerai rien.

— Bien sûr. Vous voulez bien me repasser Alan ?

— Tout de suite.

— Il peut y aller ? Pas de problème ? demande Alan.

— Oui. Je pars avec Gene et Callie dans cinq minutes. À tout à l'heure sur place.

— On a son nom, Smoky. Charlotte Ross.

— Merci.

Je raccroche.

Charlotte Ross. Dévergondée, certainement. De moralité douteuse, probablement.

Autant de travers qui ne méritent pas la torture, le viol et la mort. Mais là n'est pas la véritable raison des agissements de Jack et associé. Ce n'est pas pour la répression du vice qu'ils s'abreuvent de larmes et se nourrissent de cris. Ce n'est qu'un prétexte pour se justifier.

38.

L'heure de pointe prenant fin à huit heures du soir, nous arrivons rapidement à l'adresse de Woodland Hills. C'est un petit immeuble de plain-pied qui ne paye pas de mine mais ne manque pas de charme. Il est bien intégré à l'environnement du quartier.

Je me gare et nous sortons de la voiture pour rejoindre Alan qui nous attend sur le pas de la porte.

— Où est Barry ?

Il pointe le pouce vers la porte.

— Toujours à l'intérieur.

— Tu as jeté un coup d'œil ?

— Non. J'ai pensé que tu voudrais voir d'abord.

Il sait. Des années de travail en commun créent ce genre de symbiose.

Je passe la tête pour appeler Barry. Il surgit d'une des pièces, vient vers moi et sort sur le perron.

— Dieu merci, marmonne-t-il en fouillant dans la poche intérieure de son manteau. Il me fallait un prétexte pour sortir fumer une cigarette. – Il exhibe un paquet, allume une cigarette, inhale la fumée et l'exhale avec volupté. – Vous en voulez une ?

— Non, merci.

Je suis sincère et tout étonnée de l'être. Mon envie de fumer s'est évaporée entre le moment où je me suis rappelé les circonstances de la mort d'Alexa et celui où je me suis réconciliée avec mon arme.

Je suis heureuse que Barry soit en charge de l'affaire pour la police de Los Angeles. Je le connais depuis près de dix ans. Il est petit, rondouillard et presque chauve. Il porte des lunettes, sur un visage sans aucun attrait. Et pourtant, malgré tous ces défauts, les jolies jeunes femmes s'empressent autour de lui. Il a quelque chose ; il donne l'impression de valoir mieux que son enveloppe corporelle. Il a d'ailleurs une absolue confiance en lui, sans aucune arrogance. Les femmes sont séduites par ce mélange d'assurance et de sérénité bon enfant. C'est aussi un enquêteur de talent. Exceptionnellement brillant. Il ferait partie de mon équipe s'il était au Bureau.

— Vous êtes impatiente d'aller inspecter les lieux ? me taquine-t-il.

— Donnez-moi d'abord les premiers éléments, avant que j'aille voir par moi-même.

Il incline la tête et commence son exposé. Il ne s'aide d'aucune note. Il n'en a pas besoin. Barry a une excellente mémoire visuelle.

— La victime s'appelle Charlotte Ross. Elle avait vingt-quatre ans. Nous l'avons trouvée attachée sur son lit, déjà morte. Le ventre ouvert du sternum au pelvis. Les organes internes ont été enlevés et placés dans un sac près du corps. Contusions massives sur les bras, aux coudes, et sur les jambes et les genoux. Membres apparemment fracturés. Elle semble avoir été frappée avec un objet contondant.

— C'est le cas. Avec une batte de base-ball.

Il écarquille les yeux d'étonnement.

— Comment vous savez ça ?

— Il m'a envoyé une vidéo. C'est la deuxième femme, à notre connaissance, qu'il traite de cette façon.

— Nous ne connaissons pas l'heure officielle de la mort, mais elle doit remonter à trois jours au moins. Elle est déjà bien mûre.

— Ça colle.

Il avale encore une grande bouffée. M'adresse un regard songeur.

— De quoi s'agit-il, Smoky ?

— De quoi s'agit-il, Barry ? d'un psychopathe qui se shoote à la souffrance et à la terreur. – Je me frotte les yeux. La fatigue gagne. – Il s'attaque aux femmes qui exploitent des sites Internet porno. Il... – J'hésite. – Ça doit rester entre nous, Barry. Je ne tiens pas à ce que la presse soit au courant.

— Pas de souci.

— Tout d'abord, ce « il » est à mettre au pluriel. Ils sont deux. Avec un meneur, un dominant, à notre avis. Ils nous obsèdent, mon équipe et moi. La première victime était une de mes amies de fac. Ma meilleure amie. Et ils le savaient.

Barry est consterné.

— Oh, merde, Smoky.

— Votre description correspond à ce qui semble être leur mode opératoire. Ils ont tué mon amie en lui tranchant la gorge. C'est différent de ce que nous avons ici. Mais le prélèvement des organes constitue leur signature. Celui que nous pensons être le meneur se prétend descendant de Jack l'Éventreur.

Une expression de dégoût crispe le visage de Barry.

— C'est n'importe quoi.

— Oui. Et nous en avons la preuve.

— Bon. Comment souhaitez-vous procéder ?

— Je vais voir les lieux. Maintenant. Seule. Ensuite, je veux que Gene et Callie effectuent les premiers prélèvements. Après, vos criminologues pourront explorer les lieux en profondeur. J'ai seulement besoin que ça aille vite et que vous me transmettiez un exemplaire des résultats.

— Pigé.

Il va écraser sa cigarette dans la rue pour ne pas contaminer les lieux du crime. Il revient vers moi et me désigne la porte.

— Vous voulez la voir ?

— Oui. – Je regarde Alan, Gene et Callie pour m'adresser à eux. – Alan, retourne auprès de ta femme. Nous pouvons nous passer de toi pour l'instant.

Après une brève hésitation, il acquiesce.

— Merci.

Et s'en va.

— Callie. J'en ai pour vingt à trente minutes. Après, vous pourrez venir.

— Pas de problème, ma chérie. Fais ce que tu as à faire.

Je m'arrête un moment sur le seuil pour écouter la rumeur que je perçois mentalement. Bientôt, je l'entends : tchou-kou-tchou-kou-tchou-kou-tchou. Un grand froid descend en moi et l'espace qui m'entoure s'élargit et se transforme en une vaste plaine immobile. J'entends le train noir, je ne demande qu'à le voir. Je n'ai plus qu'à le retrouver. Et emprunter le chemin qu'il a suivi ici.

J'entre. L'appartement n'a rien d'élégant, mais il est simple et bien tenu. Il donne l'impression que la maîtresse des lieux n'a pas ménagé ses efforts, jusqu'au moment où elle a décidé de renoncer à faire illusion. Il règne là un vague sentiment de mélancolie. La déception ne dominait pas encore sa vie, mais ce jour n'allait pas tarder.

Ce jour était arrivé, je crois.

L'odeur de la mort imprègne l'atmosphère. Un relent de pourriture stagne dans l'appartement. Cette fois, pas de parfum. La puanteur du meurtre, forte et agressive. Si les âmes avaient une odeur, c'est celle qu'aurait l'âme de Jack Junior.

À droite du salon, j'aperçois la cuisine. Une porte en verre coulissante ouvre sur la cour et la fraîcheur de la nuit. Je m'en approche pour examiner le loquet. C'est un modèle standard, bon marché. Mais il n'a pas été forcé.

— Vous vous êtes contentés de frapper à la porte, hein ? Toi et ton copain. Était-il caché sur le côté pendant que tu attendais sur le seuil ? Prêt à lui sauter dessus au moment où elle s'y attendrait le moins ?

Je murmure ces paroles tout en poursuivant mon inspection. Tout à coup, je me dis que le choix de l'heure, dix-neuf heures, arrêté pour Annie, ne répondait peut-être pas seulement à un désir de bravade. C'est l'heure à laquelle les gens rentrent chez eux ou viennent à peine d'arriver et commencent à se poser. C'est un moment de rupture dans la journée, où ils n'ont pas envie de se soucier du monde qui les entoure.

— Vous avez fait pareil ici ? Vous vous êtes pointés, tout sourire, en début de soirée et vous avez frappé à sa porte ? Vous êtes arrivés les mains dans les poches, sans l'ombre d'un scrupule ?

C'est une caractéristique que je sens chez eux.

Très nettement. Tchou-kou-tchou-kou-tchou-kou-tchou.

Leur arrogance.

En tout début de soirée, ils se garent devant la maison de la putain. Pourquoi s'en priver ? Une automobile qui se gare le long d'un trottoir, ça n'a rien d'extraordinaire. Ils descendent de voiture, regardent autour d'eux. Les alentours sont calmes sans être silencieux, déserts sans être désertés. Le soir tombe sur la banlieue et on sent la vie qui grouille derrière les murs des habitations. Des fourmis dans leur fourmilière.

Ils se dirigent vers sa porte. Ils savent qu'elle est chez elle. Ils savent tout d'elle. Un coup d'œil pour s'assurer qu'il n'y a personne dehors qui les regarde et ils frappent. Quelques secondes s'écoulent et elle ouvre la porte...

Et ensuite ? J'observe l'entrée. Pas de courrier étalé par terre, aucun signe de lutte. Mais je la sens encore. L'arrogance.

Le plus naturellement du monde, ils sont entrés en la repoussant et ils ont refermé la porte. Ils savaient qu'elle ne résisterait pas. Notre premier réflexe n'est pas, en général, de rembarrer les gens. Nous cherchons plutôt des explications, nous essayons de comprendre ce qui arrive. Et c'est pendant ce bref instant d'hésitation et d'interrogation que le prédateur prend l'initiative.

Malgré tout, peut-être qu'elle a réagi tout de suite. Peut-être qu'elle ouvrait déjà la bouche pour crier au moment où ils refermaient la porte. Mais ils avaient dû prévoir le coup. Prévoir comment ? Un couteau. Non. Pas d'enfant à prendre en otage cette fois. Il leur fallait quelque chose de plus radical. Un pistolet ? Oui.

Rien de tel que l'œil noir d'un canon de pistolet pour imposer silence.

— Tais-toi ou tu meurs, aura dit l'un des deux.

Il aura parlé d'une voix calme, avisée. D'un ton d'autant plus terrifiant que la menace semblait plus crédible. Elle avait devant elle un homme capable de l'abattre sans sourciller.

Je me rends dans la chambre. La puanteur y est plus intense. Je reconnais la pièce vue dans la vidéo. La décoration, dans les tons roses, est chaleureuse et de bon goût. Elle évoque la jeunesse. Le bonheur et l'insouciance.

Dans la douceur du décor, l'horreur s'affiche. Elle. Morte, déjà en décomposition et toujours attachée à son lit.

Elle est morte les yeux ouverts. Elle a les jambes écartées. Ils l'ont laissée ainsi exprès. Par forfanterie. Pour nous dire : *Je l'ai eue et elle n'est rien. Qu'une putain méprisable.* NOUS *l'avons matée*.

Les sacs sont posés le long du lit. Auprès du corps, hymne à la violence, au chaos et à la perversité, le contraste est saisissant. Les sacs sont placés bien en ligne, une ligne bien droite. Nette et sans bavures. Là encore, c'est un message prétentieux à notre attention. Voyez comme nous sommes habiles et ordonnés, semblent-ils dire. À moins qu'il ne s'agisse d'un langage compréhensible d'eux seuls, écrit en pictogrammes de sang qu'eux seuls peuvent déchiffrer.

Cela sent à plein nez le rituel calculé. C'est ce qu'aurait fait Jack l'Éventreur, pensent-ils, donc ils font de même. Je suis frappée par la force de l'obsession. Ils ne se sont intéressés qu'à elle, à elle seule. Rien n'a été touché ni déplacé dans la pièce.

Leur besoin de possession ne s'est pas étendu à son environnement. Elle leur suffisait.

J'avance dans la pièce et je regarde autour de moi. Beaucoup de livres. Des livres écornés, rangés sans ordre. Des livres qui n'étaient pas là simplement pour meubler, mais pour être lus. Je me penche pour lire les titres. Un pincement de tristesse mêlée de dérision m'étreint. Des romans policiers, traitant pour la plupart de meurtres en série.

— L'arroseur arrosé.

Je me tourne vers le lit. Je plisse les yeux en remarquant ses vêtements entassés sur le sol. Je me penche pour observer sans toucher. Le soutien-gorge est tire-bouchonné, ainsi que la culotte. Elle ne les a pas enlevés elle-même. On les lui a ôtés de force.

Je me redresse et je considère son visage sans vie, figé en un cri éternel.

— Est-ce que tu as résisté, Charlotte ? Quand ils t'ont ordonné de te mettre toute nue, est-ce que tu leur as dit d'aller se faire foutre ?

Elle se tient près du lit, vêtue seulement de ses sous-vêtements, frissonnant de peur.

L'un des deux hommes la menace de son arme.

— Tout, dit-il. Tu enlèves tout, immédiatement.

Elle le regarde, regarde l'autre. Contrairement à Annie, elle perçoit la vérité avant de se retrouver ligotée.

Leurs yeux, vides.

Elle comprend.

— Salauds ! – Elle hurle et se précipite sur lui, le rouant de coups de pied et de coups de poing. – Au secours ! À l'aide !

Je contemple son corps. Je vois des ecchymoses sur son visage, autour des yeux. Des coups assénés avant ou après qu'ils l'ont attachée sur le lit ? Je ne le saurai jamais. Je décide que c'était avant. Peu importe que ce soit vrai ou non. Je préfère ce scénario.

Il est furieux que cette pute ait posé ses pattes de truie sur lui. Il a eu peur aussi, l'espace d'un bref instant. Ces cris doivent cesser. Il la frappe à l'estomac, lui coupant le souffle.

— Attache-lui les mains derrière le dos, gronde-t-il à l'adresse de l'autre, la voix vibrante de rage.

Pliée en deux, elle s'étrangle tandis que l'autre la saisit par les coudes et lui tire les bras en arrière.

— On va t'apprendre à obéir, sale pute, lui dit celui qui tient le pistolet.

Il lève la main et l'abat sur son visage. Une fois. Deux fois. Et encore. Sa tête bascule de droite et de gauche. Il lui arrache son soutien-gorge avec la brutalité inepte dont savent faire preuve les fous. Puis il lui arrache son slip. Elle tente encore de crier. Il lui assène un coup dans le plexus solaire et réitère une série de gifles dévastatrices. Elle est nue, à demi assommée, ses yeux pleurent, ses oreilles tintent, ses joues sont en feu. Ses genoux ploient malgré ses efforts pour garder l'équilibre.

À leur merci.

Il retrouve son calme.

À ce stade, il a dû la bâillonner. Je regarde ses pieds et ses mains, remarque les menottes. Sa main gauche retient mon regard. Je me penche pour voir de plus près. Charlotte avait de faux ongles. Celui de l'index de la main droite manque. J'examine rapidement les autres doigts. Les autres ongles sont tous en place. Je réfléchis en me mordillant la lèvre.

Une idée me traverse l'esprit. Je retourne à la porte d'entrée et je lance à Barry :

— Vous avez une lampe torche ?

— Oui, répond-il en me tendant une petite Mag-Lite.

Je m'en empare et regagne la chambre de Charlotte. Je m'agenouille et braque la lampe sous le lit.

Le voilà.

L'ongle gît sur le tapis, au pied de la table de chevet. J'aperçois une trace qui ressemble à du sang au bout.

Je me relève et je pose les yeux sur Charlotte, le cœur serré de compassion. Je pense aux romans policiers qu'elle lisait, à sa fascination pour le mystère, les enquêtes et les meurtres. J'ai devant moi une jeune femme qui était une battante et qui savait qu'elle allait mourir.

— Attache-la au lit avec les menottes, ordonne celui qui est armé.

L'autre pousse vers le lit la jeune femme affaiblie, prend ses poignets et...

— Aïe, la salope ! Elle m'a griffé !

— Attache-la, bon Dieu !

Il la frappe encore au ventre, parvient à lui passer une menotte et à l'accrocher au lit. Une main, puis l'autre.

Peut-être l'a-t-elle griffé pendant qu'il lui attachait les jambes. Peut-être qu'elle a mis du temps, qu'elle a mûri son geste pendant tout le temps qu'a duré l'horreur de la torture et du viol. C'est comme si j'y étais.

Elle sombre dans un brouillard rouge de peur et de souffrance. Ils vont la tuer. Elle le sait. Par ses lectures. Mais, grâce à ses lectures, elle connaît les vertus de l'ADN. Elle sait ce qu'il y a à la pointe de son ongle.

Elle appuie sur son ongle avec son pouce, appuie,

fort, de plus en plus fort, en espérant qu'ils ne s'en apercevront pas, et enfin...

Clac. Il se détache, sans douleur. Elle ne l'entend pas tomber sur le tapis. En même temps, elle se désole quand il la quitte. Il continuera à vivre sa vie en un sens. Pas elle.

Elle tourne les yeux vers celui qui tient l'arme. Il sourit.

Elle ferme les paupières et pleure.

Je me raidis. Je me sens comme transpercée par un vent glacé. Je regarde encore Charlotte. Et je m'adresse à elle dans un murmure :

— Je l'ai trouvé. Là où tu l'as laissé pour moi.

— Quelle abomination ! marmonne Barry. Je n'arrive pas à m'y habituer.

— C'est sans doute une bonne chose.

Il sursaute et me regarde. Un pâle sourire effleure ses lèvres.

— Ouais.

Callie et Gene s'apprêtent à entrer. Je leur ai parlé de l'ongle.

— Ils n'en ont pas pour longtemps, Barry. Vous pouvez convoquer vos spécialistes. Secouez-les et faites-moi parvenir le rapport. S'il vous plaît. Je vous le revaudrai. Je suis à peu près certaine que nos meurtriers sont du coin. Si je peux, je me débrouillerai pour que vous soyez là quand nous les arrêterons.

Il secoue la tête.

— C'est une gentille attention, Smoky, mais ne vous en faites pas pour ça. Dans ce genre d'affaire, on se fiche de savoir qui les coince du moment qu'on les coince.

— Alors disons qu'on est d'accord pour se tenir mutuellement au courant et on s'en tient là.

— Ça marche.

— Bon, qu'est-ce que tu veux qu'on fasse exactement ?

Gene a un air vaguement exaspéré, un mélange d'excitation et de contrariété. Il est ravi d'agir sur le terrain pour la première fois depuis bien longtemps, et en même temps agacé de ne pas être le chef des opérations sur cette scène de crime.

— Je veux tous les indices immédiatement visibles qui pourront me donner une chance d'attraper ce barbare. Les criminologues de la police sont compétents. Ils effectueront des prélèvements exhaustifs. J'attends de vous que vous écrémiez la surface pour voir si vous trouvez quelque chose qui puisse nous servir tout de suite.

— Tu veux qu'on ramasse l'ongle ? demande Callie.

Je ne sais trop qu'en penser.

— Est-ce que nous obtiendrons les résultats plus rapidement ?

— Oui.

— Dans ce cas, collectez-le. Mais vous devrez attendre l'arrivée de l'équipe de la police. Il ne faudrait pas qu'on bousille les preuves à cause d'un hiatus dans la série des prélèvements.

— Tu préfères l'appareil photo ou les UV ? demande Gene à Callie.

— L'appareil photo.

Callie va photographier les lieux, en particulier tous les éléments qu'ils enlèveront ou déplaceront, avant d'y toucher. Gene va manier un petit générateur d'ultraviolets portable, une version compacte de l'engin utilisé par Callie dans l'appartement d'Annie, qui permet de détecter les traces de sang, de sperme, les poils et autres substances.

— Allons-y.

Ils pénètrent dans la pièce. Je les suis. C'est mon tour de rester en retrait tandis qu'ils vont et viennent en une sorte de ballet semblable à celui que James et moi avons exécuté chez Annie.

Callie hume l'air.

— Qu'en penses-tu, ma chérie ? Morte depuis trois jours ?

— C'est ce que je dirais.

Callie prend plusieurs plans larges du corps, sans oublier les sachets contenant les organes.

Gene s'en approche et fait passer la lampe UV sur toute la surface des sacs.

— Pas trace d'empreintes. – Il se tourne vers moi. – Du moins comme ça, à première vue.

Ils se rejoignent près du corps. Callie prend encore quelques photos. Gene se penche pour examiner la main droite de Charlotte.

— Tu vois le doigt auquel il manque un ongle ? dit-il à Callie.

En guise de réponse, elle bombarde la main avec son appareil.

— L'ongle se trouve sur le tapis, entre le lit et le mur, leur dis-je.

Callie s'accroupit et enchaîne quelques photos.

— On dirait en effet qu'il y a un peu de sang dessus, dit-elle à Gene en continuant à photographier.

Il s'agenouille et promène sa lampe sous le lit.

— Il y a un tas de particules diverses là-dessous.

Il tend la lampe à Callie pour fouiller dans sa poche, dont il sort une pince et un sachet à indices.

Je le vois s'étirer pour éviter d'effleurer le tapis pendant qu'il récupère l'ongle. Au bout d'un moment, il se relève et brandit le sachet devant lui.

— On pourrait bien trouver de l'ADN.

— Combien de temps ?

Il hausse les épaules.

— Vingt-quatre heures. – Comme j'ouvre la bouche pour protester, il m'interrompt aussitôt. – C'est déjà ultracourt, Smoky. Vingt-quatre heures, point barre.

Je soupire.

— D'accord.

Il reprend la lampe des mains de Callie et fait glisser les rayons sur Charlotte, en commençant par la tête et en redescendant le long du cou, de l'abdomen béant, des jambes. Il se redresse.

— Je ne vois pas de sperme détectable à l'œil nu sur le corps. Du sang en quantité par contre. Mais il est impossible de tirer la moindre conclusion de ce simple examen.

Callie engrange les clichés.

— Je crois que la seule piste sur laquelle tu puisses compter là tout de suite, c'est l'ADN qu'on trouvera peut-être sur l'ongle, poursuit-il. Et comme il semble qu'il y ait eu lutte, je dirai aux criminologues de la police d'être particulièrement méticuleux dans leurs prélèvements, surtout quand ils s'attaqueront au slip et au soutien-gorge.

— C'est tout ?

— Pour le moment, ma chérie, répond Callie. Mais cet ongle a peut-être beaucoup à dire, tu ne crois pas ?

— Oui, oui, je crois. – Je consulte ma montre. Il est presque onze heures. – Callie, il faut que j'y aille, je dois retrouver mon spécialiste de la sécurité chez moi. Vous deux, attendez que l'équipe de la police arrive. Gene, s'il te plaît, mets-toi tout de suite à l'analyse de l'ADN.

— Dès que je peux.

Il jette un regard à Charlotte. Elle est toujours en train de crier.

39.

— Comment va-t-elle ?

Même moi, j'entends la lassitude dans ma voix.

— Bien. Elle s'est réveillée dans l'après-midi et nous avons un peu regardé la télé. Elle m'a aidée à préparer le dîner. Les petites choses de tous les jours. Elle dort maintenant.

— Elaina...

Je n'ose continuer.

— Elle peut rester ici cette nuit, Smoky. J'allais te le suggérer. D'ailleurs, tu as l'air épuisée et il est inutile de la réveiller.

Bonne vieille empathie. Je me sens coupable, mais pas assez pour décliner sa proposition.

— Merci. Je suis fatiguée, c'est vrai. Mais je n'en ferai pas une habitude, promis. Je lui téléphonerai dans la matinée.

— Va dormir un peu, Smoky.

Au volant de ma voiture, je m'interroge : aurais-je laissé Alexa à Elaina dans des circonstances analogues ?

Je chasse cette question. L'enferme dans un placard, verrouille la porte et vends la maison dans laquelle se trouve le placard.

J'arrive chez moi peu après vingt-trois heures. Seigneur, quelle journée !

Tommy est déjà là, en train de bavarder avec Shantz et Keenan. Sa ponctualité ne me surprend pas. Ce n'est pas chez lui une qualité acquise, mais un trait inhérent à son caractère.

Il sort de sa voiture en me voyant me garer. Me fait signe de baisser ma vitre. Je m'exécute.

— Range-toi dans le garage. Peut-être qu'ils nous surveillent. Dans le garage, ne dis rien tant que je n'ai pas vérifié s'il y a ou non des micros.

— Compris.

J'appuie sur la télécommande pour ouvrir la porte du garage et y entre ma caisse. Il me rejoint, chargé d'un sac à dos. J'éteins le moteur et descends de ma voiture.

Je le regarde effectuer sa recherche de micros à l'aide d'un appareil supersophistiqué capable de détecter toutes les fréquences jusqu'à quatre gigahertz. Il prend son temps. Il procède lentement, méthodiquement, il est totalement concentré sur sa tâche. Il y passe une dizaine de minutes. Cette inspection terminée, il entreprend une exploration visuelle. Il ne suffit pas de traquer les micros au détecteur, il faut encore les chercher physiquement.

Je m'adosse au mur pendant qu'il s'affaire et j'en profite pour l'observer. Je ne l'ai pas revu depuis des années. Il est toujours aussi fringant. Il a des origines latinos auxquelles il doit une beauté très méditerranéenne. Des cheveux noirs ondulés. Des yeux d'un noir très sombre. Il a une légère imperfection, une petite cicatrice à la tempe gauche, qui ne fait qu'ajouter à son charme. Ni joli garçon, ni beau ténébreux. Il se situe entre les deux et ça lui va bien. Il est aux hommes ce que Callie est aux femmes. Il n'est pas aussi extraverti qu'elle ; il s'accommode mieux du calme et du silence. Quand il écoute quelqu'un, on ne le voit jamais agiter les doigts ou taper du pied. Ce n'est pas de la raideur. Il semble toujours détendu au contraire, à l'aise. Il éprouve le besoin de bouger, comme tout le monde, mais toute sa mobilité est dans ses yeux. Des yeux toujours vifs, curieux, vigilants. Je suppose que cette manière d'être lui vient de ses activités d'agent secret. L'attention et la placidité vont de pair dans ce métier.

Tommy n'est pas très expansif. Je sais qu'il n'a jamais été marié. J'ignore s'il a eu beaucoup de petites amies. Je n'ai aucune idée de la raison pour laquelle il a quitté les services secrets. Pour autant que je sache, ce sont eux qui l'ont quitté. Je n'ai aucune information sur son passé et je ne me suis pas senti le droit de lui tirer les vers du nez. Je sais ce que j'ai besoin de savoir : il est bon dans sa partie, il a une sœur qu'il adore et une mère qu'il aide à vivre. Des données élémentaires, mais très révélatrices Qui en disent long sur la personnalité de l'intéressé. Je me pose quand même parfois des questions sur sa face cachée. C'est plus fort que moi.

Sa voix m'arrache à ma rêverie.

— Pas de micros apparemment. Je ne m'attendais d'ailleurs pas vraiment à en trouver ici. Ils doivent supposer que tu ne passes pas ta vie dans ton garage.

— Ils supposent bien.

— C'est la voiture que tu utilises couramment ?

— Oui.

Il va à l'arrière et s'allonge sur le dos. Il se glisse sous le châssis.

— Trouvé. Une balise GPS high-tech de professionnel. – Il émerge de sous la voiture. – Avec cet appareil et le logiciel qui va avec, ils peuvent te pister sur un ordinateur. Tu préfères la laisser là pour le moment ?

— Je ne veux pas qu'ils se doutent que je suis au courant. En me suivant, tu en repéreras peut-être un.

— Exact. Tu m'as dit qu'ils étaient entrés chez toi ?

— Oui. J'ai fait changer les serrures.

— Ils ont donc pu venir poser leurs mouchards avant. Tu veux que je les cherche. Ça peut prendre plusieurs heures.

— S'il y en a, je veux savoir où ils sont planqués. Mais les laisser en place.

Il prend son sac.

— Fais-moi entrer et je m'y mets.

Tommy a commencé par examiner mon téléphone portable. Pendant qu'il poursuit sa chasse aux micros, j'appelle les membres de mon équipe les uns après les autres.

— Où en sont les recherches sur les combinaisons pseudo/mot de passe, James ?

— Nous en avons pour la nuit. Nous identifions les différents fournisseurs d'accès.

— Continuez.

Il raccroche sans répondre. Toujours aussi aimable.

Callie est au labo avec Gene, qui, fidèle à sa parole, s'occupe, toutes affaires cessantes, de l'ADN.

— Il met tout le monde à contribution, Smoky, me dit Callie. Il en a sorti plus d'un du lit. Notre Gene ne ménage pas sa peine.

— Peut-on le lui reprocher ?

— Non. Je me fiche de la façon dont elle gagnait sa vie, ma chérie. Elle était jeune. Elle aurait fini par changer de mode de vie, choisir un autre gagne-pain. Il l'a privée de cette possibilité.

— Je sais, Callie. C'est bien pour ça qu'on doit le coincer. Tiens bon et tâche de dormir un peu quand même.

— Toi aussi.

Je joins Alan en dernier. Je lui explique pourquoi Bonnie va encore passer la nuit chez lui.

— Bien sûr, pas de problème. – Il se tait avant de lâcher : – Elle commence la chimio la semaine prochaine.

La boule que je connais trop bien est revenue dans ma gorge.

— Ça se passera bien, Alan.

— Principe du verre à moitié plein, hein ?

— Exactement.

— Bonne nuit.

Il raccroche et je reste là, à considérer mon téléphone.

J'entends Tommy aller et venir dans la maison. Elle est vide et silencieuse. Bonnie me manque déjà. Les événements qui l'ont fait entrer dans ma vie sont effroyables et, si je pouvais y changer quelque chose, je n'hésiterais pas. N'empêche. Elle me manque. Son absence résonne en moi.

Je me rends compte que si je brûle d'en finir avec cette affaire, c'est pour des raisons qui vont au-delà des motivations habituelles. Ce n'est pas seulement pour débarrasser le monde de Jack Junior et de sa folie. Mais pour pouvoir enfin offrir à Bonnie un foyer. Je pense à l'avenir et je l'attends. Chose qui ne m'est pas arrivé depuis que j'ai tué Joseph Sands.

Tommy continue à vaquer. J'allume la télévision et je m'installe pour la regarder en attendant qu'il ait terminé.

J'ai douze ans. C'est l'été. Un bel été. Mon père est toujours de ce monde. Je ne me doute pas qu'il aura disparu avant mon vingt et unième anniversaire. Nous sommes à la plage de Zuma, assis sur le sable chaud. L'eau fraîche de l'océan sèche sur ma peau, j'ai un goût de sel sur les lèvres. Je suis jeune, au bord de la mer, et mon père m'aime.

Un moment merveilleux.

Mon père observe le ciel. Je le vois sourire et secouer la tête.

— Qu'est-ce qu'il y a, papa ?

— J'étais en train de penser aux différentes sortes de soleil qui existent. Chaque endroit a son soleil, tu savais ça ?

— Ah bon ?

— Han-han. Il y a le soleil spécial champs de blé du Kansas. Le soleil de Bangor, dans le Maine, caché derrière des nuages dans un ciel gris. Il y a le soleil de Floride, en or moite. – Il croise mon regard. – Mon préféré de tout temps est le soleil de Californie. Ce bon soleil sec et ardent, planté dans un ciel bleu sans nuages. Comme aujourd'hui. Il annonce le début de toute chose, l'imminence d'événements grandioses.

Il tourne son visage vers le ciel. Ferme les yeux et se laisse chauffer par son soleil préféré au souffle de la brise de mer qui joue dans ses cheveux. C'est la première fois que j'ai réalisé que mon père était beau.

Je n'ai pas très bien compris ce qu'il me racontait sur le moment, mais c'était sans importance. J'ai compris en revanche qu'il me faisait part de ses impressions parce qu'il m'aimait.

Quand j'évoque mon père, que j'essaye de me rappeler l'homme qu'il était, c'est ce moment qui me revient.

Mon père était quelqu'un d'extraordinaire. Maman est morte quand j'avais dix ans. Il a chancelé, sans jamais s'effondrer. Il ne m'a jamais abandonnée pour se vautrer dans son chagrin. Quoi qu'il arrive, il y a une chose dont je n'ai jamais eu à douter, c'était que mon père m'aimait.

Je me réveille, effleurée par une main. Je bondis du canapé en dégainant mon arme. Je mets un moment à reconnaître Tommy. Il n'a pas l'air inquiet. Il attend, les bras le long du corps. Je baisse mon pistolet.

— Désolé, dit-il.

— Non, c'est moi qui suis désolée, Tommy.

— J'ai tout inspecté. Je n'ai trouvé qu'un micro, sur le téléphone. Sans doute parce que tu vis seule. À moins que tu ne penses tout haut, il n'y a rien à écouter à part tes conversations téléphoniques.

— Donc, le téléphone et la voiture.

— Oui. Voilà ce que je te propose. Je vais dormir ici, sur le canapé. Demain, quand tu partiras, je te suivrai.

— Tu es sûr, Tommy ? de vouloir rester ?

— Désormais, ma priorité, c'est toi, Smoky. Mon boulot est de te protéger, jour et nuit.

— Je mentirais si je te disais que je n'en suis pas ravie. Merci.

— Pas de quoi. J'ai une dette envers toi.

Je le considère pendant un long moment.

— Tu sais, Tommy. Tu ne me dois rien. Je n'ai fait que mon métier. Quand tu assurais la sécurité de quelqu'un dans le service, tu n'avais pas le sentiment qu'on te devait quelque chose ?

Il pose les yeux sur moi.

— Moi, non. Mais eux, si. Parce qu'il s'agissait de leur vie. Tu m'as défendu dans un moment difficile. Que cela te paraisse ou non justifié, j'estime avoir une dette. – Il se tait un instant avant de reprendre : – Je regrette seulement de ne pas avoir été là quand tu as eu la visite de Joseph Sands.

Je lui souris.

— Moi aussi, je le regrette.

— Maintenant, je suis là. Tu peux dormir sur tes deux oreilles. Tu n'as rien à craindre. – Son regard a changé tout à coup. C'est un regard froid, dur comme la pierre. – Si quelqu'un veut s'en prendre à toi, il aura affaire à moi.

Je le regarde sans bouger de mon canapé. Avec une réelle attention. Je pense au rêve que je viens de faire, à mon père, à tout ce qui est arrivé. À tout ce qui pourrait arriver. Je scrute le noir profond de ses yeux. Son beau visage. Un désir m'étreint.

— Qu'y a-t-il ? demande-t-il d'une voix douce.

Je ne réponds pas. À mon grand dam, je me penche et lui pose un baiser sur les lèvres.

— Ouaouh ! s'exclame-t-il.

Incapable d'affronter son regard, je baisse les yeux.

— Je suis si laide que ça, Tommy ?

Un long silence s'installe. Sa main glisse sous mon menton, le relève. Je ne veux pas voir son expression. Je ne veux pas voir son dégoût.

— Regarde-moi, exige-t-il.

J'obéis. Je me détends. Aucun dégoût sur ce visage. Seulement de la tendresse, mêlée de colère.

— Tu n'es pas laide, Smoky. Je t'ai toujours

trouvée très sexy. Je n'ai pas changé d'avis. Tu as besoin de quelqu'un là tout de suite. Je peux le comprendre. Mais je ne sais pas trop où ça peut nous mener.

Je perçois la sincérité de ses paroles.

— Est-ce que tu me mépriserais si je te disais que ça m'est égal ?

Je suis curieuse de la réponse. Il secoue la tête.

— Non. Mais le problème n'est pas là.

— Il est où alors ?

— La question est de savoir si toi, tu me mépriserais.

Ces mots me laissent perplexe. Et me font du bien. Je me penche vers lui.

— Tu es un type bien, Tommy. J'ai confiance en toi. Je ne sais pas où cela nous mènera, ni même si ça nous mènera quelque part, et je m'en moque. – Je tends la main pour lui caresser la joue. – Je me sens seule et blessée, c'est vrai. Mais ce n'est pas la raison. Je veux seulement être désirée par un homme. C'est tout. C'est si mal que ça ?

Son regard, encore indéchiffrable, me fixe. Puis il prend mon visage dans ses mains. Approche ses lèvres des miennes. Elles sont douces et fermes en même temps. Sa langue rencontre la mienne. Tout mon corps réagit aussitôt, se presse contre lui, contre son bas-ventre où je sens enfler son désir. Il s'écarte. Son regard est voilé de plaisir et terriblement séduisant.

— Là-haut, ça va ?

S'il n'avait pas posé la question et avait d'emblée tenté de m'emmener dans le lit que je partageais avec Matt, j'aurais refusé. Je me demande d'ailleurs si je ne devrais pas protester.

— Oui, s'il te plaît.

Il me soulève dans ses bras et m'emporte comme une plume. Je blottis mon visage au creux de son cou et respire son odeur d'homme. Mon désir en devient plus intense. Elle m'a manqué, cette odeur. Je veux éprouver la sensation d'une peau contre la mienne. Je ne veux plus être seule.

Je veux me sentir belle.

Dans la chambre, il me pose doucement sur le lit. Il commence à se déshabiller. Je le regarde faire. Le spectacle en vaut la peine, me dit mon corps. Il est bien bâti, pas trop musclé. Il a un physique de danseur. Un duvet sur la poitrine, sexy, pas trop dense. Juste ce qu'il faut. Quand il retire son pantalon, puis son caleçon, je ne peux retenir une exclamation. Pas à cause de son sexe, même si je suis en état de manque. À cause de sa nudité, la nudité d'un homme dont j'ai trop longtemps été privée. Je sens grandir en moi une énergie, une vague puissante qui déchaîne un bouillonnement interne.

Il vient vers moi, s'assied sur le bord du lit, entreprend de déboutonner mon chemisier. Un doute me saisit.

— Tommy, les cicatrices... je n'en ai pas seulement sur le visage.

— Chut..., dit-il en continuant à défaire les boutons.

Il a des mains robustes, calleuses et douces à la fois. Tendres et brusques, comme lui.

Il ouvre mon chemisier, me soulève pour me l'ôter, m'enlève mon soutien-gorge. Me repose et me contemple. Mes craintes s'effacent quand je vois son expression. Ni répugnance ni pitié. Seulement cet air un peu ébahi qu'ont parfois les hommes devant une femme nue. L'air de dire : « Vraiment ? C'est tout pour moi ? »

Il se penche et m'embrasse encore, son buste écrasé contre le mien. Je sens durcir mes mamelons, où se concentre une fulgurance de sensations. Il me pose un baiser sur le menton et ses lèvres glissent sur mon cou, sur ma poitrine.

Quand sa bouche se referme sur mon sein, je me cambre en poussant un cri. Dieu tout-puissant, me dis-je. Est-ce l'effet que produit une trop longue abstinence ? Je prends sa tête dans mes mains et me mets à débiter des phrases inintelligibles, épuisée d'impatience. Il continue à me dispenser ses baisers, allant d'un sein à l'autre, m'arrachant des plaintes, tout en ouvrant la fermeture Éclair de mon pantalon. Il se dresse sur ses genoux pour me l'enlever, emportant ma culotte avec, et s'arrête, mes vêtements à la main, pour me contempler. Une ombre obscurcit ses yeux et trouble son visage. Il y a dans ce regard l'aveu d'un désir absolu.

Me voici nue devant un homme d'une indéniable beauté. Il me désire. Balafres et cicatrices incluses. Les larmes me montent aux yeux.

Tommy s'en inquiète.

— Ça va ?

Je lui souris.

— Oh, oui. Je suis heureuse, c'est tout. Grâce à toi, je me sens désirable.

— Tu l'es, Smoky. – Il pose un doigt sur mon visage et suit le tracé de mes cicatrices. S'attarde sur les marques sinueuses qui déparent ma poitrine et mon ventre. – Tu crois qu'elles t'enlaidissent. Pour moi, elles révèlent ta force de caractère. Elles sont un signe de courage, de volonté. La preuve que tu es une battante. Que tu es capable de lutter à mort. – Ses doigts reviennent caresser mes joues. – Ce ne sont pas des défauts qui gâchent l'ensemble. Mais les symptômes d'une vérité plus profonde.

Je lui tends les bras.

— Viens là et montre-moi que c'est ce que tu ressens. Toute la nuit.

Il m'a prise au mot. Cela a duré des heures, une harmonie d'ombre et de lumière, une perception exaltée, émotions et sensations mêlées. Je suis insatiable, j'en redemande encore et encore, il prodigue encore et encore, jusqu'à la fin, jusqu'au moment où l'univers réduit à un point explose en un éblouissement qui me vole un formidable cri de volupté.

L'absence de culpabilité m'est douce. Car je sais que, si Matt me voit, il est heureux. Qu'il me murmure à l'oreille : « Vis ta vie. Tu appartiens au monde des vivants. »

En m'endormant, je sais que je ne rêverai pas cette nuit. Les rêves me hanteront encore, mais le passé et le présent ont appris à vivre ensemble. Le présent a haï le passé, le passé a combattu l'avenir. Bientôt, le passé ne sera plus que le passé.

Le sommeil s'empare de moi. Ce n'est plus un refuge, mais un réconfort.

40.

Au matin, je me réveille satisfaite et assouvie. Comme après avoir étanché ma soif. Tommy a disparu, mais, en tendant l'oreille, je l'entends au rez-de-chaussée. Je m'étire. Je sens le moindre de mes muscles. Et je bondis hors du lit.

Je me douche, désolée de devoir me laver de son odeur. Pourtant je me sens plus fraîche après coup. Une bonne nuit d'amour s'apparente à un marathon. La toilette est d'autant plus revigorante que l'on s'est bien dépensé avant.

Je m'accorde un moment pour savourer cette impression, puis je m'habille et je descends rejoindre Tommy dans la cuisine.

Il est tel qu'il était avant nos ébats de la veille, sans un pli. Il est bien réveillé, en pleine forme. Il a fait du café et m'en sert une tasse.

— Merci, lui dis-je.

— Tu pars bientôt ?

— Dans une demi-heure à peu près. J'ai un coup de fil à passer avant.

— Préviens-moi.

Il me regarde fixement, d'un regard impénétrable

de sphinx et, soudain, un sourire incurve le coin de sa lèvre. Je hausse les sourcils.

— Quoi ?

— Je repensais à la nuit dernière.

— C'était super, dis-je d'un ton calme.

— Ouais, confirme-t-il. Tu sais, tu ne m'as pas demandé si je sortais déjà avec quelqu'un.

— Je suis partie du principe que, si c'était le cas, ce qui est arrivé la nuit dernière ne serait jamais arrivé. Je me suis trompée ?

— Non.

Je considère ma tasse de café.

— Écoute, Tommy, j'ai quelque chose à te dire à propos de cette nuit. À propos de ce que tu as dit. Que tu ne savais pas si ça nous mènerait quelque part. Je veux que tu saches que je pensais vraiment ce que je t'ai répondu. Si ça ne nous mène nulle part, je n'y vois aucun inconvénient. Mais...

— Mais, dans le cas contraire, tu n'y verras pas non plus d'inconvénient. C'est ce que tu voulais dire ?

— Oui.

— Parfait. Parce que je pense comme toi. – Il tend la main, me caresse les cheveux. J'accepte son geste. – Je suis sincère, Smoky. Tu es une sacrée bonne femme. J'en ai toujours été convaincu.

— Merci. – Je lui souris. – Bon, alors comment on va appeler ça ? Aventure d'une nuit avec potentiel ?

Il laisse retomber sa main en éclatant de rire.

— Ça me plaît assez. Préviens-moi quand tu seras prête à partir.

J'acquiesce et je m'éloigne, emplie d'une sensation de bien-être, et même plus, de sérénité. Quoi qu'il advienne par la suite, ni Tommy ni moi n'aurons à regretter cette nuit. Dieu merci.

Je remonte en tenant ma tasse de café comme un élixir de vie. Vu mon emploi du temps des derniers jours, il y a un peu de ça. Il n'est que huit heures et demie, mais je suis sûre qu'Elaina est une lève-tôt. Je compose son numéro.

— Allô ?

— Salut. C'est Smoky. Désolée pour hier soir. Comment va-t-elle ?

— Elle a l'air heureuse. Elle ne parle toujours pas, mais elle sourit tout le temps.

— Comment dort-elle la nuit ?

Silence.

— Cette nuit, elle a crié dans son sommeil. Je l'ai réveillée et je l'ai dorlotée. Après, ça s'est bien passé.

— Ah, flûte. Je suis désolée, Elaina. – La culpabilité maternelle. Pendant que je hurlais à la lune, Bonnie pleurait sur son passé. – Tu ne peux pas savoir à quel point je te suis reconnaissante pour ce que tu fais.

— C'est une enfant qui a souffert et qui a besoin d'affection, Smoky. Ce n'est pas un fardeau pour nous et ça ne le sera jamais. – Ses paroles ont la simplicité des mots venus du cœur. – Tu veux lui parler ?

Mon cœur bondit. Oui, j'en ai envie. Je ne savais pas à quel point.

— S'il te plaît.

— Ne quitte pas.

Un moment plus tard, elle reprend le téléphone.

— Elle est là. Je te la passe.

Une série de frôlements, puis j'entends la respiration de Bonnie.

— Bonjour, ma chérie. Je sais que tu ne peux pas me répondre, alors c'est moi qui vais parler. Je suis désolée de ne pas t'avoir ramenée hier. J'ai travaillé très tard. Quand je me suis réveillée ce matin, tu n'étais pas là et... – Ma voix se brise. – Tu me manques, Bonnie.

Silence. Une nouvelle succession de chuintements, puis la voix d'Elaina.

— Attends. – Elle parle, mais ce n'est plus dans le combiné. – Tu as quelque chose à dire à Smoky, trésor ? – Un silence. – Je lui dis. – Et s'adressant à moi : – Elle a fait un grand sourire, a serré ses bras autour d'elle et m'a montré le téléphone.

J'ai la gorge nouée. Je n'ai pas besoin qu'on me traduise.

— Dis-lui que moi aussi, Elaina. Il faut que j'y aille, mais je passerai la reprendre ce soir. Finis les dodos chez les autres, si je peux faire autrement. Pas avant un moment en tout cas.

— Nous t'attendrons.

Après avoir raccroché, je reste assise, le regard perdu dans le vide. Je prends conscience de toutes les émotions qui m'assaillent, certaines flagrantes, d'autres plus subtiles. J'éprouve des sentiments forts pour Bonnie. Un instinct de protection, de la tendresse, un amour maternel naissant. C'est violent, bien réel. D'autres sentiments, plus discrets, frémissent en marge. L'agacement d'abord. De ne pouvoir savourer pleinement le bonheur de ma nuit avec Tommy. Un sentiment vague, mais néanmoins présent. L'égoïsme d'un enfant qui refuse de partager. N'ai-je pas le droit d'être heureuse, moi aussi ?

La culpabilité aussi fait entendre sa voix. Insidieuse, perverse. Elle me souffle une question unique mais dérangeante : comment oses-tu être heureuse quand elle ne l'est pas ?

Je frissonne en reconnaissant ces voix. Je les ai toutes entendues en tant que mère d'Alexa. La fonction de parent n'est pas un rôle simple, défini une fois pour toutes. C'est une position complexe, un composé d'amour et de rancœur, de générosité et d'égoïsme. On est parfois émerveillé, bouleversé par la beauté de son enfant. À d'autres moments, on se surprend à souhaiter qu'il n'ait jamais existé.

Je ressens ces choses parce que je suis en train de devenir la mère de Bonnie. Cette réalité soulève les récriminations d'une autre voix : comment oses-tu l'aimer ?

As-tu oublié ?

Ton amour appelle la mort.

Au lieu de m'abattre, ces voix allument ma colère. J'ose, oui, j'ose parce que c'est mon devoir. C'est ça, être parent. L'amour est le grand moteur, le devoir fait le reste.

Je veux que Bonnie soit à l'abri, qu'elle ait un foyer. C'est un souhait concret.

Je défie les voix d'y trouver à redire. Elles se taisent.

Parfait.

Il est temps d'aller bosser.

La porte du bureau s'ouvre brutalement et Callie fait son entrée. Elle porte des lunettes de soleil et serre une tasse de café dans ses mains.

— Ne me parle pas tout de suite. Je n'ai pas encore ma dose de caféine, grommelle-t-elle.

Je hume l'arôme qui flotte dans l'air.

— Mmm... du café.

Elle s'éloigne, toujours accrochée à sa tasse. Un sourire moqueur soulève le coin de sa bouche.

— C'est à moi.

Je me lève pour aller fouiller dans mon sac. J'en sors un sachet de beignets au chocolat. Je vois l'œil de Callie s'allumer. J'agite les beignets dans sa direction.

— Regarde, Callie. J'ai là de délicieux donuts au chocolat. Mmm... ils sont fameux !

Son visage témoigne de la lutte qui se livre en elle. Une bataille acharnée de sentiments contradictoires qui tient quasiment du conflit nucléaire.

— Bon, allez, abdique-t-elle finalement. – Elle prend la tasse qui traîne sur mon bureau et y verse la moitié du contenu de sa tasse. – Donne-m'en deux.

J'en pêche deux dans le sachet et les lui tends lentement tandis qu'elle pousse la tasse de café vers moi. Elle s'empare des beignets et je saisis la tasse. L'échange d'otages a eu lieu. Elle s'assied à sa table et dévore les beignets pendant que je déguste mon café.

Divin.

Pendant qu'elle ingurgite son petit déjeuner, elle darde vers moi des regards furtifs. Rêveurs et pénétrants à la fois, malgré l'écran des lunettes de soleil.

— Quoi ? finis-je par lui demander.

— À toi de me dire.

Seigneur. La vieille légende serait-elle vraie ? Celle qui prétend que, quand une femme a couché avec un homme, ça se voit ?

— Je ne vois pas du tout de quoi tu veux parler.

Elle continue à me dévisager derrière ses verres fumés, avec un grand sourire aussi fendu que celui du chat de Cheshire[1].

1. Dans *Alice au pays des merveilles* de Lewis Caroll (*N.d.E.*).

— Comme tu voudras, ma chérie.

Je décide de l'ignorer.

Alan et James arrivent tous les trois l'un derrière l'autre. Leo a l'air d'être passé sous un camion. James a sa dégaine habituelle. Je les interpelle aussitôt.

— Approchez. Réunion de coordination. Leo et James, où en êtes-vous de vos recherches sur le nom d'utilisateur et le mot de passe ?

Leo se passe la main dans les cheveux.

— Nous avons contacté tous les fournisseurs. Ils coopèrent – Il consulte sa montre. – J'ai joint le dernier au téléphone il y a environ une demi-heure. Nous devrions avoir les résultats d'ici une heure.

— Préviens-moi dès que vous avez quelque chose. Callie, qu'ont donné les analyses ADN ?

— Gene a mis le turbo. Il m'a dit qu'il aurait les résultats en fin de journée. Ce qui signifie que s'il y a de l'ADN et si le titulaire est fiché, nous saurons qui c'est avant d'aller dîner.

Tous se taisent en entendant cette nouvelle. Impressionnés à l'idée que, peut-être, nous connaîtrons le visage de l'un de nos monstres avant la tombée de la nuit. Et que nous les aurons mis derrière les barreaux avant le lever du jour.

— Ce serait géant ! murmure Alan.

— Tu parles ! En attendant, quand le Dr Child peut-il me recevoir ?

— Quand tu veux après dix heures, répond Callie.

— Bien. Callie et Alan, contactez Barry et voyez ce que son équipe a récolté chez Charlotte Ross après notre passage.

— Compte sur nous.

— Je vais voir le Dr Child. – Je les regarde les

uns après les autres. – Maintenant, nous talonnons notre homme, les chéris, c'est officiel. Alors on garde le rythme. Vitesse et célérité sont les maîtres mots. – Je jette un coup d'œil à ma montre et je me lève. – C'est parti.

Le moment est venu de jeter un autre filet.

Je frappe à la porte du Dr Child avant d'ouvrir. Il est assis derrière son bureau, plongé dans un gros dossier. Il lève les yeux au moment où je passe la tête dans l'embrasure et sourit en me voyant.

— Smoky. Ravi de vous voir. Entrez, entrez. – Il m'indique une chaise devant sa table. – Asseyez-vous. Laissez-moi juste le temps de relire mes notes. Un cas étonnant.

Je m'assieds et j'attends qu'il ait fini de feuilleter les documents posés devant lui. Le Dr Child a une cinquantaine d'années, mais il a plutôt l'air d'en avoir soixante. Des cheveux blancs, une barbe et des lunettes. Il a toujours les traits tirés et un regard soucieux qui ne le quitte jamais, même quand il rit. Il y a près de trente ans qu'il sonde les âmes des tueurs en série. Je me demande si je serai comme lui dans vingt ans.

Après James et moi, c'est la personne à qui je me fie le plus pour déchiffrer les motivations des meurtriers.

Il redresse la tête et s'appuie au dossier de son siège.

— Nous avons déjà travaillé ensemble, Smoky. Vous savez donc que je suis un bavard invétéré et ce n'est pas maintenant que ça va changer. Vous n'y voyez pas d'inconvénient ?

— Aucun, docteur. Je vous en prie.

Il joint les mains sous son menton.

— Je vais développer mon point de vue comme

si nous avions affaire à un seul individu. La personne de Jack Junior est notre priorité et le pôle dominant. Vous êtes d'accord ?

J'acquiesce.

— Bon. De deux choses l'une. La première est possible, mais, je crois, improbable. C'est de la pure comédie. Il se prétend descendant de Jack l'Éventreur pour vous fournir une raison de vous lancer à ses trousses. Cette attitude me paraît tenir d'un délire paranoïaque totalement stérile.

« La deuxième hypothèse me semble plus probable, quoique extrêmement inhabituelle. Nous nous trouvons là en présence d'un cas d'opposition entre l'inné et l'acquis. Une sorte de lavage de cerveau au long cours. Ce qui signifierait que quelqu'un a passé un temps infini à inculquer à notre Jack Junior l'identité qu'il a fini par endosser. À mon avis, cet endoctrinement a dû commencer dès son plus jeune âge pour avoir été aussi efficace. C'est sans doute le fait d'un de ses parents ou des deux. Nous constatons que les tueurs en série ont généralement des histoires similaires. Comportant des sévices subis dès la plus tendre enfance. Des sévices physiques ou sexuels, souvent les deux. Ils en conçoivent une colère qu'ils ne peuvent décharger sur leur bourreau, car il s'agit d'une personne plus grande et plus forte qu'eux, ou détentrice de l'autorité et de la confiance affective. Le bourreau est presque toujours le père ou la mère. La victime des sévices aime cette personne et est persuadée que les violences subies sont justifiées. Méritées parce qu'elle a fait quelque chose de mal.

« Leur colère doit trouver un débouché. Faute de cible immédiate, ils l'orientent presque invariablement dans les trois mêmes directions. D'abord contre eux-mêmes : ceux qui mouillent systématiquement leur lit. Ensuite sous forme de violence infligée à leur environnement : ils allument des incendies. Enfin, à un degré supérieur d'intensité, par des actes de violence dirigés contre des êtres vivants : ils torturent et tuent des bestioles. Quand ils atteignent l'âge adulte, ce processus les conduit à sa conclusion logique : s'en prendre à d'autres êtres humains.

« Naturellement, il s'agit là d'une extrême simplification. Les humains ne sont pas des robots et il n'existe pas deux âmes semblables. Ils ne mouillent pas tous leur lit, ils n'allument pas tous des incendies, ils ne tuent pas tous des animaux. Les auteurs des sévices ne sont pas toujours les parents. Mais les grandes tendances qui se dégagent au fil du temps montrent que cette hypersimplification colle assez bien à la réalité. – Il se cale contre son dossier et m'observe. – On rencontre des exceptions. Elles sont rares, mais elles existent. Elles apportent de l'eau au moulin de ceux qui pensent que la nature explique tout. Des tueurs issus de familles normales, élevés par de bons parents. De la mauvaise graine. Aucun motif apparent à leur comportement. – Il agite la tête. – Pourquoi faudrait-il que ce soit l'un ou l'autre ? Je suis convaincu, et beaucoup sont de mon avis, qu'il y a un peu des deux. Un peu d'inné, un peu d'acquis. Mais, comme je l'ai dit, la cause majeure et la plus aisément observable est en général à chercher dans l'acquis. – Il tapote le rapport posé devant lui... – Ce cas précis présente une multitude de variantes. Il dit ne pas avoir subi d'abus physiques ni sexuels. N'avoir pas allumé d'incendie ni torturé d'animaux. Ce n'est peut-être pas vrai. Il est peut-être dans le déni. Mais, dans le cas contraire, nous nous trouvons devant quelque chose de nouveau. Un tueur en série créé de toutes pièces. Quelqu'un qui a été soumis à un bourrage de crâne tellement intensif et pendant si longtemps que la croyance inculquée est devenue pour lui une certitude. Dans cette hypothèse, ce doit être un homme très, très dangereux. Il n'a pas les blessures psychologiques que provoquent les violences physiques et sexuelles. Il ne souffre donc pas du mépris de soi qui en est la conséquence. Il doit donc pouvoir agir en toute rationalité. N'avoir aucun mal à s'intégrer à la société. D'autant qu'il a sans doute été formé pour cela.

« Jack Junior fait alors ce qu'il fait parce qu'il est convaincu d'accomplir ainsi son destin. Convaincu que c'est ce pour quoi il est né. Il n'y voit aucun mal. Parce qu'on l'a persuadé du contraire depuis le moment où il a été en mesure de comprendre. – Le Dr Child accroche mon regard. – Il s'est fixé sur vous parce qu'il a besoin de votre intervention pour que le fantasme soit complet. Il a dit lui-même que Jack Junior devait être poursuivi, de préférence par un enquêteur de talent. C'est pourquoi il vous a choisie. Un choix judicieux. – Il se penche en avant en désignant encore le dossier. – La véritable nature du contenu du bocal qu'il vous a envoyé, le fait qu'il s'agit d'organes bovins et non humains comme il semble le croire, constitue probablement votre meilleure arme. Il en a toujours accepté l'authenticité. S'il venait à découvrir que ce symbole est faux, qu'il l'a toujours été... cela pourrait l'ébranler. Le monde qu'il s'est forgé s'écroulerait. Il a toujours fait preuve de beaucoup d'intelligence, de prévoyance, de précision. S'il apprend la vérité sur sa précieuse relique, il s'effondre. Ou, alors, il y a une autre possibilité que nous ne pouvons négliger. Qu'il refuse purement et simplement d'admettre la vérité. Qu'il décide que c'est un mensonge destiné à le déstabiliser. Dans cette perspective, il en voudra à la personne responsable de ce « mensonge ». Et il éprouvera sans doute le besoin impératif de s'en prendre à elle. Ces deux scénarios tiennent la route, non ?

— En effet.

— N'oubliez pas qu'ils comportent l'un et l'autre des dangers. Si les fondements sur lesquels il a bâti sa vie lui sont brutalement enlevés, il peut devenir suicidaire. Et je peux vous garantir que, dans ce cas, il ne voudra pas être seul à mourir.

Je reçois le message. Fou de colère, privé de tout espoir, Jack Junior pourrait bien se payer un attentat suicide. Le Dr Child m'avertit que nous devons nous préparer à cette éventualité.

— Et qu'en est-il de Ronnie Barnes ?

Il lève les yeux au plafond.

— Oui. Le jeune homme qu'il dit avoir trouvé via Internet et « formé » lui-même. Très intéressant, même s'il y a déjà eu des précédents. Les meurtres perpétrés en équipe ne sont pas aussi rares qu'on pourrait le croire. Charles Manson a été un meneur célèbre dans ce domaine, mais il n'était ni le premier ni le dernier.

— Exact. Là, d'emblée, je pourrais vous citer une vingtaine de cas.

— Même plus. C'est là que je veux en venir. On estime que quinze pour cent des meurtres en série sont le fait d'équipes de tueurs. Même si ce cas comporte des particularités, il entre dans la statistique. Les équipes sont en général constituées de deux personnes. Il est arrivé qu'elles soient plus nombreuses. Il y a toujours une personnalité dominante, un individu qui a beaucoup d'énergie et un fantasme particulier. Il, ou elle, entraîne les autres, les encourage à mettre leur fantasme à exécution. Tous ont des symptômes psychopathologiques, mais, dans certains cas, on a pu penser, et j'en suis d'accord, que, sans l'instigateur, les autres n'auraient peut-être jamais franchi le pas du passage à l'acte. – Il sourit et j'entrevois dans ce sourire une part de cynisme blasé. – Ce ne sont pas pour autant des victimes. Il est fréquent, lorsqu'on les arrête, que les suiveurs prétendent n'avoir été que des complices involontaires. Ce que les preuves infirment le plus souvent.

— Comme pour la bande des éventreurs.

— Excellent exemple, se réjouit le Dr Child. Assez récent, qui plus est.

Je fais allusion aux éventreurs de Chicago qui ont sévi dans les années 1980. Un psychopathe du nom de Robin Gecht dirigeait une équipe composée de trois autres individus du même acabit. Quand ils ont été appréhendés, soixante-dix femmes au moins avaient été violées, battues, torturées et étranglées. Gecht et sa bande sectionnaient les seins de leurs victimes et s'en servaient à des fins sexuelles ou... alimentaires.

— Gecht n'a jamais tué lui-même, n'est-ce pas ?

— Non, reconnaît le Dr Child. Mais il était l'inspirateur. Un homme très charismatique.

— Il y a des points communs, mais ce n'est pas pareil.

Intrigué, le Dr Child dresse l'oreille.

— Expliquez-vous.

— C'est juste une impression. Jack Junior est

l'élément dominant, cela ne fait aucun doute. Il mène la danse. Mais en général, dans une équipe de tueurs, il y a un échange relationnel entre les membres. Ils s'apportent mutuellement quelque chose. Ils sont peut-être tordus, mais ils forment une équipe. Jack a sacrifié Barnes, dans le seul but de m'atteindre, moi, et de nous dérouter. Je pense que ses disciples sont des instruments recrutés sciemment dans un but précis. À mon avis, il n'a pas besoin d'eux pour satisfaire son fantasme d'un point de vue affectif.

Le Dr Child joint les mains et réfléchit. Il soupire.

— Cela le rend d'autant plus dangereux. Il a un projet, comme on dit. M. Barnes et ses semblables ne sont que des pions dans l'affaire. Des pions qu'on déplace sur un échiquier. C'est une bonne nouvelle, en un sens, mais pas la meilleure non plus. S'il est moins impliqué affectivement, il aura moins tendance à se dévoiler.

Super, me dis-je.

— Comment s'y prend-il pour dénicher ses coéquipiers, d'après vous ?

— De toute évidence, Internet lui a offert à la fois l'anonymat et de vastes ressources, constate le Dr Child d'un air mélancolique. C'est toujours la même histoire : les inventions qui révolutionnent le monde peuvent permettre le meilleur comme le pire, selon l'usage qu'on en fait. D'un côté, Internet a renversé les barrières politiques. On a vu arriver des messages électroniques de Russie bien avant la chute du Mur. Les gens du monde entier peuvent communiquer en quelques clics. Les Américains et les Esquimaux ont l'occasion de s'apercevoir qu'ils ne sont pas si différents les uns des autres. D'un autre côté, la toile accorde un espace de liberté quasi absolue aux Jack Junior de la planète : des sites de viol, de pédophilie, d'exposition d'horreurs photographiques, comme les images des victimes d'une exécution ou des restes sanglants d'une catastrophe aérienne. – Son regard revient sur moi. – Donc, pour répondre à votre question, au vu des indices qu'il nous a fournis jusqu'à présent, il doit chercher ses disciples en rôdant dans les recoins les plus malsains d'Internet, principalement ceux qui lui permettent d'épier d'abord. Au début, il a besoin d'observer, sans qu'on lui demande rien. Il guette des tendances particulières. Comme tous les manipulateurs, il trouve des sujets de conversation opportuns, qui lui permettront de se faire bien voir et de se faire valoir. Cependant – il se penche sur la table en disant cela –, il lui faut tôt ou tard les rencontrer face à face. Les mails et les *chats* ne sont pas suffisants. Pour diverses raisons. Déjà pour une simple raison de sécurité. C'est tellement facile de naviguer sous une identité fantaisiste. Notre Jack a le goût du risque, mais du risque calculé. Il veut s'assurer que la personne avec laquelle il discute est bien ce qu'elle prétend être.

— Sinon, quoi d'autre ?

— D'abord, c'est bien connu, ça marche dans les deux sens. Ses interlocuteurs veulent eux aussi vérifier son identité. Surtout, je ne pense pas qu'il puisse les amener à mettre leurs fantasmes à exécution sans contact personnel. Non. Si j'étais lui, je prendrais mon temps pour bien regarder et dresser ma liste. Ensuite, je vérifierais leur identité d'une façon ou d'une autre. Puis j'établirais le contact sur Internet. Enfin, j'organiserais des rencontres en chair et en os. À partir de là, le processus de captation de la volonté peut s'amorcer. À nous d'imaginer la méthode. Peut-être tout doux au début. « On va épier les étudiantes d'une association. On va corriger une prostituée, sans la tuer. Maintenant, on va tuer un chat et le regarder dans les yeux pendant qu'il meurt. » En procédant graduellement, il parvient à étouffer les restes de moralité auxquels s'accrochent encore ses complices pour tempérer leur comportement et se sentir humains. Une fois qu'on a mis un pied en enfer, pourquoi pas les deux ? Sans compter, il ne faut pas l'oublier, que, pour eux, l'enfer a des allures de paradis.

— Combien de temps ça prend à votre avis ? de conditionner quelqu'un, de l'inciter à franchir le pas ?

Il me considère d'un air songeur.

— Vous me demandez en fait combien d'adeptes il a pu rallier à sa cause ?

— En gros.

Il écarte les mains.

— C'est la grande inconnue. Cela dépend d'un trop grand nombre de facteurs. Depuis combien de temps s'adonne-t-il à cette activité ? Dans quel réservoir humain va-t-il chercher ses candidats ? S'il sélectionne, par exemple, des violeurs libérés sur parole, eh bien... il n'y a pas loin du viol au meurtre.

Je croise son regard las et je note mentalement ces paramètres. Combien d'années ? Combien d'adeptes ? Nous ne le savons pas. N'avons aucun moyen de le savoir.

— Il y a quelque chose qui me chiffonne, docteur. Vous avez effleuré la question quand vous avez dit qu'il aimait prendre des risques. Cette volonté de former des disciples n'est pas sans danger. L'un d'eux peut à tout moment le dénoncer. Il y a là une contradiction. D'une part, il est très habile. Rusé et prudent. Et, en même temps, il prend d'énormes risques. Je ne comprends pas bien.

Le Dr Child sourit.

— Il y a une explication toute simple à laquelle vous n'avez pas pensé.

Je fronce les sourcils.

— C'est quoi ?

— Il est fou.

Je le dévisage.

— D'après vous, c'est ça ? Il est fou ?

— Je vous expose brièvement. – Il devient sérieux. – D'après moi, deux composantes entrent en jeu. La première met en œuvre le fantasme. Le délire de la « propagation de l'espèce », de la nécessité de transmettre l'héritage de l'Éventreur, etc. – Il marque une pause. – L'autre relève des pulsions.

— Les pulsions ?

— Cette chose qui anime tous les criminels récidivistes. Qui les pousse à faire ce qu'ils font. Qui leur fait oublier toute prudence. – Il hausse les épaules. – Ces prises de contact avec des gens pour les manipuler, les façonner, répondent à un besoin irrationnel. Sauf motivation sensée que nous n'avons pas encore décelée, cette déviance obéit à un moteur qui échappe à la raison. Les pulsions. Il les assouvit en faisant ce qu'il fait et cet assouvissement est à la fois plus satisfaisant et plus important que sa propre sécurité.

— Donc, en un mot, il est cinglé.

— Voilà.

— Mais pourquoi Jack l'Éventreur ? Et pourquoi cette fixation sur les prostituées ?

— Je pense que les deux sont liés. À mon avis, ce sont les prostituées qui sont à l'origine du fantasme de

Jack l'Éventreur et non l'inverse. Ceux qui ont fabriqué ce clone... – Il esquisse un geste d'impuissance. – Ils avaient un sérieux problème avec les femmes. Pour avoir subi des sévices ou en avoir été témoins. Curieusement, les raisons et les motivations qui animent cette réplique contemporaine de l'Éventreur sont probablement très semblables à celles qui inspiraient le modèle original. La haine des femmes alliée au refoulement de la sexualité et à la négation du désir. Toujours la vieille ritournelle.

— Bon, il est cinglé. Quant à celui qui l'a endoctriné, il était complètement dément.

— Oui.

Je détourne les yeux pour mieux trier mes pensées. Prévisible et imprévisible. Rationnel et timbré à la fois. Nous voilà bien ! En même temps, j'ai l'impression que nous le connaissons un peu mieux maintenant.

— Merci, docteur. Vous m'avez bien aidée, comme toujours.

Il pose sur moi son regard triste et fatigué.

— C'est mon boulot, agent Barrett. Je vous ferai parvenir mon rapport. Et, s'il vous plaît, faites attention. C'est du jamais vu. La nouveauté est certes passionnante d'un point de vue clinique... – Il s'interrompt et me regarde dans les yeux. – Mais dans la réalité, nouveauté est synonyme de danger.

À ces mots, je sens réagir mon dragon intérieur, émoustillé par le défi.

— Permettez-moi de vous dire comment je vois les choses, de mon côté de la barrière, docteur. Sa manière et ses raisons d'agir comme il le fait sont peut-être inédites. Mais ce qu'il fait... – Je secoue la tête avec fatalisme. – Un meurtre est un meurtre.

41.

— Je suis tout ouïe.

Jones m'a convoquée dans son bureau pour que je l'informe des progrès de l'enquête. Lorsque j'en arrive à Tommy Aguilera, il m'arrête.

— Attends... Aguilera ? Il est dans le civil maintenant, non ?

— C'est un bon, monsieur. Vraiment très bon.

Vous n'imaginez pas à quel point, me dis-je en pensée.

— Je sais qu'il est bon. La question n'est pas là. – Il a une expression sévère. Le père Fouettard ne ferait pas mieux. – Je laisse passer pour cette fois, Smoky. Mais à l'avenir, si tu dois avoir recours à des gens de l'extérieur, tu dois d'abord m'en aviser.

— Oui, monsieur.

— Continue.

Je lui raconte le reste, jusqu'à ma visite chez le Dr Child et le contenu de notre conversation. Il prend un moment pour tout enregistrer avant de joindre les mains sur sa table.

— Voyons si j'ai bien tout capté. Il a tué deux femmes. Chaque fois, il t'a envoyé une vidéo du meurtre. Il a un associé. Il fait une fixation sur toi, au point de t'espionner chez toi, de te mettre sur écoutes et de planquer un mouchard sur ta voiture. Il a commencé à s'attaquer personnellement aux membres de ton équipe et menace de continuer. Il essaye de recruter d'autres tueurs en série en plus de celui qui travaille déjà avec lui. Il n'est pas celui qu'il croit. J'ai tout bon jusque-là ?

— Oui, monsieur.

— Vous avez des empreintes et probablement un échantillon d'ADN. Vous connaissez son mode opératoire et votre piste la plus sérieuse dans l'immédiat consiste à rechercher les autres sites auxquels il s'est connecté moyennant abonnement, s'ils existent. On a fait le tour ?

— C'est un bon résumé. Je voudrais maintenant tenter deux autres angles d'attaque et j'ai besoin de votre permission pour ça.

— De quoi s'agit-il ?

— Je veux mettre les médias dans le coup.

Son regard s'assombrit. En règle générale, nous n'aimons pas beaucoup les médias. Nous ne communiquons avec eux que si nous y sommes forcés ou si nous pensons que cela peut nous être utile. Je crois que c'est justement le cas. Encore faut-il que j'arrive à le convaincre.

— Pourquoi ?

— Deux raisons. Une raison de sécurité d'abord. Le fait est que, même si nous commençons à mieux cerner le personnage, nous ne savons pas quand nous arriverons à le coincer. Il faut lui lancer un avertissement. C'est le moment.

Il acquiesce à contrecœur.

— Quelle est l'autre raison ?

— Le Dr Child dit que, s'il apprend la vérité sur le contenu de son bocal, il va être secoué. Salement.

Il peut même péter les plombs. Il faut essayer. Il s'est montré très avisé jusqu'à présent. Nous avons en notre possession une information qu'il n'a pas, la seule. C'est une arme redoutable. Je veux m'en servir.

— Il risque de disjoncter, Smoky. Je ne parle pas de ses élucubrations de taré. Je parle d'un type transformé en missile à tête chercheuse qui fonce sur toi.

— Oui, monsieur. C'est une éventualité. Et là, on le chope.

Il passe dans ses yeux une lueur que je ne sais pas interpréter. Il se lève et se dirige vers la fenêtre. Quand il reprend la parole, je ne vois que son dos.

— Cette fixation qu'il fait sur toi... – Il se retourne. – Je te supplie d'être extrêmement prudente. Je... – Il hésite. – Je ne veux pas d'un *remake* de Joseph Sands. Plus jamais.

Je suis à court de mots. L'émotion du directeur adjoint Jones m'ôte la parole.

— Je te connais depuis ton arrivée au Bureau, Smoky. À l'époque, tu étais jeune et enthousiaste, et novice comme l'enfant qui vient de naître. Je me soucie de ce qui peut t'arriver. Tu comprends ?

Je lis l'anxiété dans ses yeux.

— Oui, monsieur. Je serai prudente.

L'anxiété disparaît, refoulée dans les profondeurs. Il m'a laissée l'entrevoir, il voulait que je sache qu'elle ne le quittait pas. C'est sans doute la seule occasion où il me livrera un aperçu de ses sentiments. J'en suis touchée et reconnaissante.

— Quelle est l'autre action que tu souhaites tenter ?

— Si nous localisons une victime potentielle, je voudrais lui tendre un piège. Et je devrai réagir vite.

— Si le cas se présente, préviens-moi d'abord.

— Oui, monsieur.

À mon retour, Leo agite une feuille de papier dans ma direction.

— Ils ont terminé leurs recherches, annonce-t-il. Ils ont trouvé un nom contacté avec la même combinaison de pseudo et de mot de passe.

Curieux, me dis-je, qu'ils n'aient pas eu l'idée d'en changer.

— Raconte.

Il consulte la feuille.

— Elle s'appelle Leona Waters. Elle a un site perso intitulé... – Il lève vers moi un regard dépité. – « Cassidy, buveuse de foutre ». Elle habite dans le quartier de Santa Monica.

— Tu as une adresse ?

— Je l'ai notée.

Il me tend la note.

— Qu'est-ce qu'on fait, ma chérie ?

— Que dit-on du côté de Barry ?

— Ils ont encore trouvé un avis de passage d'une boîte de dératisation, grommelle Alan. Même salade que la dernière fois.

— Ça fait donc bien partie d'un mode opératoire.

— On dirait.

— Autre chose ?

— Nan. Leurs criminologues continuent leurs investigations.

— Voilà ce qu'on va faire. Callie et moi allons voir cette Mlle Waters. Je veux me rendre compte, tâter le terrain. À partir de là, nous prévoirons un plan de bataille. Alan, je voudrais que tu restes en contact avec Barry et que tu suives l'évolution des recherches de Gene sur l'ADN. En cas de fait nouveau, tu m'appelles.

— Pigé.

— Et en attendant, sur quoi on bosse ? demande James.

— Vous regardez des photos cochonnes, lui dis-je en lui montrant les clichés des soirées partouzes qu'ils ont passés à la moulinette du logiciel de reconnaissance faciale. Callie, tu as toujours ton copain à Channel 4 ?

— Bradley ? – Elle m'adresse un sourire tout ce qu'il y a de plus grivois. – Ben... on ne couche plus ensemble, mais on est restés en bons termes.

— Parfait. Tu vas le contacter. Nous allons rendre l'affaire publique. Il faut qu'il rapplique dare-dare. Je veux que ça sorte aux nouvelles de dix-huit heures.

Elle hausse un sourcil.

— Déjà ?

Je lui explique mon raisonnement. Elle écoute en hochant la tête.

— Ça va le déstabiliser, ce qui serait une bonne chose. – Elle me considère d'un air songeur. – Évidemment, il risque de s'en prendre à toi.

— C'est déjà le cas. Comme ça, au moins, nous sommes prêts à le recevoir.

— J'appelle Bradley.

Le bureau bourdonne comme une ruche, mais, pour l'instant, on n'a pas besoin de moi. J'en profite pour relever mes messages. Je leur ai recommandé à tous de vérifier leur courrier électronique toutes les demi-heures. Pour ma part, il y a plusieurs heures que je ne m'en suis pas occupée.

Je tombe sur une suite de mots qui me fige sur ma

chaise. C'est un intitulé de message ainsi formulé : « Bonjour de la brune impudique ».

Je clique dessus. Je reconnais aussitôt la première phrase, devenue familière :

Bonjour, agent Barrett !

À l'heure qu'il est, vous avez sûrement pu admirer ma dernière œuvre. La petite Charlotte Ross. Mon Dieu, mon Dieu, une vraie pute de la plus sale espèce ! Elle se couchait pour n'importe qui, homme ou femme. Seule ou avec d'autres. Curieux, n'est-ce pas ? que j'aie été le seul homme pour qui elle ne l'ait pas fait volontairement.

Aucune importance, cela dit.

Une pute de moins. Et vous, vous ne progressez pas. Vous commencez à vous sentir découragée ? Dépassée peut-être ?

À ce propos, n'hésitez pas à enlever le mouchard de votre voiture et le micro de votre téléphone.

— Merde !

À qui croyez-vous avoir affaire, agent Barrett ? Je salue la tentative, mais pensiez-vous vraiment me coincer de cette manière ? Je savais que vous finiriez par les trouver. Vous pouvez renvoyer votre monsieur Aguilera ou le garder. Quelle que soit votre décision, elle ne vous rapprochera pas de moi.

Je suis bien lancé maintenant. Je suis les traces de mon ancêtre, je poursuis sa mission sacrée. Je récolte moi aussi des reliques à transmettre aux générations futures.

Je regarde ma prochaine victime en vous écrivant. Une bien jolie chose. Mais sa beauté est tout extérieure. Regardez-vous, agent Barrett. Lacérée de cicatrices, mais, à l'intérieur, la beauté d'une chasseresse née. Ma future victime est séduisante en surface. Mais à l'intérieur ?

Rien qu'une putain de plus.

J'ai encore quelques surprises sur le feu à votre intention.

Nous restons en contact. D'ici là, surtout ne chômez pas.

Je sais que je peux compter sur vous.

Salut de l'enfer,

Jack Junior.

Sa suffisance m'horripile. Je te réserve un message à ma manière, espèce de dingo. Un qui va te faire ravaler ton petit sourire arrogant, que je devine même sans le voir.

— J'ai eu Bradley, ma chérie, claironne la voix de Callie.

Je ferme ma boîte mail.

— Et... ?

— Il était excité comme un gamin. Il sera là dans une demi-heure.

— Très bien. Dis à la réception de l'envoyer à la salle de conférences du premier étage.

Fidèle à sa parole, Bradley Cummings arrive vingt-cinq minutes plus tard. Il n'a pas changé depuis la dernière fois que je l'ai vu. Une belle gueule aux traits anguleux, un costume impeccable.

Callie, que la pudeur n'a jamais étouffé, m'avait narré par le menu leurs ébats débridés.

Un bon coup, telle avait été sa conclusion.

Il avait fait simple. Un cameraman et lui.

— Merci d'être venu, Brad.

— Callie m'a tracé les grandes lignes au téléphone. Aucun journaliste qui se respecte ne laisserait passer une aubaine pareille. Comment voulez-vous qu'on procède ?

— Je vais vous exposer les faits en détail sans la caméra. Ensuite, vous mènerez la discussion comme vous l'entendez devant la caméra.

— Ça me paraît bien.

— Une chose, Brad. Je veux que ça passe au journal de dix-huit heures.

— Croyez-moi, ce ne sera pas un problème.

— Parfait. D'autre part, il y a une information particulière que je tiens à annoncer moi-même face à la caméra. Vous comprendrez quand je vous aurai expliqué. Il est indispensable qu'elle vienne de moi et de personne d'autre.

Il me glisse un regard dubitatif.

— C'est tout à sens unique, hein, Smoky ? Un communiqué, quoi.

— Si vous voulez dire que je me sers de vous, la réponse est oui. Cela dit, tout sera vrai dans les moindres détails. Ce que vous allez rapporter sera la vérité. Mais vous allez aussi permettre deux choses : prévenir d'autres victimes potentielles et m'offrir la possibilité de désarçonner le meurtrier. C'est pourquoi il faut absolument que ce soit moi qui donne l'information. Vous n'avez qu'à imaginer que ce type est une grenade. Je vais la dégoupiller. – Je hausse les épaules. – La personne qui dégoupille a de bonnes chances d'être rattrapée par l'explosion.

Il fouille mon regard pour jauger ma sincérité.

— OK. Je vous fais confiance. Je m'occupe de tout.

J'emploie les vingt minutes qui suivent à lui raconter les événements des cinq derniers jours. Il agit en bon professionnel, prend des notes, pose des questions. Mon récit terminé, il se laisse aller contre le dossier de sa chaise et s'exclame :

— Ouaouh ! C'est... c'est quelque chose ! Je suppose que ce que vous voulez dire concerne le contenu du bocal.

— Exactement. L'une des raisons pour lesquelles il est très important que ce soit moi qui le dise, c'est que ça va le foutre en rogne. Et il voudra s'en prendre au porteur de la nouvelle.

— En effet. Bon, eh bien, allons-y.

Brad sait tirer le meilleur parti de la caméra. Ses questions sont brèves et ciblées, sans agressivité. Il arrive à la question cruciale.

— Agent spécial Barrett. Vous avez déclaré que vous aviez des révélations à faire au sujet du contenu du bocal qu'il vous a envoyé ? Pouvez-vous développer ?

— Absolument. Nous avons ouvert le bocal et fait analyser son contenu. Et nous nous sommes aperçus que les organes qui se trouvaient à l'intérieur n'étaient pas d'origine humaine. Ce sont des organes de vache.

— Qu'est-ce que ça signifie ?

Je me tourne légèrement de façon à regarder l'objectif de la caméra.

— Cela signifie qu'il n'est pas ce qu'il dit. Ce n'est pas un descendant de Jack l'Éventreur. Il est probable qu'il le croit. Il ne savait sans doute pas ce que contenait réellement le bocal. – Je secoue la tête. – C'est triste. Il vit dans le mensonge et il ne s'en doute même pas.

— Merci, agent Barrett.

Brad s'en va, enchanté. Il promet de faire diffuser l'interview à dix-huit heures et à vingt-trois heures et se retient de courir tellement il est impatient.

— Ça s'est bien passé, remarque Callie. J'avais oublié qu'il était si beau ! Il faudra que je songe à le rappeler un de ces jours.

— En tout cas, la prochaine fois, je me passerai du compte-rendu détaillé.

— C'est glauque. – Elle se tait avant de reprendre. – Il va être fou furieux. Jack Junior, je veux dire. Il est fichu de perdre les pédales.

Je me fends d'un large sourire.

— J'espère bien. Bon, allons voir Mlle Waters.

En chemin, j'appelle Tommy Aguilera pour lui parler du mail.

— L'un d'eux devait être là l'autre soir. Ou le lendemain matin. Cela prouve aussi qu'ils sont bien informés sur les gens que tu connais. Les gens comme moi, par exemple.

— Ouais. Bon, ben, c'est tout pour le moment, Tommy. Je te rappellerai plus tard, si tu veux bien. Pour voir si on vire les micros et le mouchard GPS.

— Ce ne sera pas la peine.

— Pourquoi donc ?

— Parce que je te suis comme ton ombre, Smoky. Je te l'ai dit. Tu es ma priorité. Je ne prends pas de vacances tant que tu ne l'as pas arrêté et que je ne suis pas certain que tu es en sécurité.

Je protesterais bien pour la forme, mais, en vérité,

j'espérais un peu qu'il me dirait quelque chose comme ça.

— J'ouvre l'œil, Smoky.

Le trajet est plus long que prévu à cause d'un accident ; une camionnette a heurté la rampe de sécurité. L'accident est sans gravité, mais le ralentissement gigantesque, comme toujours. Quand nous arrivons, il est presque deux heures de l'après-midi. Leona Waters vit dans un très joli appartement, au milieu d'un quartier pas si joli que ça. Santa Monica est un ramassis de mochetés. Il reste une bonne partie de résidences élégantes ou luxueuses, mais souvent plus ou moins décrépies, comme partout à Los Angeles. C'est tout le drame de cette ville, dont les habitants partent s'installer toujours plus loin pour fuir ce cancer, qui les rattrape toujours.

Nous nous garons et nous présentons à l'entrée. Il y a un système de sécurité qui oblige les habitants à composer un code pour entrer. Un gardien se tient à la réception. Je frappe légèrement sur la vitre pour l'inciter à lever les yeux. Il m'offre une expression agacée de la plus belle eau, jusqu'au moment où je colle ma carte du FBI sur le carreau. Il bondit alors de sa chaise comme d'un siège éjectable et se précipite pour nous ouvrir.

En voyant mes cicatrices, il interrompt son geste et me dévisage ouvertement. Puis son regard glisse sur Callie. Inspecte son corps de haut en bas en s'attardant ostensiblement sur sa poitrine.

— Que se passe-t-il, madame ?

— Juste quelques questions... ?

— Ricky, avoue-t-il en se passant la langue sur les lèvres.

Il se redresse légèrement pour paraître plus

grand. Ricky approche la cinquantaine. Il a le physique rabougri d'un homme qui se laisse aller après s'être longtemps maintenu en forme. Il a un visage ridé, un air accablé. Pas follement heureux de la vie qu'il mène.

— Juste quelques questions à poser à un habitant de l'immeuble. Rien de bien extraordinaire.

— Puis-je vous aider, madame ? De qui s'agit-il ?

— Désolée, c'est confidentiel, Ricky. Vous comprenez ?

Il hoche la tête, essaye de se donner des airs importants.

— Oui, naturellement, madame. Je comprends. L'ascenseur est là. Surtout n'hésitez pas si vous avez besoin de moi.

Dit-il en reluquant les seins de Callie.

— Certainement.

Certainement pas, me dis-je en moi-même.

Nous nous engouffrons dans l'ascenseur.

— Sale petit vicieux, commente Callie pendant que nous montons au quatrième.

— À qui le dis-tu ?

Nous sortons. Une flèche nous indique l'appartement 314. Je frappe à la porte qui s'ouvre presque aussitôt.

La femme qui vient d'ouvrir et moi nous regardons mutuellement sans pouvoir proférer une parole. Callie finit par rompre le silence.

— Tu ne m'avais pas dit que tu avais une sœur, ma chérie.

Je n'en ai pas, mais la remarque n'est pas sans fondement. Leona Waters et moi pourrions avoir un lien de parenté. Nous sommes pratiquement de la même taille. Nous avons les mêmes courbes aux hanches et absences de courbes au niveau du buste.

Les mêmes cheveux noirs, longs et épais, et beaucoup d'analogies dans les traits. Un nez assez semblable. Des yeux de couleur différente. Et elle n'a pas de cicatrices, naturellement. Outre la surprise, j'éprouve un vague malaise devant cette ressemblance. La raison pour laquelle Jack Junior a choisi tout spécialement cette femme semble évidente.

— Leona Waters ?

Elle nous jette des regards ahuris.

— Oui...

Je brandis ma carte.

— FBI.

Son visage s'assombrit.

— Il y a un problème ?

— Non, mademoiselle. Je dirige le CASMIRC de Los Angeles, le centre de recherche et d'investigation sur les enlèvements d'enfants et les meurtres en série. Nous recherchons un homme qui a violé, torturé et assassiné au moins deux femmes. Nous pensons que vous serez sa prochaine victime.

J'attaque directement à la jugulaire, effet électrochoc garanti.

Sa mâchoire s'affaisse. Ses yeux s'arrondissent.

— C'est une blague ?

— Non, mademoiselle. J'aimerais bien. Mais c'est très sérieux. Pouvons-nous entrer ?

Elle met un moment à réagir, puis se ressaisit et s'écarte.

En pénétrant dans l'appartement, je suis frappée par le goût avec lequel il est décoré. La délicatesse très féminine des détails.

Elle nous désigne le canapé pour nous inviter à nous asseoir. Elle s'installe en face de nous, dans un fauteuil recouvert du même tissu que le canapé.

— Donc... c'est vrai ? D'après vous, il y a un cinglé qui veut me faire la peau ?

— Un type très dangereux. Il a déjà tué deux femmes. Il vise les animatrices de sites de porno amateur sur Internet. Il les torture, les viole et les tue. Ensuite, il les découpe et les éviscère. Il se prend pour un descendant de Jack l'Éventreur.

Je continue à lui asséner les faits bruts, sans ménagement, pour anéantir d'emblée tous les doutes ou hésitations qui pourraient l'effleurer. C'est apparemment efficace. Elle vire du rose au blanc laiteux.

— Qu'est-ce qui vous fait penser qu'il a jeté son dévolu sur moi ?

— Il fonctionne toujours de la même manière. Il s'inscrit à un site web. Il l'a fait pour chacune des femmes qu'il a assassinées jusqu'à présent. Il utilise un pseudo et un mot de passe qui ont un lien avec l'histoire de Jack l'Éventreur. Nous les avons retrouvés sur votre liste d'adhérents. – Je me désigne moi-même. – Il me hait, mademoiselle Waters. Il fait une fixation sur moi. Notre ressemblance ne vous aura pas échappé.

Elle me regarde de haut en bas, indécise.

— Oui, bien sûr, je l'ai remarquée. – Elle s'interrompt. – C'est lui... c'est lui qui vous a fait ça ? demande-t-elle en montrant mon visage.

— Non. C'est quelqu'un d'autre.

— Je ne veux pas paraître malpolie, mais ce n'est pas très rassurant.

Je lui concède un faible sourire. Pour qu'elle sache que je ne me sens pas insultée.

— C'est compréhensible. Mais l'homme qui m'a fait ça m'a prise au dépourvu. C'est ce que nous voulons éviter dans votre cas. Il ne saura pas que nous l'avons à l'œil.

Son visage s'éclaire.

— J'ai compris. Vous voulez lui tendre un piège, c'est ça ?

— Oui.

— En vous servant de moi comme appât ?

— Pas exactement. Vous êtes l'appât en ce sens qu'il pensera vous trouver, vous. Mais je vous remplacerai par un agent. Je ne peux pas prendre le risque de vous mettre en danger en tant que civil. Cela implique qu'il faudrait nous laisser l'usage de votre appartement. Vous devrez aller habiter ailleurs quelque temps.

Je vois passer dans ses yeux une lueur indéchiffrable. Elle se lève, fait quelques pas. Elle reste un moment immobile, le dos tourné. Quand elle se tourne à nouveau vers nous, son visage exprime une ferme détermination.

— Savez-vous quel âge j'ai ?

— Euh... non.

— J'ai vingt-neuf ans. Pas mal pour vingt-neuf ans, non ?

— Pas mal, en effet.

— Je me suis mariée à dix-huit ans avec le premier homme avec qui j'avais couché. Je croyais que c'était l'amour de ma vie, le type le plus formidable du monde. J'aurais fait n'importe quoi pour lui. Et je m'y suis employée pendant un certain temps. Puis le prince charmant a changé. Pendant sept ans, il m'a battue. Oh, il ne m'a jamais rien cassé. Il ne laissait pas de traces sur mon visage. Il était trop malin. Mais il savait faire mal. Et il ajoutait toutes sortes d'humiliations aux coups. – Elle me fixe, les yeux dans les yeux. – Vous savez ce qu'est le sexe avec un homme comme ça ? C'est du viol. Peu importe que vous soyez ou non mariée avec lui. Il en fait un viol. – Elle détourne les yeux en secouant la tête. – Il m'a fallu longtemps pour grandir. Sept années. Pendant six ans, je n'ai tout simplement pas pensé que je pourrais le quitter. L'idée ne m'a pas traversé l'esprit. Il me persuadait que j'étais responsable de sa façon de se comporter. Ou que c'était son droit.

— Comment les choses ont-elles changé ? s'informe Callie.

Nous nous gardons bien de lui demander où elle veut en venir ou quel est le rapport avec le sujet du moment. Elle a des choses à dire et, pour obtenir ce que nous voulons, nous n'avons d'autre choix que d'écouter.

Elle hausse les épaules, un regard froid durcit son visage.

— Parce que, comme je vous le disais, j'ai grandi. Je savais qu'il me brutalisait avec beaucoup d'habileté. J'en ai parlé à des flics. Ils m'ont dit que j'aurais un mal de chien à prouver quoi que ce soit. – Elle retrouve le sourire. – Alors, j'ai planqué une caméra et j'ai enregistré. Je l'ai laissé me frapper, me maltraiter, m'humilier une dernière fois. J'ai remis la bande aux flics et j'ai porté plainte. Son avocat a tenté de taxer l'enregistrement de manœuvre dans l'intention de nuire, mais... – Elle esquisse un geste fataliste. – J'avais le nez cassé, deux yeux au beurre noir et des côtes fêlées. Le juge a conservé la vidéo. Mon mari est allé en prison. J'ai vendu tout ce que nous possédions et je suis venue m'installer à L.A. – Elle montre l'appartement. – Tout ça m'appartient. Vous n'approuvez sans doute pas la façon dont je gagne ma vie. Je m'en fiche. Tout ça est à moi et je n'ai plus à subir sa tyrannie. – Elle se rassied en face de nous. – Alors voilà : je me suis juré de ne plus jamais laisser un homme jouer avec moi comme il l'a fait. Jamais. Donc, si vous voulez utiliser mon appartement pour coincer ce dingue, je vous aiderai. Dans la mesure où je le peux. Mais je ne le quitte pas.

Elle se cale dans son fauteuil, les bras croisés. Incarnation de la volonté inébranlable.

Je l'observe longuement. Elle se laisse inspecter sans ciller. Je n'aime pas ça. Pas du tout. Je sais qu'elle ne pliera pas. J'écarte les mains en signe de reddition.

— Bien, mademoiselle Waters. Si j'arrive à convaincre mon patron d'accepter cette solution, nous ferons comme vous voulez.

— Appelez-moi Leona, agent Barrett. Bon. – Elle se penche en avant avec un regard implacable et brillant d'excitation. – Comment ça va se passer ?

Je modère mon enthousiasme. Leona n'a pas encore reçu la visite d'employés de service de dératisation, donc ils n'ont pas encore fait leur repérage. Mais ils peuvent venir à tout moment. Aujourd'hui, demain. Je suis sûre qu'ils ne vont pas tarder.

Mon dragon intérieur se démène, il sent l'odeur du sang.

J'ai eu le directeur adjoint, lui ai expliqué mes besoins. Après un flot de jurons, Jones a accepté. Callie et moi sommes toujours dans le salon de Leona, devant les tasses de café qu'elle nous a proposées. Nous attendons l'arrivée de deux agents de chez nous et de deux officiers de la police de Los Angeles. Ils devraient débarquer en ordre dispersé.

Nous ne voulons pas que les meurtriers se doutent de quelque chose, au cas où ils surveilleraient l'endroit.

Leona est allée dans son bureau en nous disant qu'elle devait répondre à ses mails.

— Tu sais, me dit Callie, je n'aime pas ce qu'elle fait, mais j'aime bien Mlle Leona Waters. Elle a du cran.

J'acquiesce d'un sourire en coin.

— Moi aussi. J'aurais préféré qu'elle ne demande pas à rester. Mais je dois reconnaître qu'elle ne manque pas de courage.

Callie boit son café d'un air songeur.

— Quelles sont nos chances, à ton avis ?

— Je ne sais pas, Callie. Maintenant que je l'ai vue, je suis sûre que nous sommes sur une piste. Elle est sur sa liste. Tu n'as qu'à la regarder. – Je ne peux retenir une grimace de dégoût. – Il l'a probablement choisie pour avoir l'impression que c'est moi qu'il viole et qu'il tue.

— Ça fout les jetons. Pour un peu, on croirait aux histoires de doubles et de sosies.

Mon téléphone sonne.

— Oui.

La voix de baryton d'Alan ronronne à mon oreille.

— Je voulais juste te mettre au courant. Gene dit que ses analyses d'ADN vont prendre plus de temps qu'il pensait. Il aura les premiers résultats vers dix heures du soir.

— Nous sommes sur une piste intéressante.

Je lui raconte notre rencontre avec Leona Waters et notre plan de bataille.

— C'est encourageant. Espérons qu'on va les pincer, ces salauds.

— Croise les doigts. Je vous tiendrai au courant. – En raccrochant, je consulte ma montre. – Mince. J'ai pas vu passer le temps. – Je regarde Callie. – Il est presque dix-huit heures.

— L'heure du journal.

— L'heure de filer un coup de boule à ce détraqué.

42.

Brad lance sa page spéciale avec beaucoup d'élégance et de sérieux.

Certains d'entre vous se souviennent sans doute de l'agent Smoky Barrett en raison des événements qui l'ont frappée l'année dernière. Un tueur en série qu'elle traquait, un certain Joseph Sands, a massacré sa famille un soir tragique. Elle en a réchappé, mais s'est retrouvée défigurée et seule, ayant perdu tous les siens. Malgré ces drames personnels, elle exerce à nouveau son métier.

Elle poursuit actuellement un homme connu sous le nom de Jack Junior. Il prétend être un descendant direct de Jack l'Éventreur.

Il expose les faits sans enjoliver. Il n'en a pas besoin. La vérité est assez effroyable. Mon visage apparaît vers la fin de son récit, au moment où je lâche ma bombe au sujet du contenu du bocal. Je me regarde avec indifférence. Je me suis habituée à mes cicatrices. Ce n'est peut-être pas le cas des téléspectateurs.

Le FBI demande instamment aux femmes exerçant cette profession de prendre toutes les précautions qui s'imposent.

Il énonce une liste des mesures que nous pensons devoir leur conseiller. Il fait face à la caméra et insiste, d'un ton théâtral :

— *Soyez prudentes et vigilantes. Votre vie est en jeu.*

Le flash s'achève sur cette recommandation.

— Il était très bien, commente Callie. Toi aussi, ma chérie.

— Vous essayez de le faire réagir, c'est ça ?

Une voix a parlé derrière nous. Nous étions tellement absorbées par l'émission que nous n'avons pas vu Leona sortir de son bureau.

— Oui. C'est ça.

Elle m'adresse un sourire admiratif.

— Vous êtes quelqu'un, vous. S'il m'était arrivé ce que vous avez traversé..., elle ne finit pas et secoue la tête.

— Je n'ai pas l'exclusivité, Leona. Vous avez connu une autre forme d'épreuve. Et pourtant, vous avez rebondi.

Un coup frappé à la porte met un terme à notre bavardage. Leona se crispe.

— Restez là, lui dis-je à voix basse en dégainant mon arme.

Je vais à la porte.

— Oui ?

— Agent spécial Barrett ? Nous sommes les agents Decker et McCullough, accompagnés de deux membres de la police de Los Angeles.

Je glisse un regard par le trou de la serrure. Je reconnais Decker.

— Attendez.

J'ouvre la porte et leur fais signe d'entrer.

Conformément à mes instructions, ils sont habillés en civils. Je remarque avec un certain amusement qu'ils portent tous le même genre de vêtements : jean et chemise de laine. Même en tenue de tous les jours, ils arrivent à arborer un semblant d'uniforme. En tout cas, rien ne les désigne au premier coup d'œil comme des représentants des forces de l'ordre.

Une fois qu'ils sont tous à l'intérieur, je leur demande s'ils ont tous été briefés.

— Oui, madame, répondent-ils en chœur.

— Bien. Messieurs, le but de l'opération est de tendre un piège. Nos suspects ont tué deux fois. Ce sont des malins, des pointures. Ils agissent avec précision : pas d'hésitation, une grande détermination. Nous connaissons leur mode opératoire grâce aux précédentes victimes. L'un d'eux vient repérer les lieux en se faisant passer pour un employé d'entreprise de dératisation et nous espérons bien que ce sera le cas ici. Ne les sous-estimez pas. Si l'un d'eux sort un couteau, ce ne sera pas pour vous effrayer ou vous intimider, mais pour s'en servir. Celui qui se présentera doit être pris vivant pour qu'il puisse nous conduire à son comparse. – Je fais un geste pour présenter Leona Waters. – Voici Mlle Waters. Nous avons la certitude qu'elle est sur la liste de ses victimes.

Je vois leurs yeux se tourner vers elle. Ils la jaugent. L'un des policiers traîne sur elle un regard équivoque qui n'a rien de professionnel. J'en suis à la fois ulcérée et mortifiée. Je me cale devant lui et lui plante mon doigt dans la poitrine assez brutalement.

— J'attends de vous une attitude exemplaire. Sachez que j'ai demandé à Mlle Waters de s'absenter le temps que nous menions à bien cette opération. Elle a refusé et s'est portée volontaire pour nous épauler. – Je me penche vers l'officier pour lui montrer toute l'étendue de ma contrariété, et je poursuis d'une voix contenue : – S'il arrive quoi que ce soit à cette femme parce que vous réfléchissez en dessous de la ceinture, je vous bouffe tout cru, pigé ?

Je dois admettre, à sa décharge, que son air contrit a toutes les apparences de la sincérité. Il hoche la tête.

— Quel est le topo, madame ? s'impatiente l'agent Decker, nous ramenant à nos moutons.

Je mets de côté ma colère.

— Nous allons faire simple. Un sur le toit. Un devant l'ascenseur. Deux ici avec l'agent Thorne et moi-même. Celui qui sera sur le toit nous avertira dès qu'il verra quelqu'un s'approcher dans la rue. Celui qui planquera devant l'ascenseur pourra nous prévenir si l'individu repéré monte à cet étage. Les deux qui restent à l'intérieur participeront à l'arrestation. Vous avez ce qu'il faut comme matériel ?

— Oui, madame, répond Decker. Écouteur, micro. Et des armes.

— En particulier un fusil pour tirer éventuellement du toit, précise l'un des officiers de police.

J'approuve d'un signe.

— Bien. Je tiens à souligner un point important : faites en sorte de ne pas attirer l'attention sur vous. C'est capital. Nous avons la preuve que l'un au moins des suspects me piste. S'ils ont le moindre soupçon, ils décamperont. – Je les regarde chacun dans les yeux. – Des questions ?

Réponse négative.

— Dans ce cas, mettez-vous en position. Soyez vigilants, mais attendez-vous à poireauter un bon bout de temps.

43.

C'est la particularité de ce boulot. À cause de lui, ma vie dépend d'événements extérieurs et prend soudainement une direction en fonction des pistes qui se présentent. Je mesure toute l'ironie de la situation. Je déteste les contraintes et pourtant, j'ai choisi un métier dont la règle est d'en créer à tout bout de champ. Quand on traque un meurtrier, on n'a pas d'emploi du temps organisé. Le programme est clair : tant qu'il est dans la nature, le taux de mortalité augmente. On reste sur le qui-vive jusqu'à ce qu'on le tienne.

Et voilà comment je me retrouve enfermée dans l'appartement d'une femme qui gagne sa vie grâce au sexe, prête à attendre aussi longtemps qu'il le faudra dans l'espoir de voir se pointer Jack Junior ou son complice.

Je glisse un regard à Callie. Assise sur le canapé, les pieds posés sur la table basse, elle regarde une émission de télé-réalité avec Leona en grignotant des pop-corns. C'est une des qualités que j'apprécie et que j'admire chez Callie. Cette faculté qu'elle a de vivre dans l'instant, de le savourer tranquillement, et de passer à l'action en un clin d'œil. Je n'ai jamais eu ce talent.

Je jette un coup d'œil à ma montre. Vingt et une heures trente. Je passe un appel de contrôle au policier posté sur le toit, dont j'ai appris qu'il s'appelait Bob.

— Rien d'anormal là-haut ?

Sa voix grésille dans mon écouteur.

— Non, toujours pas.

Je tends l'oreille vers la conversation de Callie et Leona.

— Je voulais vous demander, ma chérie. Que se passera-t-il quand vous déciderez de faire entrer à nouveau un homme dans votre vie ?

— Que voulez-vous dire ?

— Est-ce que vous changerez votre mode de vie ?

Leona réfléchit à la question.

— Ça dépend. Beaucoup de gens ont des relations qui ne sont pas basées sur la monogamie. C'est pas évident, mais ça arrive. Si je ne trouve pas ce genre d'arrangement, je suppose que j'attendrai d'avoir mis un terme à mon activité avant de chercher l'âme sœur. Je me suis promis de ne jamais bouleverser ma vie pour un homme. Plus jamais.

— Problématique intéressante, vous ne trouvez pas ?

— Emblématique du style de vie que je me suis choisi, en tout cas.

Je cesse de les écouter. Callie manifeste toujours un vif intérêt pour les motivations des autres. C'est son truc.

Ainsi passe le temps. Les choses suivent leur cours. Pas seulement ici. Au bureau, ils ne chôment pas non plus. Tout le monde fournit sa part de travail et endosse sa responsabilité. Et tout le monde aura sa part de culpabilité s'il tue encore avant qu'on l'attrape.

La voix de Bob résonne à mon oreille, m'arrachant à mon ennui et à ma méditation.

— Un homme, environ un mètre quatre-vingts, cheveux bruns. Il entre dans l'immeuble. Porte une sorte d'uniforme. J'arrive pas à identifier.

— Bien reçu, répond Dylan, celui qui surveille l'ascenseur.

Je me tourne vers Callie et les agents Decker et McCullough. Ils me font signe qu'ils ont entendu. Les minutes s'écoulent.

— Un homme correspondant à la description vient de sortir de l'ascenseur, prévient Dylan. Se dirige vers l'appartement. Je confirme pour l'uniforme. Je répète, je confirme qu'il porte l'uniforme d'une entreprise de dératisation.

— Bien reçu. – Mon cœur s'emballe et le dragon se réveille, attentif. – Restez où vous êtes pour lui couper toute retraite, Dylan.

— Bien reçu.

— Bob, je vous avertirai s'il nous échappe. Je vous donnerai peut-être l'ordre de tirer.

— Bien reçu. Je suis paré.

Je lance un regard à Leona.

— C'est lui.

Elle hoche la tête. Elle a l'air excitée, galvanisée. Et pas le moins du monde effrayée.

On frappe. Je fais signe à Leona. Elle va à la porte et, dernière vérification, regarde par le trou de la serrure. Se tourne vers moi en secouant la tête. Elle ne le connaît pas. Je lui adresse un signe.

— Qui est-ce ? demande-t-elle.

— Déparasitage ABC, madame. Désolé pour l'heure tardive. Le gérant nous a appelés pour une urgence. Un problème de rats. J'aurais besoin d'entrer chez vous pour effectuer une vérification. Ça ne prendra que quelques minutes.

— Euh... oui. Attendez une minute.

Elle se retourne vers moi. Je lui fais signe d'aller dans sa chambre. Je sors mon arme. Callie, Decker et McCullough sortent les leurs. Je lève la main et commence le décompte avec mes doigts. Un... deux... à trois, j'ouvre brutalement la porte.

— FBI ! Ne bougez pas !

Mon canon est pointé à cinquante centimètres de son visage. Je sonde son regard et j'y reconnais la vacuité que j'imaginais. Il laisse tomber son bloc-notes à pince et lève les deux mains au-dessus de sa tête.

— Ne tirez pas ! dit-il.

Il semble affolé, comme on peut l'être quand on se trouve face à un flingue, mais j'éprouve une gêne indéfinissable car il n'y a pas trace de cet affolement dans ses yeux qui cherchent, fouillent, examinent.

Je répète :

— Ne bougez pas ! Croisez vos mains derrière la tête et mettez-vous à genoux.

Il me dévisage, passe sa langue sur ses lèvres.

— Comme vous voudrez... Smoky.

J'ai une fraction de seconde de perplexité en l'entendant prononcer mon nom. Il s'élance comme une flèche, bascule d'abord sur le côté avant de foncer sur moi. Ses mains fusent dans toutes les directions, l'une fait valser mon arme, l'autre s'abat sur mon visage. Je suis projetée en arrière et je vois trente-six chandelles. J'atterris sur le dos : j'essaye aussitôt de me relever. J'ai réussi à reprendre possession de mon pistolet.

Il continue à se démener, exécutant une sorte

d'art martial particulièrement puissant. Il attaque ses cibles comme il l'a fait pour moi, assénant des coups d'une extrême brutalité. C'est sans fioritures, mais parfaitement efficace. Je vois l'agent Decker encaisser un coup de coude dans la mâchoire et suis avec un intérêt comateux la trajectoire de deux de ses dents qui fusent comme des balles de revolver. Puis j'entends Callie ordonner d'un ton glacé :

— Un geste et je te descends.

L'agitation cesse et soudain tout est calme. En suspens. Callie le tient braqué au bout de son arme, le canon sur le front. Ses yeux lancent des regards furieux, mais il est aussitôt immobilisé par l'agent McCullough, bientôt secondé par Dylan qui est accouru pour prendre part à la fête.

Je me rends compte que je saigne et que je suis sonnée. Complètement sonnée.

— Ça va, ma chérie ?

Je me relève en titubant.

— Oui, ça va.

Pour retomber illico sur les fesses. Je ne perds pas conscience, mais je suis au tapis. Le meurtrier hurle :

— Connasse ! Pauvre poufiasse débile ! T'es fière de ton coup ? T'es à côté de la plaque ! J'ai encore...

— Seigneur ! Ferme ta gueule ou je te plombe les guiboles. Dylan, McCullough. Bâillonnez-moi ça !

Dylan me dédie un grand sourire et ferme ses menottes sur les poignets du causeur qu'il emmène dans le couloir pour le fouiller et lui lire ses droits.

— Comment tu vas ? s'inquiète Callie.

Je secoue la tête pour vérifier l'état de la machine.

— Je reprends mes esprits. Je vais bien, je crois. Comment est ma figure ?

— Il a fait un carton sur tes lèvres. Genre « je ne dois rien au collagène, je viens d'embrasser un mur ».

La boutade me remet sur pied et me rend à mes préoccupations.

— Decker !

— Je suis là, madame. Ça va.

Je le localise, appuyé contre un mur. Il tient un mouchoir ensanglanté contre sa bouche.

— Aïe. Il va falloir voir un médecin.

— Plutôt un dentiste, grommelle-t-il. Ce salopard m'a cassé deux dents.

— Callie.

Elle ouvre son téléphone portable.

— J'appelle tout de suite, ma chérie.

La porte de la chambre s'écarte légèrement. Leona demande, d'une voix chevrotante :

— Je peux sortir ? Personne n'est blessé ?

Je regarde autour de moi. Mes yeux se posent successivement sur Decker et son mouchoir sanglant, la table basse cassée, et la vérité s'impose à moi d'un coup. C'est plus qu'une décharge d'adrénaline qui court dans mes veines. C'est une explosion et je hurle :

— On le tient !

Callie et Decker sursautent et me dévisagent. Callie sourit. Decker essaye. Je rassure Leona :

— Tout va bien. Tout va pour le mieux.

Je fais craquer mes doigts. Mes lèvres me brûlent. Mon dragon se tortillent, rugit et grince des dents. Il susurre : « Donne-le-moi. Je vais le broyer. »

Je passe ma langue sur ma lèvre. J'y cueille le goût du sang. Ça devrait le calmer pour un moment.

44.

Callie et moi pénétrons dans le hall du bâtiment du FBI. Nous avons laissé un policier en faction chez Leona, tandis que notre suspect était emmené au poste de police de Wilshire pour y être mis en cellule. Je suis revenue pour récupérer Alan et préparer notre stratégie d'interrogatoire. Au moment où j'appuie sur le bouton de l'ascenseur, mon téléphone sonne.

— Smoky !

Je suis aussitôt alertée en entendant la voix terrifiée d'Elaina.

— Que se passe-t-il, Elaina ?

— Il y a trois hommes qui rôdent près de la maison. Dans la cour. Des jeunes.

Un frisson de panique me traverse. Je pense à Ronnie Barnes. Y a-t-il un lien ? Jack Junior a-t-il recruté d'autres « esprits frères » ? S'est-il constitué une milice de psychopathes ? Ou est-ce moi qui suis sujette à la paranoïa ?

Paranoïa ? Avec Jack Junior ? Jamais de la vie.

Je me souviens de ce que j'ai dit à Alan, de l'avoir assuré qu'Elaina n'avait rien à craindre, et je suis atterrée des conséquences que pourrait avoir mon erreur d'appréciation. Je me précipite dans l'escalier, oubliant l'ascenseur. Callie m'emboîte le pas.

— Elaina, où sont les agents qui surveillaient la maison ?

Silence.

— Leur voiture est là. Mais je ne les vois pas.

— Tu as une arme chez toi ? Un pistolet ?

— Oui. Là-haut, dans un placard.

— Prends-le et enferme-toi dans la salle de bains. Je vais chercher Alan et on est là dans un quart d'heure.

— J'ai peur, Smoky.

Je ferme les yeux sans cesser de courir.

— Appelle la police, prends le pistolet. On arrive, Elaina.

Je raccroche, à contrecœur. Mais c'est la seule façon de l'obliger à agir. Un instant plus tard, je fais irruption dans le bureau. En voyant mon expression, ils sont tous sur leurs gardes.

— Alan, Elaina a de la visite Vous deux, restez ici, dis-je à Leo et James. James, mets-toi en rapport avec la police de Los Angeles pour coordonner la mise en cabane du suspect. Callie et Alan, vous venez avec moi. On se bouge !

Alan a déjà pris les devants. On peut lire les questions qu'il se pose sur son visage, et la peur dans ses yeux. Mais sa voix reste calme alors que nous dévalons les marches pour foncer vers le parking.

— Combien sont-ils ?

— Trois. Ils rôdent autour de la maison. J'ai dit à Elaina d'appeler les flics, de prendre le flingue et de s'enfermer dans la salle de bains.

— Où sont passés les agents qui sont censés veiller sur Bonnie ?

— Je ne sais pas.

Nous traversons le hall au pas de gymnastique, franchissons les portes et dégringolons les marches du perron. Elaina et Bonnie. Elaina et Bonnie. La litanie tourne dans ma tête, indéfiniment. L'idée m'effleure que je devrais être complètement terrorisée, mais nous sommes dans l'urgence, pas le temps d'approfondir. Callie n'a pas pipé mot. Elle nous suit sans poser de questions. Et soudain...

— Crève, salope !

Au moment où nous atteignons le parking, un jeune homme se précipite sur moi en brandissant un couteau. Ses traits sont déformés par une haine démente. Ses yeux sont avides. Le temps ralentit, réduit à un défilement image par image. Deux mètres, analyse mon esprit. Il court, couteau en main, cela veut dire qu'il sera sur moi dans moins d'une seconde...

Je n'ai pas achevé ce raisonnement qu'il a un trou dans la tête. J'ai saisi mon arme et pressé la détente à une vitesse inimaginable. C'est instinctif, une réaction fulgurante.

Sa tête explose et le temps reprend un cours normal. Je me jette de côté tandis qu'il bascule en avant et s'écrase sur le sol avec un bruit mat dans un éclaboussement de matière grise.

— Putain de merde ! s'écrie Alan.

Ni lui ni Callie n'ont encore dégainé leurs armes. Je ne leur en veux pas. Nous avons une relation spéciale, mon revolver et moi.

Mon esprit continue de tourner à plein régime.

— Callie, tu conduis. On se magne !

Tommy arrive en courant.

— On va bien ! Mais il y a du monde chez Alan ! lui dis-je.

Tommy garde le rythme et, sans un geste ni un

signe, retourne du même pas vers sa voiture. L'entraînement des services secrets. Action immédiate, sans une seconde d'hésitation.

Nous nous entassons dans la voiture de Callie, qui démarre en trombe.

— Qui c'était, ce malade ? demande Alan.

Callie fournit la réponse à ma place.

— Un des frères de sang de Ronnie Barnes, mon chéri, lâche-t-elle avec un regard farouche.

Alan reste muet. Il lui faut juste le temps de comprendre ce que cela implique et d'être gagné par la peur.

— Oh ! non..., murmure-t-il.

Je ne dis rien. C'est inutile. Il a en tête la même litanie que moi : Elaina et Bonnie. Elaina et Bonnie. Elaina et Bonnie.

Et je suis sûre que pour lui comme pour moi, la litanie devient prière.

45.

Alan appelle Elaina.

— Chérie ? Nous sommes en chemin. Tu as appelé les flics ? Quoi ?... Merde ! Reste où tu es. Ne bouge pas ! – Il couvre le micro de sa main. – Ils sont dans la maison. Elle les entend farfouiller. – Elaina, ma chérie, écoute. Ne me parle plus. Je ne veux pas qu'ils t'entendent. Reste en ligne, pose le téléphone et pointe le pistolet vers la porte. Si quelqu'un cherche à entrer et que tu ne nous entends pas, Smoky, Callie ou moi, tu tires.

Elaina et Bonnie, Elaina et Bonnie, Elaina et Bonnie...

Nous déboulons dans la rue d'Alan. Callie freine au bord du trottoir en faisant crisser les pneus et nous sortons précipitamment. Alan a rangé son téléphone et tient son pistolet braqué. Comme nous tous. En regardant aux alentours, j'aperçois la voiture de Keenan. Je m'en approche en courant ; le spectacle que je découvre me comble de rage et de désolation. Les deux hommes sont morts, un trou dans le front.

La vengeance d'abord, me dis-je. Les larmes plus tard.

Je m'éloigne de la voiture, remonte l'allée jusqu'à l'entrée de la maison. La porte a été forcée. Le chambranle est parsemé d'éclats.

— Entrez en silence. Il nous les faut vivants, si possible. Alan, tu m'entends ? murmuré-je.

Il fixe sur moi un long regard froid, un regard de tueur. Puis il acquiesce avec réticence.

Nous franchissons la porte d'entrée, l'arme au poing, les yeux à l'affût d'un signe de la présence des intrus. Callie, Alan et moi nous regardons en secouant la tête. Rien ici. Nous nous immobilisons en entendant bouger à l'étage. Je montre le plafond du doigt.

Nous gravissons l'escalier. Mon cœur bat la chamade. Je perçois près de moi la respiration d'Alan. Son front est luisant de sueur malgré la fraîcheur qui règne dans la maison. Au moment où nous atteignons la dernière marche, le cri d'Elaina nous parvient.

— Alan !

Sa voix tremble de terreur. Je reconnais le boum-boum-boum d'un pistolet qui canarde.

— FBI ! – Je hurle, rompant notre silence alors que nous nous déployons sur le palier. – Jetez vos armes et mettez-vous à genoux, tas de fumiers !

BOUM-BOUM-BOUM ! Une nouvelle salve, en continu. Je vois maintenant d'où ça vient. Un jeune homme aux cheveux noirs s'agite comme un pantin sous la pluie de balles qu'Elaina déverse sur lui. Elle est emportée par sa fureur destructrice et partie pour tirer jusqu'à ce qu'elle ait vidé son chargeur.

Deux autres lascars nous font face. L'un est armé d'un pistolet, l'autre d'un couteau. Ils semblent d'abord surpris, puis ils me remarquent et la haine déforme alors leurs traits.

— C'est elle ! s'écrie l'homme au pistolet. Cette putain de Smoky !

Il lève son arme vers moi, l'homme au couteau s'élance dans ma direction et, soudain, le film se déroule à nouveau au ralenti.

Je vois Alan et Callie tirer sur l'homme au pistolet, regarde avec une sorte de détachement approbateur les perforations déchirer sa tête et sa poitrine en libérant un flot de sang. Je vois son arme cracher une dernière balle quand il s'effondre. Le type au couteau bondit vers moi et la scène du parking se répète, sauf que, cette fois, je lui tire dans la main pour le prendre vivant. Vois disparaître deux de ses doigts, vois ses yeux s'agrandir et se révulser quand l'état de choc s'empare de lui. Il tombe à genoux, la bouche arrondie. Vomit et s'affale en avant, inconscient mais frissonnant.

— Elaina ! crie Alan.

— Ici ! répond sa voix hystérique. Nous n'avons rien ! Nous n'avons rien ! Nous n'avons rien ! rabâche-t-elle en sanglotant.

Alan et moi nous ruons dans la salle de bains.

Je défaille presque de soulagement en les trouvant toutes les deux pelotonnées dans la baignoire, indemnes. Elaina pleure et continue de serrer le pistolet à deux mains, les yeux écarquillés de frayeur. Bonnie est assise au bout de la baignoire, les bras roulés autour de ses jambes repliées, la tête appuyée sur les genoux. Elle se balance d'avant en arrière. Alan et moi nous télescopons en nous précipitant, lui vers Elaina, moi vers Bonnie. Je lui demande :

— Ça va, ma puce ?

Je prends sa tête dans mes mains, cherchant d'éventuelles blessures. Alan fait de même avec

Elaina. Bonnie éclate en sanglots en se jetant dans mes bras, Elaina l'imite en étreignant Alan et les murs résonnent de nos « Merci mon Dieu, merci mon Dieu ». Une débauche d'effusions.

— Callie ! Elles sont saines et sauves ! Tout va bien ! – Pas de réponse. – Callie ?

L'image me revient dans un éclair. L'arme crachant une dernière balle...

— Oh ! non...

Je pose Bonnie à terre, dégaine mon pistolet, sors discrètement de la salle de bains.

Elle est là.

Le silence m'enveloppe et je reste figée sous le choc.

Callie est étendue sur le tapis du palier, les cheveux étalés autour de la tête.

Une tache rouge s'étend sur sa poitrine.

— Le 911, Alan... – Un murmure d'abord, puis un cri. – Le 911 ! Les urgences ! Bordel, le 911 !

46.

Je suis dans la voiture de Tommy. Nous fonçons vers l'hôpital. Je tremble de tous mes membres, parcourue de frissons incontrôlables.

Je suis incapable de mettre de l'ordre dans mes pensées. La terreur en charge provoque en moi des décharges massives d'adrénaline.

Alan est resté sur place avec Elaina et Bonnie pour veiller à la prise en charge de notre suspect. Il ne m'a rien dit, mais ce n'était pas nécessaire. Tout se lisait dans son regard.

Les paroles de Tommy me parviennent dans un brouillard.

— J'ai vu la blessure, Smoky. Je m'y connais. Je ne peux pas te dire si elle s'en sortira. Ce que je sais, c'est que ce n'est pas une blessure forcément fatale. – Il tourne la tête vers moi. – Tu m'entends ?

— Oui, putain, je t'entends !

J'ai crié. Je ne sais pas pourquoi. Je ne lui en veux pas.

— Vas-y, crie, Smoky. Laisse-toi aller.

Il s'exprime d'un ton stoïque. Pour une raison que j'ignore, ça me met hors de moi.

— Toujours calme et imperturbable en toutes

circonstances, hein ? – Je ne peux pas me retenir. Le poison est en moi, amer, perfide, irrémédiable. Il faut que ça sorte. – Tu crois que ça te rend exceptionnel de te comporter comme un foutu robot ?

Pas de réponse.

— Tu ne dois pas être si exceptionnel que ça. On t'a flanqué à la porte des services secrets, non ? T'es qu'un raté ! – Il ne bronche pas. Et je me mets à l'engueuler. – Je te déteste ! Tu m'entends ? Tu n'es rien pour moi ! Mon amie est en train de mourir et tu fais comme si c'était un truc sans importance alors je te déteste et je te...

Ma voix se brise. Le poison est tari. À sa place, je retrouve ma vieille compagne. La douleur. Je baisse la vitre à toute vitesse et je vomis sur la chaussée. Un élancement me traverse le crâne.

Je m'appuie au dossier du siège, épuisée par toutes ces émotions. Tommy se penche pour ouvrir la boîte à gants.

— Il y a des Kleenex là-dedans.

J'en prends plusieurs. Je m'essuie le visage.

Nous roulons.

Un kilomètre plus loin, je lâche, d'une toute petite voix :

— Je suis désolée.

Il me regarde, m'adresse un sourire attendri.

— Ne t'en fais pas pour ça.

Quand viennent les larmes, il pose une main sur mon genou et l'y laisse pendant que la voiture continue de filer vers l'hôpital.

47.

La chapelle est silencieuse. Je l'ai pour moi toute seule. Callie est en chirurgie. Nous n'avons toujours pas de nouvelles. Ils sont tous venus à l'hôpital, Leo, James, Alan, Elaina, Bonnie. Jones est en route.

Je suis à genoux et je prie.

Je n'ai jamais cru dans le Dieu que vénèrent la plupart des gens. Un être supérieur et tout-puissant qui gouverne l'univers.

Je crois en revanche qu'il y a quelque chose. Une entité qui ne s'intéresse pas beaucoup à nous, mais qui vient jeter un coup d'œil de temps en temps. Pour voir où en est la colonie de fourmis.

Je m'agenouille et je joins les mains parce que c'est sans doute le moment où jamais.

Je suis couverte d'éclaboussures de sang et de cervelle. Couverte de violence.

J'incline la tête et je prie, dans un murmure tenace, désespéré.

— D'accord. Donc Matt m'a été enlevé, ainsi que ma fille et ma meilleure amie. Je suis lacérée, lardée d'horribles cicatrices et je fais des cauchemars qui me réveillent la nuit. J'ai passé six mois à souffrir en appelant la mort. Bonnie est muette à cause des horreurs qu'un psychopathe lui a fait subir. Et Elaina, l'une des personnes les plus merveilleuses qu'il m'ait été donné de connaître, une femme pour qui j'ai la plus grande affection, Elaina a un cancer. – Je m'interromps pour essuyer une larme d'une main tremblante. – Tout ça, je l'ai surmonté. Ça m'a pris un peu de temps, mais je l'ai surmonté. – Une larme qui m'a échappé roule sur ma joue. Je serre les mains à en avoir mal. – Mais, ça, non. Pas question. C'est trop. Pas Callie. Alors voilà le marché. Vous êtes prêt ? – Je reconnais le ton de la supplique et de la détresse dans mes mots. – Qu'elle vive et vous pourrez me faire tout ce que vous voudrez. Tout. M'ôter la vue. Me paralyser. Me filer un cancer. Brûler ma maison, me faire renvoyer du FBI. Me rendre folle. Me tuer. Mais faites qu'elle vive. S'il vous plaît.

Ma voix s'étrangle et je m'effondre. Quelque chose en moi se brise. La souffrance libérée me jette à terre, je tombe en avant, mains tendues pour me recevoir. Je suis à quatre pattes et je vois mes larmes ruisseler sur le carrelage de la chapelle.

— Vous voulez que je rampe ? Vous voulez qu'un détraqué, dix détraqués, viennent encore me violer et me taillader ? OK. Mais faites qu'elle vive.

Je ne reçois pas de réponse. Ça ne me gêne pas plus que ça. Je n'en attendais pas. J'avais seulement besoin de dire ce que j'avais à dire. Oraison à Dieu, supplique à Allah ou simple formulation d'un impératif. Comme on voudra. J'avais besoin d'implorer l'univers d'épargner Callie. Besoin de montrer que j'étais prête à tout sacrifier pour sauver mon amie.

Au cas où ça pourrait changer quelque chose.

Je sors de la chapelle et débouche dans la salle d'attente. J'ai pris le temps de me ressaisir, mais je reste secouée, anéantie. Je sais que je dois être avec ma troupe. C'est mon rôle. Ce qu'on attend d'un chef.

— Vous avez des nouvelles ?

Je suis fière de moi. Ma voix ne fléchit pas.

— Pas encore, répond un Alan morose.

Je les regarde. James a l'air abattu. Leo fait les cent pas. Alan est déboussolé comme jamais. Seules Elaina et Bonnie en imposent par leur calme. Je suis admirative. Elles viennent de subir un sale quart d'heure. Comme quoi on ne sait jamais où se manifestera la force devant l'épreuve.

Il flotte une odeur d'antiseptique dans l'air traversé par les chuintements et les bips caractéristiques des hôpitaux. Et le silence. Comme une bibliothèque où l'on viendrait pour saigner et mourir.

Je vais m'asseoir à côté de Bonnie.

— Comment tu vas, ma puce ?

Elle hoche la tête, puis la secoue négativement. Il me faut un moment pour comprendre. « Oui, je vais bien, non, ne t'en fais pas pour moi. »

— Bon.

À cet instant, la porte de la salle d'attente s'ouvre sans douceur et notre directeur adjoint fait son entrée. Jones a l'air fou d'inquiétude.

— Où est-elle ? Elle va bien ? Que s'est-il passé ?

Je me lève et me dirige vers lui.

— Elle est en salle d'opération, monsieur.

Il me regarde longuement.

— Dans quel état est-elle ?

— La balle l'a atteinte en haut du buste. Du neuf millimètres. Elle n'est pas ressortie. Elle a perdu beaucoup de sang. On l'a aussitôt emmenée en chirurgie. C'est tout ce que nous savons.

Concis, me dis-je. Court, clair, efficace. Je réfrène un sursaut d'hystérie.

Une petite bulle de champagne...

Il me dévisage et devient écarlate. Je suis effarée par l'intensité de la fureur qui enflamme son regard. Je ne l'aurais pas cru capable d'une telle rage. L'étonnement tempère les petites poussées de folie qui bouillonnent en moi.

— Depuis quand est-elle sur le billard ? demande-t-il sèchement.

— Deux heures.

Il se détourne de moi d'un mouvement vif. Enchaîne quelques pas. Tourne les talons pour revenir vers moi en agitant un doigt menaçant dans ma direction.

— Écoute, Smoky, écoute-moi bien. Deux de mes agents sont morts. Un troisième est sur la table d'opération. À partir de maintenant, aucun de vous, je dis bien aucun, ne devra se retrouver isolé. Si cela suppose que vous restiez agglutinés les uns aux autres, eh bien c'est ça qui va se passer. Pas question d'aller aux toilettes ni de vous moucher sans être accompagné. C'est compris ?

— Oui, monsieur.

— Je ne veux plus de victime. Tu me reçois, Smoky ? Plus une seule !

J'encaisse le vent de colère, je ploie sous sa violence. C'est sa version à lui de la crise dont j'ai gratifié Tommy tout à l'heure dans la voiture. C'est sa manière à lui de décharger sa rogne contre les Joseph Sands. Sa manière à lui de manifester sa solidarité. J'adhère.

L'orage passe, il s'apaise. Il porte la main à son

front. Je reconnais les signes du débat intérieur qui le ronge. Je viens d'y passer. Il est le patron. Il doit se comporter en patron.

— Faisons le point pendant que nous attendons. Faites-moi un compte-rendu de ce qui s'est passé.

Je l'informe de l'arrestation d'un des deux membres du duo Jack Junior. Je lui raconte l'appel téléphonique d'Elaina, lui parle du type que j'ai abattu sur le parking. Retrace le déroulement des faits chez Alan.

— Où est l'individu dont vous avez démoli la main ?

— Ici. Il est aussi en chirurgie. On essaye de lui recoller les doigts.

— Lui, on s'en fout, gronde Jones.

À l'arrière-plan, je vois Bonnie approuver de la tête. Ça me sidère.

— Et les trois autres ? Tous morts ?

— Oui.

— Par qui ?

Tués par qui, c'est cela qu'il demande. Il faut que tout soit dit, tôt ou tard. Et chaque balle consignée dans le rapport.

— C'est moi qui ai tué le cinglé du parking. Elaina a tué un des hommes qui étaient entrés chez elle. Alan et Callie ont tué l'autre, celui qui avait une arme à feu.

Jones pose son regard sur Elaina. Il se radoucit.

— Je suis désolé.

Désolé que vous, une civile, ayez dû abattre un homme. Elle comprend ce qu'il cherche à lui dire.

— Merci.

— Et on suppose que ce sont tous des petits protégés de Jack Junior ?

— Nous n'avons guère de doute là-dessus, monsieur.

— Et le suspect que vous avez arrêté ? Il en fait partie ? C'est sûr ?

— En l'absence de preuves ou d'aveux de sa part, on ne peut pas le garantir à cent pour cent, mais... oui, ça colle.

Il approuve d'un signe.

— C'est bien. C'est très bien. – Il reste un moment silencieux, le temps de digérer toutes ces nouvelles. En nous regardant tous alternativement. Quand il reprend la parole, c'est d'une voix plus pondérée. – Écoutez. Nous allons tous attendre ici de voir si elle s'en sort en un seul morceau. En espérant que ce soit le cas. Quand nous serons fixés, nous nous remettrons au travail. La répression d'abord, les lamentations ensuite.

Pas une contestation ne s'élève. Leur attitude ne traduit qu'une froide résolution. Jones la perçoit aussi et en prend acte.

— Parfait.

« Parfait café, chocolat et chantilly » chantonne en moi une petite voix hystérique qui a franchi les barrières de ma raison.

Un téléphone portable sonne. Chacun examine le sien. C'est Tommy, finalement, qui porte le sien à son oreille. Je l'avais presque oublié. En tant qu'étranger à l'équipe, il s'est assis à l'écart.

— Aguilera. – Il se renfrogne. – Qui parle ?

Je le vois se figer : un calme et une tension effrayants s'emparent de lui. Il a manifestement envie d'étrangler son interlocuteur. Il jette coup d'œil dans ma direction.

— Ne quittez pas.

Il vient vers moi en couvrant le micro de sa main.

— C'est lui.

Je bondis sur mes pieds, imitée par tous les autres. Les petites bulles de folie ont disparu, remplacées par l'éclat blanc de la stupeur.

— Qui ? Jack Junior ?

Incrédule.

— Oui. Il demande à te parler.

Un milliard de pensées contradictoires s'entrechoquent dans ma tête. C'est une énorme entorse à ses habitudes. Je ne comprends plus. Je demande à Tommy, seul spécialiste présent en matière de surveillance électronique :

— Il y a moyen de le localiser ?

— Le dispositif n'ayant pas été déclenché, non.

Je suis déconcertée, mais cela ne dure pas.

Jones soupire.

— Parle-lui, Smoky. C'est ce que tu as de mieux à faire.

Je tends la main et prends le téléphone. Après une grande inspiration pour rassembler mon courage, je mets le téléphone contre mon oreille.

— C'est Smoky.

— Agent spécial Barrett ! Comment allez-vous ?

Il se sert d'un filtre électronique pour déformer sa voix. J'ai l'impression de converser avec un robot.

— Qu'est-ce que vous voulez ?

— Je me suis dis que, pour une fois, nous pourrions nous parler. Non pas face à face, mais par téléphone. Les lettres et les mails sont très impersonnels, vous ne trouvez pas ?

— Au contraire, je trouve les vôtres très personnalisés. Et en plus, vous êtes un foutu hypocrite.

Il pouffe d'un rire qui résonne de façon hideuse avec le filtre.

— Vous faites allusion à mes petits émissaires ?

Bon... c'est vrai. C'est seulement que je commençais à en avoir un peu assez. Mon petit jeu de cache-cache avec vous et vos copains me réjouit presque autant que ce que je fais aux putains.

J'ai envie de le blesser. De lui rabattre son caquet et de couper court à sa fielleuse jubilation.

— Dites, Jack, vous m'avez vue à la télévision ?

Un long silence. Puis une satisfaction hargneuse dans la voix quand il se remet à parler, avec moins d'exubérance.

— Oui, Smoky, j'ai entendu vos bobards.

Je lâche un rire moqueur.

— Des bobards ? Pourquoi mentirais-je ? Vous ne voulez pas l'admettre, hein, pauvre bouffon ? Il n'y a pas d'héritage, pas d'utérus d'Annie Chapman, pas de mission sacrée. C'est vous le menteur, Jacky. Toute votre vie n'est qu'une vaste duperie. Vous n'êtes même pas fichu de respecter le mode opératoire de l'Éventreur ! Il tuait des putes, Jack, pas des flics ! Vous ne savez pas ce que vous voulez. Au moins l'Éventreur s'en tenait à ce qu'il avait décidé. Qu'est-ce qui se passe ? La vérité vous fait peur ? Vous êtes pathétique et ça vous ferait mal de le reconnaître !

J'entends sa respiration s'accélérer, s'étrangler de colère. Elle aussi me parvient modifiée, vaguement irréelle.

— Vous êtes toujours là, Jack ?

— Belle tentative, Smoky, reprend-il après un autre long silence. Bravo, j'applaudis. Pourquoi vous mentiriez ? Ma foi dans un but tout simple : la guerre psychologique. Pour me déstabiliser. – Il s'interrompt. Sa fureur est presque palpable. – Je n'ai jamais dit que j'étais Jack l'Éventreur, petite conne. J'ai dit que j'étais son descendant. Mais j'ai évolué. Je l'ai dépassé. Pourquoi je m'en prends à vous et à vos semblables en plus des putains ? Parce que j'en ai la carrure. Parce que j'en ai envie. Tout comme ça me branche de fabriquer de petits émules. Parce que j'en suis capable.

Je voudrais le mettre en pièces. Pendant un court instant, très court, je suis tentée de lui avouer que nous avons attrapé son pote. Je parviens à résister à la tentation.

— Non. Parce que vous n'êtes qu'une baudruche. Évolué ? Je ne crois pas. Le vrai Éventreur n'a jamais été pris. Moi, je vais vous coincer. Comptez sur moi.

Il se tait encore. Quand il revient à la charge, il a ravalé sa colère. Il s'exprime avec calme. À nouveau maître de lui.

— À propos de putains, comment va la petite Bonnie ?

Je lutte pour garder mon sang-froid. Il faut qu'il continue à parler. J'essaye une autre tactique. J'adopte un ton plus grave, égal, raisonnable.

— Jack ? Et si on arrêtait de jouer la comédie ? Vous et moi, nous savons qui est votre vraie proie ?

— Qui donc, agent spécial Barrett ?

— Moi. C'est moi que vous voulez.

Jones mime une gorge tranchée.

— Non ! Smoky ! Pas de ça !

Je l'ignore.

— Je me trompe ?

Son rire résonne à l'autre bout de la ligne.

— Smoky, Smoky, Smoky... Je veux tout, très chère. Je veux les putains, vous et tous ceux qui comptent pour vous. Au fait, comment va la pauvre Callie ? Survivra-t-elle ?

J'explose.

— Fumier !

— Je vous laisse un jour, continue-t-il comme si de rien n'était. Un jour et une autre putain mourra. Oh, vous n'allez pas vous ennuyer, vos camarades et vous.

Je sens qu'il va mettre un terme à la communication.

— Attendez.

— Non, je n'y tiens pas. Je n'ai pas pu résister, pour cette fois, mais je sais que c'est risqué de vous contacter de cette manière. Pour moi, s'entend. N'espérez pas que je recommencerai. La prochaine fois que vous entendrez le son de ma voix, ce sera en direct et vous serez en train de hurler. – Une courte pause. – Autre chose, si l'agent Thorne meurt, vous devriez envisager la crémation. Sinon, je serai tenté de l'exhumer... pour m'amuser avec elle. Comme avec la tendre Rosa.

Il raccroche, laissant sa dernière menace me ronger de l'intérieur.

— Qu'est-ce qui t'a pris, bordel de dieu ? tonne James.

Sa colère me surprend et je suis abasourdie qu'il y donne libre cours ici et maintenant. Je soutiens son regard et je reste ahurie devant la violence rageuse qui l'embrase. Il frémit. Saisi de tremblements qui le secouent par vagues. Je riposte, incrédule :

— Où est le problème ?

— Tu n'as pas pu t'empêcher de le narguer, hein ? C'était trop tentant ! Il nous persécute et tu ne trouves rien de mieux que de l'exciter et de jeter de l'huile sur le feu. Comme toujours. Tu nous jures que nous sommes invincibles et tu le titilles. Tout ça, c'est des craques.

Il s'emporte et crache son venin, inexorablement. Je ne sais que faire sinon le dévisager.

— Quoi ? T'as oublié ? T'as oublié ton numéro à la télé quand nous essayions de choper Joseph Sands ? Où tu n'as pas cessé de l'asticoter en le traitant de nul, parce que tu espérais qu'il prendrait la mouche. – Il s'arrête, des éclairs cinglants dans les yeux. – Eh bien, il l'a prise. Tellement bien qu'il a zigouillé toute ta famille et qu'il a bien failli te tuer. Et maintenant, ce dingue est prêt à nous en faire subir autant, tous tant que nous sommes. Ça ne t'a donc pas servi de leçon ? Keenan et Shantz sont morts et tu n'as toujours pas compris ? Faut-il que Callie crève aussi pour que tu piges ? – Il me toise. – Que tu te rendes compte que quand tu joues les matamores, il y a des gens qui en meurent ? – Il se tait et c'est comme un élastique qu'on tire avant de le lâcher, la sensation du calme avant la tempête. Il est la tempête. – Ta fille et ton mari y ont laissé leur peau et tu n'as toujours pas compris ?

Ma mâchoire s'affaisse sous le coup. Je m'apprête à le gifler. Pas une petite gifle. Une grande baffe aller-retour de toute la largeur de la main. Quelque chose qui lui secoue les dents et lui éclate le nez. Je désire tellement la lui donner que j'en sens le goût dans ma bouche, comme un goût de sang. Deux choses m'en empêchent. La première, c'est la lueur de regret qui s'allume presque aussitôt dans ses yeux. La deuxième, je la dois à Bonnie. Elle est devant James et le tire fermement par la manche.

— Qu-quoi ? demande-t-il, l'air presque aussi sonné que moi.

Elle lui fait signe de se baisser. Il obéit et elle le gifle pour moi, du plat de la main. Elle a beau n'être qu'une gosse de dix ans, petite pour son âge, la taloche claque comme un coup de fouet dans la salle d'attente.

James écarquille les yeux, forme un « O » avec sa bouche et en tombe assis par terre. Je reste interloquée. Bonnie m'adresse un bref regard, hoche la tête et retourne s'asseoir à côté d'Elaina.

Personne ne pipe mot. Je les sens perplexes et consternés. James se relève lentement en se tenant la joue, plein de honte et de surprise.

Je veux dire quelque chose, mais, là encore, deux incidents surviennent et ne m'en laissent pas le temps. La fille de Callie entre en trombe. Au même moment apparaît un chirurgien épuisé et en sueur. J'hésite entre les deux, mais Marilyn résout mon dilemme en se précipitant vers le médecin.

— Avant toute chose, déclare-t-il d'une voix ternie par la fatigue, l'agent Thorne est vivante.

— Merci mon Dieu ! s'exclame Elaina.

Je me serais bien effondrée de soulagement. Je tiens bon.

Le chirurgien lève la main pour demander le silence.

— La balle a manqué son cœur de peu. Et elle n'a pas éclaté. Mais elle a fait du dégât en chemin. Elle s'est arrêtée dans la région de l'épaule gauche, malheureusement après avoir effleuré la colonne vertébrale.

La température ambiante dégringole d'un coup dès qu'il prononce les deux derniers mots.

— La colonne vertébrale n'a pas été sectionnée, mais elle a été un peu endommagée et un hématome s'est formé. Il y a eu aussi une hémorragie interne assez importante.

— Conclusion, docteur ? s'informe Jones.

— La conclusion est qu'elle a perdu beaucoup de

sang et subi un gros traumatisme. Elle est dans un état critique. Stable, mais pas encore sortie d'affaire. – Il s'interrompt et semble chercher la meilleure manière de formuler ce qu'il lui reste à dire. – Elle peut encore mourir. C'est peu probable, mais on ne peut pas encore écarter cette éventualité.

C'est Marilyn qui pose la question qui nous brûle les lèvres et nous terrifie.

— Et l'hématome autour de la colonne vertébrale... ?

— À mon avis, il ne laissera pas de séquelles. Il devrait se résorber sans provoquer de paralysie ni de lésion. Néanmoins... – Il soupire. – ... on ne peut pas l'affirmer à cent pour cent. Le pire des scénarios, la paralysie permanente, reste possible.

Marilyn porte les mains à sa bouche, les yeux agrandis par la peur.

Mes paroles tombent dans le silence.

— Merci, docteur.

Il nous adresse un regard harassé et s'en va.

— Oh ! mon Dieu, non..., se lamente Marilyn. Pas maintenant. Je viens tout juste de la rencontrer...

Et les larmes jaillissent. Je la prends dans mes bras et la laisse pleurer tout son soûl.

Moi, je garde les yeux secs. Je suis trop occupée à plier, plier mais ne pas rompre.

48.

Nous sommes de retour au bureau. Elaina et Bonnie sont chez moi, la maison d'Alan étant interdite d'accès en tant que lieu de crime. Marilyn est restée à l'hôpital pour attendre un complément d'information sur l'état de Callie.

— Trouvez-le ! nous a-t-elle dit.

James est debout devant la fenêtre, il regarde dehors. Il évite mon regard.

Je n'ai qu'une envie, me cacher dans un trou, m'y pelotonner et dormir pendant un an. Je ne peux pas faire ça.

— Tu sais quels sont les effets du stress, James ?

Il reste silencieux. J'attends sa réaction.

— C'est quoi ? finit-il pas dire sans détourner les yeux de la fenêtre.

— Le stress crée de petites fissures. Elles sont infimes au début, et puis elles s'étendent, s'élargissent et, au bout du compte, quelque chose craque. – Je veille à garder un ton neutre, qui ne soit pas accusateur. – C'est ce que tu veux ? que je craque ? que je perde pied et que je m'effondre ?

Il tourne vivement la tête en entendant ma question.

— Quoi ? Non. Je... – Sa voix s'étrangle. – C'est seulement qu'avec Callie... – Il serre et desserre les poings, prend une profonde inspiration. Se ressaisit. Et, cette fois, me regarde dans les yeux. – Je n'ai pas peur pour moi, Smoky. J'ai peur pour Callie. Tu comprends ?

— Bien sûr, je comprends. J'avais peur aussi pour ma famille. Tout le temps. Je faisais des cauchemars parce que je redoutais qu'il leur arrive exactement ce qui leur est arrivé. – Je hausse les épaules. – Matt m'a dit quelque chose de vrai un jour. Il m'a dit que j'aimais ce que je faisais. Il avait raison. Je déteste courir après ces ordures, mais j'adore les *attraper*.

Il soutient mon regard et hoche la tête.

— J'ai beaucoup pensé à ce que tu as dit tout à l'heure, bien avant que tu en parles. Ça m'a torturée. Est-ce que Sands s'en est pris à nous et a exécuté ma famille parce que je l'avais provoqué ? Pendant longtemps, j'ai pensé que la réponse était oui. Plus tard, je me suis rendu compte que c'était faux. Il s'en est pris à nous parce que je le traquais. Parce que je fais le métier que je fais. Il serait venu de toute façon, même si je n'avais pas déblatéré contre lui. Tu me suis ?

Il ne répond pas.

— Le fait est, James, que ce que je dis ou ne dis pas à Jack Junior n'a aucune importance. Il en a après nous, point barre. Nous sommes ses proies. Tu veux connaître son type de victime ? – Je désigne la pièce d'un grand geste circulaire. – Elles sont toutes là.

Il continue à me dévisager sans ouvrir la bouche. Puis, en guise de réponse, il ferme les yeux et incline la tête.

— Excuses acceptées.

Il se détourne, toussote. Les autres ont suivi la scène sans un mot. Crispés. Tendus. C'est comme si nous étions sur le gril, prêts à nous embraser. La belle mécanique qui me sert d'équipe force sur ses rouages et menace d'éclater. Je sais que leur colère a pour cause Jack Junior. Mais je crains que nous en arrivions à la décharger les uns sur les autres. Je me suis toujours considérée comme l'essieu autour duquel tourne la roue. Je suis l'axe, Callie est le moteur. La force qui met la roue en mouvement et en soutient l'élan sur tous les terrains, même les plus difficiles. Ses impertinences, ses plaisanteries, ses taquineries et son humour inoxydable préservent notre bonne santé mentale. Son absence crée un vide, que nous sommes prêts à combler en nous crêpant le chignon.

— Vous savez quelle est la première chose que Callie m'a dite, la première fois que je l'ai vue ? Elle s'est exclamée : « Ouf ! C'est pas un microbe, finalement. » – Je souris à ce souvenir. – Elle m'a expliqué qu'on lui avait dit que je mesurais un mètre quarante-cinq et qu'elle n'arrivait pas à se rendre compte de ce que ça pouvait représenter dans la réalité. Elle m'imaginait comme une naine.

Alan émet un petit rire mélancolique.

— Tu sais ce qu'elle m'a dit quand elle m'a vu ? « Seigneur, un Nègre géant ! »

— Non ! Elle n'a pas dit ça !

— Si, si, je t'assure.

Nous nous taisons en entendant sonner le téléphone d'Alan. Il décroche et écoute.

— Ouais. Sans blague ? Merci, Gene. – Il raccroche et s'adresse à moi. – Les empreintes du suspect que nous avons arrêté sont identiques à celles trouvées dans l'appartement d'Annie. Nous avons aussi un échantillon de son ADN que nous allons pouvoir comparer...

— Comment l'a-t-on obtenu, celui-là ?

— Il s'est fendu la lèvre quand vous lui êtes tombés dessus pour l'immobiliser. Barry lui a passé un mouchoir pour s'essuyer.

Je souris.

— Bien joué.

Alan se penche vers moi.

— C'est un de nos tueurs, Smoky. Sûr et certain, à cent pour cent. On n'a peut-être pas encore de quoi le prouver, mais ça ne va pas tarder. Qu'est-ce qu'on fait ?

Ils ont tous les yeux fixés sur moi, avec la même question dans le regard. Qu'est-ce qu'on fait ? La réponse est simple.

« On le zigouille et on le bouffe ? » s'impatiente mon dragon.

Il y a un peu de ça.

— L'un de nous va se charger du plus bel interrogatoire de notre carrière et le faire craquer dans les grandes largeurs.

49.

Nous nous trouvons avec Barry dans la salle d'observation, d'où nous épions Robert Street à travers la glace sans tain. Il est assis à une table, pieds et poings menottés.

C'est un homme tout à fait quelconque, ce qui me surprend dans un sens. Il a des cheveux bruns, un visage dur, tout en angles. Des yeux perçants et avides alors qu'il semble par ailleurs parfaitement détendu. Il est tourné vers nous, vers le miroir.

— Il est cool Raoul, le mec, remarque Alan. On sait quelque chose sur lui ?

— Pas grand-chose, déplore Barry. Il s'appelle Robert Street. Il a trente-huit ans. Célibataire, n'a jamais été marié, pas d'enfants. A un job d'instructeur en arts martiaux dans la Valley. – Il pointe le menton vers mes lèvres enflées. – Mais vous avez eu l'occasion d'apprécier ses talents.

— On a une adresse ?

— Ouais. Il habite dans un appartement à Burbank. Maintenant que nous avons identifié les empreintes relevées chez votre amie comme étant les siennes, nous allons pouvoir obtenir un mandat de perquisition. J'ai quelqu'un qui s'en occupe.

— Qui va se charger de l'interrogatoire ? demande Alan. Tu as dit « l'un de nous ». Alors qui ? Toi ou moi ?

— Toi. Ça va de soi.

Je n'ai pas à me poser de questions. Alan est le meilleur et l'homme enfermé dans cette pièce détient la clé de l'arrestation du vrai Jack Junior. Et de la fin de toute cette histoire.

Il me considère longuement avant de hocher la tête, puis se tourne vers Robert Street pour l'observer. Il prend son temps. Barry et moi attendons patiemment son bon vouloir ; nous savons que nous n'existons déjà plus pour Alan, qu'il se met en condition en étudiant Street comme un chasseur étudie sa proie.

Il se prépare à l'ouvrir comme une noix.

Il faut absolument l'obliger à tout déballer pour tout un tas de raisons. Entre autres parce que nous ne le tenons pas encore. La présence de ses empreintes chez Annie peut s'expliquer de bien des manières. Un bon avocat pourra alléguer qu'il les a laissées en déplaçant le lit quand il est venu faire son inspection pour le compte de l'entreprise de dératisation. Une initiative qui, même si elle est illégale et condamnable du point de vue du droit, n'a pas la gravité d'un meurtre. Nous lui avons soutiré un échantillon d'ADN, sans être encore en possession des résultats des analyses. Et si l'ADN relevé sous les ongles de Charlotte Ross était celui de Jack et non celui de Street ?

Mais nous avons surtout besoin qu'il nous conduise à Jack Junior.

— Vous pouvez me faire entrer ? demande Alan à Barry.

Barry l'emmène et, quelques secondes plus tard,

je vois Alan entrer dans la salle d'interrogatoire. Robert Street le regarde. Redresse la tête sans cesser de le dévisager. Et sourit.

— Ouaouh ! profère-t-il d'un ton moqueur. Je parie que vous êtes le méchant flic.

Alan s'approche avec nonchalance, comme quelqu'un que rien ne presse, et tire une chaise pour s'asseoir exactement en face de Street. Il ajuste sa cravate. Sourit. Je l'observe et je sais que ses gestes sont calculés. Pas seulement les gestes, leur tempo. Leur amplitude dans l'espace de Street. Le timbre de sa voix quand il parle. Tout est prémédité dans un but bien précis.

— Monsieur Street, je m'appelle Alan Washington.

— Je sais qui vous êtes. Comment va votre épouse ?

Alan sourit, secoue la tête et agite un doigt dans sa direction.

— Futé, commente-t-il. Vous essayez d'emblée de m'ébranler et de me foutre en rogne.

Street bâille avec ostentation.

— Où est la pute Barrett ?

— Dans le coin. Vous l'avez salement amochée là-bas, à l'appartement.

La nouvelle fait naître un sourire mauvais sur son visage.

— Ravi de l'apprendre.

Alan hausse les épaules.

— Entre nous. Moi aussi, à certains moments, j'ai envie de lui filer une raclée.

Street plisse les yeux.

— Vraiment ?

Il a l'air dubitatif.

— C'est plus fort que moi. Je suis de la vieille école. Là où j'ai grandi, les femmes restent à leur place. Et c'est sous moi, pas au-dessus, si vous voyez ce que je veux dire. – Il émet un petit rire. – Ouais, je suis parfois obligé d'un peu baffer ma femme. Histoire de lui rappeler les bonnes manières.

Cette fois, Alan a capté l'attention de Street. Le monstre le regarde avec fascination, partagé entre l'attrait et le doute. Il a tellement envie de croire ce que dit Alan que son désir efface sa méfiance.

L'époque de la douche froide administrée par « le bon et le mauvais flic » est révolue. On applique maintenant une technique d'interrogatoire éprouvée. C'est une approche qui repose sur la psychologie, qui tient à la fois de l'art et de l'observation. La première étape est toujours la même : établir le contact. Si Street était un passionné de pêche à la truite, Alan se serait immédiatement découvert un goût immodéré pour ce sport. Si c'était un dingue des armes à feu, Alan l'aurait bluffé par ses connaissances dans ce domaine. Street aime maltraiter les femmes. Donc Alan aussi. Et ça marche. J'ai vu des criminels endurcis se laisser amadouer. J'ai vu des flics qui connaissent la technique et l'ont pratiquée s'y laisser prendre. C'est humain, c'est irrésistible et inévitable.

— Qu'en penserait le FBI s'ils savaient ? demande Street.

Alan se penche en avant, dans une attitude menaçante.

— Ma femme sait se taire.

Impressionné, Street approuve.

— Quoi qu'il en soit, poursuit Alan, vous avez pas raté Smoky. Et un des types qui étaient avec nous. Il paraît que vous pratiquez les arts martiaux. Vous enseignez, non ?

— C'est exact.

— Quelle discipline ?

— Le wing-chun. C'est un genre de kung-fu.

— Sans dec' ? Comme Bruce Lee ? – Il sourit. – Je suis ceinture noire de karaté.

Street regarde Alan de haut en bas pour évaluer sa taille.

— Vous êtes bon ? Vous prenez la chose au sérieux ? Ou c'est juste pour le plaisir ?

— Je m'entraîne deux fois par semaine, j'enchaîne un kata tous les soirs et ce, depuis dix ans.

— Alan ne sait pas reconnaître une prise de karaté d'un crochet du gauche, dis-je à Barry.

Street prend acte. Une petite injection de respect mâle. Alan capte son intérêt.

— C'est bien. Il faut s'entretenir. Un grand gaillard comme vous, vous pouvez être redoutable.

Alan tend ses mains ouvertes, une manière de dire « j'y travaille ».

— Je me débrouille. Et vous ? Quand avez-vous commencé à pratiquer ?

Street se concentre. Sans savoir que c'est ce que voulait Alan.

— Je ne me souviens plus de l'année exacte... j'avais cinq ou six ans. Nous habitions à San Francisco.

Alan émet un sifflement.

— Ça fait longtemps ! Combien de temps faut-il, en moyenne, pour devenir compétent en kung-fu, si on part de rien ?

Street évalue mentalement.

— C'est difficile à dire. Ça dépend de la personne. En général, quatre ou cinq ans.

Alan pose des questions anodines pour créer un « modèle ». Il emploie la technique dite de la programmation neurolinguistique, qui consiste à poser au sujet deux sortes de questions. La première a pour but de l'amener à se souvenir de quelque chose. L'autre l'incite à mettre en œuvre ses facultés cognitives. Alan observe en même temps le langage corporel de Street et remarque ce qui change dans son attitude selon qu'il rapporte une information ou évoque un souvenir. C'est essentiellement dans les yeux que se manifeste cette différence. Street présente les types de réactions les plus courantes. Quand Alan fait appel à sa mémoire – quand a-t-il commencé à pratiquer le kung-fu –, les yeux de Street se tournent vers la droite. Quand Alan lui demande de réfléchir – estimer le temps nécessaire pour acquérir une bonne compétence –, les yeux de Street se tournent vers la gauche et vers le bas. Alan sait désormais que, s'il pose à Street une question relative à un souvenir et que celui-ci tourne les yeux vers la gauche et vers le bas, il pourra en déduire qu'il ment probablement, car il réfléchit au lieu de se remémorer.

— Quatre ou cinq ans. Pas mal. – Alan agite la main derrière sa chaise. C'est un signal, auquel je réponds en frappant contre la vitre. Il fait la grimace. – Désolé. Je reviens tout de suite.

Street ne répond pas. Alan se lève et sort de la pièce. Un instant plus tard, il nous a rejoints.

— Il prend l'air détaché, commente-t-il. Mais il connaît que dalle aux techniques d'interrogatoire et au langage corporel. Je vais le rouler dans la farine.

— Sois prudent, lui dis-je. Nous voulons qu'il nous livre Jack Junior. Tu ne sais pas encore jusqu'où va sa loyauté.

Alan secoue la tête.

— Peu importe. Vous avez le dossier ? demande-t-il à Barry.

— Le voici.

Barry lui remet une chemise bourrée de papiers, de feuillets vierges ou qui n'ont rien à voir avec l'affaire. Le nom de ROBERT STREET apparaît clairement sur la couverture. C'est un leurre. Alan s'apprête à modifier le ton et le rythme de l'interrogatoire. Il va se montrer plus agressif. Dans nos sociétés, qui dit dossier dit somme d'informations. Celui-ci étant bien rebondi, Street pensera que nous détenons quantité de preuves contre lui. Alan va passer à la phase confrontation. C'est une étape décisive, aux effets parfois spectaculaires. Certains suspects finissent par être tellement déprimés qu'ils en perdent connaissance.

Alan regarde à nouveau Street pendant un moment, puis sort de la pièce. Il resurgit presque aussitôt dans la salle d'interrogatoire. Il fait mine de feuilleter le dossier. Il le referme et le tient de telle façon que Street puisse lire son nom sur la chemise. Cette fois, Alan ne s'assied pas. Il reste debout, jambes écartées, occupant péremptoirement l'espace. Tout dans son attitude affirme sa position dominante, sa maîtrise. Son assurance. Tout cela est intentionnel et prémédité.

— Voilà, monsieur Street. Nous savons que vous êtes impliqué dans les meurtres d'Annie King et de Charlotte Ross. Pour nous, ça ne fait pas un pli. Les empreintes relevées chez Annie King correspondent aux vôtres. En ce moment, nous comparons l'ADN trouvé chez Charlotte Ross au vôtre et je suis prêt à parier que c'est le même. Nous connaissons également votre mode opératoire de préparation des crimes, les avis de passage signés que vous avez laissés en vous faisant passer pour un « nettoyeur » d'entreprise de dératisation. Nous avons d'excellents graphologues qui devraient pouvoir vous les attribuer. Nous vous avons, vous. Maintenant, est-ce que vous voulez bien me parler de tout ça ?

Street dévisage Alan, qui le toise, image de l'autorité et du pouvoir, incarnation du mâle Alpha[1]. Il hausse légèrement les sourcils. Je constate que sa respiration s'est accélérée. Puis il semble se détendre et sourit. Hausse les épaules.

— Je voudrais bien, sauf que je ne sais pas du tout de quoi vous parlez.

Son sourire s'élargit. Il croit avoir encore un atout en main. Persuadé que nous ignorons qu'ils sont deux.

Alan est impassible. Les yeux fixés sur Street. Brusquement, il se tourne de côté, saisit la table et va la poser contre le mur. Il tire alors sa chaise et s'assied face à Street. Tout près de lui.

Menaçant.

— Qu'est-ce que vous faites ? demande Street.

Un voile d'inquiétude dans la voix. Le front qui se voile de sueur.

Alan a l'air surpris.

— Je veux juste m'assurer que j'ai bien tout, monsieur Street.

Il consulte le dossier bidon et se rembrunit. Secoue la tête. Il joue la comédie, toujours. Il pose le dossier par terre, à ses pieds, et rapproche encore sa chaise de Street, empiétant sur son espace vital. Je le vois caler un genou entre ceux de Street, ce qui donne à ce dernier la sensation d'être menacé dans sa virilité. Le tueur avale sa salive. Maintenant,

1. Le mâle parfait dans *Le Meilleur des mondes* d'Aldous Huxley (*N.d.E.*).

il transpire à grosses gouttes. Mais il n'a pas conscience de ces signes physiologiques. Tout ce qu'il sait, c'est qu'Alan a envahi son univers et qu'il se sent soudain très mal à l'aise.

— Néanmoins, il reste un dernier détail.

Street déglutit encore une fois.

— Un quoi ?

— Un dernier détail à éclaircir. – Il se penche encore plus près. Avance un peu son genou. – Voyez-vous, nous savons que vous n'avez pas agi seul.

Street écarquille les yeux. Sa respiration devient hachée. Il éructe sans s'en rendre compte.

— Quoi ?

— Vous avez un complice. Nous nous en sommes aperçus en voyant la vidéo du meurtre d'Annie King. Une différence dans la taille. Nous savons aussi que le vrai Jack Junior, c'est lui, pas vous.

Street ouvre et ferme la bouche comme un poisson pris à l'hameçon. Son regard ne décroche plus d'Alan. Il lâche un nouveau renvoi. Il croise les mains sur son entrejambe dans un geste protecteur. Ce ne sont que des réflexes dont il n'est pas conscient. Alan se penche un peu plus.

— Vous savez qui c'est, Robert ?

— Non !

Les yeux baissés vers la gauche. Il ment.

— Eh bien, Robert... Moi je crois que vous le savez, Robert. Robert, je crois que vous savez qui c'est et où nous pouvons le trouver. Pas vrai, Robert ?

Alan ne cesse de répéter son nom pour laisser planer la sensation d'une accusation latente et d'une absence totale d'échappatoire. Street dégouline de sueur.

— Non.

— Ce que je ne comprends pas, c'est pourquoi vous voulez le protéger. – Alan se penche encore. Se frotte le menton d'un air pensif. – Peut-être... – Il claque ses doigts. – En fait, quand deux tueurs en série bossent ensemble, en général, ils baisent aussi ensemble. Enfin, c'est le dominant qui est l'élément actif. C'est votre cas ? C'est pour ça que vous le protégez ? Parce que vous aimez ça ?

Street a les yeux exorbités. Il bout de colère.

— Chuis pas pédé !

Alan se penche encore. Cette fois, ils sont presque nez à nez. Street tremble comme une feuille. Il éructe de plus belle.

— C'est pas ce qu'a dit la petite fille. Bonnie ? Vous vous souvenez d'elle ? D'après elle, y en avait un qui pompait le jonc de l'autre comme à la foire à la saucisse.

Street est au bord de l'apoplexie.

— Elle ment !

— Il l'a eu, dit Barry.

Alan ne lâche pas prise.

— Vous êtes sûr ? Elle a dit qu'il y en avait un qui taillait à l'autre une bonne pipe dans les règles de l'art. Elle a donné beaucoup de détails. Des choses qu'une gosse de son âge ne peut pas savoir.

— Elle raconte n'importe quoi ! Elle connaît ça parce que sa mère est une traînée ! Nous ne nous sommes même pas touch...

Il se tait. Il vient de réaliser.

— Donc vous y *étiez*, conclut Alan.

Street devient écarlate. Des larmes coulent sur ses joues. Il ne doit pas s'en rendre compte.

— Et merde ! Oui. J'y étais. Je l'ai aidé à finir la

putain. Et alors ? Vous ne l'attraperez jamais ! Il s'en tirera, vous verrez. Il est trop malin pour vous.

— Et voilà les aveux d'un des deux suspects, dis-je.

Barry acquiesce.

— Il vient de gagner un aller simple pour la chaise électrique.

Alan se recule d'un chouia. Sans déplacer son genou, toujours menaçant. Street est en train de se décomposer devant nous.

— Vous savez, Robert, des gars de chez nous sont actuellement en route pour votre appartement. Robert, je suis persuadé qu'il y a chez vous quelque chose qui nous aidera à découvrir qui il est. Pas vrai, Robert ?

Street tourne les yeux vers la droite. Il fouille ses souvenirs.

— Non ! Rien ! Et puis, bordel ! Arrêtez de répéter tout le temps mon nom ! s'écrie-t-il soudain.

— Vous avez vu ? dit Barry, tout excité.

J'ai vu et un frisson m'a parcourue.

En disant non, il a baissé les yeux. Baissé vers la gauche.

Il ment.

Il y a quelque chose chez lui qu'il ne veut pas que nous trouvions.

50.

Nous sommes tous dans l'appartement de Robert Street. Barry et moi avons continué à regarder Alan forcer peu à peu toutes ses défenses par un subtil travail de sape. Il n'a pas réussi à l'amener à nous livrer l'identité de Jack Junior, mais il a raconté tout le reste. Comment Jack l'a contacté, comment ils ont choisi leurs victimes, et d'autres choses encore. Il a signé des aveux et était réduit à l'état de pauvre loque suante, brisée et bafouillante lorsque Alan en a eu fini avec lui.

Mon dragon jubilait.

Sonnerie de mon téléphone.

— Barrett.

— Smoky, c'est Gene. J'ai pensé que tu aimerais savoir que l'ADN de Street est identique à celui recueilli sous l'ongle de Charlotte Ross.

— Merci, Gene. C'est une bonne nouvelle.

Il hésite.

— Callie va s'en tirer ?

— Je pense. Il faut attendre, on verra.

Il soupire.

— Bon, je te laisse.

— Salut.

— C'est nickel ici, remarque Alan.

Je regarde autour de moi. Il a raison. L'appartement de Street est d'une propreté irréprochable. La propreté de l'obsessionnel compulsif. L'appartement totalement anonyme. Aucun cadre au mur, pas une photo de famille ou d'amis. Pas un tableau ni une gravure. Canapé fonctionnel. Table basse fonctionnelle. Téléviseur petit format.

— Spartiate.

Nous passons dans la chambre. Comme le salon, elle est impeccable. Le lit est fait au carré, comme à l'armée. Il y a un ordinateur sur un petit bureau accoté au mur.

Et, tout à coup, ça me saute aux yeux. L'objet qui ne cadre pas, la seule chose qui dénote dans le décor. Un petit médaillon, bien rangé à côté d'un agenda d'étudiant. Je me penche pour y regarder de plus près. C'est un bijou de femme doré, au bout d'une chaîne dorée. Je le prends, je l'ouvre. Il renferme la toute petite photo d'une très belle femme d'un autre temps. La mère de quelqu'un, me dis-je.

— Jolie, commente Alan.

J'acquiesce. Je repose le médaillon et j'ouvre l'agenda. Un modèle ordinaire de cahier de texte. À l'intérieur, une inscription : *Ce carnet appartient à Renée Parker. Il n'a l'air de rien, mais il est MAGIQUE – ha, ha ! ☺ C'est mon tapis volant. Alors, pas touche, têtes de nœud !*

C'est daté et signé.

— Ça fait... quoi ? Vingt-cinq ans ?

Je confirme d'un signe. Mon rythme cardiaque s'emballe. C'est ça. C'est la clé.

Elle nous dévoilera son visage.

J'effleure le carnet, caresse l'inscription.

Il se révèlera peut-être vraiment magique.

51.

De retour au bureau, Alan ne tient plus en place. J'ai l'impression que tout va de plus en plus vite, des molécules surchauffées qui entrent en ébullition.

— On a une concordance pour le nom Renée Parker sur le VICAP. Un vieux truc en souffrance.

Le VICAP, (Violent Criminal Apprehension Program) programme de recherche globale sur les crimes violents, a été mis au point par un inspecteur de la police de Los Angeles en 1957, mais utilisé seulement à partir de 1985, lorsque l'académie du FBI l'a intégré à son Centre national pour l'analyse des crimes violents. L'idée est géniale. Il s'agit d'une banque de données d'ampleur nationale, destinée à répertorier, regrouper et analyser toutes les affaires concernant des crimes violents. En mettant l'accent sur les crimes de sang. N'importe quel membre des forces de l'ordre qui participe, à quelque échelon que ce soit, à une enquête peut fournir toutes les informations relatives à des affaires résolues ou non. Cette montagne d'informations, prise dans son ensemble, permet d'effectuer des recoupements entre toutes les affaires criminelles à l'échelle du pays entier.

— C'est un vieux dossier, ça remonte à vingt-cinq ans. Une strip-teaseuse de San Francisco. Retrouvée étranglée dans une ruelle. Et, je te le donne en mille, une partie de ses organes avait été prélevée.

Ma fatigue s'évanouit d'un coup. Je me sens aussi survoltée que si j'avais sniffé de la caféine.

— C'est sûrement lui. Sûrement.

— Ouais, et c'est pas fini. Ils avaient un suspect à l'époque. Mais pas assez de preuves.

Je me lève d'un bond.

— Leo, tu restes ici pour assurer la permanence et la coordination. James et Alan... on part pour San Francisco. Immédiatement.

— Je ne me le ferai pas dire deux fois, dit Alan, déjà à la porte. Nous sommes tous portés par un second souffle, mélange d'adrénaline, d'exaltation et de fureur.

En sortant, j'aperçois Tommy, assis au volant de sa voiture. Immobile et attentif.

— Donnez-moi une seconde, dis-je à Alan et James.

Je me dirige vers la voiture. Tommy baisse sa vitre.

— Que se passe-t-il ? demande-t-il.

— Nous allons à San Francisco.

— Que veux-tu que je fasse ?

Je lui souris et lui effleure la joue du bout du doigt.

— Va dormir.

— Bonne idée, répond-il, toujours laconique.

– Je commence à tourner les talons. – Smoky. – Je m'arrête. – Fais attention à toi.

J'ai le temps d'entrevoir une lueur d'inquiétude dans ses yeux avant qu'il remonte la vitre et démarre.

Et sans raison, le mot de Sally Field aux Oscars me revient en mémoire. Je murmure en sourdine :

— Il m'aime bien, il m'aime vraiment bien[1].

Les petites bulles d'hystérie.

1. « Vous m'aimez bien, vous m'aimez vraiment bien. » Paroles prononcées par l'actrice Sally Field recevant l'Oscar de la meilleure actrice en 1984 pour *Les Raisons du cœur* de Robert Benton. En réalité, la phrase n'est pas exacte, mais c'est sous cette forme qu'elle est restée dans la mémoire des Américains (*N.d.T.*).

52.

C'est un nouveau rêve. Le passé et le présent ont fusionné pour ne faire plus qu'un.

Je dors dans ma chambre quand j'entends des bruits de scie, des grincements. Je me lève, le cœur battant, en empoignant mon arme posée sur la table de chevet.

Je marche à pas feutrés et je franchis la porte, pistolet braqué devant moi, terrifiée à l'idée que quelqu'un est entré chez moi.

Les bruits montent du salon. Des ricanements sont venus s'y ajouter.

Quand j'arrive, il est là. Son visage est masqué par des bandages qui entourent sa tête. Mais ses lèvres sont bien visibles, énormes, bouffies, écarlates. Ses yeux sont vides, morts, noirs comme la suie.

— Tu vois ? susurre-t-il d'une voix sifflante.

On croirait entendre un serpent.

Je ne vois pas ce qu'il me montre. Le dossier du canapé fait écran. Je sens gonfler en moi comme une certitude, le refus de voir.

Je le dois pourtant.

J'avance, j'avance.

— Tu vois ? répète-t-il dans un murmure.

Cette fois, oui, je vois.

Elle est étendue sur le divan. Il lui a ouvert le ventre du sternum au pubis. Ses organes sont à découvert. Elle a les cheveux pleins de terre du cimetière. Et tend vers moi un doigt maculé de boue.

— C'est de ta faute..., dit-elle d'une voix rauque.

C'est Alexa, puis Charlotte Ross, puis Annie.

— Pourquoi l'as-tu laissé faire ? me demande Annie en tendant vers moi son doigt accusateur. Pourquoi ?

L'homme à la tête bandée ricane de plus belle.

— Tu vois ? Leurs doigts sales. Ils t'accusent.

— Pourquoi ? demande-t-elle encore.

Je me réveille en sursaut. La cabine de l'avion est silencieuse et plongée dans la pénombre. James et Alan somnolent. Je regarde par le hublot la nuit opaque et je frissonne. Des doigts sales. Pas besoin de chercher de sens caché.

Je les sens perpétuellement pointés sur moi depuis la tombe. Les doigts de celles que je n'ai pu sauver.

J'ai appelé Jenny Chang de l'avion. Elle nous attend à l'arrivée.

— Je ne suis plus ton amie, déclare-t-elle en tapotant sa montre pour me rappeler l'heure matinale.

— Désolée, Jenny. On a eu des emmerdes.

Je la mets au courant pour Callie. Elle pince les lèvres. Bouche étirée en un mince trait de colère.

— Vous n'avez pas eu d'autres nouvelles d'elle ?

— Non, répond James.

— Mon Dieu...

Je soulève ma serviette.

— En revanche, nous avons un retour intéressant du VICAP.

L'inspectrice reprend aussitôt le dessus et la curiosité l'emporte.

— Raconte.

Je lui résume la situation.

— Vingt-cinq ans. Je suis entrée dans la police à vingt-deux ans. Ça s'est passé avant mon arrivée. Qui était chargé de l'affaire ?

— L'inspecteur Rawlings, dit Alan.

Jenny se fige sur place. Se tourne vers Alan.

— Rawlings ? Vous en êtes sûrs ?

— Oui, j'en suis sûr. Pourquoi ?

Elle secoue la tête.

— Parce que c'est peut-être bon pour vous. Rawlings est un *looser*. Depuis toujours, à ce qu'on dit. Il picole en attendant la retraite.

— Et en quoi serait-ce bon pour nous ?

— Il est fort probable que quelque chose lui ait échappé à l'époque. Quelque chose qui, à vous, ne vous échappera pas.

Dans les bureaux de la police de San Francisco, Jenny tape sur la table avec son crayon en attendant que quelqu'un réponde au téléphone.

— Rawlings ? C'est Jenny Chang. Oui, je sais quelle heure il est. C'est pas de ma faute si vous avez la gueule de bois.

Je lui jette un regard suppliant. J'ai besoin que l'inspecteur rapplique, pas qu'il lui raccroche au nez. Elle ferme les yeux. Je parie qu'elle est en train de compter mentalement jusqu'à dix.

— Excusez-moi, Don. Moi aussi, on m'a sortie du lit. Du coup, je ne suis pas de très bonne humeur.

La responsable du CASMIRC de Los Angeles est ici pour s'informer sur une vieille affaire dont vous vous êtes occupé. Concernant une certaine... – Elle consulte le bloc-notes posé devant elle. – Renée Parker. – L'étonnement se lit sur son visage. – Bon. D'accord. À tout de suite.

Elle raccroche d'un air perplexe.

— Qu'y a-t-il ?

— Dès que j'ai prononcé son nom, il a arrêté de gémir et m'a annoncé qu'il arrivait immédiatement..

— Sans doute une affaire qui l'a marqué.

Don Rawlings se pointe dans la demi-heure. Au premier coup d'œil, je constate que Jenny n'a pas menti à son sujet. Environ un mètre soixante-quinze, une forte bedaine, des yeux injectés de sang et le teint rougeaud du buveur invétéré. Vieilli avant l'âge.

Je me lève et lui serre la main.

— Merci d'être venu, monsieur Rawlings. Je suis l'agent spécial Smoky Barrett, je dirige le CASMIRC de Los Angeles. Et voici James Giron et Alan Washington, qui travaillent aussi au CASMIRC.

Il plisse les yeux en me regardant.

— Je vous connais. C'est vous qui avez été attaquée chez vous. – Il fait la grimace. – Le cauchemar de tous les flics.

Je remarque qu'il tient un dossier à la main.

— C'est quoi ?

Il le pose bruyamment sur le bureau et s'assied.

— Une copie du dossier Renée Parker. Je l'ai gardé chez moi. Je m'y replonge parfois aux petites heures de la nuit quand je n'arrive pas à dormir.

Son expression change quand il parle de Renée Parker. Son regard s'allume. Un pli de tristesse incurve sa bouche. Cette affaire l'a marqué, en effet.

— Parlez-moi de cette affaire, inspecteur.

Il regarde au loin. Vers un ailleurs sans horizon.

— Il faut revenir un peu en arrière, agent Barrett. L'inspecteur Chang a dû vous dire que je suis un pauvre alcoolo déglingué. Elle a raison. Mais je ne l'ai pas toujours été. Il fut un temps où j'étais à la place qu'elle occupe maintenant. Le meilleur enquêteur de la section homicides. Un crack. – Il regarde Jenny avec un sourire. – Vous ne le saviez pas, hein ?

Jenny hausse un sourcil.

— Je l'ignorais totalement.

— Bon, mais soyons franc. Quand j'ai débuté dans la police, j'étais jeune et très con. Raciste, homophobe, et une vraie soupe au lait. Je jouais des poings plus souvent qu'à mon tour et sans nécessité. Mais la rue vous apprend la vraie vie. J'ai cessé d'être raciste le jour où un flic noir m'a sauvé la vie. Le suspect est arrivé derrière moi. Le flic m'a poussé sur le côté en tirant en même temps sur le criminel et l'a abattu. Nous sommes restés les meilleurs amis du monde pendant des années. Jusqu'à sa mort. Tué dans l'exercice de ses fonctions.

Son regard triste se perd encore plus loin, dans un néant inaccessible.

— J'ai cessé d'être homophobe au bout d'un an à la section homicides. La mort vous change un homme. Elle fait voir les choses autrement. Il y avait un jeune homme qui faisait étalage de son homosexualité avec... disons, ostentation. Il avait un camion de restauration ambulante stationné près des bureaux et il a très vite compris que je l'avais pris en grippe. Il me provoquait, le petit merdeux, il faisait plein de trucs exprès pour me foutre en boule.

Une esquisse de sourire passe sur ses lèvres. Furtif, aussitôt chassé par la tristesse.

— Seigneur, il me rendait dingue. Un jour, des mecs l'ont battu à mort parce qu'il était homosexuel. Et vous savez quoi ? C'est moi qui ai pris l'affaire. – Il m'adresse un sourire ironique. – Et, pour une affaire, c'était une affaire. En m'en occupant, j'ai vu deux choses qui m'ont définitivement guéri de ma haine des homos. D'abord, j'ai vu sa mère hurler de chagrin en s'arrachant les cheveux et mourir de l'intérieur, là, d'un coup, devant moi. J'ai vu son monde s'effondrer parce qu'on lui avait tué son fils. Et puis je suis allé à son enterrement pour chercher des suspects. Et vous savez ce que j'ai vu ? Deux cents personnes. Vous le croyez ? Moi, je ne dois même pas connaître deux cents personnes. Pas des gens qui viendraient à mon enterrement en tout cas. – Il secoue la tête d'un air ébahi. – Et c'étaient pas seulement des membres de la communauté *gay*, venus parce qu'il était l'un des leurs. C'étaient des gens dont il avait marqué la vie. J'ai appris qu'il faisait du bénévolat partout où il pouvait. Dans les hôpitaux, dans les centres de désintoxication, dans les refuges pour personnes en difficulté. Ce type était un saint. Un homme bon. Et on l'avait tué pourquoi ? Parce qu'il était homo. – Il serre les poings – C'était injuste. Je ne pouvais plus adhérer. Plus jamais. – Il agite la main. – Enfin, voilà... j'étais un petit nouveau au bureau des homicides. Et un homme nouveau. Qui avait effacé les mots « pédé » et « nègre » de son vocabulaire. J'avais changé, j'étais enthousiaste, la vie était belle.

« Maintenant, on fait un saut dans le temps cinq années plus tard. L'apogée de ma carrière était derrière moi depuis au moins trois ans. J'étais sur la pente descendante. J'avais commencé à boire et à faire suer ma femme. Je pensais souvent à avaler mon flingue. Tout ça à cause des ces fichus bébés. – L'ombre de désespoir traverse son regard. Je la reconnais pour l'avoir souvent croisée dans mon miroir. – Quelqu'un tuait des bébés. Des tout-petits, qui savaient à peine marcher. Il les enlevait, les étranglait et les abandonnait sur les trottoirs ou dans les rues. Arrivé à six, sans aucun suspect, j'ai commencé à me flétrir à l'intérieur. – Il tourne ses yeux vers moi. – Vous devez connaître ça, puisque vous faites ce métier.

J'acquiesce.

— Imaginez, c'est six bébés morts que vous laissez tomber. Non seulement vous avez pas chopé le coupable, mais vous avez même pas un suspect. J'en crevais.

Il y a un an, j'aurais regardé Don Rawlings avec un petit sourire de mépris. Je l'aurais trouvé faible. De ceux qui rendent le passé responsable de leur présent et s'en servent comme excuse. Je ne peux pas lui pardonner complètement d'avoir baissé les bras, mais je n'ai aucune envie de le mépriser. Le poids de ce boulot est parfois trop lourd à porter. Ce que j'éprouve à cet instant n'est pas un sentiment de supériorité, mais de compassion.

— J'imagine, lui dis-je en soutenant son regard.

Il doit croire à ma sincérité, car il poursuit son récit.

— Je filais déjà un mauvais coton et je me foutais de tout. Je faisais tout ce que je pouvais pour oublier ces bébés morts. Sexe, alcool, tout. Mais ils continuaient à hanter mes nuits. C'est alors que j'ai rencontré Renée Parker. – Un franc sourire, appartenant à un Don Rawlings plus jeune, éclaire son visage. – Je l'ai rencontrée quand son petit ami s'est fait descendre. C'était un petit dealer, il avait mécontenté le gars qui fallait pas. Elle était stripteaseuse, elle venait de commencer à se shooter. Ça court les rues ce genre de filles, on finit par ne plus faire attention. Mais elle, elle était pas comme les autres. Elle avait quelque chose. Sous son apparence, on sentait une vraie personnalité. – Il lève les yeux. – Je sais ce que vous pensez. Le flic et la stripteaseuse, air connu. Mais c'était pas du tout ça. C'est vrai, elle avait un corps sublime. Mais je ne la voyais pas sous ce jour-là. Quand je l'ai connue, je me suis dit que c'était peut-être l'occasion de faire quelque chose de bien. Pour compenser les bébés.

« J'ai su son histoire. Arrivée à Los Angeles pour faire du cinéma, elle s'est retrouvée à danser nue pour gagner sa croûte. Elle a rencontré un salaud qui lui a dit : "Tiens, prends de ce truc, t'auras un bon trip, aucun risque de devenir accro." Rien de très original. Mais elle, elle avait quelque chose d'original. Un désespoir dans les yeux. Comme si elle était au bord d'un abîme dans lequel elle n'était pas encore tombée.

« Je l'ai prise et je l'ai collée dans un centre de désintoxication. Quand j'étais pas au boulot, j'allais la voir. Je lui tenais la main pendant qu'elle dégueulait. Je lui parlais. Je l'encourageais. Il nous arrivait de parler des nuits entières. Et vous savez quoi ? Elle a été ma première amie femme. Vous comprenez ce que je veux dire ? Vous voyez, tous les préjugés machistes. Les femmes, c'est fait pour se marier ou pour la baise. Vous comprenez ?

— J'ai rencontré quelques phallocrates dans ma vie.

— Eh ben, j'étais comme ça. Mais cette jeune femme de vingt ans est devenue une amie. Je ne pensais pas à la sauter, ni à l'épouser. Je voulais seulement qu'elle se sente bien. C'est tout. – Il se mordille la lèvre. – J'étais un bon inspecteur. J'étais pas corrompu et j'arrêtais en général les malfaiteurs. Je n'ai jamais frappé une femme. J'avais des règles, le bien et le mal. Mais j'étais pas pour autant un type bien. Vous comprenez la différence ?

— Oui.

— Ce que je faisais pour Renée, c'était vraiment bien. Généreux. – Il se passe la main dans les cheveux. – Elle s'en est sortie. Elle a quitté le centre. Elle s'en est vraiment bien sortie. C'était la fille qui allait faire quelque chose de sa vie. Je lui ai prêté un peu d'argent et elle s'est installée dans un appartement. Elle a pris un travail. Au bout de quelques mois, elle a commencé à suivre des cours du soir. Des cours d'art dramatique. Elle disait que, si elle ne perçait pas comme actrice, elle pourrait toujours être serveuse, mais elle n'avait pas encore renoncé à son rêve.

« On se voyait de temps en temps. On allait au cinéma. En toute amitié, toujours. Je ne demandais rien de plus. C'était la première fois qu'il était plus important pour moi d'avoir une amie qu'une fille pour coucher. Surtout, les bébés ont cessé de m'obséder. J'ai arrêté de boire, je me suis rabiboché avec ma femme.

Il se tait et je devine la suite. Je la sens venir, comme les vibrations d'un train fantôme. Je connais déjà la fin de l'histoire. Renée Parker, la miraculée, sauvée de ses démons, est assassinée de manière effroyable. Ce que je ne savais pas jusqu'à maintenant, c'était ce que sa mort avait pu représenter pour son entourage.

Pour Don Rawlings, elle avait marqué un tournant dans son existence qui avait alors sombré du côté des ténèbres. Donné le signal du retour des bébés morts, qui ne l'avaient plus quitté.

— J'ai reçu l'appel à quatre heures du matin. Je n'ai su qu'il s'agissait d'elle que lorsque je me suis trouvé sur place. – Il a le regard d'une âme en peine. Perdue dans la brume et condamnée à errer. – Elle était couverte de brûlures. Le légiste a dénombré près de cinq cents brûlures de cigarette sur son corps. Cinq cents ! Pas mortelles. – Ses mains tremblent au-dessus de la table. – Il l'avait torturée et violée. Mais le pire, c'est ce qu'il a fait ensuite. Il lui a ouvert le ventre, enlevé une partie de ses organes et les a laissés là, près d'elle. Jetés sur le béton pour pourrir avec elle.

« J'ai du mal à me rappeler ce que j'ai ressenti quand je l'ai vue, là. Peut-être parce que je ne veux pas. Par contre, je me souviens de ce qu'a dit un des policiers à ce moment-là : "Ouais, je la connais. C'est une strip-teaseuse. Elle bossait dans les quartiers chauds. Supernichons." Ça lui suffisait, pas besoin d'en savoir plus. Il se souvenait de ses nichons et l'avait étiquetée. C'était pas un être humain, une fille courageuse qui avait pris sa vie en main. Non, rien qu'une strip-teaseuse. – Il promène son doigt sur une rayure de la table. – On a dû nous séparer. Mais c'est sans importance. Vous allez pas le croire : ce petit merdeux a ressorti son dossier quelques années plus tard. Sous la mention “profession”, il a effacé “serveuse” pour écrire “strip-teaseuse/présumée prostituée”. Et il a même envoyé sa correction au VICAP.

Je suis effarée. Cela doit se voir. Il me regarde et hoche la tête.

— C’est comme je vous le dis. – Après un soupir, il continue : – je me suis bien gardé de dire que je la connaissais pour pouvoir me charger de l’affaire. Je voulais coincer ce salaud. Il le fallait. Mais il était malin. Pas d’empreinte, pas l’ombre d’un indice. On n’avait pas l’ADN à cette époque. – Il hausse les épaules. – J’ai fouillé là où on cherche quand on n’a pas d’indice matériel.

— Ses connaissances, ses relations.

— Oui. Elle suivait des cours du soir. J’ai appris qu’elle y avait rencontré un type. Elle était sortie avec lui pendant une ou deux semaines. Un beau gosse, un dénommé Peter Connolly. Mais j’ai tout de suite senti qu’il y avait quelque chose qui n’allait pas quand je l’ai interrogé. C’était dans sa façon de répondre à mes questions. Il avait l’air de se foutre de moi. Comme s’il cachait quelque chose. Suivant mon intuition, j’ai fait circuler sa photo dans la boîte de strip-tease où elle avait travaillé. On se souvenait de lui. Les moments où on l’avait vu correspondaient aux passages de Renée sur scène. Et ça a continué comme ça. Il s’est trouvé que Peter avait eu un petit problème de drogue. Il avait été en centre de désintoxication. Et devinez quoi ? Au même endroit et au même moment que Renée. Là, mes doutes ont pris des allures de certitude. Quand j’ai découvert qu’il s’était inscrit dans la même école une semaine après elle, j’ai su que c’était lui.

Il retombe dans le mutisme et ne dit plus un mot. D'une voix très douce, je le relance :

— Je vois ce qu'il en est, Don. Aucune preuve. Aucun moyen de lui imputer le crime. D'accord, il avait fréquenté la boîte de strip-tease, le centre de désintoxication, les cours du soir. Mais ça pouvait toujours s'expliquer.

Il acquiesce d'un air misérable.

— Exactement. Ça a suffi pour que j'obtienne un mandat de perquisition, mais je n'ai rien trouvé. Pas le moindre indice. Et aucun antécédent. – Il lève à nouveau les yeux vers moi. Sa frustration est manifeste. – Impossible de prouver ce que je savais avec certitude. Il n'y a pas eu d'autres meurtres. Pas d'autres scènes de crime. Le temps a passé, il a déménagé. J'ai recommencé à faire des cauchemars. Parfois, c'étaient les bébés, parfois Renée.

Plus personne ne songe à faire la leçon à Don Rawlings. Nous savons que tous, nous sommes susceptibles d'en arriver à ce stade. Où il n'est plus possible de plier sans rompre. Il ne nous paraît plus faible ou pathétique. Nous le prenons simplement pour ce qu'il est : une victime.

Celui qui a dit que le temps guérissait tous les maux n'était pas flic.

Je romps le silence :

— Si nous sommes là, c'est parce que le VICAP a relevé une concordance entre votre affaire et le mode opératoire de notre meurtrier. Il s'est remis à tuer. – Je me penche vers lui. – Après ce que vous nous avez dit, je suis convaincue que votre criminel et le nôtre ne sont qu'une seule et même personne.

Je vois poindre sur son visage l'expression de ceux qui n'osent croire à l'espoir.

— Vous avez eu plus de chance que moi ?

— Pas pour les preuves matérielles. Mais nous avons découvert une chose qui, si on prend en compte votre suspect d'il y a vingt ans, pourrait bien nous conduire à la solution.

— C'est quoi ?

Je lui explique qui est Jack Junior et lui parle du contenu du bocal. Dans son attitude, le dépit cède peu à peu la place à l'excitation.

— Donc, d'après vous, ce type aurait été élevé dans l'idée qu'il est l'arrière-petit-fils de Jack l'Éventreur et ce, dès son plus jeune âge ?

— C'est très exactement ça.

Il se laisse aller contre le dossier de sa chaise avec un air médusé.

— Mon Dieu, mon Dieu... À l'époque, je n'avais aucune raison de me renseigner sur sa mère. Son père était mort depuis longtemps... – Don est comme en état de choc. Assommé. Il se redresse et tape du doigt sur le dossier qu'il a apporté. – L'information se trouve là-dedans. Qui était sa mère et où elle habitait à ce moment-là.

— Eh bien, on y va.

— Vous croyez... – Il respire profondément, se lève lentement. – Je sais que je ne vaux plus grand-chose. Je suis un vieil alcoolo dépassé. Mais si vous me laissez vous accompagner, je vous promets que je me tiendrai à carreau.

J'ai rarement vu tant d'humilité.

— Je ne voyais pas les choses autrement, Don. Il est temps pour vous d'en finir avec cette affaire.

53.

Concord se situe au nord de Berkeley, dans la baie de San Francisco. Nous nous y rendons pour rencontrer la mère de Peter Connolly, dont le prénom est Patricia. D'après le permis de conduire inclus dans le dossier, elle a soixante-quatre ans. Nous avons décidé de nous présenter chez elle sans l'avertir de notre visite et de nos soupçons. On a déjà vu des mères envoyer leur fils en expédition punitive. On ne sait jamais.

Je suis entrée dans le dernier cercle. Ce moment où j'arrive au bout de ma traque, où je sais de façon viscérale que nous sommes sur le point de fondre sur notre proie. Tous les sens en alerte, exacerbés jusqu'au malaise, avec l'impression de m'élancer sur un câble au-dessus du vide d'un pied sûr, sans appréhension, certaine de ne pas tomber.

J'observe Don Rawlings pendant que nous roulons. Je vois cette étincelle chez lui aussi, mais avec quelque chose qui tient du désespoir. Il a osé espérer à nouveau. Pour lui, en cas d'échec, le prix à payer excéderait la simple déception. Il pourrait lui être fatal. Pourtant, il a rajeuni de dix ans. Il a le regard clair et confiant. On a une idée de l'homme qu'il pouvait être quand il était au mieux de sa forme.

Nous sommes des drogués. Nous tous qui faisons ce métier. Nous vivons dans le sang, la pourriture et la puanteur. Nous nous débattons contre les cauchemars qu'engendrent des horreurs inconcevables pour l'esprit. Nous en subissons les conséquences, ainsi que nos familles et nos amis. Puis nous approchons du but, nous entrons dans le dernier cercle et l'euphorie que nous éprouvons alors n'a pas d'équivalent. C'est une extase qui efface le sang, la puanteur, les cauchemars et l'horreur. Et, quand c'est fini, nous ne demandons qu'à recommencer.

Évidemment, il y a des ratés. Parfois, on ne parvient pas à capturer le coupable. La puanteur persiste, et nous ne pouvons pas la faire disparaître. Malgré tout, nous persévérons, toujours prêts à courir le risque.

Dans ce métier, on vit au bord d'un précipice. Le taux de suicide est d'ailleurs élevé. Comme dans toutes les situations où le poids de la culpabilité induite par l'échec est trop lourd à porter.

Je pense à tout cela, mais je m'en moque. Pour l'heure, mes cicatrices importent peu. Parce que je suis entrée dans le dernier cercle.

J'ai toujours été fascinée par les livres et les films mettant en scène des tueurs en série. Les auteurs se croient toujours obligés de semer des petits cailloux que leurs héros devront suivre. Une panoplie de déductions logiques et d'indices conduisant à la tanière du monstre dans un grand hourra de satisfaction.

Dans le cas de Jack Junior, nous avons épuisé toute la gamme des indices matériels, misé à fond sur des recherches de « numéros IP ». Il s'est déguisé, il m'a mise sur écoutes, pistée au GPS, il a recruté des disciples, il s'est montré extraordinairement habile.

Et, au bout du compte, la solution se résumera sans doute à la corrélation de deux facteurs : un morceau de viande de bœuf et une affaire non résolue, oubliée depuis vingt ans dans les entrailles du VICAP.

Avec le temps, j'ai appris à me contenter d'une vérité unique et je n'ai pas besoin de plus : un coupable pris est pris et un coupable pris est une bonne chose. Point.

Le téléphone d'Alan sonne.

— Oui ? – Il ferme les yeux. Une crainte me saisit. Mais il les rouvre et je perçois son soulagement. – Merci, Leo. C'est sympa d'avoir appelé. – Il raccroche. – Elle n'est pas encore réveillée, mais le médecin qualifie son état, non plus de critique, mais de stable. Elle est toujours en réa. Le chirurgien a dit à Leo, exactement en ces termes, que tout danger de mort était écarté, sauf s'il se produisait un incident réellement imprévisible.

— Callie s'en sortira. Elle est trop entêtée.

James ne dit rien. Le silence retombe. Nous poursuivons notre route.

— C'est ici, murmure soudain Jenny.

C'est une vieille maison, mais pas trop décrépie. Le jardin est quasiment à l'abandon. Tout donne l'impression de quelque chose qui se termine mais qui n'est pas encore tout à fait fini. Nous descendons de voiture et marchons vers le perron. La porte s'ouvre avant que nous ayons eu le temps de frapper.

Patricia Connolly a l'air âgée et fatiguée. Malgré sa lassitude, ses yeux brillent. De peur.

— Vous êtes de la police ?

— Oui, madame. Et du FBI. – Je lui montre ma carte et je fais les présentations. – Pouvons-nous entrer, madame Connolly ?

Elle me considère en fronçant les sourcils.

— Vous pouvez, à condition de ne pas m'appeler madame Connolly.

Je dissimule mal mon étonnement.

— Certainement. Comment devons-nous vous appeler ?

— Mademoiselle Connolly. Connolly est mon nom de jeune fille, pas celui de mon défunt mari. Que le diable ait son âme. – Elle ouvre la porte pour nous laisser passer. – Venez.

L'intérieur est propre et bien tenu, mais totalement impersonnel. Comme entretenu par la seule force de l'habitude.

Patricia Connolly nous pousse dans son salon et nous invite à nous asseoir.

— Vous désirez boire quelque chose ? Je n'ai que de l'eau et du café, mais je vous servirai volontiers l'un ou l'autre.

Tous les membres de l'équipe agitent négativement la tête.

— Non merci, mademoiselle Connolly. Nous n'avons besoin de rien.

Elle baisse le nez et contemple ses mains.

— Bon, alors pouvez-vous me dire ce qui vous amène ?

Elle garde les yeux baissés sur ses mains pour ne pas avoir à croiser mon regard. Je décide de me fier à mon instinct.

— Pouvez-vous nous dire, vous, mademoiselle, pourquoi nous sommes ici ?

Elle relève la tête d'un mouvement brusque et

son regard me donne raison. J'y lis la culpabilité. Mais elle n'est pas encore disposée à parler.

— Je n'en ai pas la moindre idée.

— Vous mentez !

Je suis moi-même étonnée par la violence de ma réaction. Alan cache mal sa surprise.

Je n'y peux rien. J'en ai assez de tourner en rond. Je n'en peux plus et je ne contiens plus la colère qui me submerge. Je me penche pour accrocher son regard. Je pointe l'index vers elle.

— Nous sommes ici à cause de votre fils, mademoiselle Connolly. Nous sommes ici à cause d'une mère, une de mes amies, qui a été violée et dépecée comme une bête. À cause de sa fille, qui est restée attachée à son cadavre pendant trois jours. – Je hausse le ton au fur et à mesure que les mots sortent. – Nous sommes ici à cause d'un homme qui torture les femmes. À cause d'un agent du FBI, une autre de mes amies, qui est actuellement sur un lit d'hôpital et qui restera peut-être paralysée à vie. Nous...

Elle se raidit, colle les mains sur ses oreilles en hurlant :

— Arrêtez ! – Ses bras retombent le long de son corps. Elle incline la tête. – Je vous en prie... arrêtez.

Sa révolte s'apaise aussi vite qu'elle a éclaté. J'ai l'impression de voir un ballon se dégonfler. Elle se rétracte sur son siège. Et elle laisse échapper un long soupir, par lequel elle semble évacuer des maux bien plus anciens que ceux du moment.

— Vous croyez savoir pourquoi vous êtes là, me dit-elle finalement. Vous ne savez pas. Vous pensez être venue à cause de ces pauvres femmes. – Elle tourne son regard vers Don Rawlings. – Ou à cause de cette jeune femme, assassinée il y a vingt et quelques années. C'est en partie vrai. Mais ce qui vous amène ici a des origines bien plus lointaines.

Je pourrais l'interrompre pour lui parler de Jack Junior et des entrailles de vache, mais mon intuition me dit de la laisser dire les choses comme elle l'entend.

— C'est curieux comme on peut mal connaître les gens parfois. Y compris ceux qu'on aime. C'est pas juste. Quand un homme a un fond de cruauté qui le conduira à battre sa femme ou pis, il devrait y avoir un signe qui permette de le deviner. Vous ne trouvez pas ?

— Je l'ai souvent pensé, vu le métier que je fais.

— Oui, j'imagine. Vous savez donc aussi que ça ne marche pas comme ça. En réalité, c'est bien souvent le contraire. Les êtres les plus abominables sont parfois les plus aimables. Sous le charmeur peut se cacher un tueur. – Elle hausse les épaules. – Il ne faut jamais se fier aux apparences.

« Naturellement, quand on est jeune, on ne pense pas à ça. J'ai rencontré Keith, mon mari, quand j'avais dix-huit ans. Il en avait vint-cinq et c'était l'homme le plus séduisant que j'aie jamais vu. Je n'exagère pas. Un mètre quatre-vingts, cheveux noirs, un physique d'acteur. Quand il enlevait sa chemise... disons que son corps était en harmonie avec son visage. – Elle sourit. Un sourire triste. – Quand il m'a montré de l'intérêt, j'en ai été stupéfiée. Comme beaucoup de jeunes, je trouvais ma vie très monotone. Il était beau, fascinant. Tout ce dont j'avais besoin. – Elle interrompt son récit et nous regarde. – Ça se passait au Texas. Je ne suis pas originaire de Californie. – Elle détourne les yeux. – Le Texas, un pays plat, étouffant, ennuyeux.

« Keith m'a poursuivie de ses assiduités. Ça n'a pas été une course de fond, plutôt un sprint. Je l'ai laissé courir assez longtemps pour qu'il sache que je n'étais pas complètement docile. Je ne m'en rendais pas compte à l'époque, mais il voyait à travers moi comme à travers une vitre transparente. Il savait depuis le début qu'il m'aurait. Il a joué le jeu parce que ça l'amusait. Il m'aurait mis le grappin dessus en me disant de le suivre, je ne me serais pas fait prier. Il le savait, mais il a respecté le rituel des rendez-vous obligatoires.

« Il était habile. Il cachait bien son jeu. C'était un parfait gentleman, aussi romantique que tous les héros de livres et de films que je connaissais. Beau, gentil, attentionné... J'étais persuadée d'avoir trouvé l'homme parfait. Celui que toutes les jeunes filles pensent mériter et leur être destiné. – Il y a de l'amertume dans sa voix. – Pour comprendre, il faut que vous sachiez que je n'avais pas une vie facile. Mon père était caractériel. Il ne battait pas ma mère tous les jours, ni même toutes les semaines. Mais bien une fois par mois. Aussi loin que je m'en souvienne, je l'ai toujours vu la gifler et la malmener. Il n'a jamais levé la main sur moi. Avec le temps, j'ai compris que ce n'était pas faute d'en avoir envie. Mais il savait que, s'il me touchait, ce ne serait pas pour me battre. – Elle hausse les sourcils. – Vous comprenez ?

Malheureusement, oui, je comprends.

— Oui.

— Je pense que Keith le savait, lui aussi. J'en suis sûre. Un mois après notre rencontre, il m'a demandé de l'épouser. – Elle pousse un soupir en évoquant ce souvenir. – Il avait bien choisi le moment. C'était un soir de pleine lune, avec une petite brise fraîche. Il ne faisait pas froid. Superbe. Il m'a offert une rose et m'a annoncé qu'il partait pour la Californie. Il voulait que je l'accompagne et qu'on se marie. Il m'a dit qu'il savait que j'avais besoin de m'éloigner de mon père, qu'il m'aimait, que c'était l'occasion. Naturellement, j'ai accepté. – Elle ferme les yeux et reste un long moment silencieuse. Je suppose qu'elle songe à ce moment comme étant celui où elle a pris la mauvaise direction qui l'a entraînée dans les ténèbres, pour toujours. – Nous sommes partis quatre jours plus tard, en secret. Je n'ai pas dit au revoir à mes parents. J'ai emballé mes quelques affaires et je me suis sauvée en pleine nuit. Je ne les ai plus jamais revus.

« Ça a été un moment formidable. Je me sentais libre. La vie me souriait. J'avais un amoureux qui voulait m'épouser, j'avais échappé au trou paumé dans lequel je végétais, j'étais jeune, l'avenir m'appartenait. – Sa voix se brise et baisse d'un ton. – Nous avons mis cinq jours à arriver en Californie. Nous nous sommes mariés deux jours plus tard. C'est le soir de notre lune de miel que j'ai découvert que l'avenir que j'avais rêvé avait un avant-goût d'enfer. – Son visage a perdu toute expression. – C'était le contraire de Halloween. Au lieu d'un être humain portant un masque de monstre, Keith était un monstre portant un masque humain. – Elle frissonne. – J'étais vierge quand je me suis mariée. Il a été charmant jusqu'au moment où il m'a portée pour franchir le seuil de la chambre d'hôtel. Dès que la porte a été fermée, le masque est tombé.

« Je n'oublierai jamais le sourire qu'il avait. Hitler devait avoir le même quand il pensait aux Juifs exterminés dans ses effroyables camps. Keith a souri et m'a giflée. Violemment. J'ai perdu l'équilibre, je me suis mise à saigner du nez. Je suis tombée sur le lit. Je voyais trente-six chandelles et j'essayais encore de me persuader que je faisais un mauvais rêve. – Une grimace tord sa bouche. – Ce n'était sûrement pas un rêve. Au mieux un cauchemar. Il m'a arraché mes vêtements en disant : "Mettons les choses au point. Tu es ma propriété. Une génitrice. Tu n'es rien de plus pour moi." C'est sa voix, plus que sa violence, qui me terrifiait. Une voix calme, neutre, normale. Qui n'allait pas du tout avec la façon dont il me traitait. Il m'a mise à genoux et... on ne peut pas dire qu'il m'a fait l'amour. Nous étions peut-être mari et femme. Mais c'était un viol. Il m'a mis un foulard sur la bouche pour étouffer mes cris et il m'a violée.

« Et, pendant tout ce temps, il continuait à parler de sa voix posée. "Nous allons rester quelques jours ici pour t'apprendre quelle est ta place, génitrice. Tu vas apprendre à faire ce que je dis sans hésiter ni protester. La sanction en cas de désobéissance, même pour une faute mineure, sera plus douloureuse que tu ne peux l'imaginer."

Elle se tait à nouveau. Nous attendons, respectant son silence. Rien ne presse. Maintenant, je suis sûre qu'elle nous mène peu à peu aux informations que nous voulons connaître. Quand elle se remet à parler, sa voix n'est qu'un murmure.

— Il ne lui a pas fallu plus de trois jours pour me mater. Il m'a tailladée. Brûlée avec des cigarettes. Battue. À la fin, j'étais prête à faire tout ce qu'il demandait, même les choses les plus dégradantes. – Un pli de dégoût incurve ses lèvres. – Là, j'ai eu droit au dernier mensonge. Nous avons quitté l'hôtel et il m'a emmenée chez lui. Eh oui, il avait cette maison. Il ne vivait pas du tout au Texas. Il y était allé pour chasser. Dénicher une femme pour lui pondre un enfant. Peter. Mon gentil petit garçon. – Elle prononce « gentil » d'un ton ironique. – Keith m'attachait la nuit pour que je ne m'enfuie pas. Il me battait, profitait de moi. M'utilisait. J'ai fini par être enceinte. Ça a été mon seul moment de répit. Il n'a plus levé la main sur moi. J'étais devenue importante à ses yeux, je portais son enfant. – Elle plaque une main sur son front. – J'ai remercié le ciel que ce ne soit pas une fille. Il l'aurait tuée à la naissance. Je sais maintenant qu'un garçon, ça n'était pas mieux.

Elle prend le temps de se ressaisir avant de reprendre.

— Il a voulu que j'aie le bébé à la maison, évidemment. C'est lui qui m'a accouchée. Il m'a donné un linge pour me nettoyer pendant qu'il s'extasiait sur notre petit Peter. Il m'a laissée me reposer un peu et il m'a rendu l'enfant, avec un ultimatum... – Elle se frotte les mains en un geste inconscient de nervosité. – J'avais le choix. Soit il me tuait tout de suite et se chargeait d'élever Peter lui-même, soit je restais en vie pour l'élever avec lui. Dans ce cas, il ne me toucherait plus jamais. Il ferait chambre à part. Mais si je tentais de fuir... il me pourchasserait et je mettrais des semaines à mourir. – Elle serre ses mains à les briser. – Je l'ai cru. J'aurais dû me tuer et tuer Peter à ce moment-là. J'avais encore un peu d'espoir. Je pensais encore que les choses pouvaient changer. – Tout son être respire l'amertume. – Alors j'ai accepté. Il a tenu parole. Il ne m'a plus jamais frappée. Il dormait dans sa chambre, moi dans la mienne. Peter dormait avec lui, naturellement. Pour que je ne sois pas tentée de l'enlever pendant la nuit. Il était assez pervers pour y penser. Peter a grandi. Quand il a eu cinq ans, j'avais presque commencé à croire que ça allait mieux. Nous avions une vie normale. Pas merveilleuse, mais supportable. J'étais vraiment naïve. Les choses ont bien vite recommencé à aller mal. Il ne me maltraitait plus, mais ce qu'il s'est mis à faire alors était bien bien pire. – Elle s'arrête, m'adresse un pâle sourire. – Je suis désolée, mais j'ai besoin d'un café avant de continuer. Vous êtes sûrs que personne n'en veut ?

J'ai l'impression qu'elle se sentirait plus à l'aise si nous l'accompagnions. Je lui rends son sourire.

— J'en prendrais bien un aussi.

Don et Jenny m'imitent. Alan demande un verre d'eau. Seul James s'abstient.

— Tu crois à cette histoire ? me glisse Alan à l'oreille quand Patricia est dans la cuisine.

— Oui. Oui, je la crois.

Elle revient avec un plateau et nous distribue nos tasses et nos verres. Elle se rassied et regarde Alan.

— Je vous ai entendu.

Il est surpris et visiblement gêné. Ce n'est pas dans ses habitudes.

— Je suis désolé, mademoiselle Connolly. Je ne voulais pas vous blesser.

— Y a pas de mal, monsieur Washington. Il y a une chose qu'on apprend à force de vivre aux côtés d'un monstre, c'est à reconnaître les gens bien. Vous êtes quelqu'un de bien. Et puis, je comprends votre question. – Elle pivote sur sa chaise de façon à nous tourner le dos. – Agent Barrett, vous voulez bien baisser la fermeture Éclair de ma robe ? Quelques centimètres suffiront.

Je me lève, un peu perplexe. J'hésite.

— Pas de problème. Allez-y.

Je descends la glissière. Ce que je vois m'oblige, sur le moment, à fermer les yeux.

— Joli spectacle, n'est-ce pas ? dit Patricia. Allez, ouvrez un peu plus, que tout le monde puisse voir.

La partie exposée de son dos n'est qu'un magma de cicatrices et de chair meurtrie. Malgré mon effarement, je constate, avec ce qu'il me reste d'esprit d'analyse, que ces marques ont été laissées par des blessures de nature différente, infligées à des époques différentes. Probablement sur plusieurs années. Il y a des traces de brûlures rondes, dues à des cigarettes. De longues estafilades. Des coupures. Certaines évoquent des coups de fouet. Tous regardent, sans s'attarder. Nous avons les preuves de l'authenticité de son histoire. C'est terrible à voir. Je remonte la fermeture.

Un silence pesant s'installe. C'est Alan qui y met fin.

— Je suis désolé, désolé de ce que vous avez subi et désolé d'avoir mis vos paroles en doute.

Patricia Connolly lui sourit. Un sourire où l'on devine la jeune fille qu'elle a été.

— Je vous remercie de votre gentillesse, monsieur Washington. – Elle croise les mains sur ses genoux. S'accorde une pause. – Comprenez-moi bien, je n'ai su que bien après ce qui se tramait. À ce moment-là, il était trop tard. Keith passait des heures dans le sous-sol avec Peter. Il s'enfermait toujours à clé. Au début, Peter remontait avec les yeux rouges, comme s'il avait pleuré. Au bout d'un an, il revenait avec le sourire. Et au bout d'encore un an, il n'avait plus d'expression. Il était impavide. Avec seulement un drôle de regard. Un air arrogant. À dix ans, il avait perdu son arrogance. Il ressemblait à tous les enfants de son âge. Malin, facétieux. Il nous faisait rire parfois. – Elle secoue la tête. – Je vois tout ça avec le recul. Sur le moment, je n'ai pas vraiment remarqué ces changements dans sa manière d'être. C'est resté dans un coin de ma tête pour s'envenimer lentement.

« Durant toutes ces années, fidèle à sa promesse, Keith ne m'a jamais touchée. Il n'a pas essayé de venir dormir avec moi. C'était comme si je n'existais pas. Ça me convenait parfaitement. Sauf, sauf que... – L'émotion qui la saisit a été aussi soudaine qu'un orage d'été. Ses larmes coulent. – Sauf que c'était égoïste, très égoïste de ma part. Il me laissait tranquille, d'accord. Mais parce que, pendant ce temps-là, il s'occupait de Peter. Et moi, je n'ai jamais essayé de savoir, de m'informer, de surveiller, ni rien. Je lui ai tout simplement abandonné mon fils. – Les regrets font trembler sa voix. – Quelle sorte de mère ai-je été ? – L'orage passe. Elle s'essuie les yeux d'un revers de main. – Parce que, quand j'y repense, je voyais les changements qui s'opéraient chez mon fils. Je voyais le sourire de son père, le même que celui qu'il avait eu pour moi dans la chambre d'hôtel, le soir de notre mariage. Je percevais sa cruauté. – Elle laisse encore une fois planer un long silence. Lâche un profond soupir. – C'est arrivé quand il avait quinze ans. – Son regard s'absente.

« Autant d'années pendant lesquelles je n'ai été ni battue ni violée et pendant lesquelles j'ai eu le temps de réfléchir sans être dérangée. J'étais comme prisonnière dans une tour d'ivoire. Mais cet isolement m'a peu à peu rendue à moi-même. Alors, j'ai pris une décision. J'ai commencé à élaborer mon plan. J'estimais que le moment était venu pour mon fils et moi de reprendre notre liberté. Ma souffrance s'était peu à peu transformée en colère. J'ai commencé à planifier le meurtre de Keith. – Son visage devient inexpressif. – J'ai choisi la solution la plus simple. Je l'inviterais dans mon lit. Il ne s'y attendrait pas. Je le laisserais faire ce qu'il voudrait de moi. Et là, je prendrais le couteau que j'aurais dissimulé sous mon oreiller. Je le tuerais, ensuite je tuerais mon fils et je rentrerais au Texas. Pour y vivre enfin une vraie vie. – Elle me jette un regard empreint de mélancolie. – Je suppose que l'art de tuer n'est pas donné à tout le monde. Ou peut-être que je n'étais pas mauvaise, mais que lui, il savait y faire mieux que n'importe qui. À ce moment-là, je ne m'en doutais pas. J'allais bientôt être fixée. – Elle commence à tripoter la chaîne en or qui pend à son cou. – Pour être surpris, il a été surpris. Je lui ai dit que ça me manquait de ne plus l'avoir dans mon lit. J'ai vu ses yeux devenir aussitôt brillants de convoitise. Je m'attendais qu'il se montre brutal. Il ne concevait pas la chose autrement. Il m'a littéralement arraché mes vêtements. – Elle continue à jouer avec sa chaîne. – Je l'ai laissé faire. Ça a duré longtemps. C'était effroyablement pénible, comme toujours, mais je pouvais bien supporter ça encore quelques heures si c'était pour en être définitivement débarrassé. Je voulais le fatiguer. Quand il en a eu terminé, j'avais un œil au beurre noir, une lèvre enflée et le nez en sang. Il s'est enfin écarté, en sueur, il a roulé sur le dos et il a fermé les yeux en poussant un soupir de satisfaction. – Ses yeux s'agrandissent au fur et à mesure qu'elle relate la scène. – Je n'aurais jamais imaginé qu'un être humain pouvait réagir aussi vite. C'est peut-être qu'il n'avait rien d'humain. Dès que ses yeux se sont fermés, j'ai glissé la main sous mon oreiller et j'ai saisi le couteau. En moins d'une seconde, il était pointé sur sa gorge. – Elle secoue la tête d'un air incrédule. – Il a attrapé mon poignet juste avant que la lame pénètre sa chair. Arrêté net. Il avait une force incroyable.

« Il tenait mon poignet et il m'a regardée avec son horrible sourire en agitant la tête. "Très mauvaise idée, Patricia, m'a-t-il dit. Il va falloir que tu disparaisses, je crois." – Sa main tremble. – J'étais morte de peur. Il m'a enlevé le couteau et il s'est mis à me frapper. Longtemps. Violemment. Il m'a cassé des dents. Brisé le nez et la mâchoire. J'étais à demi inconsciente. Au moment où j'allais m'évanouir pour de bon, il m'a murmuré à l'oreille : "Prépare-toi à mourir, la pondeuse." Et tout est devenu noir.

Elle se tait. Je suis subjuguée par le va-et-vient de la chaîne qu'elle tournicote entre ses doigts.

— Je me suis réveillée à l'hôpital. Percluse de douleurs. Mais ça m'était égal. Tout ce que je savais, c'était que j'étais en vie. Alors j'ai aperçu Peter, assis près de mon lit. Quand il a vu que j'étais réveillée, il m'a pris la main. Et nous sommes restés ainsi pendant une bonne heure, sans rien dire.

« Un peu plus tard, le shérif m'a raconté ce qui s'était passé. – Ses yeux sont humides de larmes. – C'était Peter. Il avait entendu mes cris. Il s'est précipité dans la chambre au moment où Keith s'apprêtait à me trancher la gorge. Il l'a tué. Il a tué son père pour me sauver. – Elle serre ses bras autour d'elle d'un air égaré. – Vous n'avez pas idée de la force des émotions qui vous envahissent dans un moment pareil. Après toutes ces années, tout ce que j'avais subi. J'ai éprouvé un soulagement indescriptible. Et je découvrais que mon fils était un vrai fils et qu'au bout du compte, entre son père et moi, c'était moi qu'il avait choisie. – Les larmes coulent à flot continu sur ses joues. – J'étais persuadée que je l'avais perdu pour toujours. Excusez-moi un instant.

Elle se lève et se dirige d'un pas hésitant vers une étagère sur laquelle est rangée une boîte de mouchoirs en papier. Elle en tire un pour s'essuyer les yeux et revient s'asseoir.

— Je suis désolée.

— Il n'y a pas de quoi.

Je suis sincère. Ce que cette femme a enduré dépasse l'imagination. Certains pourraient être tentés de la mépriser pour s'être accommodée de cet enfer pendant si longtemps. Pour avoir manqué de courage. Je ne m'en sens pas le droit. Elle se tamponne les yeux et reprend un semblant d'assurance.

— J'ai guéri et je suis rentrée à la maison. Ça a été une bonne période. Peter me dorlotait. Les repas ne se déroulaient plus dans un silence que personne n'osait rompre. Nous étions... Sa voix s'amenuise. – Nous formions une famille. – Sa tête retombe. La tristesse et l'amertume reviennent hanter son visage comme un masque d'ombre. – Ça n'a pas duré longtemps. – Sa main se remet à triturer la chaîne d'or à son cou. La malaxer, l'emmêler. – Il continuait à descendre au sous-sol tous les soirs. Il y passait des heures. Il ne me laissait pas entrer, je ne savais pas ce qu'il fricotait. Mais j'étais inquiète. Il avait commencé avec son père et quelque chose me disait qu'il ne pouvait rien en sortir de bon.

« Les mois passaient et ce sous-sol me tracassait.

Mais je ne faisais rien. J'étais... quel est le terme qu'on emploie pour dire qu'on refuse une vérité qu'on ne veut pas voir ?

— Dans le déni, propose James. Je pense que c'est le mot que vous cherchez.

— C'est ça. J'étais dans le déni. Comment pourrait-on m'en vouloir ? Keith, mon tortionnaire au long cours, était mort. J'avais retrouvé mon fils. La vie était belle. – Elle se masse le front d'une main. – Je suppose qu'à force j'ai fini par m'endurcir. Il s'était écoulé trop de temps, trop de nuits à rester obsédée par ce sous-sol. Un jour où il était en classe, j'ai décidé qu'il était temps d'aller y voir de plus près.

« Keith cachait depuis toujours la clé sous un pied de lampe, dans sa chambre. Il pensait que je l'ignorais, mais je le savais. Ce jour-là, je suis allée la prendre et j'ai ouvert la porte de la cave. Je suis restée un bon moment en haut des marches, à fixer l'obscurité. Puis j'ai pris sur moi, j'ai allumé la lumière et je suis descendue.

Elle s'arrête de parler. Son silence dure, à tel point que je finis par croire qu'elle a perdu la notion du temps et de l'espace, qu'elle ne peut plus s'arracher à ce lointain passé. Je m'apprête à lui effleurer le bras quand elle reprend la parole.

— J'ai attendu qu'il rentre du lycée. Quand il est arrivé, je lui ai dit que j'étais descendue au sous-sol. Ce que j'y avais vu. Je lui ai dit qu'il m'avait sauvé la vie et rendu ma liberté et qu'il était mon fils. Que, par conséquent, je ne dirais rien. Mais que je ne pouvais plus le laisser vivre sous mon toit.

« Je n'étais pas sûre qu'il me croirait. Quand je lui promettais de ne pas parler de ce que j'avais trouvé. – Elle esquisse un sourire incertain. – Je suppose que quelque part, il m'aimait un peu. Je ne sais pas s'il m'aimait parce que j'étais sa mère ou parce qu'il avait besoin de se raccrocher à quelque chose qui lui permette de se souvenir qu'il était un être humain. Quoi qu'il en soit, il n'a pas dit un mot. Il a emballé ses affaires, pris deux ou trois choses dans le sous-sol, il m'a embrassée, m'a dit qu'il m'aimait et qu'il comprenait et il est parti. Je ne l'ai plus jamais revu depuis. Cela fait près de trente ans. – Les larmes ruissellent à nouveau. Elle s'adresse à Don Rawlings : – Quand j'ai lu l'histoire de cette pauvre fille dans les journaux et que j'ai appris que les soupçons se portaient sur Peter, j'ai su que c'était lui. Parce que ça collait, vous comprenez. Ça collait avec ce que j'avais vu dans la cave. – Elle se tord les mains. – Je sais, j'aurais dû en parler. J'aurais dû prévenir. Mais... il m'avait sauvé la vie. C'était mon fils. Je sais que c'est pas une raison. Sur le moment, j'ai pensé... Et maintenant... – Elle exhale un soupir où semblent s'être concentrés des siècles de lassitude. – Maintenant, je suis vieille. Je suis fatiguée. Fatiguée de toutes ces souffrances, de tous ces secrets, de tous ces cauchemars.

— Qu'avez-vous vu dans la cave, Patricia ?

À ma question, elle se tourne vers moi et me regarde fixement en malmenant son collier.

— Allez voir par vous-même. Je n'ai pas ouvert cette porte depuis plus de trente ans. Le moment est venu. – Elle retire la chaîne qu'elle n'a cessé de tripoter. Une clé pend au bout. Elle me la donne. – Allez-y. Allez ouvrir cette porte. Il est temps d'y laisser entrer la lumière du jour.

54.

Je crois Patricia quand elle dit que personne n'a franchi cette porte depuis des années. La clé refuse de tourner dans la serrure. Alan s'acharne, tantôt concentré, tantôt jurant comme un charretier.

— Ah !... dit-il enfin en entendant un déclic. Ça y est.

Il se redresse et ouvre grande la porte. Un escalier s'enfonce dans la pénombre. Une question me vient soudain à l'esprit.

— Patricia, nous sommes en Californie. La maison n'avait pas de cave à l'origine. C'est Keith qui l'a ajoutée ?

— Son grand-père. – Elle montre le mur à gauche de la porte. – Vous voyez la différence de couleur ? D'après Keith, la porte était dissimulée derrière un faux panneau d'étagères monté sur des gonds. Je ne sais pas pourquoi il l'a enlevé. – Elle se tient en retrait, loin de l'entrée de la cave. Effrayée. – L'escalier donne dans un couloir. Le sous-sol n'est pas exactement sous la maison. Keith m'a expliqué que son père l'avait voulu ainsi à cause des tremblements de terre.

— Vous êtes descendue depuis le séisme de 1991 ? demande Jenny.

— Je n'y suis pas retournée depuis le départ de Peter. Vous trouverez l'interrupteur sur le mur de droite. Faites attention.

Elle repart vers le salon. Elle ne court pas, mais c'est tout juste.

Jenny me regarde d'un air embarrassé.

— C'est imprudent, Smoky. Si nous n'avons pas de sous-sols en Californie, c'est qu'il y a une raison. Une raison qui s'appelle « risque de séisme ». C'est peut-être dangereux.

Sa remarque me donne à réfléchir. Pas bien longtemps.

— Je ne peux plus attendre, Jenny. J'ai besoin de savoir ce qu'il y a dans ce sous-sol.

Elle hésite une seconde, puis acquiesce.

— Moi aussi. Mais tu descends la première.

Je m'engage dans l'escalier, suivie de tous les autres. Le bruit de nos semelles est de plus en plus amorti au fur et à mesure que nous descendons. La poussière, sans doute. Excellent isolant phonique. Il fait froid en bas. C'est glacé, silencieux, sinistre.

Les indications de Patricia se confirment. En bas de l'escalier, nous débouchons dans un étroit boyau de béton. À cinq ou six mètres, je distingue le contour d'une porte. Nous l'atteignons en quelques pas. J'aperçois un interrupteur. J'allume et nous entrons.

— Ouaouh ! s'exclame James. Vous avez vu ça ?

Nous nous trouvons dans une salle spacieuse, de près de cinquante mètres carrés. D'aspect brut, sans décoration. Béton gris, lumière crue, meubles utilitaires.

Ce que James nous invite à regarder, ce sont les

affiches placardées sur le mur de gauche. Je m'en rapproche, médusée. Le mur est tapissé, du sol au plafond, de schémas grandeur nature du corps humain. Un ensemble de représentations soigneusement légendées, d'abord de l'anatomie externe. Puis la vision du système musculaire d'un être écorché et toute une kyrielle de croquis d'organes internes, minutieusement détaillés.

En m'approchant, je découvre le mur du fond, laissé dans la pénombre par le piètre éclairage. Je reçois un choc.

— Hé, les gars. Regardez.

Le mur a été peint en blanc pour bien faire ressortir les inscriptions noires.

Les commandements de l'Éventreur

1. *L'humanité n'est que bétail. Vous êtes les prédateurs d'antan, les chasseurs des premiers temps. Ne vous laissez jamais détourner de votre mission par la moralité du troupeau.*

2. *Tuer des putains n'est jamais un péché. Elles sont la semence du diable, la plaie purulente de notre société.*

3. *Quand vous sortez de l'ombre pour tuer une putain, que sa mort soit la plus horrible possible pour servir de leçon à ses semblables.*

4. *L'exultation que vous procure le meurtre d'une putain ne doit pas être source de culpabilité. Vous appartenez à une lointaine lignée et vous êtes carnivores. Le goût du sang est un plaisir naturel.*

5. *Toutes les femmes sont des putains en puissance. Ne prenez femme que pour assurer la descendance. Ne les laissez jamais vous troubler l'esprit et le cœur. Ce ne sont que des génitrices, rien de plus.*

6. *Les enseignements ne doivent être transmis qu'à des garçons, JAMAIS à des filles.*

7. *Chaque éventreur doit trouver son Abberline. Vous devez être traqués pour aiguiser vos sens et attiser votre vivacité intellectuelle.*

8. *Tant que vous n'avez pas trouvé votre Abberline, votre œuvre doit rester cachée.*

9. *Mieux vaut mourir qu'être mis en cage.*

10. *Les descendants du Fils des ténèbres ne connaissent pas la peur. Ils assouvissent leurs besoins sans hésitation ni scrupules. Soyez exemplaires en ce domaine. Prenez des risques calculés, aimez le danger qui est cause de toutes les joies.*

11. *N'oubliez jamais que vous êtes les héritiers du Fils des ténèbres.*

— Bon Dieu de merde ! murmure Don.

C'est aussi mon avis.

— Regarde, dit Alan.

Trois rangées d'étagères occupent la pièce.

— Des manuels d'anatomie. Toute une documentation sur Jack l'Éventreur. – Il se penche plus près, tire un volume, l'ouvre. – Je me disais bien. – Il me regarde. – Un journal.

Il le feuillette, s'arrête sur une page et me tend le cahier pour que j'y jette un œil. Des photographies en noir et blanc sont collées sur plusieurs pages. On y voit une jeune femme, attachée sur une table et bâillonnée. Le décor de la photo rappelle celui de la salle où nous sommes.

— Alan.

Je lui montre la table qui est devant nous puis la photo.

— Nom de Dieu. Ça s'est passé ici.

Les clichés montrent le viol, la torture et l'éviscération d'une jeune femme. Ils donnent l'affreuse impression d'illustrer un « mode d'emploi ». Comme si l'homme masqué que l'on voit aussi sur les photos était en train de faire un cours sur la souffrance et la perversité.

— Seigneur. Y en a combien comme ça ?

— Une bonne centaine, je dirais, répond Alan.

Je passe les photos et tombe sur une note manuscrite.

À huit ans, déjà, Peter se montre à la hauteur. Il m'a regardé mettre à mort la putain en prenant des photos et en posant des questions intelligentes. Il s'est beaucoup intéressé à la technique d'éviscération. Je constate avec plaisir qu'il n'a plus de vomissements depuis un an, sans aucun signe de récidive.

Je m'arrête sur une autre note.

J'ai emmené Peter avec moi à la chasse. Ce n'est pas un soir d'école. Je pense qu'il faut qu'il commence à s'impliquer personnellement maintenant qu'il a dix ans. Je suis content. Il est doué.

Observation : il était gêné quand j'ai déshabillé la putain. Il a remarqué que son pénis était tout dur. J'ai dû lui expliquer et j'ai obligé la pute à le satisfaire. Il a aimé. Il m'a remercié.

Plus loin.

Aujourd'hui, Peter m'a demandé à quel âge j'avais tué ma première putain. J'ai hésité à lui révéler la vérité. Il est tellement digne de notre lignée que ça m'ennuyait de lui avouer les faiblesses de mon père. J'avais peur qu'il doute de la noblesse de notre sang.

J'ai fini par tout lui raconter : comment mon père m'avait caché le secret de notre ascendance. Comment j'avais découvert la vérité par moi-même, en faisant des recherches sur notre généalogie. Les dénégations de mon père quand je lui avais fait part de mes trouvailles. Comment ma mère et lui avaient voulu me faire croire que j'étais fou. J'ai eu tort de m'inquiéter. L'adoration avec laquelle il me regardait pendant que je lui parlais de ma recherche de la vérité, de la persévérance que j'avais dû déployer, de la manière dont j'avais dû me venger de mon père, est pour moi la garantie d'un éternel réconfort.

— Mon Dieu, bredouille Alan. Patricia n'a pas menti. Il a endoctriné son fils dès le berceau.

— Ça ne lui laissait guère de choix, remarque James. Ça n'a plus d'importance. C'est trop vieux maintenant. Il est irrécupérable.

Je ne réponds pas. Mes oreilles bourdonnent, j'ai le tournis. Mon corps est parcouru de chocs électriques. J'ai atteint la dernière page du cahier et, en voyant la signature, j'ai été emportée par un tourbillon d'effroi, de rage, d'incrédulité, de honte et de défiance. J'essaye de me dire que c'est une coïncidence.

Je sais que ce n'en est pas une.

Je lève les yeux sur les commandements alignés sur le mur et je relis le septième. *Chaque Éventreur doit trouver son Abberline. Vous devez être traqués pour aiguiser vos sens et attiser votre vivacité intellectuelle.*

— Smoky ? s'inquiète Alan. Que se passe-t-il ?

Incapable de proférer une parole, je me contente de lui tendre le journal, le doigt sur la signature. *Keith Hillstead.*

Hillstead.

Dont le fils se prénomme Peter.

Je savais qui était Jack Junior. Et il me connaissait.

Intimement.

55.

Il est des monstres qui portent des masques humains et jouent leur rôle à la perfection. Peter Hillstead a leurré tout le monde, moi comprise. Pis, il m'a accompagnée dans mes moments d'absolue vulnérabilité.

Mais il y a plus terrible encore. Et j'ai envie de vomir quand j'y pense. Il ne m'a pas seulement bernée, manipulée, trahie. Il m'a aidée. Pour servir ses propres intérêts, mais quand même... l'idée qu'une part de moi-même s'est trouvée grandie de l'avoir rencontré me révolte. Une année de douche continue ne suffirait pas à me laver.

— Je sais qui c'est, réponds-je à Alan.

Un silence consterné, suivi d'un murmure confus de voix. Alan les fait taire.

— Qu'est-ce que tu racontes ?

Je lui montre à nouveau la signature en bas de la dernière page du journal.

— Keith Hillstead. Son fils s'appelle Peter. Le nom de mon psychiatre est Peter Hillstead.

Alan semble sceptique.

— C'est un pur hasard, Smoky.

— Non. Je pourrai en être sûre si je vois une photo de Keith Hillstead. Mais l'âge correspond.

— Mince, grommelle James.

Je me dirige vers l'escalier.

— Venez.

Patricia n'a pas bougé de son salon.

— Mademoiselle Connolly ? Auriez-vous une photo de Keith Hillstead ?

Sa tête pivote, elle m'interroge du regard.

— Vous avez trouvé quelque chose ?

— Oui. Si je pouvais voir une photo de Keith, j'en aurais le cœur net.

Elle s'extirpe de son fauteuil.

— J'en ai une au fond d'un tiroir. Je l'ai gardée pour ne pas oublier à quoi ressemble le diable. Attendez-moi.

Elle va dans sa chambre et revient un moment plus tard avec une photo.

— Voilà, dit-elle en me la donnant. La beauté du diable. Normal, je suppose, quand on sait que le diable et lui s'entendaient si bien.

Je suis parcourue d'un frisson en regardant la photo. Mes derniers doutes s'envolent. Je reconnais les yeux bleu électrique, aussi beaux et impressionnants sur ce cliché que ceux de Peter dans la réalité.

— Ils se ressemblent beaucoup. – Je fais un signe à James. – J'en suis sûre maintenant. Peter Hillstead est bien le fils de Keith Hillstead.

— Vous voulez dire que... on sait qui est le meurtrier de Renée ?

C'est Don Rawlings qui pose cette question. Une lueur d'espoir ne demande qu'à briller dans ses yeux, mais il tente de la réfréner, avec assez peu d'efficacité. Malgré la tempête qui fait rage en moi, je parviens à lui offrir un sourire.

— Oui.

Il perd dix ans en une seconde. Son visage s'éclaire, il prend un air résolu.

— Qu'est-ce que vous voulez que je fasse ?

— Je voudrais que Jenny et vous me passiez ce sous-sol au peigne fin. Ainsi que toute la maison. Si nous trouvons les empreintes de Peter...

Je n'ai pas besoin de m'étendre. Ils ont compris. Nous savons qui est Jack Junior, mais, devant un tribunal, savoir et prouver sont deux choses différentes.

— On s'en occupe, déclare Jenny. Et vous ?

— Nous, on retourne à Los Angeles pour l'arrêter.

Je sens qu'on m'effleure le bras. Dans l'excitation du moment, j'avais presque oublié la présence de Patricia Connolly.

— Promettez-moi une chose, agent Barrett.

— Si je peux.

— Je sais que Peter est un être abominable. Son père l'a voué au mal le jour où il l'a emmené dans ce sous-sol. Mais si vous devez le tuer... promettez-moi de le faire rapidement.

En regardant Patricia, je vois ce que j'aurais pu devenir. Si j'étais restée cloîtrée chez moi à contempler mes cicatrices dans la glace. À moins de me suicider, j'aurais été comme elle, un fantôme, un être sans consistance enchaîné aux souvenirs de son malheur. Attendant le dernier souffle qui l'emportera dans l'immensité du néant.

— Si on en arrive à cette extrémité, Patricia, je vous promets de faire de mon mieux.

Elle, la femme de l'ombre, pose légèrement la main sur mon bras puis se rassied dans son fauteuil. J'imagine qu'on l'y trouvera morte un jour, endormie une dernière fois pour ne plus jamais s'éveiller.

— Tu peux nous conduire à l'aéroport, Jenny ?

— Et comment.

Je rameute Alan et James.

— Allons, qu'on en finisse.

56.

J'ai joint Leo au téléphone pendant que l'avion fend les airs en direction de Los Angeles.

— Vous parlez sérieusement ? s'étonne-t-il.

Je viens de lui dresser le topo de notre visite à la maison de Concord.

— Hélas, oui. Je voudrais que tu me prépares un mandat de perquisition. Pour son domicile et son bureau. Rédige les grandes lignes. Dès que j'arrive, j'ajouterai les détails.

— Entendu.

— Trouve-moi une photo de Hillstead. On la comparera aux clichés des partouzes.

— Je m'en charge.

— Parfait. Mets tout le monde au courant. Je vais appeler Jones. Nous devrions être là dans un peu plus d'une heure.

— À tout à l'heure, patron.

Je raccroche et compose le numéro de la réception. On me met en liaison avec Shirley.

— J'ai besoin de lui parler, Shirley. Où qu'il soit, quoi qu'il soit en train de faire. C'est important.

Elle ne proteste pas et ne pose pas de questions. Elle sait que je ne suis pas du genre à crier au loup.

Moins de trente secondes plus tard, j'ai Jones à l'autre bout de la ligne.

— Que se passe-t-il ?

Je lui raconte toute l'histoire. Concord. Keith Hillstead. Le sous-sol et ce que nous y avons trouvé. En terminant par la révélation de l'identité de Peter.

Un silence pantois. Puis je suis obligée d'éloigner le téléphone de mon oreille pour le laisser débiter un torrent de jurons, d'invectives et d'imprécations.

— Alors comme ça, le psy qui s'occupe de nos agents depuis plus de dix ans est un tueur en série ? C'est ce que je dois comprendre ?

— Oui, monsieur. C'est ça.

Encore un silence, puis :

— Quel est le programme ?

La tempête est calmée. On passe aux choses sérieuses.

— La police de San Francisco fouille la maison de Concord. Avec un peu de chance, on trouvera les empreintes de Peter dans la maison. Ou mieux, dans le sous-sol.

— Des empreintes ? Au bout de vingt et quelques années ?

— Oui. On a déjà réussi à dégager d'un papier poreux des empreintes vieilles de quarante ans. J'ai aussi demandé à James de préparer un mandat pour perquisitionner son bureau et son domicile. Je le compléterai en arrivant. Dès que nous avons le mandat, j'ai l'intention de tout retourner du sol au plafond.

— Qu'est-ce que vous comptez faire pour Hillstead ?

Je comprends le sens de sa question. Nous

n'avons pas les preuves nécessaires pour l'arrêter, encore moins pour l'inculper.

— Nous allons l'embarquer et le mettre en garde à vue, le temps de fouiller chez lui. Entre cette perquisition et celle de Concord, on arrivera bien à mettre la main sur un élément qui nous permettra de procéder officiellement à son arrestation.

— Apportez-moi le mandat dès que vous pourrez. Je vais le transmettre personnellement.

— Bien, monsieur.

Il coupe la communication. Je regarde James et Alan.

— C'est parti. Maintenant, il faudrait juste que cet avion aille un peu plus vite.

Dès l'atterrissage, nous sommes sur le pied de guerre. Dix minutes plus tard, nous fonçons sur l'autoroute 405. Je rappelle Leo.

— Nous sommes en route. Le mandat est prêt ?

— Vous n'aurez plus qu'à remplir quelques cases vides et l'imprimer.

— Parfait.

Au moment où nous arrivons devant l'immeuble du FBI, mon téléphone sonne à nouveau.

— Agent Barrett.

— Bonjour, agent Barrett.

Une voix normale et claire. Je fais signe aux autres de se taire.

— Bonjour, docteur Hillstead.

— Bravo, Smoky. Bravo. J'avoue que je me demandais si Renée Parker reviendrait un jour me hanter. Avec elle, j'ai désobéi à l'un des commandements. Je ne vous avais pas encore trouvée, mais je me suis quand même mis à l'œuvre. Je n'ai pas pu m'en empêcher. Je trouvais qu'au bout de vingt ans... Comme quoi. Les plans les mieux préparés. Le carnet et le médaillon que j'ai donnés à Street... il m'a supplié. Il méritait bien une petite récompense. Il était tellement assidu. Tellement enthousiaste. – Je l'entends ricaner. – Évidemment, je comptais un peu lui faire porter la responsabilité du meurtre, mais... bon. Comme quoi.

La voix est la même. C'est le ton qui change. Il parle avec une sorte de frivolité malsaine, une affabilité appuyée que je ne lui ai jamais connue dans son bureau.

— Vous savez ?

— Bien sûr que je sais. Je viens de vous parler de Renée, non ? Il aurait été très imprudent de ma part de ne pas envisager cette éventualité. Évidemment, ça change la donne.

— Comment ça ?

— Eh bien, vous connaissez mon identité. Vous savez qui je suis. C'est la fin pour moi. Mes disciples et moi avons toujours vécu dans l'ombre, agent Barrett. Nous n'aspirons pas à la lumière, nous n'y sommes pas dans notre élément. Quelle horreur ! Vous savez pendant combien de temps j'ai dû vous écouter gémir, vous et vos semblables, avant de trouver mon Abberline ? Combien d'heures interminables à faire semblant de compatir et, pis, à vraiment venir en aide à tous ces mollusques sans consistance, pour mener à bien ma quête ? – Il soupire. – Mais j'ai réussi à vous trouver. Trop bien réussi peut-être.

— Ça peut se passer différemment, docteur Hillstead. Je n'ai qu'à aller vous chercher.

Il éclate de rire dans le téléphone.

— Je ne crois pas, Smoky. Je vais vous expliquer

dans un moment. J'ai d'abord un aveu à vous faire. Vous vous souvenez de la visite de Joseph Sands, très chère ?

Je reste calme. Ses paroles ne me mettent pas en colère.

— Vous savez bien que oui, Peter.

— Vous avez lu le dossier ? En totalité, j'entends ? En particulier les notes concernant la façon dont il est entré chez vous ?

— J'ai lu le dossier. Sauf le rapport balistique que vous aviez enlevé. Pourquoi ?

Silence. J'ai l'impression de l'entendre sourire.

— Vous rappelez-vous s'il y avait des signes d'effraction ?

Je suis sur le point de lui signaler que j'en ai assez de ses bavardages. Que je veux savoir où il est. Quelque chose me retient. Je pense à ce qu'il vient de dire et je fouille ma mémoire. Je me souviens.

— On n'a trouvé aucun signe d'effraction.

— Exact. Vous voulez savoir pourquoi ?

Je ne réponds pas.

Je me concentre sur Ronnie Barnes. Barnes est mort le 19. Sands a massacré ma famille le 19.

— Pour une raison toute simple, Smoky. Il avait la clé. Pourquoi forcer la porte quand il suffit de l'ouvrir ? – Il éclate de rire. – Devinez d'où il la tenait. Vous avez droit à une réponse. – Il attend. – Eh bien, mais de moi, Smoky. De moi.

Je lis l'effet de ma réaction dans les yeux de James et d'Alan. Alan recule d'un pas pour s'éloigner de moi, avec une prudence extrême. Ça ne m'étonne pas. Une envie de meurtre me laisse sans voix. Ma tête résonne du bruit des balles. Mes yeux me brûlent, je bous de rage, de la même rage qui me consumait pendant que, prisonnière de mes liens, je regardais Joseph Sands torturer Matt à mort.

Mon Matt. Mon Alexa. Les amours de ma vie. Les cicatrices qui me défigurent, me déchirent le cœur et ont failli fracasser mon âme. Des mois de cauchemars, des nuits d'insomnies, des torrents de larmes. Tombes et funérailles, l'odeur de terre du cimetière. Les cigarettes, le désespoir et la gentillesse des inconnus.

Ce monstre qui jubile à l'autre bout du fil a laissé derrière lui un champ de ruines. Don Rawlings. Bonnie. Moi. Il a broyé nos espoirs entre ses mains, les a réduits en miettes pour en nourrir les entités hideuses qui rampent dans les ténèbres. Il s'est abreuvé de nos souffrances comme un vampire.

Je sais bien qu'il n'est pas à lui seul tout le mal de la terre. Mais il est la source de tout ce qui a détruit ma vie. Il est mon viol, les cris de Matt, la mort d'Alexa fauchée par ma balle. Il est les bébés morts qui hantent les rêves de Don Rawlings, la fin de mon amie d'enfance, le lit d'hôpital de Callie, l'étiolement de sa mère lentement flétrie comme une rose grise.

— Où êtes-vous ? siffle ma voix dans le micro.

— J'ai touché une corde sensible, hein ? Bien. – Un temps. – C'était le dernier test, Smoky. Si vous parveniez à vaincre Sands, vous pouviez être mon Abberline.

Pour un peu, je trouverais son ton aimable.

Obséquieux.

— *Où êtes-vous ?*

— Encore ce rire.

— Je vais vous le dire, mais, d'abord, permettez-moi de vous présenter quelqu'un. Dites bonjour à l'agent Barrett.

J'entends le téléphone changer de place.

— Smoky ?

Je sursaute, comme sous le coup d'un électrochoc.

Elaina. Tout est allé si vite que Keenan et Shantz n'ont pas encore été remplacés. Je me donnerais des baffes. Quelle erreur, quelle connerie !

— Elle est avec moi, Smoky. Et quelqu'un d'autre aussi, quelqu'un de plus petit. Quelqu'un qui ne peut pas vous parler au téléphone parce que... eh bien parce qu'elle ne peut plus parler du tout. – Il est ravi. – Ça ne vous rappelle rien ?

Je suffoque. Je me noie. Je suis environnée d'air, mais je ne peux plus respirer. Le temps s'écoule au rythme des battements de mon cœur, un long pam-padam après l'autre. Ce n'est pas la peur qui m'étreint, c'est une terreur indicible. Une terreur démente, hystérique. Quand je réponds, le calme de ma voix m'étonne moi-même.

— Où êtes-vous, Peter ? Dites-le-moi et j'arrive.

Je ne lui demande pas de les épargner. Quoi qu'il me promette, je ne le croirai pas de toute façon.

— Voici les règles, Smoky. Je suis chez moi. Elaina est nue, attachée sur mon lit. La petite Bonnie est blottie dans mes bras. Ça vous évoque quelque chose ? Si vous n'êtes pas là dans vingt-cinq minutes, je tue Elaina, et Bonnie va se rappeler plein de bons souvenirs. Si j'aperçois un membre de la police, ou si je soupçonne leur présence, je les tue toutes les deux. Vous pouvez venir avec votre équipe, mais c'est une affaire entre vous et moi. Compris ?

— Oui.

— Bon. Le compte à rebours commence... maintenant.

Il raccroche.

— Que se passe-t-il ? demande Alan.

Je ne lui réponds pas tout de suite. Je le regarde. Il a l'air inquiet, tendu, prêt à tout. Alan est toujours prêt. Surtout pour ses amis. Je perçois le son de ma respiration, inspiration, expiration, inspiration, expiration.

Un immense calme absurde s'est emparé de moi. Je suis seule sur une plage, un coquillage collé à l'oreille. J'entends le faible bruissement qu'il produit. Je me demande : suis-je en train de sombrer dans l'état de choc ?

Je ne le pense pas. C'est l'effet recherché par Hillstead depuis le début. Que je sois comme lui. Prête à tuer sans arrière-pensée, sans regret, sans scrupule. Prête à tuer comme on arrache de la mauvaise herbe.

Je pose les mains sur les épaules d'Alan et j'accroche son regard.

— Alan, écoute-moi. Je vais te dire quelque chose, il faut que tu tiennes le coup. Il faut que tu surmontes. Je vais m'en occuper.

Il ne prononce pas un mot. Je vois transparaître dans ses yeux les premiers signes de la frayeur de celui qui commence à comprendre.

— Il tient Elaina et Bonnie.

Je sens sous mes paumes ses muscles se crisper et un grand frisson parcourir son corps. Il ne détache pas ses yeux des miens.

— Il les tient et il veut que je vienne. Nous allons les rejoindre. Une fois sur place, quoi qu'il se passe, nous faisons en sorte qu'il meure et qu'elles s'en tirent sans dommage. Tu comprends ? Je vais m'en occuper.

Il continue à me regarder. James se tait. Il attend.

— Il va essayer de se supprimer et de te supprimer en même temps, dit Alan.

— Je sais. Il faudra que je sois plus rapide que lui.

Il prend mes mains, les tient entre les siennes pendant un moment. Mon Dieu que ses mains sont grandes et puissantes. Pourtant, leur contact est doux.

— Sois la plus rapide, Smoky.

Sa voix se brise. Il lâche mes mains et s'écarte. Dégaine son arme, vérifie le chargeur et s'éloigne en direction de la voiture.

— Allons-y, lance-t-il.

Il plie mais ne rompt pas.

« Et nous, on craque ? demande mon dragon. On lui broie les os ? »

C'est une question pour la forme. Je la laisse en suspens.

J'appelle le numéro de Tommy.

— Tu me suis toujours ?

— Ouais.

— La situation a changé.

Je le mets au courant.

— Que veux-tu que je fasse ?

— Je veux que tu te rendes à son adresse et que tu attendes. Si tu le vois sortir sans nous, ça voudra dire qu'ils nous a eues.

— Et ?

— Dans ce cas, tu le descends.

Un long silence. Puis il répond, avec sa brièveté habituelle.

— C'est entendu.

— Merci, Tommy.

— Hé, Smoky. Ne te fais pas tuer. J'ai envie de savoir si notre histoire va nous mener quelque part.

Et il coupe.

Nous nous engageons dans l'allée. Tout a l'air normal. Tranquille et agréable, comme toute banlieue qui se respecte. Au moment où j'éteins mon moteur, mon téléphone sonne.

— Vous êtes en avance, Smoky. Je suis tellement fier ! Bon, je vais vous expliquer comment on va procéder. Vous allez entrer. Vos amis, eux, restent à l'extérieur. Si les choses ne se passent pas exactement comme ça, je tue Elaina et la petite Bonnie. C'est clair ?

— Très clair.

— Bon, allez, entrez !

Il coupe la communication. Je sors mon arme de son étui, l'examine, la laisse trouver sa place dans ma main. Sombre oiseau de mort. Glacé. Je l'entends presque chanter.

— Je rentre, vous restez dehors. C'est ce qu'il exige.

— Il n'en est pas question, proteste Alan avec une inflexion désespérée dans la voix.

Je le regarde. Dans les yeux.

— Je vais m'en occuper, Alan. – Je lui accorde le temps de sentir la présence du dragon qui m'habite, de l'entendre gronder. Je lève mon arme. – Je ne le raterai pas.

Il contemple mon pistolet. S'humecte les lèvres. Son visage trahit l'angoisse et le sentiment d'impuissance qu'il ressent, guerre inutile entre peur et colère. Mais il hoche la tête, accepte. Je porte mon regard sur James. Il acquiesce aussi.

Il n'y a rien à ajouter. Je tourne les talons et me

dirige, pistolet en main, vers la porte d'entrée. Je pose la main sur la poignée et j'ouvre. Mon cœur tambourine dans ma poitrine, mon sang bouillonne dans mes veines. Je suis à la fois terrifiée et euphorique. Je pénètre chez lui et referme la porte derrière moi.

— Montez, ma chère Smoky, lance la voix de Hillstead à l'étage.

Je m'engage lentement dans l'escalier. Je transpire dans le cou. J'atteins la dernière marche.

— Par ici, agent Barrett.

J'entre dans la chambre en braquant mon arme. Le spectacle que je découvre produit l'effet escompté : je suis glacée d'effroi.

Elaina est attachée sur le lit. Elle est nue, pieds et poings liés. J'ai un haut-le-cœur en remarquant les coupures qu'il lui a déjà infligées. Il a dessiné au couteau une grille de morpion sur son ventre. Tiré un trait au-dessus de ses seins. Je fouille son regard et je suis rassurée par ce que j'y vois. Elle est terrorisée, mais encore combative. Hillstead n'a pas encore réussi à la briser.

Peter est assis au pied du lit dans un fauteuil, Bonnie sur ses genoux. Il pointe un couteau sur sa gorge. Elle aussi garde dans les yeux l'éclat de la révolte, avec quelque chose de plus qu'Elaina : de la haine. Si elle pouvait mettre en pièces l'homme qui a tué sa mère, elle ne s'en priverait pas.

— Ça vous rappelle des choses, non, agent Barrett ? Vous noterez que je n'ai pas encore touché au visage d'Elaina. – Il ricane. – J'ai eu envie de reprendre certains éléments de votre psychose. La destruction du beau, qui semble tenir une place récurrente dans l'ensemble de votre problème. Les cicatrices, la détérioration physique. Et surtout, nous avons votre fille Alexa, dans le rôle du bouclier humain.

Je lève mon arme, mais il déplace la tête de Bonnie de façon à protéger la sienne. Il appuie sur le couteau. Une goutte de sang jaillit sur le cou de Bonnie.

— Rien ne presse, nous pouvons prendre notre temps. Prenez un siège Vous serez plus à l'aise. – Son visage réapparaît derrière celui de Bonnie, fendu d'un sourire. – Comme au bon vieux temps.

« Écrabouille-le », gronde mon dragon.

Chut. Laisse-moi me concentrer.

Il me désigne une chaise. En face de lui, évidemment. Comme au bon vieux temps, en effet. Je m'y assois.

— Vous avez l'intention de poursuivre l'analyse, Peter ?

Il secoue la tête en riant.

— Nous avons dépassé ce stade. Je n'ai plus rien à vous apprendre sur vous-même.

— Alors, que voulez-vous ?

Ses yeux brillent. D'une joie odieuse dans ce contexte.

— Je veux vous parler, Smoky. Et voir ce qui arrivera ensuite.

Je regarde ses genoux. Je pourrais les exploser en moins de temps qu'il ne faut pour le dire. Viser, boum-boum, et l'achever d'une balle dans la tête. Tu respires un grand coup, tu appuies sur la détente, adieu Peter.

J'amorce le geste pendant que l'idée prend forme. Le canon du pistolet se redresse, je sais que l'alignement est bon, c'est une certitude viscérale. Je sais inconsciemment quelle force de pression doit exercer mon doigt. Je sais de combien de centimètres je devrai décaler le canon après le premier coup pour atteindre l'autre genou. C'est un calcul instinctif, qui ne doit rien à la raison.

Sauf qu'il y a un problème.

La main qui tient le pistolet tremble.

Gravement.

Je ferme les yeux et laisse retomber ma main. Peter rit bruyamment.

— Smoky ! J'ai parlé trop vite. Nous avons peut-être encore besoin d'une petite séance de thérapie.

Je sens monter la panique. Une vague noire, puissante. Je jette un coup d'œil à Bonnie. Je m'aperçois qu'elle me regarde fixement et son regard est plein de confiance.

Je cligne des yeux. Son visage se brouille. Cligne encore. Bonnie est devenue Alexa.

Visage crispé de colère. Aucune confiance. Alexa sait à quoi s'en tenir.

Un tintement léger résonne à mes oreilles.

Un tintement ? Non. C'est une voix. Trop lointaine pour être audible.

— Smoky ? Vous êtes là ?

La voix de Hillstead rend son visage à Bonnie.

Je m'aperçois avec effarement que je suis en train de divaguer. Ici et maintenant. Au moment où j'ai le plus besoin de toutes mes facultés.

Doux Jésus.

Je me racle la gorge et me force à poursuivre le dialogue.

— Vous... vous dites que vous voulez parler. Alors, allez-y.

Pas très convaincant, mais, au moins, j'ai l'air saine d'esprit. Je suis trempée de sueur.

Il semble réfléchir.

— Pensez-vous que je regrette la situation dans laquelle je me trouve ? Si c'est le cas, vous vous trompez lourdement. Mon père m'a appris à respecter certaines valeurs. Il me disait souvent : « Ce qui importe, ce n'est pas la longueur de la vie, c'est la perfection des meurtres commis pendant sa durée. » Vous comprenez ? Être fidèle à mon héritage, suivre l'exemple du Fils des ténèbres, ne consiste pas seulement à supprimer les putains et à narguer le FBI. C'est aussi une question de... classe. Le meurtre en soi ne suffit pas, tout est dans la manière. – Il ne dissimule pas sa fierté. – Nos lames sont du plus bel argent et nous buvons votre sang dans le plus fin cristal. Nous vous étranglons avec des fils de soie, habillés en Armani. – Il penche la tête derrière celle de Bonnie. – Tuer est à la portée de n'importe quel imbécile. Mes ancêtres et moi, nous marquons l'Histoire. Nous devenons immortels.

Gagne du temps, me dis-je. J'entends toujours la voix qui murmure dans ma tête et je sais que, quoi qu'elle dise, c'est important.

— Vous n'avez pas d'enfants. Donc la lignée s'arrête à vous. Dommage pour l'immortalité.

Il hausse les épaules.

— Nos gènes referont surface. Qui vous dit qu'il n'a pas répandu sa semence ailleurs ? Qui peut le certifier ? Je n'étais pas le premier, je ne serai sans doute pas le dernier. Notre race survivra.

Une pensée atroce me traverse l'esprit. Se peut-il que je n'aie pas la volonté de sauver Bonnie ? Qu'une part de moi-même estime que ce serait injuste à l'égard d'Alexa ?

Ma main tremble sur mes genoux, imprimant au canon des secousses désordonnées.

Dans ma tête, la voix se fait plus pressante.

Je m'adresse à Hillstead d'un ton ironique.

— Votre race ? Quelle race ?

— Les chasseurs des temps anciens. Les premiers prédateurs bipèdes.

— Ah, bon. Ces âneries.

Sa main se resserre autour du manche du couteau appuyé sur la gorge de Bonnie. Je réprime un sursaut. Presque aussitôt, ses doigts se détendent. Il lâche un ricanement.

— La vérité, ma chère Smoky, c'est qu'il importe peu que vous m'ayez démasqué. Car j'ai été fidèle. C'est tout ce qui compte. Beaucoup plus que mon père qui, lui, n'a jamais trouvé son Abberline. Quant à mes disciples... – Il est écœurant d'autosatisfaction. – C'est ma grande originalité. D'ailleurs, j'ai une proposition à vous faire. Pour ajouter un peu de piment à la chose.

Ma voix intérieure s'est tue. Un malaise m'envahit.

— Quelle sorte de proposition ?

— Quelques cicatrices pour orner l'existence. Je veux laisser mon empreinte sur vous et vous donner quelque chose en échange.

— Qu'est-ce que c'est encore que cette histoire ?

— Si je vous disais : « Tirez-vous une balle dans la tête et je libère Elaina et Bonnie », me croiriez-vous ?

— Certainement pas.

— Bien sûr. Mais si je vous dis : « Prenez un couteau, tailladez-vous le visage et je laisse partir Elaina... ? »

Je suis de plus en plus mal à l'aise. Je transpire à nouveau.

— Ah... vous voyez ? C'est tout l'intérêt de ce

genre de marché. Vous êtes bien obligée d'y réfléchir à deux fois, n'est-ce pas ? – Il rit. – Il y a une infinité de possibilités. Si vous ne faites rien et qu'on continue comme ça, peut-être arriverez-vous à les sortir de là, peut-être qu'elles mourront toutes les deux. Si vous vous tailladez le visage, peut-être que j'ai menti et que ça ne changera rien à la situation... dans ce cas, vous l'aurez fait pour rien. Mais c'est pas la mort non plus, hein ? Ou alors, vous le faites et peut-être que je vais la relâcher. À cause de cette possibilité, le deuxième scénario vaut la peine d'être envisagé. Le pire, c'est qu'il n'est pas impossible que je dise la vérité. Il est concevable que j'échange Elaina contre le plaisir d'ajouter une estafilade à toutes vos cicatrices, n'est-ce pas ? Surtout si je garde la gosse comme bouclier.

Je n'ai toujours pas répondu. Mon malaise s'est transformé en nausées, en aigreurs d'estomac. Il n'a pas tort. J'éprouve le besoin d'y réfléchir. Les enjeux qu'il propose sont ignobles mais supportables. À ce jeu, je peux perdre, mais le prix à gagner... justifie que je tente ma chance ?

Oui, je crois.

« Non, non, non ! proteste le dragon. Écrabouille-le ! »

Ta gueule.

L'autre voix reste silencieuse. Elle est toujours là, mais elle se tait. Elle attend.

— C'est une proposition ferme, Peter ?

— Absolument. Il y a un couteau entre le coussin et l'accoudoir du fauteuil.

Je pose mon arme sur mes genoux et glisse la main sous le coussin. Je sens l'acier froid. Je tâtonne et quand je trouve le manche, je le saisis et sors le couteau de sa cachette.

— Admirez-le.

J'obéis. C'est un couteau de chasse. Fait pour découper les chairs.

— Les cicatrices, murmure Hillstead. Des souvenirs. Comme les anneaux des arbres marquant le temps qui passe. – Son nez pointe derrière la tête de Bonnie. Il fixe un œil sur moi. Je sens son regard glisser sur mon visage comme une caresse. Suivre le tracé de mes cicatrices. Avec une sorte d'adoration. – Je veux laisser ma marque sur vous, mon Abberline. Je veux que vous me voyiez quand vous vous regardez dans une glace. Pour toujours.

— Et si je le fais ?

— Je vous laisserai trancher les liens d'Elaina avec ce même couteau. Quoi qu'il advienne ensuite, elle sortira d'ici, vivante et libre.

Elaina essaye de parler derrière son bâillon. Elle secoue la tête. Non, disent ses yeux. Non, non, non...

Je contemple le couteau. Je songe à l'aspect de mon visage, transformé en cartographie de la souffrance. Parce que j'ai tout perdu. C'est ce que me rappellent sans cesse mes balafres. Peut-être que celle qu'il me demande de faire me rappellera que j'ai sauvé Elaina. Peut-être qu'elle ne sera qu'une cicatrice de plus. Peut-être que nous allons tous mourir ici et que je serai enterrée avec cette blessure à jamais ouverte.

Peut-être que je vais me planter mon pistolet sur la tempe et tirer. Ma main tremblerait-elle encore ? Si c'était moi la cible ?

Les mots tourbillonnent, Bonnie redevient Alexa, Alexa redevient Bonnie, une tempête gronde dans ma tête. Je suis à la fois sereine et terrifiée.

Je deviens dingue. C'est comme je vous le dis.

Je me détourne d'Elaina qui me regarde.

— Où ?

Son œil s'allume et j'y reconnais la lueur d'un sourire.

— C'est tout simple, Smoky ma Smoky. On ne va pas toucher au profil qui est resté intact. J'aime vous imaginer belle d'un côté, monstre de l'autre. Donc, à gauche. Un simple trait, de l'œil au coin de cette jolie bouche.

— Si je le fais, je vais ensuite couper les liens d'Elaina ?

— Comme je vous l'ai dit. – Un haussement d'épaule. – Mais je mens peut-être.

Après une hésitation, je brandis le couteau. Je n'ai pas à me poser de question. Pourquoi lambiner ?

« Si tu lambines, tantine, tantine, fredonne ma folie. Si tu lambines, point de tartine... »

Je pose la pointe sous mon œil gauche. C'est froid. Curieux, me dis-je. Rien n'est plus froid, plus insensible que le fil d'une lame sur la peau. Ce couteau est un bon petit soldat qui suit aveuglément les ordres sans se poser de questions, du moment qu'il remplit son office : couper.

— Bien profond, précise Hillstead. Jusqu'à l'os. Je vérifierai.

Joseph Sands voulait que j'effleure son visage. Peter Hillstead veut effleurer le mien d'une lame. J'obtempère, je lacère, en profondeur. Douleur exquise. La lame est effilée comme un rasoir. Elle tranche avec une déconcertante facilité. Une longue estafilade et le sang coule, abondant, inonde mon visage. Se répand sur mes lèvres. Je déguste le vin de mes veines.

Le dragon vocifère.

Hillstead est captivé. Son seul œil visible, agrandi

par la jubilation, me regarde : il n'en perd pas une miette, assouvit son caprice.

Je lui laisse le temps de savourer.

Puis je pointe le couteau dans sa direction.

— Bon ? Je détache Elaina ?

Son œil toujours grand ouvert est fixé sur moi. Le sang goutte de mon menton. Il en suit la trajectoire.

— Que c'est beau !... soupire-t-il.

Plic, plic... Il est fasciné par le ruissellement de mon sang.

— Peter. – Son œil se détache du spectacle sanguinolent, à regret. – Je peux la détacher ?

Petite lueur dans le regard. Il sourit encore, apparemment.

— Eh bien..., dit-il en s'inclinant pour me montrer son sourire, non. Finalement pas. Non.

Je suis saisie d'un désespoir mêlé de mépris.

— C'était tellement prévisible. Si vous vouliez vraiment faire preuve d'originalité, vous laisseriez partir Elaina. En ne le faisant pas... c'est ce à quoi je m'attendais.

Il hausse les épaules.

— On ne peut pas plaire à tout le monde.

— À moi, si.

— Comment cela ?

— En crevant, Peter. En crevant.

Paroles bien téméraires, alors que mon arme me fait toujours peur.

Cela le fait rire.

— C'est de bonne guerre, Smoky. Bon, passons aux choses sérieuses. – D'une main, il agrippe la nuque de Bonnie. De l'autre, il tient toujours le couteau contre sa gorge. – J'ai eu ce que je voulais. Il est temps d'en finir.

Je laisse tomber le poignard. Il suit des yeux le

cheminement de sa chute, qui s'achève dans un cliquetis.

Je suis moi aussi fascinée par le scintillement de la lame et la traînée rouge qu'y a laissée mon sang.

Je cligne des yeux, redresse la tête. La voix qui chuchote en moi est de retour, plus proche.

— Et comment tout cela va-t-il finir, Peter ?

— Eh bien, mais de la seule manière possible, Smoky. D'une façon ou d'une autre.

J'accommode mon regard sur lui. J'existe à deux niveaux. Une part de moi regarde Hillstead, l'écoute, lui répond. L'autre s'efforce d'entendre la petite voix balbutiante.

— Qu'est-ce que ça veut dire « d'une façon ou d'une autre » ?

Il bat des paupières.

— Je vais trancher la gorge de Bonnie, Smoky. Je vais compter jusqu'à dix et là, je la découpe d'une oreille à l'autre, je lui dessine un large sourire sanglant. À moins que vous me descendiez avant, cela va de soi. – Le couteau frémit dans sa main. – Quoi qu'il arrive, je suis sûr qu'au bout du compte vous m'abattrez et que je mourrai. Donc, une façon consiste à m'abattre avant que j'arrive à dix, auquel cas Bonnie reste en vie. Ou alors, l'autre façon... – Il glisse un coup d'œil à mon arme. – Une réédition de l'épisode Alexa. Bonnie meurt, vous perdez une autre fille. Vous me tuerez quand même... mais trop tard.

Cette fois, j'entends la petite voix. « Maman. »

— Tout ce que vous avez à faire, Smoky ma Smoky – sa tête se montre derrière celle de Bonnie, un grand sourire aux lèvres –, c'est me laisser vous aider une dernière fois.

« Écoute, maman. Fais-le. Y a pas de problème. »

Je me vide de ma substance. Je me fige, immobile, imperturbable.

— Allez vous faire foutre.

— Non, non – son sourire s'élargit –, ne vous y trompez pas, Smoky. Je vais vous accorder dix secondes et, ensuite, je la tue. Avec mon couteau ici présent, je vais lui trancher sa jolie petite gorge d'une oreille à l'autre. Sa seule chance, c'est que vous tiriez. Naturellement, si vous manquez votre coup, vous la tuez, comme vous avez tué Alexa. Vous risquez de flinguer un autre enfant.

Le sang coule sur mon visage. Mon esprit est plein du regard de Bonnie.

Mais c'est Alexa qui comble mon âme.

Tout ce qu'elle incarnait de beau me revient. En bloc. Les moments où je la voyais sourire, où je la serrais dans mes bras en respirant le parfum de ses cheveux. Les larmes que j'ai essuyées, les baisers d'ange qu'elle m'a donnés. Beaucoup de souvenirs d'elles me sont revenus ces derniers temps. Mais ceux-ci sont dix mille fois plus vivaces. Dix mille fois plus forts.

Toutes choses disparues. Disparues à jamais.

— Allons, agent spécial Barrett. Je compte.

Je flotte dans un océan de larmes, sans horizon.

La même question se pose encore : est-ce que ma main tremblera si je retourne mon arme contre moi ? Je pourrais en finir de cette manière. Ce serait rapide. Facile.

Mettre un terme aux souvenirs. C'est ce que je souhaite plus que tout au monde : être dans l'ignorance de mon passé.

— Vous avez été mon Abberline, Smoky. Vous devriez être contente. Vous êtes la meilleure entre tous. Personne n'a jamais réussi à nous attraper à ce jour depuis les exploits de mon ancêtre. J'admire le stratagème du bocal et de son contenu. Pure invention, naturellement, mais je dois admettre que ça m'a fichu en colère. Et quand vous avez épinglé Robert... bon, il manquait de rigueur, ce qui limite la valeur du succès. mais vous êtes douée, Smoky ma Smoky. Très très douée.

Je l'entends à peine. Un grondement assaille mes oreilles, si puissant qu'il menace d'engloutir le monde. C'est moi qui me roue de coups, moi qui crie pour l'éternité, moi qui hurle, qui invective, qui meurs, qui...

« Maman ! »

Le grondement s'apaise.

Silence.

Je la devine. Je ne peux pas la regarder. J'ai trop honte.

« C'est bon, maman. Pas de problème. Tu dois seulement te rappeler la seule chose qui compte. »

Quoi ? Que je t'ai trahie ? Que je t'ai tuée ? Que je vis alors que tu es morte ? Que la vie a continué sans toi ?

La honte s'insinue en moi par tous les pores, me remplit et s'introduit jusqu'au plus profond de mon être.

C'est la douleur absolue. Infinie.

Nous y voilà, me dis-je. Au terme. À l'instant où je perds tout, définitivement. Extinction des feux.

Je commence à m'évanouir.

Avant que je perde conscience, Alexa me sourit.

C'est un soleil brûlant. Une immensité de lumière.

« Non, maman. Rappelle-toi l'amour. »

C'est comme si quelqu'un avait appuyé sur le bouton « pause ». Toute la douleur, toute la honte se tait. Laissées en suspens. Pour faire place au silence.

Un moment passe. Je le regarde s'éloigner. Pam, fait mon cœur... padam.

Devant moi se tient Alexa. Ce n'est plus un souvenir brouillé, une ombre, un instant de rêve. C'est ma belle Alexa, dans toute sa splendeur.

« Bonjour, maman. »

Je murmure en retour : « Bonjour, Alexa. »

Je sais qu'elle n'est pas vraiment là. Je sais aussi qu'elle est aussi présente que possible. « Il faut choisir, maman. Une fois pour toutes. – Qu'est-ce que tu veux dire ? »

Elle se penche et prend ma main dans la sienne. Sa tendresse me submerge. Je m'incline devant tant de beauté.

« De vivre, maman. »

Chez moi, la vérité se fait jour sans fanfare, elle s'offre d'un coup et change le cours des choses pour toujours. L'authentique vérité est toujours simple. Cette vérité ne déroge pas à la règle. Choisir entre la vie et la mort, c'est choisir entre Alexa et Hillstead. Entre Matt et Sands.

Alexa sourit, m'adresse un signe... et disparaît.

Et d'un seul coup, en l'espace d'un instant, ma folie me quitte. La vérité me rend à la raison. Le temps reprend son cours normal.

Hillstead continue à jacasser, mais je ne l'entends pas. Je suis comme cloîtrée dans le silence. Un monde où les choses se meuvent à leur cadence, dans une atmosphère où la pensée s'apparente au rêve, comme un ballet de tai-chi au fond d'une piscine.

Bonnie ne m'a pas quittée des yeux depuis que je suis entrée dans la pièce. Pleins de terreur, pleins de confiance. Maintenant que j'ai retrouvé mes esprits, je la regarde. Je la vois dans sa réalité.

« Elle est belle, maman. » « Oui, tu as raison. »

Hillstead fronce les sourcils. Cette fois, j'entends ce qu'il dit.

— Qu'est-ce que vous marmonnez, Smoky ? Vous perdez les pédales pour de bon ? Vous feriez mieux de vous ressaisir. Plus que trois secondes.

Il faut que je tire pour la sauver. Ça ne va pas être facile. Je ne vois qu'un quart à peine de la tête de Hillstead. Le reste est caché par celle de Bonnie.

Mon esprit commence à calculer, lentement d'abord, puis de plus en plus vite.

Mon dragon sent venir son heure et ronronne.

La voix d'Alexa revient s'immiscer dans ce décompte. « Ne t'inquiète pas, maman. Fie-toi à ton instinct. C'est inné chez toi, aie confiance. » « Je ne sais pas, Alexa. Cinq centimètres, trois. Je ne sais pas. Je risque de la tuer. »

Je sens ses bras désincarnés se refermer sur ma taille. Une main se pose sur mon cœur. « C'est là que ça se passe, maman. Tu as cessé d'y croire, mais elle a besoin de toi. Et tu as besoin d'elle. Je n'y vois pas d'inconvénient. Tu m'as souvent posé la question en rêve, mais tu te réveillais toujours avant que j'aie pu te répondre. Aime-la, maman. Je suis d'accord. »

Je revois en esprit le visage d'Alexa, les yeux de Matt, le sourire mutin, les taches de rousseur. Je n'ai plus peur de la contempler. Elle desserre son étreinte et s'éloigne. Avant de disparaître, elle me chuchote un dernier message : « Tu vois, maman, tu n'es pas parfaite. Écoute ton cœur et tu feras de ton mieux. Tu ne peux donner que ce que tu as de mieux et c'est déjà beaucoup. »

Le dragon s'impatiente. Mon esprit poursuit son travail d'évaluation, s'emballe, se surpasse, s'envole et...

Ma main ne tremble plus.

Je pointe mon arme et tire sans même y penser.

Je n'entends pas la déflagration. J'enregistre en visuel. Je vois la tête de Bonnie se renverser en arrière et celle de Hillstead exploser littéralement. Le couteau tomber de sa main. Et je sais que je l'ai tuée en même temps que lui. Un cri enfle dans ma gorge.

Mais voici que Bonnie s'avance vers moi en sautillant sur ses jambes liées ensemble. Elle me montre sa joue gauche. Hillstead est étendu sur le sol, un trou dans l'œil, et je comprends. J'ai fait mouche. Il s'en est fallu de peu. La balle a éraflé la joue de Bonnie et finalement atteint sa cible. Elle va bien. Il est mort.

Je rengaine mon arme d'un geste mal assuré. James et Alan surgissent, suivis de Tommy. Alan délivre Elaina en pleurant et l'enveloppe dans une couverture. James et Tommy me demandent si je vais bien. Je ne réponds pas.

Je ne peux détacher mes yeux de l'homme étendu mort au pied du lit. L'homme qui a fait entrer Joseph Sands chez moi, qui porte la responsabilité de la mort des miens, des cicatrices qui me défigurent. Je songe aux champs de ruines qu'il laisse derrière lui.

En définitive, il est parvenu à ses fins.

La mort n'est que l'étape ultime.

La vie aussi et tous ses défenseurs.

57.

Callie a demandé à trois personnes d'être présentes. Marilyn, Elaina et moi. Bonnie est là aussi, par défaut, mais Callie n'y trouve rien à redire.

Callie s'est réveillée deux jours après la mort de Peter Hillstead. Deux autres jours ont passé depuis. Le médecin s'apprête maintenant à lui faire un test de sensibilité. Callie essaye de son mieux de donner le change, mais je sais qu'elle est terrifiée.

Elle a une mine de chien. Pâle, épuisée. Mais elle est en vie.

Nous allons bientôt savoir si elle remarchera.

Le médecin brandit un de ces instruments qu'on a tous vus mais dont on ignore le nom. Un manche terminé par une roulette mobile. Il l'approche des pieds de Callie et l'interroge du regard.

— Prête ?

Elaina lui saisit une main, moi l'autre. Marilyn se tient à la gauche d'Elaina. Bonnie observe d'un air préoccupé.

— Allez-y, mon chéri, chatouillez-moi.

Il promène la roulette sur la plante de son pied gauche. La regarde.

— Vous avez senti quelque chose ?

Les yeux dilatés par la peur, elle dit non d'une toute petite voix.

— Pas de panique. – Le médecin tente de la rassurer. Sans succès, car elle broie ma main dans la sienne. – On va essayer l'autre pied.

Il passe son instrument, nous attendons.

Soudain, un mouvement. Le gros orteil a bougé. Callie retient son souffle.

— Et là, vous avez senti quelque chose ?

— Je ne sais pas trop...

— C'est bien. L'orteil a bougé, c'est bon signe. J'essaye encore une fois.

Il fait à nouveau rouler le disque. Cette fois, le gros orteil réagit immédiatement.

— Je... je l'ai senti ! s'exclame Callie. Pas beaucoup... mais j'ai senti quelque chose.

— C'est très très bien, Callie, se réjouit le médecin. Maintenant, je vais vous demander quelque chose. Vous allez essayer de remuer cet orteil, celui qui a bougé tout à l'heure.

Callie a les mains moites. Je sens un tremblement infime.

— Allez, lui souffle Elaina. Vas-y. Tu peux y arriver.

Callie regarde son orteil avec une concentration digne d'un champion olympique. Sa tension mentale est presque palpable.

L'orteil bouge.

— J'ai senti quelque chose ! s'écrie Callie. Une sorte de... courant qui a passé. Ça se peut ?

Le médecin sourit. Un grand sourire, immense sourire. Aucun de nous n'a encore osé céder au soulagement, mais nous entrevoyons un espoir. Il ne reste plus qu'à l'entendre de sa bouche.

— Oui, ça se peut. Et c'est une très bonne nouvelle. Vous n'avez que cinq pour cent de risques d'avoir un handicap. Qui ne résistera pas à une bonne rééducation. Il ne faut pas vous en faire. Si ça arrive, il faudra simplement réapprendre à votre corps à interpréter les messages envoyés de votre cerveau à vos jambes. – Il marque une pause. – Mais je peux vous l'affirmer en toute certitude : vous ne serez pas paralysée.

Callie renverse la tête sur son oreiller et ferme les yeux. Un concert de « Merci, mon Dieu » emplit la pièce. C'est une tempête de soulagement.

Nous nous taisons d'un coup.

Interrompus par un gémissement.

Une plainte qui exprime une détresse trop lourde, une lamentation déchirante vers laquelle tous nos regards se tournent.

Bonnie. La petite Bonnie est adossée à la porte, les joues rouges, les yeux inondés de larmes, un poing enfoncé dans la bouche. Luttant contre le déferlement d'un chagrin incontrôlable.

J'en reste sans voix. Mon cœur se fend devant ce spectacle.

De nous tous, Bonnie était celle qui s'inquiétait le plus pour Callie. C'est tellement inattendu que son désarroi n'en est que plus poignant. Et plus frappante la compréhension que j'en ai. Si Callie était restée paralysée, pour Bonnie, il aurait gagné. Elle pleure sur sa mère, sur moi, sur Elaina, sur Callie et sur elle-même.

La voix de Callie s'élève comme une douce musique.

— Viens, ma chérie, dit-elle avec une gentillesse qui m'émeut profondément.

Bonnie se précipite à son chevet. Elle prend la

main de Callie, ferme les yeux et la trempe de larmes en la posant sur sa joue. Célébrant le retour à la vie de Callie et sanglotant sur son monde disparu tout à la fois.

Callie lui murmure des mots de consolation inarticulés et nous restons muets.

Incapables de parler.

Callie a demandé à me voir seule un instant.

— Bon, dit-elle après un silence. Je suppose que, maintenant, tout le monde est au courant pour Marilyn et moi.

Je souris.

— On peut le dire, oui.

Elle soupire, mais ce n'est pas un soupir de regret.

— Bien, bien. – Elle se tait pendant un moment. – Elle m'aime, tu sais.

— Je sais.

— Mais c'est pas pour ça que je t'ai demandé de rester.

— Non ? Alors pourquoi ?

— J'ai besoin de faire quelque chose et... ben, je ne me sens pas encore prête à le faire avec Marilyn. Si j'en suis jamais capable.

Je la regarde, sidérée.

— C'est quoi ?

Elle me fait signe d'approcher. Je m'assieds au bord du lit.

— Viens plus près.

Je m'exécute. Elle saisit doucement mes bras et les referme sur elle, m'attire contre elle et m'enlace.

Je mets un moment à comprendre. Alors, je la serre plus fort contre moi.

Elle sanglote. Elle verse des pleurs silencieux, sans un mot mais avec toute son âme.

Je la laisse pleurer en la tenant dans mes bras. Sans tristesse.

Ces larmes sont d'une autre espèce.

58.

Il est dix-sept heures. Il ne reste que James et moi au bureau. C'est rare. Tous les monstres sont couchés pour le moment. Nous pouvons partir à l'heure. J'ai bien l'intention d'en profiter.

L'imprimante crache mon rapport. Quand la dernière page sera sortie, ce bout de papier marquera la clôture de l'affaire Jack Junior. Avec tout le sang versé, le malheur semé et les vies trop tôt volées.

Pas tout à fait. Les horreurs qu'il nous a infligées et les conséquences que nous avons tous subies continueront de nous affecter pendant des années. Il a tranché dans le vif avec un grand sabre, blessé en profondeur et de façon systématique. Les cicatrices sont insensibles mais restent visibles et parfois, pendant les heures sombres, elles redeviennent douloureuses comme des membres amputés.

Keenan et Shantz, par exemple. Leur absence est plus que douloureuse, cruelle.

— Voici mes notes, dit James.

Je sursaute. Il pose ses feuillets sur ma table.

— Merci. J'ai presque fini.

Il reste planté là, à regarder l'imprimante mouliner le papier. Autre moment rare : James et moi, complices dans le silence.

— Je suppose qu'on ne saura jamais.

— Sans doute pas.

Nous avons en commun les équipées à bord du train noir et nous nous posons donc la même question sans avoir besoin de la formuler.

Y a-t-il eu un prédécesseur avant le père de Peter Hillstead ? Y a-t-il eu un grand-père ou un arrière-grand-père meurtrier ? Si on pouvait remonter aux temps où la police scientifique et les banques de données n'existaient pas, aboutirait-on dans une rue pavée de Londres, à peine éclairée par la pâle lueur d'un réverbère ?

Nous retrouverions-nous en train de fuir devant un homme sans visage, portant chapeau haut-de-forme et brandissant un scalpel ?

Arriverions-nous à mettre un nom sur une terreur légendaire ?

Sans doute pas.

Mais nous n'en aurons jamais la certitude.

C'est notre faculté à laisser certaines questions sans réponse, à nous en détourner sans regarder en arrière, qui nous garde de la folie.

La dernière page est imprimée.

Épilogue

J'ai fait enterrer Annie auprès de Matt et d'Alexa. Ainsi, Bonnie et moi pouvons aller leur rendre visite ensemble.

Il fait beau. Le soleil de Californie que mon père aimait tant brille de tous ses feux, tempéré par une brise fraîche qui nous préserve de la chaleur.

L'herbe du cimetière n'a pas encore été tondue. Elle ondule doucement, verte étendue scintillante. En regardant les tombes alignées à perte de vue, j'imagine que le cimetière est au fond de la mer, un lieu planté d'algues entre les rangées d'épaves de navires échoués.

J'aperçois d'autres visiteurs, seuls ou en groupes, jeunes et vieux. Ils viennent voir un mari, une épouse, des enfants, des frères et sœurs. Certains se sont endormis paisiblement. D'autres ont connu une mort violente. Certains ont été accompagnés, d'autres se sont éteints dans la solitude.

Quelques tombes sont à l'abandon. Elles vieillissent et se fissurent par manque de soin.

Malgré les souvenirs et les fantômes qui le hantent, l'endroit est empreint de sérénité. Et c'est une belle journée.

Bonnie a planté des fleurs sur la tombe d'Annie. Son œuvre terminée, elle se relève et frotte l'une contre l'autre ses mains pleines de boue.

— Tu as fini, ma puce ?

Elle me regarde, hoche la tête, sourit.

Elaina a commencé la chimio. Alan continue à venir au bureau. L'évolution de la situation en ce qui les concerne échappe à mon contrôle. Tout ce que je peux faire, c'est leur montrer mon amitié et être là pour eux.

La sœur de James a retrouvé le repos de sa sépulture. Leo a acheté un nouveau chien, un petit labrador dont il nous a rebattu les oreilles pendant des semaines. Callie se remet bien. Elle passe son temps à râler et à rouspéter contre son hospitalisation. C'est bon signe. Sa fille vient la voir régulièrement et Callie se fait peu à peu, avec les grommellements d'usage, à sa promotion au grade de grand-mère. En fait, elle est ravie.

Tommy et moi continuons à sortir ensemble de temps en temps. Bonnie l'aime bien. Nous prenons les choses avec philosophie, en attendant de voir où cela nous mènera.

Nous avons découvert que Peter Hillstead avait assassiné au moins douze jeunes femmes au cours des dernières années. Des crimes parfaits pour la plupart. En réalité, nous avons appris ce que nous savons grâce à ses carnets. Il tenait méticuleusement son journal, comme son père. Et, comme son père, ses victimes sont restées ignorées : il choisissait des femmes qui ne seraient pas recherchées et faisait disparaître leur corps quand il en avait fini avec elles. Il ne restait aucune trace de leur passage... des fantômes. À part ceux que nous connaissons, nous ne savons pas s'il a formé et encouragé d'autres monstres de son espèce, ni qui ils sont. J'ai appris à accepter l'idée que cela aussi échappe à mon contrôle. S'ils rampent hors de leur cave, je serai là pour les mettre hors d'état de nuire.

Robert Street nous a révélé qu'il connaissait Hillstead depuis trois ans. Il n'a pris part qu'aux deux derniers meurtres. Pour être franche, ça m'est un peu égal. Hillstead est mort et enterré, et Street prendra bientôt sa place dans les couloirs de la mort.

Hillstead profitait de sa fonction de médecin et de thérapeute officiel des agents du FBI pour avoir accès à leurs dossiers personnels. Nous pensons que c'est ce qui l'a mis sur la piste de la fille de Callie. Le Bureau avait effectué une enquête approfondie sur les antécédents de Callie ; Marilyn n'avait pas échappé à leurs investigations.

Ce qu'il savait sur nous nous avait paru tenir de la magie ; il s'est avéré qu'il était seulement très malin.

Nous avons été plus malins. Je me le répète souvent, non sans satisfaction. Je reconnais les dangers de ce genre d'attitude. Le train noir contribue à étoffer mon orgueil, une arrogance qui pourrait causer ma perte si je n'y prends pas garde. Pour le moment, je le laisse rouler. Les dragons ont aussi leur fierté, après tout.

Les numéros comme Hillstead mettent en ébullition la petite communauté des profileurs. Un cas inédit, du jamais vu chez les tueurs en série, et patati et patata.

Je ne crois pas qu'il était tellement différent des autres tueurs en série que j'ai pourchassés et épinglés. Il a commis une erreur, comme ils le font tous. Malgré la « perfection » de ses crimes, c'est Renée Parker, sa première victime, qui est sortie de la tombe pour l'attirer avec elle dans les ténèbres. Et cela me réjouit au plus haut point.

Les conséquences de nos actes, sont à mon avis, les seuls fantômes qui hantent ce bas monde. Les empreintes que laisse notre traversée du temps.

Les conséquences. Elles peuvent nous poursuivre ou nous nuire. Elles peuvent aussi être positives et nous réconforter la nuit. Les fantômes ne sont pas tous des âmes en peine. Certains sont souriants.

Bonnie ne parle toujours pas. Elle ne crie plus dans son sommeil. Elle ne dort pas non plus toujours paisiblement. C'est une ravissante enfant, futée, attentionnée, généreuse de tout l'amour qu'elle a à donner. C'est aussi une artiste, elle peint. Elle barbouille des tableaux d'une sombre beauté. Je pense qu'ils lui servent de substituts à la parole.

Notre vie s'organise. Nous ne vivons pas encore exactement comme mère et fille. Mais nous progressons et je n'ai plus peur. J'applique avec joie la règle numéro un de la mère et je suis prête à la laisser me régir quand elle voudra.

Les fantômes de Matt et d'Alexa me rendent visite en rêve. Ils m'apportent un réconfort. Je ne fais plus de cauchemars.

— On peut y aller ?

Pour toute réponse, Bonnie glisse sa main dans la mienne.

Elle est muette, je suis couverte de cicatrices, mais il fait beau et l'avenir n'a plus rien de terrifiant. Je l'ai, elle m'a, l'amour grandit sur ces bases.

Avec l'amour, la vie.

Nous quittons le cimetière main dans la main sous le regard de nos fantômes.

Je devine leur sourire.

Remerciements

Mes chaleureux remerciements à Diane O'Connell pour ses conseils et ses encouragements constants ; à Frederica Friedman pour ses précieux avis ; à Liza et Havis Dawson pour tout le travail accompli, leur aide à la rédaction et mille autres choses ; à Bill Massey, mon éditeur chez Bantam ; à Nick Sayers, mon éditeur chez Hodder ; à Chandler Crawford pour son travail de représentation à l'étranger et son extraordinaire compétence ; à ma femme, à ma famille et mes amis, qui m'ont soutenu dans mon désir d'écriture. Un merci tout spécial à Stephen King pour son livre *Écrire*. Il a été déterminant pour moi et m'a aidé à passer à l'acte.

MO HAYDER
L'homme du soir

Un enfant de neuf ans a été enlevé, ses parents retrouvés ligotés, gravement déshydratés et tuméfiés. Tout indique un crime pédophile ; malheureusement, il ne s'agit pas d'un acte isolé. Jack Caffery hérite de cette enquête qui le ramène des années en arrière, lorsque son propre frère a été enlevé sans que jamais on ne le retrouve. Cette affaire ravive une plaie ouverte et Jack s'implique autant personnellement qu'émotionnellement pour retrouver le petit Rory...

Pocket n° 11886

TESS GERRITSEN
La Reine des Morts

Une novice assassinée dans une chapelle, une sœur laissée entre la vie et la mort, un nourrisson abandonné au fond d'une mare : quel est donc ce mal qui frappe la petite abbaye de Greystone ? L'enquête de Maura Isles, médecin légiste surnommée « La Reine des Morts », et de Jane Rizzoli leur réserve un lot de découvertes surprenantes. Le tableau s'assombrit d'autant plus avec la découverte d'un corps sans visage, ni pieds, ni mains…

Pocket n° 13607

Pour en savoir plus : www.pocket.fr

Collection Thriller

James PATTERSON

Et tombent les filles

Deux tueurs sèment la terreur. L'un laisse derrière lui un sanglant sillage de corps sauvagement mutilés, et un délicat bouquet de pivoines roses et blanches... L'autre préfère distiller la mort goutte à goutte, et veille ses victimes jusqu'à l'ultime soubresaut dans une prison qu'il leur a construite au cœur d'une sombre forêt. Le pire, c'est qu'il semble y avoir un lien entre les deux tueurs, un lien qu'Alex Cross va devoir comprendre s'il veut que cesse le massacre…

Pocket n° 10036

John SANDFORD

Une proie mortelle

Cassie, ex-tueuse à gages, est victime d'une tentative de meurtre. Elle en réchappe, mais perd l'enfant qu'elle portait ainsi que le futur père. Mais Cassie sait qui est à l'origine du contrat. Elle remonte alors la filière, semant derrière elle les corps de ses anciens commanditaires. Davenport, l'un des rares flics à avoir survécu à sa rencontre avec la tueuse, est lancé à ses trousses pour un ultime face à face.

Pocket n° 13092

Pour en savoir plus : www.pocket.fr

Cet ouvrage a été composé et mis en pages
par ÉTIANNE COMPOSITION
à Montrouge.

Achevé d'imprimer en décembre 2010, en Espagne
par Litografia Roses (Gava)
Dépôt légal : juillet 2009
Suite du premier tirage : décembre 2010
S18176/03